ALMAS ROBADAS

LA NUEVA REINA DEL *THRILLER* NÓRDICO

EMELIE SCHEPP

ALMAS ROBADAS

HarperCollins *Español*

Título en inglés: *Marked for Life*
© 2016 por Emelie Schepp
Publicado por HarperCollins Publishers.

Editora en Jefe: *Graciela Lelli*

ISBN: 978-0-71809-233-7

Impreso en Estados Unidos de América

16 17 18 19 20 DCI 6 5 4 3 2 1

Para H.

DOMINGO, 1 DE ABRIL

1

—Servicio de Emergencias 112, ¿qué ha ocurrido?

—Mi marido está muerto...

La operadora de emergencias Anna Bergström oyó la voz temblorosa de la mujer y echó un rápido vistazo a la esquina del monitor informático que tenía delante. El reloj marcaba las 19:42.

—¿Puede decirme su nombre, por favor?

—Kerstin Juhlén. Mi marido se llama Hans. Hans Juhlén.

—¿Cómo sabe que está muerto?

—No respira. Está ahí tendido. Estaba ahí tendido cuando he llegado. Y hay sangre... Sangre en la alfombra —sollozó la mujer.

—¿Está usted herida?

—No.

—¿Hay alguien más herido?

—No, mi marido está muerto.

—Entiendo. ¿Dónde está?

—En casa.

La mujer del otro lado de la línea respiró hondo.

—¿Puede darme su dirección, por favor?

—Östanvägen, 204, en Lindö. Es una casa amarilla. Con grandes jarrones con flores fuera.

Los dedos de Anna volaron sobre el teclado mientras buscaba Östanvägen en el mapa digital.

—Voy a enviarle la ayuda necesaria —dijo en tono tranquilizador—. Quiero que permanezca conmigo al teléfono hasta que lleguen.

Anna no recibió respuesta. Se llevó la mano al auricular.

—¿Oiga? ¿Sigue ahí?

—Está muerto, muerto de verdad.

La mujer volvió a sollozar. Sus sollozos se convirtieron de inmediato en un llanto histérico. Después, lo único que se oyó a través del teléfono del Servicio de Emergencias fue un largo y angustioso grito.

El inspector jefe Henrik Levin y la inspectora detective Maria Bolander salieron de su Volvo en Lindö. El frío aire del Báltico agitó la fina chaqueta de entretiempo de Henrik, y el inspector se subió la cremallera hasta el cuello y metió las manos en los bolsillos.

En el camino pavimentado que daba acceso a la casa había un Mercedes negro, dos coches policiales y una ambulancia. Algo apartados de la zona acordonada había otros dos vehículos aparcados que, a juzgar por los logotipos de sus puertas, pertenecían a los dos periódicos locales que se hacían la competencia.

Dos periodistas –uno de cada diario– se inclinaban sobre la cinta policial para tener mejor visibilidad de tal manera que la cinta se tensaba, apretada contra sus chaquetones de plumas.

—Caramba, menuda casa. —La inspectora Maria Bolander (o Mia, como prefería que la llamaran) sacudió la cabeza, irritada—. Si hasta tienen estatuas. —Se quedó mirando los leones de granito, y reparó entonces en los enormes jarrones de piedra que había cerca de allí.

Henrik Levin guardó silencio y echó a andar por el camino iluminado, hacia la casa del número 204 de Östanvägen. Los montoncillos de nieve acumulados en las piedras grises del bordillo daban fe de que el invierno aún no se había dado por vencido. Henrik saludó con una inclinación de cabeza al agente uniformado Gabriel

Mellqvist, que montaba guardia frente a la puerta principal, y a continuación se sacudió la nieve de los zapatos, le abrió la pesada puerta a Mia y entraron ambos.

Dentro de la suntuosa casa reinaba una actividad febril. El experto forense trabajaba sistemáticamente buscando posibles huellas dactilares y otras pruebas materiales. Ya habían encendido los focos y pasado la brocha por los tiradores de puertas y ventanas. Ahora se hallaban concentrados en las paredes. De vez en cuando el *flash* de una cámara alumbraba el cuarto de estar, amueblado con discreción, sobre cuya alfombra a rayas yacía el cadáver.

—¿Quién lo encontró? —preguntó Mia.

—Su mujer, Kerstin Juhlén —contestó Henrik—. Por lo visto lo encontró muerto en el suelo cuando volvió de dar un paseo.

—¿Dónde está ahora?

—Arriba, con Hanna Hultman.

Henrik Levin miró el cuerpo tendido ante él. El fallecido era Hans Juhlén, responsable de asuntos para los refugiados en la Junta de Inmigración. Henrik rodeó el cadáver y se agachó para observar la cara de la víctima: la mandíbula poderosa, la piel curtida por la intemperie, la barba gris que apenas empezaba a asomar y las sienes canosas. Hans Juhlén aparecía con frecuencia en los medios de comunicación, pero las fotografías de archivo que utilizaba la prensa no se correspondían con el cuerpo envejecido que yacía ante él. La víctima vestía unos pantalones cuidadosamente planchados y una camisa de rayas azul claro cuya tela de algodón absorbía las manchas de sangre de su pecho.

—Se mira, pero no se toca —le dijo Anneli Lindgren, la experta forense, parada ante los grandes ventanales, y lanzó una mirada elocuente a Henrik.

—¿Le dispararon?

—Sí, dos veces. Dos orificios de entrada, por lo que he podido ver.

Henrik paseó la mirada por el salón, dominado por el sofá, dos sillones de piel y una mesa de cristal baja con patas cromadas. En las paredes colgaban cuadros de Ulf Lundell. Los muebles parecían en perfecto orden. No había nada volcado.

—No hay indicios de lucha —dijo, y se volvió hacia Mia, que estaba de pie tras él.

—No —contestó Mia sin apartar los ojos de un aparador curvilíneo.

Sobre él había una cartera de piel marrón de la que sobresalían tres billetes de quinientas coronas. Sintió el impulso repentino de sacar los billetes —o al menos uno—, pero se contuvo. Ya basta, se dijo para sus adentros. Tenía que controlarse.

Los ojos de Henrik se dirigieron hacia las ventanas que daban al jardín. Anneli Lindgren seguía pasando la brocha en busca de huellas.

—¿Encuentras algo?

Lindgren lo miró desde detrás de sus gafas.

—Todavía no, pero según la esposa de la víctima una de estas ventanas estaba abierta cuando llegó a casa. Espero encontrar algo, aparte de sus huellas.

La experta forense continuó trabajando lenta y metódicamente.

Henrik se pasó los dedos por el pelo y se volvió hacia Mia.

—¿Subimos a hablar con la señora Juhlén?

—Sube tú. Yo me quedó aquí, echando un ojo.

Kerstin Juhlén estaba sentada en la cama de la habitación de matrimonio del piso de arriba, con la mirada perdida y una chaqueta de punto echada sobre los hombros. Cuando entró Henrik, la agente Hanna Hultman dio respetuosamente un paso atrás y cerró la puerta.

Mientras subía la escalera, Henrik se había imaginado a la esposa de la víctima como una mujer delicada y elegantemente vestida. La señora Juhlén era, en cambio, muy gruesa y vestía una camiseta descolorida y unos vaqueros elásticos de color oscuro. Tenía el cabello rubio, liso y cortado a media melena, y sus raíces oscuras revelaban que iba siendo urgente que se pasara por la peluquería. Los ojos de Henrik recorrieron el dormitorio con curiosidad. Observó primero la cómoda y a continuación las fotografías agrupadas en la pared. El centro lo ocupaba un marco con una fotografía grande y descolorida que mostraba a una feliz pareja de recién casados. Henrik era consciente de que Kerstin Juhlén lo estaba mirando.

—Me llamo Henrik Levin y soy el inspector jefe —dijo con suavidad—. La acompaño en el sentimiento. Le ruego que me perdone por tener que hacerle unas preguntas en un momento así.

Kerstin se limpió una lágrima con la manga de la chaqueta.

—Sí, lo entiendo.

—¿Puede decirme qué ocurrió cuando llegó a casa?

—Entré y… y… él estaba ahí tumbado.

—¿Sabe qué hora era?

—Sobre las siete y media.

—¿Está segura?

—Sí.

—Cuando llegó, ¿vio si había alguien más en la casa?

—No. No, solo estaba mi marido, que…

Le tembló el labio y se llevó las manos a la cara.

Henrik comprendió que no era buen momento para un interrogatorio más detallado y decidió ser breve.

—Señora Juhlén, dentro de poco llegará un psicólogo para atenderla, pero entre tanto he de hacerle algunas preguntas más.

Kerstin apartó las manos de la cara y las posó sobre su regazo.

—¿Sí?

—Le ha dicho a alguien que había una ventana abierta cuando llegó.

—Sí.

—¿Y fue usted quien la cerró?

—Sí.

—¿No vio nada raro fuera de la ventana antes de cerrarla?

—No… no.

—¿Por qué la cerró?

—Temía que alguien intentara volver a entrar.

Henrik se metió las manos en los bolsillos y caviló un momento.

—Antes de dejarla, me gustaría saber si quiere que llamemos a alguien en concreto. ¿Una amiga? ¿Un familiar? ¿Sus hijos?

Ella bajó la mirada. Le temblaban las manos, y susurró algo con voz apenas audible.

Henrik no entendió lo que intentaba decir.

—Lo siento, ¿podría repetirlo?

Kerstin cerró los ojos un momento. Luego levantó lentamente la cara acongojada hacia él y respiró hondo antes de responder.

Abajo, en el cuarto de estar, Anneli Lindgren se ajustó las gafas.

—Creo que he encontrado algo —dijo.

Estaba examinando la huella de una mano que empezaba a cobrar forma en el marco de la ventana. Mia se acercó a ella y observó la forma nítida de una palma y unos dedos.

—Aquí hay otra —señaló Anneli—. Son de un niño.

Agarró la cámara para documentar su hallazgo. Ajustó la lente de su Canon EOS, enfocó y, estaba haciendo fotos, cuando Henrik entró en la habitación.

Anneli le hizo un gesto con la cabeza.

—Ven aquí —dijo—. Hemos encontrado unas huellas. Son pequeñas —añadió, y volvió a acercarse la cámara a la cara, enfocó de nuevo y tomó otra fotografía.

—Entonces, ¿pertenecen a un niño? —preguntó Mia.

Henrik pareció sorprendido y se inclinó hacia la ventana para ver mejor las huellas. Formaban un patrón ordenado. Un patrón único. Era evidente que correspondían a la mano de un niño.

—Qué raro —masculló.

—¿Raro por qué? —preguntó Mia.

Henrik la miró antes de responder.

—Los Juhlén no tienen hijos.

LUNES, 16 DE ABRIL

2

El juicio había acabado y la fiscal Jana Berzelius estaba satisfecha con el resultado. Estaba absolutamente segura de que el acusado sería declarado culpable de provocar daños físicos de consideración.

Había propinado patadas a su propia hermana hasta dejarla inconsciente delante de la hija de cuatro años de la víctima y luego la había dejado en su apartamento para que muriera. Sin duda era un crimen de honor. Aun así, el letrado de la defensa, Peter Ramstedt, pareció bastante sorprendido cuando se anunció el veredicto.

Jana lo saludó con una inclinación de cabeza antes de abandonar la sala. No quería comentar el veredicto con nadie, y menos aún con la docena de periodistas que aguardaban frente al juzgado, armados con cámaras y teléfonos móviles. Se dirigió a la salida de emergencia y abrió de un empujón la puerta blanca. Cuando bajó corriendo los escalones, el reloj marcaba las 11:35.

Para Jana Berzelius, esquivar a los periodistas se había convertido en la norma, más que en la excepción. Tres años antes, cuando ingresó en la oficina del fiscal de Norrköping, todo era distinto. Después aprendió a valorar la cobertura mediática y los halagos que le dedicaba la prensa. El *Norrköpings Tidningar*, por ejemplo, había titulado un artículo sobre ella «Estudiante modelo encuentra sitio en los tribunales». Habían empleado expresiones tales como «carrera meteórica» y «próxima parada, fiscal general» para referirse a ella. Su teléfono móvil vibró dentro del bolsillo de su chaqueta, y

Jana se detuvo delante de la entrada del *parking* para echar un vistazo a la pantalla antes de responder. Al mismo tiempo empujó la puerta del *parking* climatizado.

—Hola, padre —dijo sin preámbulos.

—Y bien, ¿cómo ha ido?

—Dos años de prisión y noventa de indemnización.

—¿Estás satisfecha con la pena?

A Karl Berzelius jamás se le ocurría felicitar a su hija por el resultado de un juicio penal. Jana estaba acostumbrada a su parquedad. Incluso su madre, Margaretha, que durante su infancia había sido cálida y cariñosa, parecía preferir limpiar la casa antes que jugar con ella. Prefería poner la lavadora a leerle un cuento, o recoger la cocina a arropar a su hija antes de dormir. Ahora que tenía treinta años, Jana trataba a sus padres con el mismo respeto desprovisto de emoción con que ellos la habían educado.

—Estoy satisfecha —contestó con énfasis.

—Tu madre pregunta si vas a venir a casa el primero de mayo. Quiere que cenemos en familia.

—¿A qué hora?

—A las siete.

—Sí, iré.

Jana cortó la llamada, abrió su BMW X-6 negro y se sentó tras el volante. Dejó su maletín sobre el asiento del copiloto, tapizado en cuero, y se puso el móvil sobre el regazo.

Su madre también solía llamarla después de un juicio. Pero nunca antes que su marido. Esa era la norma. De modo que, cuando sintió vibrar de nuevo el teléfono, contestó inmediatamente mientras maniobraba hábilmente para sacar el coche de la estrecha plaza de garaje.

—Hola, madre.

—Hola, Jana —dijo una voz de hombre.

Frenó y el coche se paró bruscamente, marcha atrás. Era la voz del fiscal jefe Torsten Granath, su jefe. Parecía ansioso por conocer el resultado del juicio.

—¿Y bien?

A Jana le sorprendió su evidente curiosidad y repitió escueta-mente el veredicto.

—Bien. Bien. Pero en realidad yo te llamaba por otro asunto. Quiero que me ayudes en una investigación. Han detenido a una mujer que llamó a la policía para informar de que había encontrado muerto a su marido. La víctima era el funcionario responsable de te-mas relacionados con los refugiados en Norrköping. Según la policía, le dispararon. Fue asesinado. Tendrás carta blanca en la investigación.

Jana guardó silencio, de modo que Torsten continuó:

—Gunnar Öhrn y su equipo están esperando en la jefatura de policía. ¿Qué me dices?

Jana miró el salpicadero: eran las 11:48 de la mañana. Respiró hondo un momento y arrancó de nuevo.

—Voy para allá.

Jana Berzelius cruzó rápidamente la entrada principal de la je-fatura de policía de Norrköping y tomó el ascensor hasta la segun-da planta. El sonido de sus tacones resonó en el ancho corredor. Miraba fijamente hacia delante y se limitó a inclinar la cabeza un instante al pasar junto a los dos policías uniformados.

El jefe del CDI, Gunnar Öhrn, estaba esperándola frente a su despacho y la condujo a la sala de reuniones. Una de las largas pa-redes estaba dominada por ventanales que daban a la rotonda de Norrtull, donde empezaba a acusarse el tráfico de mediodía. En la pared de enfrente había una pizarra blanca de tamaño considerable y una pantalla de cine. Un proyector colgaba del techo.

Jana se acercó a la mesa ovalada donde esperaba el equipo. Sa-ludó primero a Henrik Levin, del CDI, y seguidamente, antes de tomar asiento, a los agentes Ola Söderström, Anneli Lindgren y Mia Bolander.

—El fiscal jefe Torsten Granath acaba de poner a Jana Ber-zelius a cargo de la instrucción preliminar del caso de Hans Juhlén.

—Ya.

Mia Bolander apretó los dientes, cruzó los brazos y se recostó en la silla. Desconfiaba de aquella mujer a la que consideraba su rival y que tenía más o menos su misma edad. La investigación sería ardua si Jana Berzelius estaba al mando.

Las escasas ocasiones en que se había visto obligada a trabajar con la fiscal no le habían dado motivos para tenerle simpatía. En opinión de Mia, Jana no tenía personalidad. Era demasiado rígida, demasiado formal. Nunca parecía relajarse y divertirse. Si dos personas trabajaban juntas, tenían que conocerse bien la una a la otra. Tomar una o dos cervezas después del trabajo, quizá, y charlar un rato. Confraternizar. Mia, no obstante, había descubierto con relativa rapidez que a Jana Berzelius no le agradaban tales muestras de cordialidad. Cualquier pregunta, por insignificante que fuera, acerca de su vida privada recibía como respuesta una mirada cargada de soberbia.

Mia consideraba a Jana Berzelius una arrogante, una puta diva. Por desgracia, nadie más compartía su opinión. Todos, por el contrario, asintieron encantados cuando Gunnar presentó a la fiscal.

Lo que a Mia le desagradaba más que cualquier otra cosa era el estatus de niña bien de Jana. La fiscal procedía de una familia adinerada, mientras que ella, Mia, con su pasado de clase trabajadora, estaba hipotecada. A su modo de ver, ese era motivo suficiente para mantenerse apartada de Jana y de sus aires de grandeza.

Jana advirtió de reojo las miradas desdeñosas que le dedicaba la inspectora, pero prefirió ignorarlas. Abrió su maletín y sacó un cuaderno y un bolígrafo.

Gunnar Öhrn se bebió las últimas gotas de una botella de agua mineral y entregó a cada uno de los presentes una carpeta con toda la información reunida acerca del caso hasta el momento. Contenía el atestado inicial, las fotografías del lugar de los hechos y sus alrededores inmediatos, un boceto de la casa donde había sido hallada la víctima, Hans Juhlén, una breve descripción del fallecido y, por último, un registro que detallaba las horas y los pasos que se habían dado en la instrucción del caso desde el descubrimiento del cadáver.

Gunnar les indicó el eje cronológico dibujado en la pizarra blanca. Describió, además, el informe inicial acerca de la conversación mantenida con la esposa de la víctima, Kerstin Juhlén, firmado por los agentes de policía que acudieron en el coche patrulla y que fueron los primeros en tomarle declaración.

—Resultaba difícil, sin embargo, hablar con ella como es debido —explicó Gunnar.

Al principio estaba casi histérica, gritaba y hablaba de forma inconexa. En cierto momento comenzó a hiperventilar. Y repetía obsesivamente que ella no había matado a su marido. Que solo se lo había encontrado en el cuarto de estar. Muerto.

—Entonces, ¿sospechamos de ella? —preguntó Jana, y advirtió que Mia seguía mirándola con enfado.

—Sí, nos interesa. La hemos detenido. No tiene una coartada que pueda verificarse.

Gunnar hojeó sus papeles.

—Muy bien, resumiendo: Hans Juhlén fue asesinado en algún momento entre las 15:00 y las 19:00 de ayer. Se desconoce quién pudo ser el autor de los hechos. Los expertos forenses afirman que el asesinato tuvo lugar en la casa. Es decir, que el cuerpo no fue trasladado desde ningún otro sitio. ¿Es así? —Indicó con una seña a Anneli Lindgren que confirmara su relato.

—Así es. Murió allí.

—El cadáver fue trasladado al laboratorio del patólogo forense a las 22:21 horas y los agentes siguieron registrando la casa hasta pasada la medianoche.

—Sí, y encontré esto.

Anneli dejó sobre la mesa diez hojas de papel con una sola frase escrita en cada una.

—Estaban bien escondidas al fondo del armario del dormitorio de la víctima. Parecen ser cartas amenazadoras muy breves.

—¿Sabemos quién las envió y a quién iban dirigidas? —preguntó Henrik mientras alargaba el brazo para examinarlas.

Jana anotó algo en su cuaderno.

—No. Estas copias me las han enviado del laboratorio de Linköping esta misma mañana. Seguramente tardarán un día o dos en poder darnos más información —respondió Anneli.

—¿Qué dicen las cartas? —preguntó Mia. Metió las manos dentro de las mangas de su jersey de punto, apoyó los codos en la mesa y miró a Anneli con curiosidad.

—El mensaje es el mismo en todas ellas: «O pagas ya, o te arriesgas a pagar un precio más alto».

—Chantaje —dijo Henrik.

—Eso parece. Hemos hablado con la señora Juhlén. Niega tener conocimiento de las cartas. Pareció sinceramente sorprendida de su existencia.

—Entonces, ¿nadie denunció esas amenazas? —preguntó Jana, y arrugó la frente.

—No, ni la propia víctima, ni su esposa ni ninguna otra persona —contestó Gunnar.

—¿Y qué hay del arma del crimen? —dijo Jana, cambiando de tema.

—Todavía no la hemos encontrado. No había nada junto al cuerpo, ni en su entorno inmediato —respondió Gunnar.

—¿Algún rastro de ADN o de pisadas?

—No —contestó Anneli—. Pero cuando la esposa llegó a casa una de las ventanas del cuarto de estar estaba abierta. Parece claro que fue así como el asesino accedió a la vivienda. Lamentablemente la señora Juhlén cerró la ventana, lo que nos dificulta las cosas. Aun así hemos conseguido encontrar dos huellas interesantes.

—¿De quién? —preguntó Jana, y empuñó el bolígrafo, lista para anotar un nombre.

—Todavía no lo sabemos, pero todo indica que pertenecen a un niño de corta edad. Lo curioso es que la pareja no tiene hijos.

Jana levantó la mirada de su cuaderno.

—¿Y eso es relevante? Seguramente conocerán a alguien que tenga hijos pequeños. Amigos, o algún familiar —dijo.

—Aún no hemos podido interrogar a Kerstin Juhlén al respecto —alegó Gunnar.

—Bien, ese debe ser nuestro siguiente paso. Enseguida, a ser posible.

Jana sacó su agenda del maletín y pasó las hojas hasta llegar al día en curso. Anotaciones, horas y nombres aparecían escritos con pulcritud en las páginas de color amarillo claro.

—Quiero que hablemos con ella lo antes posible.

—Voy a llamar ahora mismo a su abogado, Peter Ramstedt —dijo Gunnar.

—Bien —repuso Jana—. Avísame de la hora en cuanto puedas. —Volvió a guardar su agenda en el maletín—. ¿Habéis interrogado ya a los vecinos?

—Sí, a los más próximos —dijo Gunnar.

—¿Y?

—Nada. Nadie vio ni oyó nada.

—Entonces seguid preguntando. Llamad a todas las puertas de la calle y de las inmediaciones. En Lindö hay un montón de mansiones, muchas de ellas con grandes ventanales.

—Sí, claro, imagino que tú debes saberlo —repuso Mia.

Jana la miró fijamente.

—Lo que quiero decir es que alguien tuvo que ver u oír algo.

Mia la observó con enojo un momento y desvió la mirada.

—¿Qué más sabemos acerca de Hans Juhlén? —prosiguió la fiscal.

—Por lo visto llevaba una vida muy normal —dijo Gunnar, y leyó de sus papeles—: Nació en Kimstad en 1953, de modo que tenía cincuenta y nueve años. Pasó allí su infancia. La familia se trasladó a Norrköping en 1965, cuando él tenía doce años. Estudió Economía en la universidad y trabajó cuatro años en una empresa contable antes de ingresar en el departamento de refugiados de la Junta de Inmigración, del que llegaría a ser jefe. Conoció a Kerstin, su esposa, cuando tenía dieciocho años y se casaron un año después, en una oficina del Registro Civil. Tienen una casita de verano en el lago Vättern. Es todo lo que tenemos, de momento.

—¿Amigos? ¿Conocidos? —preguntó Mia hoscamente—. ¿Hemos hecho averiguaciones al respecto?

—Todavía no sabemos nada sobre sus amistades. Ni sobre las de su esposa. Pero sí, hemos empezado a investigar ese punto —respondió Gunnar.

—Una conversación más detallada con su esposa nos ayudará a rellenar lagunas —añadió Henrik.

—Sí, lo sé —dijo Gunnar.

—¿Y su teléfono móvil? —preguntó Jana.

—He pedido a la compañía telefónica el listado de llamadas entrantes y salientes del número de Juhlén. Con un poco de suerte lo tendré mañana, como muy tarde —contestó Gunnar.

—¿Y los resultados de la autopsia?

—De momento solo sabemos que Hans Juhlén recibió dos disparos y murió en el lugar donde lo encontraron. El forense nos dará hoy mismo un informe preliminar.

—Voy a necesitar una copia —dijo Jana.

—Henrik y Mia van a ir directamente al laboratorio después de la reunión.

—Bien. Los acompaño —dijo Jana, y se sonrió al oír el profundo suspiro de la inspectora Bolander.

3

El mar estaba revuelto, y eso empeoraba el hedor dentro del reducido espacio del contenedor. La niña de siete años estaba sentada en el rincón. Tiró de la falda de su madre y se la puso sobre la boca. Imaginaba que estaba en casa, en su cama, o meciéndose en la cuna cada vez que el barco cabeceaba movido por el oleaje.

Aspiraba y espiraba entrecortadamente. Cada vez que exhalaba, la tela se agitaba sobre su boca. Cada vez que inhalaba, le tapaba los labios. Intentó respirar cada vez más fuerte para que la tela no se le pegara a la cara. Una de las veces respiró tan fuerte que la tela salió despedida y desapareció de su vista.

La buscó a tientas con la mano. En medio de la penumbra, distinguió su espejito de juguete en el suelo. Era rosa, con una mariposa y una raja grande en el cristal. Lo había encontrado en una bolsa de basura que alguien tiró a la calle. Recogió el espejito y lo sostuvo delante de su cara, se apartó un mechón de pelo de la frente y observó su pelo oscuro y enredado, sus ojos grandes y de largas pestañas.

Alguien tosió violentamente y la niña se sobresaltó. Intentó ver quién era, pero costaba distinguir las caras en la oscuridad.

Quería saber cuándo llegarían, pero no se atrevió a preguntarlo otra vez. Su padre la había hecho callar la última vez que le había preguntado cuánto tiempo más tendrían que pasar sentados en aquella estúpida caja de hierro. Su madre también tosió. Costaba mucho respirar, costaba muchísimo. Eran muchos para compartir el poco oxígeno que había dentro. La niña dejó que su mano se deslizara por la pared de acero. Luego buscó a tientas la suave tela de la falda de su madre y se tapó la nariz con ella.

El suelo era muy duro, y la niña enderezó la espalda y cambió de postura antes de seguir pasando la mano por la pared. Estiró el dedo índice y el corazón y dejó que galoparan de un lado a otro por la pared y hacia abajo, hasta el suelo. Su madre siempre se reía cuando hacía aquello en casa, y decía que debía de haber dado a luz a una amazona.

En casa, en la choza de La Pintana, la niña había construido un establo de juguete debajo de la mesa de la cocina y fingía que su muñeca era un caballo. En sus últimos tres cumpleaños, había pedido tener un poni de verdad. Sabía que eso era imposible. Rara vez recibía regalos, ni siquiera por su cumpleaños. Apenas podían permitirse comprar comida, le había dicho su padre. Pero el caso era que la niña soñaba con tener su propio poni y con ir a la escuela montada en él. Sería muy veloz, tan veloz como sus dedos galopando por la pared.

Esta vez, su madre no se rio. Seguramente estaba demasiado cansada, pensó la niña, y levantó la mirada hacia la cara de su madre.

Ay, ¿cuánto faltaría aún? ¡Qué viaje más idiota! Se suponía que no tenía que durar tanto. Mientras llenaban de ropa las bolsas de plástico, su padre había dicho que iban a emprender una aventura, una gran aventura. Que viajarían en barco durante unos días, hasta su nuevo hogar. Y que ella haría montones de nuevos amigos. Que sería divertido.

Algunos de sus amigos viajaban con ellos. Danilo y Ester. Danilo le caía bien, era simpático. Pero Ester no. Ester podía ser un poco mala. Le gustaba chinchar a los demás y esas cosas. También había un par de niños más, pero ella no los conocía. Era la primera vez que los veía. A ellos tampoco les gustaba estar en aquel barco. Por lo menos a la más pequeña, una bebé que estaba siempre llorando. Pero ahora se había callado.

La niña siguió galopando con los dedos de un lado para otro. Luego se estiró hacia un lado para llegar aún más alto, y bajó aún más abajo. Cuando sus dedos tocaron el rincón, notó que algo sobresalía. Curiosa, aguzó los ojos en la penumbra para ver qué era. Una placa metálica. Se estiró hacia delante, tratando de ver la chapita plateada atornillada a la pared. Vio unas letras e intentó distinguir lo que ponía. V... P... Luego había una letra que no reconoció.

—¿Mamá? —susurró—. ¿Qué letra es esta? —Cruzó dos dedos para mostrársela.

—Equis —contestó su madre en voz baja—. Una equis.

X, pensó la niña. V, P, X, O. Y luego unos números. Contó seis. Había seis números.

4

La sala de autopsias estaba iluminada por potentes fluorescentes. Una bruñida mesa de acero se alzaba en medio de la estancia y, sobre ella, bajo una sábana blanca, se veía el contorno de un cuerpo.

Sobre otra mesa de acero inoxidable había una larga fila de frascos de plástico etiquetados con números de identificación y una sierra de mano. Un olor metálico a carne cruda impregnaba la sala.

Jana Berzelius entró primero y se situó junto a la mesa, frente a Björn Ahlmann, el patólogo forense. Saludó y sacó su cuaderno.

Henrik se colocó a su lado. Mia Bolander, por su parte, se quedó atrás, junto a la puerta de salida. A Henrik también le habría gustado mantenerse a distancia. Siempre le había resultado difícil permanecer en la sala de autopsias, y desde luego no compartía la fascinación de Ahlmann por los cuerpos sin vida. Se preguntaba cómo era capaz el patólogo de trabajar a diario con cadáveres sin que ello le afectara. Aunque también formaba parte de su trabajo, a Henrik aún se le hacía cuesta arriba ver la muerte tan de cerca. Llevaba siete años desempeñando aquel trabajo, y aún tenía que obligarse a poner cara de circunstancias cuando veía un cadáver.

Jana, por su parte, no parecía alterada en absoluto. Su semblante no traslucía ninguna emoción, y Henrik se descubrió preguntándose si habría algo que la hiciera reaccionar. Sabía que los dientes rotos, los ojos arrancados y las manos y los dedos amputados no la conmovían. Lo mismo que las lenguas destrozadas a mordiscos o las quemaduras de tercer grado. Lo sabía porque había contemplado esas mismas cosas en su presencia y después no había tenido más remedio que vaciar el contenido de su estómago mientras ella seguía inalterable.

El semblante de Jana era, en efecto, extremadamente inexpresivo. Nunca se mostraba afectada o resuelta. Apenas evidenciaba emoción alguna. Rara vez sonreía y, si por casualidad una sonrisa cruzaba sus labios, semejaba más bien una línea. Una línea recta y tensa.

Henrik tenía la impresión de que su austero talante no encajaba con su apariencia física. Su cabello largo y oscuro y sus grandes ojos marrones tenían un aire mucho más cálido. Quizá solo proyectaba aquella imagen fría y profesional para conservar el respeto de los demás. No había duda de que su americana azul marino, su falda tres cuartos y sus eternos tacones altos contribuían a esa imagen de fiscal estricta e insobornable. Quizá prefería dejar sus sentimientos personales fuera de la esfera de su trabajo. O quizá no.

Björn Ahlmann retiró cuidadosamente la sábana y dejó al descubierto el cuerpo desnudo de Hans Juhlén.

—Bueno, veamos. Tenemos un orificio de entrada aquí y otro aquí —explicó, señalando las dos heridas abiertas en el pecho—. Los dos tienen una colocación perfecta, pero fue este el que lo mató. —Movió la mano para indicar el orificio superior.

—Entonces, ¿está claro que se efectuaron dos disparos? —preguntó Henrik.

—Exactamente.

Björn cogió una imagen procedente de un TAC y la colgó en el tablero luminoso.

—Cronológicamente, parece que recibió primero un balazo en la parte baja de la caja torácica, y cayó al suelo. Cayó de espaldas, lo que le produjo una hemorragia subdural en la parte de atrás de la cabeza. Aquí se puede ver. —Señaló la zona negra de la imagen—. Pero no murió a consecuencia del primer disparo, ni de la fuerte caída. No, en mi opinión, cuando se desplomó, el asesino se acercó a él y volvió a dispararle. Aquí. —Indicó el segundo orificio de salida del cadáver de Juhlén—. El proyectil atravesó el cartílago de la caja torácica, el pericardio y el corazón. Murió en el acto.

—De modo que fue la segunda bala la que lo mató. —Henrik volvió a repetir las palabras del patólogo.

—Sí.

—¿Y el arma?

—Los casquillos que se encontraron demuestran que le dispararon con una Glock.

—Entonces no será fácil dar con ella —comentó Henrik.

—¿Por qué? —preguntó Jana en el mismo momento en que el teléfono móvil le vibraba en el bolsillo. No hizo caso y preguntó de nuevo—: ¿Por qué?

—Porque, como sin duda sabrá, las Glock son armas muy corrientes. Tan corrientes que las usan nuestro ejército y los cuerpos de policía de todo el mundo. Lo que quiero decir es que tardaremos un tiempo en cotejar la lista de personas con licencia legal para llevar esa arma —dijo Henrik.

—Entonces tendremos que dejar esa tarea en manos de alguien paciente —repuso Jana, y sintió de nuevo una breve vibración en el bolsillo. La persona que llamaba debía de haber dejado un mensaje.

—¿Algún indicio de que la víctima intentara defenderse? —preguntó Mia desde el fondo de la sala.

—No. No hay señales de violencia. Ni arañazos, ni hematomas, ni marcas de estrangulamiento. Le dispararon. Lisa y llanamente. —Björn miró a Henrik y Jana—. El flujo de sangre demuestra que murió en el lugar donde lo encontraron y que el cuerpo no fue trasladado, pero…

—Sí, Gunnar nos lo dijo —lo interrumpió Mia.

—Sí, hablé con él esta mañana. Pero hay…

—¿No hay ninguna huella? —preguntó ella.

—No, pero…

—¿Narcóticos, entonces?

—No, nada de drogas. Ni tampoco alcohol. Pero...

—¿Algún hueso roto?

—No. ¿Puedes dejarme acabar de una vez?

Mia se quedó callada.

—Gracias. Lo que me parece interesante es la trayectoria que siguieron las balas al atravesar el cuerpo. Uno de los orificios de entrada —Björn señaló el que estaba más arriba— no presenta ninguna irregularidad. La bala atravesó el cuerpo en sentido horizontal. Pero el otro proyectil entró en diagonal, en ángulo. Y, a juzgar por la inclinación, el asesino debía de estar arrodillado, tendido o sentado cuando efectuó el primer disparo. Después, como decía antes, cuando la víctima se desplomó, el asesino se acercó y lo remató disparándole un último tiro al corazón.

—Estilo ejecución, entonces —comentó Mia.

—Eso os corresponde a vosotros decidirlo, pero sí, eso parece.

—De modo que estaba de pie cuando le dispararon por primera vez —dijo Henrik.

—Sí, y le dispararon desde delante y desde abajo.

—Entonces, ¿alguien se puso de rodillas o se tumbó y luego le disparó de frente? Eso es absurdo —dijo Mia—. Quiero decir que es muy raro que quien lo mató estuviera sentado en el suelo, delante de él. ¿No habría tenido tiempo la víctima para reaccionar?

—Puede que sí. O puede que conociera al asesino —repuso Henrik.

—O quizá fuera un puñetero enano o algo así —comentó Mia, y soltó una carcajada.

Henrik la miró y dejó escapar un suspiro.

—Eso ya lo discutiréis entre vosotros. Según mis cálculos, en todo caso, fue así como murió Hans Juhlén. Aquí tenéis un resumen de mis conclusiones. —Björn les repartió copias del informe de la autopsia.

Henrik y Jana cogieron una cada uno.

—Murió entre las seis y las siete de la tarde del domingo. Está todo en las notas.

Jana hojeó el informe, que a simple vista parecía tan completo y detallado como era propio de Ahlmann.

—Gracias por el resumen —le dijo a Björn mientras se sacaba el teléfono del bolsillo para escuchar el mensaje de voz.

Era de Gunnar Öhrn: una sola frase muy breve y pronunciada en tono resuelto.

—Interrogatorio de Kerstin Juhlén a las tres y media de la tarde —decía. Nada más. Ni siquiera su nombre.

Jana volvió a guardarse el teléfono en el bolsillo.

—El interrogatorio es a las tres y media —le dijo en voz baja a Henrik.

—¿Qué? —preguntó Mia.

—El interrogatorio a las tres y media —dijo Henrik alzando la voz.

Mia estaba a punto de decir algo cuando Jana la interrumpió:

—Bueno, entonces… —dijo.

El patólogo se ajustó las gafas.

—¿Satisfecha? —preguntó.

—Sí.

Ahlmann volvió a tapar el cuerpo desnudo con la sábana. Mia abrió la puerta y retrocedió para evitar rozarse con Jana cuando esta se acercó.

—Te avisaremos si tenemos alguna duda —le dijo Henrik al forense al salir de la sala de autopsias.

Echó a andar hacia el ascensor, delante de Jana y Mia.

—Sí, avisadme —respondió Björn tras ellos—. Ya sabéis dónde estoy —añadió, pero el zumbido de los tubos de ventilación del techo ahogó el sonido de su voz.

La Oficina de la Fiscalía Pública de Norrköping estaba compuesta por doce empleados a tiempo completo a cuyo frente se hallaba el fiscal jefe Torsten Granath. Quince años atrás, cuando Granath asumió el puesto de fiscal jefe, el departamento sufrió un cambio radical. Bajo su férula se instituyó la norma de reemplazar a los miembros del personal que no cumplían con su cuota de trabajo por nuevos empleados cuya hoja de servicios demostraba una elevada productividad. Granath dio las gracias por su labor a varios funcionarios que llevaban largo tiempo ocupando sus sillones al tiempo que los animaba a jubilarse, despidió a administradores perezosos y ayudó a expertos infrautilizados a encontrar nuevos estímulos en otras esferas de su profesión.

Cuando Jana Berzelius fue contratada, Torsten Granath ya había recortado considerablemente el departamento y solo quedaban cuatro miembros del personal. Ese mismo año se amplió la jurisdicción geográfica de la Oficina, que tuvo que asumir los delitos de los municipios colindantes de Finspång, Söderköping y Valdemarsvik. El tráfico de estupefacientes, que desde hacía un tiempo iba en aumento, también había requerido más empleados. De ahí que Torsten Granath hubiera reclutado personal nuevo. Ahora eran doce en total.

Como resultado de las medidas adoptadas por Torsten, la Oficina ahora podía presumir con orgullo de su eficacia. Irónicamente, a sus sesenta y dos años el propio Torsten había aflojado un poco el ritmo y de vez en cuando se descubría pensando en las cuidadas praderas del campo de golf. Aun así, seguía dedicado en cuerpo y alma a su profesión. Dirigir la fiscalía era su misión en la vida, y seguiría llevándola a cabo hasta que le llegara el momento de jubilarse.

Su despacho era de tipo hogareño, con cortinas en la ventana, marcos dorados con fotografías de sus nietos sobre la mesa y una alfombra verde y lanuda cubriendo el suelo. Torsten tenía la costumbre de pasearse de un lado a otro por aquella alfombra siempre que hablaba por teléfono. En eso estaba cuando Jana Berzelius entró en el departamento. Saludó con un rápido «hola» a la administradora, Yvonne Jansson.

Yvonne la detuvo cuando pasaba a su lado.

—¡Espera un segundo!

Le pasó una nota adhesiva amarilla con un nombre conocido escrito en ella.

—Mats Nylinder, del *Norrköpings Tidningar* quiere una declaración sobre el asesinato de Hans Juhlén. Evidentemente se han enterado de que estás a cargo de la instrucción. Mats ha dicho que le debes unas palabras, dado que esta mañana te escabulliste del juzgado. Quería una declaración sobre la sentencia y estuvo esperándote más de una hora. —Como Jana no contestó, Yvonne añadió—: Por desgracia no es el único que ha llamado. Todos los diarios de Suecia se han interesado por ese asesinato. Necesitan algo para los titulares de mañana.

—Pues de mí no van a sacar nada. Tendrás que remitirles a la oficina de prensa de la policía. Yo no voy a hacer declaraciones.

—Muy bien, nada de declaraciones, entonces.

—Y a Mats Nylinder puedes decirle lo mismo —agregó Jana, y se dirigió a su despacho.

El sonido de sus tacones resonó como un eco cuando entró en la habitación con suelo de parqué.

Los muebles eran espartanos, pero tenían un toque de elegancia. El escritorio era de teca, al igual que las estanterías funcionales, llenas de expedientes encuadernados. A la izquierda había un ordenador, un HP de diecisiete pulgadas. Y en la repisa de la ventana dos orquídeas blancas en tiestos altos.

Jana cerró la puerta a su espalda y colgó la chaqueta en el respaldo de su silla tapizada en piel. Mientras se encendía su ordenador, observó las flores de la ventana. Le gustaba su despacho. Era espacioso y estaba bien ventilado. Había colocado la mesa de tal modo que al sentarse quedaba de espaldas a la ventana. De esa forma veía claramente el pasillo de fuera a través de la pared de cristal.

Dejó junto al ordenador un alto montón de citaciones que debía enviar.

Luego echó un vistazo rápido a su reloj de pulsera. Faltaba una hora y media para el interrogatorio de Kerstin Juhlén.

De pronto se sintió cansada, echó la cabeza hacia delante y comenzó a frotarse la nuca. Masajeó lentamente la piel desigual con la yema de los dedos, siguiendo sus protuberancias. Luego se atusó con cuidado el largo cabello para asegurarse de que le cubría por completo la nuca y le caía por la espalda.

Tras echar una ojeada a un par de citaciones, se levantó para ir a por un café. Cuando regresó, no volvió a ocuparse del papeleo.

5

La pequeña sala de interrogatorio estaba vacía, salvo por una mesa y cuatro sillas, y una quinta silla en el rincón. En una pared había una ventana con barrotes. En la de enfrente, un espejo. Jana estaba sentada junto a Henrik, con su bolígrafo y su cuaderno en la mano, cuando él encendió la grabadora. Dejó que fuera él quien dirigiera el interrogatorio. Mia Bolander había acercado la quinta silla y estaba sentada tras ellos. Con voz alta y clara, Henrik recitó el nombre completo de Kerstin Juhlén y su número de carné de identidad antes de comenzar.

—Lunes, dieciséis de abril, 15:30 horas. Este interrogatorio lo efectúa el inspector jefe Henrik Levin con la asistencia de la inspectora detective Mia Bolander. También se hallan presentes la fiscal Jana Berzelius y el letrado Peter Ramstedt.

Kerstin Juhlén había sido detenida como posible sospechosa, pero de momento no se le había imputado ningún delito. Estaba sentada junto a Peter Ramstedt, su abogado, y tenía las manos unidas sobre la mesa. Estaba pálida y no llevaba maquillaje. Se había quitado los pendientes y estaba despeinada.

—¿Saben ustedes quién mató a mi marido? —preguntó en un susurro.

—No, todavía es demasiado pronto para saberlo —respondió Henrik, y miró con gravedad a la mujer que tenía enfrente.

—Creen que he sido yo, ¿verdad? ¿Creen que fui yo quien le disparó...?

—No creemos nada.

—¡Pero no fui yo! Yo no estaba en casa. ¡No fui yo!

—Como le decía, todavía no sabemos nada, pero tenemos la obligación de investigar las circunstancias que rodean su asesinato para esclarecer cómo ocurrió. Por eso quiero que me hable del sábado por la noche, cuando llegó a casa.

Kerstin respiró hondo dos veces seguidas. Abrió las manos, se las puso sobre el regazo y se enderezó en la silla.

—Llegué a casa… de dar un paseo.

—¿Ese paseo lo dio sola o la acompañaba alguien?

—Salí sola a pasear, fui hasta la playa y volví.

—Prosiga.

—Cuando llegué a casa, me quité el abrigo en el recibidor y llamé a Hans, porque sabía que ya tenía que estar en casa.

—¿Qué hora era en ese momento?

—Sobre las siete y media.

—Continúe.

—No me contestó, así que pensé que se había entretenido en el trabajo. Verá, siempre va los domingos a la oficina. Me fui derecha a la cocina para tomar un vaso de agua. Vi la caja de pizza en la encimera y me di cuenta de que Hans sí había llegado. Los domingos solemos cenar pizza. Hans la compra de vuelta a casa. Sí, bueno… Lo llamé otra vez, pero siguió sin contestar. Así que fui a ver si estaba en el cuarto de estar y qué hacía y… Lo vi tendido allí, en el suelo. Me alteré mucho y llamé a la policía.

—¿En qué momento llamó?

—Enseguida… En cuanto lo encontré.

—¿Qué hizo entonces, después de llamar a la policía?

—Subí al piso de arriba. La mujer que me atendió me dijo que lo hiciera. Que no debía tocar a mi marido, así que subí.

Henrik miró a la mujer que tenía delante. Parecía nerviosa, su mirada se movía continuamente. Toqueteaba ansiosamente la tela ligera de sus pantalones grises.

—Ya se lo pregunté anteriormente, pero debo preguntárselo otra vez. ¿Vio a alguien en la casa?

—No.

—¿Y fuera?

—Me fijé en que la ventana de delante estaba abierta y la cerré. Por si había alguien merodeando. Estaba asustada. Pero no, ya se lo dije: no vi a nadie.

—¿No había ningún coche en la calle?

—No —contestó Kerstin en voz alta. Se inclinó hacia delante y se frotó el tendón de Aquiles de un pie como si le picara.

—Háblenos de su marido —dijo Henrik.

—¿Qué quiere que les cuente?

—Era el responsable de todo lo relativo a los refugiados en la Junta de Inmigración de Norrköping, ¿no es cierto? —preguntó Henrik.

—Sí. Era muy bueno en su trabajo.

—¿Puede decirnos algo más? ¿Qué era lo que se le daba bien?

—Se ocupaba de todo tipo de cosas. En el departamento estaba al frente de...

Se quedó callada y bajó la cabeza.

Henrik notó que tragaba saliva para impedir —dedujo el policía— que se le saltaran las lágrimas.

—Podemos hacer un breve descanso si quiere —dijo.

—No, no pasa nada. Estoy bien.

Kerstin respiró hondo. Miró un momento a su abogado, que daba vueltas a su pluma sobre la mesa, y luego comenzó de nuevo:

—Mi marido era, efectivamente, el jefe de un departamento de la Junta. Le gustaba su trabajo y había ido ascendiendo, dedicó toda su vida a la Junta de Inmigración. Es... era una de esas personas que caen bien a la gente. Era amable con todo el mundo, vinieran de donde vinieran. No tenía prejuicios. Quería ayudar a la gente. Por eso le gustaba tanto su trabajo.

»La Junta de Inmigración ha tenido que soportar muchísimas críticas últimamente —añadió, e hizo una pausa antes de continuar.

Henrik asintió con un gesto. Sabía que la Agencia Nacional de Inspección había investigado recientemente los procedimientos por los que la Junta de Inmigración buscaba acomodo para los refugiados y solicitantes de asilo, y había descubierto prácticas ilícitas. Durante el año anterior, la Junta había gastado cincuenta millones de coronas en la compra de inmuebles. De ellos, nueve millones se habían invertido en compras directas, que estaban prohibidas si se efectuaban sin el procedimiento reglamentario. La Agencia había encontrado asimismo contratos de arrendamiento que incumplían la ley. En muchos casos ni siquiera había contrato. La prensa local había publicado varios artículos sobre la auditoría.

—Hans estaba muy disgustado por esas críticas. No esperaban que tantos refugiados pidieran asilo. Tuvo que buscarles acomodo a toda prisa. Y entonces se torcieron las cosas. —Kerstin se quedó callada. Le temblaba el labio—. Me daba mucha pena.

—Da la impresión de que estaba usted muy al corriente del trabajo de su marido —comentó Henrik.

La mujer no contestó. Se enjugó una lágrima y asintió con la cabeza.

—Estaba también el problema de la mala conducta —añadió.

Les contó en pocas palabras que había habido agresiones y robos en el centro de acogida a refugiados. Debido al estrés propio de su situación, era frecuente que estallaran disputas entre los recién llegados. El personal interino contratado para llevar el centro tenía dificultades para mantener el orden.

—Ya lo sabíamos —dijo Henrik.

—Ah, sí, claro —repuso Kerstin, y volvió a enderezar la espalda.

—Muchos de ellos tenían problemas psicológicos y Hans trataba de hacer todo lo que estaba en su mano para que su estancia fuera lo más cómoda posible. Pero era difícil. Alguien hizo saltar la alarma contra incendios varias noches seguidas. La gente se asustó y Hans no tuvo más remedio que contratar a más personal para que vigilara el centro. Mi marido estaba muy comprometido con su labor, se lo aseguro. Vivía volcado en su trabajo.

Henrik se recostó en la silla y observó a Kerstin. Ya no parecía tan abatida. Algo se había ido apoderando de ella poco a poco. Quizás el orgullo por la labor de su esposo. Quizás una especie de alivio.

—Hans pasaba mucho tiempo en la oficina. Se quedaba hasta muy tarde por las noches, y todos los domingos salía de casa después de comer y no volvía hasta la hora de la cena. Era difícil saber a qué hora llegaría a casa exactamente, a qué hora tener preparada la cena, así que solía comprar una pizza para cenar. Igual que ayer. Como siempre.

Escondió la cara entre las manos y sacudió la cabeza. La angustia y el dolor habían vuelto de golpe.

—Tiene derecho a tomarse un descanso —dijo Peter Ramstedt, poniéndole con cautela una mano sobre el hombro.

Jana observó su gesto. Sabía que el letrado tenía fama de sentir una fuerte atracción por las mujeres y que rara vez vacilaba en consolar físicamente a sus clientas. Si tenía ocasión, estaba dispuesto a pasar a mayores.

Kerstin levantó ligeramente el hombro, incómoda, y el abogado se dio cuenta de que debía apartar la mano. Sacó un pañuelo y se lo ofreció. Kerstin lo aceptó agradecida y se sonó la nariz ruidosamente.

—Perdón —dijo.

—No tiene importancia —repuso Henrik—. De modo que, si no la he entendido mal, su marido tenía un trabajo difícil.

—No, digo…sí, pero yo no lo sé. En realidad no puedo saber exactamente… Creo… creo que sería mejor que hablaran con su secretaria.

Henrik arrugó la frente.

—¿Y eso por qué?

—Sería lo mejor —susurró ella.

Henrik suspiró y se inclinó hacia delante sobre la mesa.

—Entonces, ¿cómo se llama su secretaria?

—Lena Wikström. Es su ayudante desde hace casi veinte años.

—Hablaremos con ella, desde luego.

Kerstin dejó caer los hombros y juntó las manos.

—¿Puedo preguntarle —dijo Henrik— si su marido y usted estaban muy unidos?

—¿Qué quiere decir? Claro que estábamos muy unidos.

—¿No tenían desavenencias? ¿Discutían a menudo?

—¿Adónde quiere ir a parar, inspector jefe? —terció Peter inclinándose sobre la mesa.

—Solo quiero asegurarme de que no pasamos nada por alto en esta investigación —repuso Henrik.

—No, casi nunca discutíamos —contestó Kerstin lentamente.

—Aparte de usted, ¿quién más formaba parte de su círculo íntimo?

—Sus padres murieron hace mucho tiempo, lamentablemente. De cáncer, los dos. Hans no tenía amigos en realidad, así que puede decirse que nuestra vida social era bastante limitada. Pero a nosotros nos gustaba así.

—¿Hermanos o hermanas?

—Tiene un medio hermano que vive en Finspång, pero estos últimos años no han tenido mucho contacto. Son muy distintos.

—¿En qué sentido?

—Es así, nada más.

—¿Cómo se llama su hermano?

—Lars Johansson. Todo el mundo lo llama Lasse.

Mia Bolander había permanecido sentada con los brazos cruzados, limitándose a escuchar. De pronto preguntó:

—¿Cómo es que no tienen hijos?

La pregunta sorprendió a Kerstin, que echó rápidamente las piernas hacia atrás bajo la silla. Tan rápidamente que se le salió un zapato.

Henrik se volvió para mirar a Mia. Estaba irritado, pero ella se alegraba de haberlo preguntado. Kerstin se inclinó y dejó escapar un quejido al estirarse para alcanzar el zapato debajo de la mesa. Luego volvió a incorporarse y puso las manos sobre la mesa, una encima de la otra.

—No los hemos tenido —dijo escuetamente.

—¿Por qué? —insistió Mia—. ¿No podían concebir o algo así?

—Creo que sí podíamos. Pero el caso es que no ocurrió. Y los dos lo aceptamos.

Henrik carraspeó y empezó a hablar para impedir que Mia siguiera por ese camino.

—Muy bien. ¿Decía usted que no se relacionaban con mucha gente?

—No, la verdad es que no.

—¿Cuándo fue la última vez que tuvieron visita?

—Hace mucho. Hans trabajaba tanto...

—¿Nadie más ha visitado la casa recientemente? ¿Algún obrero, por ejemplo?

—Por Navidad un hombre llamó a la puerta vendiendo billetes de lotería, pero aparte de eso no hemos tenido...

—¿Qué aspecto tenía?

Kerstin se quedó mirando a Henrik, sorprendida por la pregunta.

—Alto y rubio, si no recuerdo mal. Parecía amable, presentable. Pero no le compré ningún billete.

—¿Iba acompañado de algún niño?

—No, no. Iba solo.

—¿Conoce a alguien que tenga niños?

—Bueno, sí, claro. Al hermano de Hans. Tiene un hijo de ocho años.

—¿Ha estado en su casa últimamente?

Kerstin volvió a mirarlo extrañada.

—La verdad es que no entiendo muy bien su pregunta..., pero no, hace siglos que no viene por casa.

Jana Berzelius rodeó con un círculo el nombre del hermano en su cuaderno. Lars Johansson.

—¿Tiene usted idea de quién puede haberle hecho esto a su marido? —preguntó.

Kerstin se retorció un poco, miró por la ventana y respondió:

—No.

—¿Tenía su marido algún enemigo? —preguntó Henrik.

La mujer miró la mesa y respiró hondo.

—No, ninguno.

—¿Nadie con quien estuviera enfadado o hubiera discutido, o que estuviera enemistado con él?

Kerstin no pareció oír la pregunta.

—¿Kerstin?

—¿Qué?

—¿Nadie que estuviera enemistado con él?

Negó con la cabeza tan violentamente que la piel flácida de su papada tembló.

—Es extraño —dijo Henrik mientras desplegaba las copias de las cartas amenazadoras sobre la mesa, delante de ella—, porque, como sabe, encontramos esto en su casa.

—¿Qué es?

—Las cartas de su armario. Confiábamos en que pudiera hablarnos de ellas.

—Pero no sé qué son. Nunca las había visto.

—Parecen ser amenazas. Lo que significa que su marido debía de tener al menos un enemigo. Si no más.

—Pero no… —Kerstin sacudió la cabeza de nuevo.

—Nos interesa mucho averiguar algo más sobre quién las envió… y por qué motivo.

—No tengo ni idea.

—¿No?

—No, ya le he dicho que es la primera vez que las veo.

Clic, clic, hacía la pluma de Peter Ramstedt.

—Mi clienta ya le ha dicho dos veces que no reconoce estos documentos. ¿Tendría la amabilidad de tomar nota de ello para que quede constancia? De ese modo no tendrá que perder el tiempo repitiendo las mismas preguntas.

—Señor Ramstedt, sin duda tiene usted conocimiento de cómo se efectúa un interrogatorio. Si no insistimos en las preguntas, no obtenemos la información que necesitamos —replicó Henrik.

41

—Entonces tenga la bondad de ceñirse a preguntas relevantes. Mi clienta ya ha afirmado claramente que *no* había visto estos documentos con anterioridad.

Peter miró fijamente al inspector. *Clic, clic.*

—Entonces, ¿no sabe usted si su marido se sentía amenazado de alguna manera? —prosiguió Henrik.

—No.

—¿No recibía llamadas sospechosas?

—Creo que no.

—¿Cree que no o lo sabe?

—No, no recibía llamadas sospechosas.

—¿No sabe de nadie que pudiera tener interés en amenazarlo? ¿O en vengarse de él?

—No. Pero la naturaleza de su trabajo le hacía bastante vulnerable, claro.

—¿A qué se refiere?

—Bueno…, mi marido encontraba muy dificultoso el proceso de decisión para conceder el asilo político. No le gustaba tener que rechazar a ningún solicitante de asilo, aunque no fuera el responsable de tener que comunicárselo personalmente. Sabía cuánto se desesperaban muchos de ellos cuando no conseguían el asilo. Pero no todo el mundo cumplía los requisitos. Y nadie lo ha amenazado ni ha buscado venganza, si es a eso a lo que se refiere.

Henrik se preguntó si estaba diciendo la verdad. Hans Juhlén podía, en efecto, haberle ocultado las cartas amenazadoras. Pero aun así parecía improbable que en el curso de tantos años de trabajo no se hubiera sentido amedrentado por nadie, ni hubiera hablado de ello con su mujer.

—Las amenazas contra Juhlén debían de ser relativamente serias —le comentó Henrik a Jana cuando hubo concluido el interrogatorio.

Salieron ambos de la sala a paso lento.

—Sí —contestó ella escuetamente.

—¿Qué opinas de la esposa?

Jana se detuvo en el pasillo mientras él cerraba la puerta.

—No había signos de violencia en la casa —dijo.

—Quizá porque el asesinato estuvo muy bien planeado.

—Entonces, ¿crees que es culpable?

—La esposa siempre es culpable, ¿no? —Henrik sonrió.

—Sí, casi siempre. Pero de momento no hay ninguna prueba que la vincule con el asesinato.

—Parecía nerviosa —añadió él.

—Eso no basta.

—Lo sé. Pero da la sensación de que no está diciendo la verdad.

—Y seguramente así es, o al menos no toda la verdad. Pero para imputarla voy a necesitar algo más. Si no empieza a hablar o no conseguimos ninguna prueba material, tendré que ponerla en libertad. Tienes tres días.

Henrik se pasó los dedos por el pelo.

—¿Y la secretaria? —preguntó.

—Averigua qué sabe. Quiero que vayas a verla en cuanto puedas, pero mañana, claro. Por desgracia tengo cuatro casos de los que ocuparme, así que no puedo acompañarte. Pero me fío de ti.

—Claro. Mia y yo hablaremos con ella.

Jana le dijo adiós y se alejó, pasando delante de las otras salas de interrogatorio.

Como fiscal, visitaba con frecuencia el edificio. Estaba de guardia cierto número de fines de semana y de noches al año: era lo normal en su trabajo. Había un turno rotatorio cuyo principal propósito era asegurarse de que hubiera siempre un fiscal de guardia para tomar decisiones urgentes, como, por ejemplo, si se debía retener o no a un sospechoso. El fiscal podía mantener detenida a una persona durante tres días sin necesidad de presentar cargos. Después era necesaria una vista judicial. A Jana la habían llamado en numerosas ocasiones, a veces de madrugada, y había tenido que tomar atropelladamente una decisión relativa a un arresto.

Ese día, todas las celdas del centro estaban llenas. Miró hacia el techo y dio gracias a un poder superior por no estar de guardia ese fin de semana. Pero recordó al mismo tiempo que el siguiente sí le tocaba. Aflojó el paso mientras recorría el pasillo. Después se detuvo, se sentó y sacó su agenda. Pasó las páginas hasta el 28 de abril. No tenía nada anotado. ¿Quizá fuera el domingo 29? Tampoco tenía nada anotado. Pasó unas cuantas hojas más y vio la anotación del primero de mayo. Fiesta nacional. DE GUARDIA. Y era el día en que había acordado ir a cenar con sus padres. Sintió un estrés inmediato. No podía estar de guardia ese mismo día. ¿Cómo no se había dado cuenta? No era absolutamente imprescindible ir a cenar a casa de sus padres, claro, pero no quería decepcionar a su padre dejando de presentarse.

«Tendré que cambiarle el día a alguien», pensó mientras guardaba de nuevo la agenda en su maletín. Se levantó y siguió andando, preguntándose con quién podía cambiar la guardia. Seguramente con Per Åström. Per era al mismo tiempo un fiscal con mucho éxito y un trabajador social muy reconocido. Jana lo respetaba como colega. En los cinco años que hacía que se conocían, habían trabado una especie de amistad.

Per tenía treinta y tres años y estaba en buena forma. Jugaba al tenis martes y jueves. Tenía el pelo rubio, un hoyuelo en la barbilla y los ojos de distinto color. Olía a loción de afeitar. A veces se ponía un poco pesado, pero por lo demás era un tipo simpático. Solo eso, nada más.

Jana confiaba en que Per le cambiara el turno. Si no, tendría que sobornarlo con vino. Pero ¿tinto o blanco? Sopesó las dos opciones al compás que marcaban sus tacones en el suelo. Tinto o blanco. Tinto o blanco.

Pensó en bajar por las escaleras hasta el aparcamiento subterráneo, pero finalmente optó por el ascensor. Al ver que el abogado defensor Peter Ramstedt también estaba esperando, se arrepintió inmediatamente de su decisión. Se mantuvo apartada de él, a una distancia prudencial.

—Ah, eres tú, Jana —dijo Peter cuando advirtió su presencia, y se balanceó sobre las suelas de sus zapatos—. Tengo entendido que has ido al depósito a ver el cuerpo de la víctima y a informarte sobre la autopsia.

—¿Quién te lo ha dicho?

—Uno oye cosas aquí y allá. —Peter esbozó una ligera sonrisa y enseñó sus dientes blanqueados—. Entonces, ¿te gustan los cadáveres?

—No especialmente. Solo intento dirigir una investigación.

—Soy abogado desde hace diez años y nunca he oído que un fiscal asistiera a una autopsia.

—Tal vez eso revele más acerca de otros fiscales que acerca de mí.

—¿No te caen bien tus colegas?

—Yo no he dicho eso.

—Teniendo en cuenta tu posición, ¿no sería más sencillo dejar que la policía hiciera el trabajo de campo?

—Lo sencillo no me interesa.

—¿Sabes?, como fiscal puedes complicar una investigación.

—¿En qué sentido?

—Convirtiéndote en el foco de atención.

Al oír esas palabras, Jana Berzelius decidió bajar al garaje por las escaleras de todos modos. Y fue maldiciendo a Peter Ramstedt en cada escalón.

6

El balanceo había cesado. Viajaban en silencio, encerrados en el contenedor a oscuras.

—¿Ya hemos llegado? —preguntó la niña.

Su madre no contestó. Ni su padre. Parecían tensos. Su madre le dijo que se incorporara. La niña obedeció. Los otros también empezaron a moverse. El nerviosismo se notaba en el ambiente. Varias personas tosían y la niña sentía el aire caliente y cargado bajar trabajosamente por sus pulmones. Hasta su padre emitía una especie de silbido al respirar.

—¿Ya hemos llegado? —preguntó de nuevo—. ¿Mamá? ¡Mamá!

—¡Silencio! —dijo su padre—. Tienes que estar completamente callada.

La niña se enfurruñó y se acercó las rodillas a la barbilla.

De pronto, el suelo tembló. Cayó de lado y estiró un brazo para agarrarse. Su madre la había sujetado y la apretaba con fuerza. Se hizo un largo silencio. Luego, el contenedor se elevó.

Se sujetaron todos con fuerza, apretujados. La niña se aferró a la cintura de su madre. Pero aun así se golpeó la cabeza cuando el contenedor aterrizó bruscamente en el suelo. Por fin estaban en su nuevo país. Su nueva vida.

Su madre se levantó y tiró de ella. La niña miró a Danilo, que seguía allí sentado, con la espalda pegada a la pared. Tenía los ojos abiertos de par en par y, al igual que los otros, intentaba escuchar lo que sucedía fuera. Costaba oír algo a través de las paredes, pero si te concentrabas mucho podías llegar a distinguir un ruido de voces. Sí, había gente hablando fuera. La niña miró a su padre y él le sonrió. Aquella sonrisa fue lo último que vio antes de que se abriera el contenedor y entrara la luz del sol.

Fuera del contenedor había tres hombres. Tenían algo en las manos, algo grande y plateado. La niña había visto aquellas cosas otras veces, pero las que había visto eran de plástico rojo y echaban agua.

Uno de los hombres empezó a gritar a los demás. Tenía algo raro en la cara, una cicatriz enorme. La niña no pudo evitar mirarla fijamente.

El hombre de la cicatriz entró en el contenedor y meneó aquella cosa plateada. No paraba de gritar. La niña no entendía lo que decía. Tampoco lo entendían sus padres. Nadie entendía sus palabras.

El hombre se acercó a Ester y le tiró del jersey. Ella estaba asustada. Su madre también, y no se dio cuenta de lo que ocurría hasta que fue demasiado tarde. El hombre tiró de Ester y la agarró con fuerza por el cuello mientras retrocedía, sin dejar de apuntar a sus padres con la cosa plateada. No se atrevieron a hacer nada: se quedaron completamente quietos.

La niña sintió que alguien la agarraba con fuerza del brazo. Era su padre, que la empujó rápidamente detrás de sus piernas. Su madre se estiró la falda para taparla del todo.

La niña se quedó todo lo quieta que pudo. Desde detrás de la falda no veía lo que estaba pasando. Pero lo oía. Oyó que los mayores empezaban a gritar. Gritaban «¡No, no! ¡NO!». Y entonces oyó la voz frenética de Danilo.

—¡Mamá! —gritó—. ¡Mamá!

La niña se tapó los oídos con las manos para no tener que oír los gritos y el llanto de los otros niños. Lo peor eran las voces de los adultos. Ellos también lloraban y gritaban, pero mucho más fuerte. La niña se tapó aún más fuerte las orejas con las manos. Pasado un rato, todo quedó en silencio.

Retiró las manos y escuchó. Intentó asomarse entre las piernas de su padre, pero cuando se movió él la estrujó más fuerte contra la pared, haciéndole daño.

Oyó pasos que se acercaban y sintió que su padre la apretaba aún con más fuerza contra la pared de acero. Apenas podía respirar. Justo cuando iba a abrir la boca para quejarse, oyó un estallido y su padre cayó de bruces al suelo. Se quedó allí tendido, sin moverse, delante de ella. Cuando alzó la vista, el hombre de la cicatriz estaba delante de ella. Sonreía.

Su madre se lanzó hacia ella y la sujetó lo mejor que pudo. El hombre se limitó a mirarla, luego gritó algo y su madre respondió con otro grito.

—¡No la toques! —gritó.

Entonces él le dio con aquella cosa plateada que tenía en la mano.

La niña sintió cómo las manos de su madre resbalaban por su tripa y sus piernas hasta que quedó tendida en el suelo con los ojos abiertos. No parpadeaba: tenía la mirada fija.

—¡Mamá!

Sintió una mano sobre su brazo cuando el hombre tiró de ella. La agarró con fuerza y, dándole un empujón, la sacó del contenedor.

Y, al salir, la niña oyó el espantoso sonido que hicieron aquellas cosas plateadas al disparar. No tenían agua dentro. El agua no hacía ese ruido. Dispararon muchas veces, hacia la oscuridad.

Hacia papá y mamá.

MARTES, 17 DE ABRIL

7

Jana Berzelius despertó a las cinco de la mañana. Había vuelto a tener el mismo sueño: nunca la dejaba en paz. Se sentó y se secó el sudor de la frente. Tenía la boca reseca de tanto gritar, supuso. Estiró los dedos agarrotados. Se había clavado las uñas en las palmas de las manos.

Siempre había tenido el mismo sueño, hasta donde le alcanzaba la memoria. Siempre las mismas imágenes. Le irritaba no entender su significado. Había analizado y vuelto a analizar aquellos símbolos cada vez que caía presa de aquella pesadilla. Pero no servía de nada.

Su almohada estaba en el suelo. ¿La había tirado ella? Seguramente, dado que estaba muy lejos de la cama.

La recogió y volvió a apoyarla contra el cabecero. Después se tapó con el edredón. Cuando llevaba veinte minutos así, arropada e inquieta, comprendió que era absurdo tratar de conciliar el sueño. Así que se levantó, se dio una ducha, se vistió y desayunó un bol de muesli.

Con una taza de café en la mano, miró por la ventana. Hacía un tiempo inestable. Aunque era ya mediados de abril, el invierno todavía se dejaba sentir. Tan pronto caía una lluvia fría como nevaba y las temperaturas descendían casi hasta el punto de congelación. Desde su piso en Knäppingsborg se divisaba el río y el auditorio Louis de Geer. Desde su cuarto de estar, veía también a la gente que transitaba por la pintoresca zona comercial. Knäppingsborg había sido remozado recientemente, pero los urbanistas municipales habían logrado conservar la singular atmósfera del barrio.

Jana siempre había querido un piso con techos altos y, cuando se aprobaron los primeros planes de renovación de edificios históricos de aquella zona, su padre se había apuntado a una cooperativa de viviendas con intención de invertir en un apartamento para su hija, que por entonces acababa de acabar sus estudios universitarios. Por suerte —o quizá gracias a unas cuantas llamadas telefónicas—, Karl Berzelius tuvo la oportunidad de elegir el primero. Y, naturalmente, Jana eligió un piso que era cuarenta metros cuadrados más grande que los demás: tenía un total de ciento noventa y seis metros cuadrados.

Jana se masajeó el cuello. La cicatriz siempre se le irritaba con el frío. Había comprado una crema en la farmacia que, según la persona que la había atendido, era lo último en el mercado, pero no había notado ninguna mejoría.

Se echó el pelo sobre el hombro derecho, dejando el cuello al descubierto. Con sumo cuidado, extendió la crema por las letras grabadas en la piel. Luego volvió a taparse la nuca con el pelo.

Sacó del armario una chaqueta azul oscura y se la puso. Encima, se abrochó su abrigo beis de Armani.

A las ocho y media salió del piso, caminó hasta su coche y condujo entre la llovizna hasta el juzgado. Iba pensando en el primer juicio que tenía ese día: un caso de violencia doméstica. La vista comenzaría a las nueve. Su cuarta vista, la última de la jornada, no concluiría posiblemente hasta las cinco y media, como mínimo.

Sabía que iba a ser un día muy largo.

Eran poco más de las nueve de la mañana cuando Henrik Levin y Mia Bolander entraron en las oficinas de la Junta de Inmigración. Pasaron por recepción y les facilitaron un pase temporal.

Lena Wikström, la secretaria, estaba hablando por teléfono cuando entraron en su despacho de la primera planta. Levantó un dedo para indicarles que enseguida estaría con ellos.

Desde el despacho de Lena se veía el que sin duda había sido de Hans Juhlén. Henrik se fijó en que parecía limpio y ordenado. La superficie del ancho escritorio estaba despejada: solo había un ordenador y, a su lado, varias carpetas formando un montón. El despacho de Lena Wikström era justo lo contrario. Había papeles sueltos por doquier: sobre la mesa, encima de carpetas, debajo de archivadores, en bandejas, por el suelo, en la caja del papel para reciclar y en la papelera. Nada parecía en orden. Había documentos por todas partes.

Henrik sintió un escalofrío y se preguntó cómo conseguía Lena concentrarse en medio de aquel caos.

—Ya está. —La secretaria puso fin a la llamada y se levantó—. Bienvenidos.

Les estrechó la mano, les pidió que se sentaran en las gastadas sillas para visitas que había junto a su mesa y comenzó a hablar de inmediato.

—Es horrible lo que ha pasado. Todavía no me lo explico. Es sencillamente espantoso. Espantoso. Todo el mundo se pregunta quién habrá hecho una cosa así. Me paso el día contestando llamadas sobre el asesinato de Hans. Porque lo han asesinado, ¿verdad? ¡Ay, sí, es sencillamente espantoso, la verdad!

Lena comenzó a tirarse del esmalte de uñas descascarillado. Resultaba difícil calcular su edad. Henrik dedujo que debía de rondar los cincuenta y cinco. Tenía el cabello corto y oscuro y llevaba una blusa de color lila claro y unos pendientes a juego. Casi daba la impresión de ser rica y elegante. De no ser por el esmalte de uñas, claro.

Mia sacó su bolígrafo y su cuaderno.

—Tengo entendido que llevaba usted muchos años trabajando con el señor Juhlén, ¿es correcto? —preguntó.

—Sí, más de veinte —respondió Lena.

—Kerstin Juhlén dijo que eran casi veinte.

—Por desgracia ella no está muy informada al respecto. No, la verdad es que son veintidós. Pero no he sido su asistente todo ese tiempo. Primero tuve otro jefe, pero se jubiló hace muchos años y Hans lo sustituyó. Antes de ocupar este puesto dirigía el departamento de cuentas. En esa época coincidíamos con frecuencia porque yo era la asistente del jefe anterior.

—Según Kerstin, Hans estaba algo estresado últimamente. ¿Diría usted que es así? —preguntó Henrik.

—¿Estresado? No, yo no diría eso.

—Ella se refería a las críticas que ha recibido el departamento recientemente.

—¿Ah, sí? Sí, bueno, eso sí, claro. Los periódicos decían que estábamos gestionando mal el realojamiento de la tromba de refugiados. Pero es muy difícil saber cuántos van a llegar. Solo puede hacerse una estimación, un cálculo aproximado. Y un cálculo aproximado es solo eso, nada más. —Lena respiró hondo—. Hace tres semanas recibimos un grupo muy numeroso de solicitantes de asilo procedentes de Somalia, así que tuvimos que trabajar fuera del horario de oficinas, antes y después. Hans no quería arriesgarse a que la prensa volviera a atacarnos. Se tomaba muy a pecho las críticas.

—¿Tenía algún enemigo? —preguntó Henrik.

—No, que yo sepa. Pero en este trabajo siempre te sientes un poco expuesto. Hay muchas emociones en juego, mucha gente se pone amenazadora cuando no se le permite quedarse aquí, en Suecia. Así que, desde ese punto de vista, hay un montón de enemigos potenciales. Por eso hay una empresa de seguridad patrullando constantemente por aquí —explicó Lena—. Pero no creo que Hans sintiera que tenía enemigos concretos.

—¿También patrullan por la tarde y por la noche?

—Sí.

—¿Usted ha recibido amenazas?

—No, personales, no. Pero la seguridad es un tema que preocupa constantemente a la Junta. Una vez, un hombre se roció con gasolina, entró corriendo en recepción y amenazó con prenderse fuego si no le concedían el permiso de residencia. Esa gente puede volverse completamente loca. Sí, los hay de todas clases.

Henrik se recostó en la silla y miró a Mia, que pasó a la siguiente pregunta.

—¿Podríamos hablar con el responsable de seguridad que estaba de guardia el domingo?

—¿Este domingo? ¿Cuando…?

—Sí.

—Veré qué puedo hacer.

Lena levantó el teléfono, marcó un número y esperó. Poco después, prometieron enviarle inmediatamente a un tal Jens Cavenius, que había estado trabajando todo el domingo.

—Entonces, ¿sabe usted si Hans se sentía especialmente amenazado en algún sentido? —inquirió Henrik.

—No —contestó la secretaria.

—¿No recibía cartas o llamadas sospechosas?

—No, que yo sepa, y abro todo el correo… No, no he visto nada.

—¿Sabe si tenía algún contacto con niños?

—No. Con niños concretamente, no. ¿Por qué lo pregunta?

Henrik declinó contestar.

—¿Sabe usted qué hacía el señor Juhlén cuando estaba aquí a última hora de la tarde o los domingos?

—No lo sé exactamente, pero estaba muy liado con el papeleo y revisando montones de documentos. No le gustaban nada los ordenadores y prefería usarlos lo menos posible, así que tenía que imprimirle todos los documentos y los informes.

—¿Solía estar usted aquí cuando él estaba trabajando? —preguntó Mia, y señaló a la secretaria con el bolígrafo.

—No, los domingos no. Prefería estar solo, por eso le gustaba trabajar hasta tarde y los fines de semana. Porque no había nadie que lo molestara.

Mia asintió con la cabeza y anotó algo en su cuaderno.

—Ha dicho que algunas personas pueden llegar a ponerse amenazadoras. ¿Tiene un listado de nombres de los solicitantes de asilo que podamos llevarnos? —preguntó Henrik.

—Sí, claro. ¿De este año o de más atrás?

—Con el de este año bastará, en principio.

Lena entró en la base de datos de su ordenador y dio orden de imprimir un documento. Su impresora láser cobró vida y empezó a arrojar, una tras otra, páginas llenas de nombres ordenados alfabéticamente. Lena las fue recogiendo mientras salían. Pasadas veinte páginas, empezó a parpadear una luz de alarma.

—Ay, qué fastidio, siempre pasa algo —dijo, y se puso colorada. Abrió la bandeja del papel y comprobó con sorpresa que no estaba vacía—. Bueno, ¿y ahora qué pasa?

Volvió a meter la bandeja. La impresora hizo un ruido, pero la luz roja siguió indicando que algo iba mal.

—Estos chismes son estupendos cuando funcionan como es debido, ¿verdad que sí? —dijo con una nota de irritación.

Henrik y Mia guardaron silencio.

Lena abrió la bandeja, vio que todavía quedaba papel y la cerró de nuevo, esta vez de golpe. La impresora se puso en marcha, pero no salió ninguna hoja.

—¡Ay, por qué eres tan cabezota! —Lena golpeó el botón de inicio con el puño y la impresora arrancó por fin.

Avergonzada, la secretaria estuvo atusándose el pelo hasta que acabaron de salir las hojas. En ese momento sonó el teléfono y la recepcionista la informó brevemente de que había llegado Jens Cavenius.

Jens Cavenius estaba apoyado contra una columna de la recepción. Tenía diecinueve años y daba la impresión de que acababa de levantarse. Tenía los ojos enrojecidos y el pelo aplastado por un lado y despeinado por el otro. Vestía cazadora vaquera forrada y zapatillas Converse blancas. Al ver a Henrik y Mia, se acercó tendiéndoles la mano.

—¿Nos sentamos? —preguntó Henrik.

Señaló el sofá y los sillones que había a la derecha de la recepción, rodeados por yucas de plástico de dos metros de alto. Sobre la mesa baja de color blanco había varios folletos en árabe.

Jens se dejó caer en el sofá, se inclinó hacia delante y, pese a tener los ojos inyectados en sangre, miró con expectación a los policías, que tomaron asiento frente a él.

—¿Trabajó aquí el domingo? —preguntó Henrik.

—Sí, claro —respondió el joven, y juntó las manos con una palmada.

—¿Estaba Hans Juhlén en la oficina?

—Sí. Charlé un rato con él. Era el jefe, ya saben.

—¿A qué hora fue eso?

—Sobre las seis y media, quizá.

Henrik miró a Mia y vio que estaba lista para hacerse cargo del interrogatorio. Con una inclinación de cabeza, dejó que tomara el relevo.

—¿De qué hablaron? —preguntó la inspectora.

—Bueno, podría decirse más bien que nos saludamos —dijo Jens.

—¿Hablaron?

—Nos saludamos con un gesto. Yo le hice una seña cuando pasé por delante de su despacho.

—¿No había nadie más en la oficina?

—No, qué va. Los domingos esto está muerto.

—Cuando pasó por delante del despacho de Hans Juhlén, ¿vio qué estaba haciendo?

—No. Pero oí que estaba tecleando en su ordenador. Ya saben, hay que tener buen oído para ser guardia de seguridad, para fijarte en los ruidos raros y esas cosas. Y también veo muy bien de noche. De hecho, fui el que sacó mejor nota en el proceso de selección. No está mal, ¿eh?

A Mia no le impresionó la capacidad de percepción de Jens. Levantó las cejas con expresión irónica y se volvió hacia Henrik, que había clavado los ojos en las yucas.

En vista de que su jefe parecía ensimismado, le tocó el brazo.

—¿El ordenador de Hans Juhlén? —dijo.

—¿Sí? —repuso Henrik.

—Por lo visto lo estuvo usando.

—Sí, mucho —dijo Jens, y volvió a juntar las manos.

—Entonces creo que deberíamos llevárnoslo —dijo el inspector jefe.

—Lo mismo digo —añadió Mia.

8

El agente de policía Gabriel Mellqvist estaba tiritando. Hacía frío. Tenía los zapatos calados y la fría lluvia le chorreaba por la gorra, mojándole el cuello. No sabía dónde estaba su compañera, Hanna Hultman. La última vez que la había visto, estaba delante del número 36 de la calle, llamando al timbre. Esa mañana habían llamado a la puerta de unas veinte casas del vecindario. Los vecinos no les habían contado nada relevante para la investigación. Tampoco habían visto a nadie sospechoso por los alrededores. Claro que la mayoría de ellos ni siquiera estaba en casa ese domingo. Estaban en sus casas de veraneo, jugando al golf, en concursos de hípica o haciendo Dios sabe qué. Una señora había visto pasar a una niña pequeña. Seguramente volvía de jugar en casa de alguna amiga, pero Gabriel se preguntaba por qué la mujer no había informado de ello de inmediato.

Maldijo para sus adentros y echó una ojeada a su reloj. Tenía la boca seca y estaba cansado y sediento. Había claros indicios de que su nivel de azúcar en sangre estaba bajo mínimos. Aun así, se acercó a la casa siguiente, situada detrás de un alto muro de piedra.

Ir de puerta en puerta no era su ocupación favorita. Sobre todo si estaba lloviendo. Pero la orden procedía de lo más alto del departamento de investigación criminal, así que más le valía obedecer.

La verja estaba cerrada. Con llave. Gabriel echó un vistazo alrededor. Desde allí apenas se veía el número 204 de Östanvägen, donde se había cometido el asesinato. Pulsó el portero automático que había junto a la verja y esperó. Llamó de nuevo y esta vez dijo «¿Hola?». Zarandeó un poco la puerta, que chirrió. ¿Dónde diablos se había metido Hanna? No se la veía por ningún sitio. Pero no podía haber ido a alguna de las calles paralelas. No, no se habría ido sin avisarle. Ella no hacía esas cosas. Gabriel suspiró, dio un paso atrás y se metió de lleno en un charco. Sintió cómo el agua fría empapaba su calcetín derecho. ¡Genial! ¡Realmente genial!

Volvió a mirar la casa. Seguía sin haber señales de vida. Estaba deseando darse por vencido, meterse en el primer restaurante que encontrara y comer cualquier cosa. Pero entonces vio algo por el rabillo del ojo. Algo que se movía. Entornó un poco los párpados, tratando de ver qué era. ¡Una cámara de seguridad! Pulsó el botón del portero automático, gritó un par de veces intentando obtener respuesta y, azuzado por el entusiasmo, consiguió sofocar la sensación de mareo que poco a poco iba apoderándose de él.

Cuarenta minutos y noventa y ocho coronas más tarde, Henrik Levin acabó harto de comer. Había demasiados platos apetitosos en el bufé tailandés. Mia Bolander, que lo había acompañado, había elegido algo más ligero: una ensalada.

Henrik se arrepintió de haber comido tanto cuando volvió al coche. Se sentía pesado y soñoliento, y dejó que Mia llevara el coche de vuelta a jefatura.

—La próxima vez, recuérdame que yo también pida una ensalada —le dijo.

Mia se rio.

—Por favor —añadió él.

—¡No soy tu madre! Pero vale, te lo recordaré. ¿Es que Emma quiere que adelgaces o qué?

—Entonces, ¿crees que estoy gordo?

—De cara, no.

—Gracias.

—No deja que te la folles, ¿es eso?

—¿Qué?

—Lo digo porque da la impresión de que quieres pasar de los carbohidratos, y eso significa que quieres adelgazar. He leído en Internet que, para los hombres, el mayor acicate para perder peso es practicar el sexo con más frecuencia.

—Solo te estaba hablando de una ensalada. Solo quiero comerme una ensalada la próxima vez. ¿Qué tiene eso de malo?

—Nada.

—¿Crees que estoy gordo?

—No, no estás gordo. Solo pesas ochenta kilos, Henrik.

—Ochenta y tres.

—Perdón, ochenta y tres kilos, entonces. ¡Estás hecho un toro! ¿Para qué quieres perder peso?

Mia le guiñó un ojo provocativamente.

Henrik se quedó callado y decidió callarse el verdadero motivo por el que quería comer menos.

Mia no tenía por qué saber que, desde hacía siete semanas, se había embarcado en una dieta baja en hidratos de carbono. También tenía intención de hacer más ejercicios entre semana. Pero costaba mucho cambiar de hábitos, sobre todo porque la comida tailandesa sabía mucho mejor con arroz. Después del trabajo era más sencillo: llegar a casa, comer, jugar, hora del baño, acostar a los niños, ver la tele, dormir. El tiempo que pasaba con sus hijos de cinco y seis años cuando llegaba a casa era pura rutina. En realidad no le había preguntado a su mujer, Emma, si podía pasar una hora en el gimnasio, una o dos veces por semana. Confiaba en que le dijera que sí. Pero en el fondo temía cuál sería su respuesta: un no tajante.

Su mujer ya estaba resentida con él porque pasara tan poco tiempo con la familia.

Pero Henrik tenía la sensación de que, si estaba en mejor forma, practicarían el sexo con más frecuencia, y mejor. A su modo de ver, todo eran ventajas.

Pero las pocas veces en que le había pedido permiso a Emma para ir a jugar al fútbol con el equipo del barrio, un sábado, había recibido un no por respuesta. Los fines de semana eran para pasarlos en familia, decía Emma, y debían salir al jardín, visitar el parque zoológico, ir al cine o simplemente pasar el día juntos. Estaba convencida de que Henrik y ella tenían que nutrir su relación de pareja dedicando más tiempo a hacerse mimitos.

Pero a Henrik no le gustaban especialmente los mimitos. Lo que le gustaba era el sexo. Para él, el sexo era la prueba definitiva de que amabas a tu pareja. Daba igual cuándo o dónde lo hicieras. Lo importante era hacerlo. Emma no pensaba lo mismo. Para ella, tenía que ser placentero y relajante, y requería mucho tiempo y un escenario adecuado. Seguía prefiriendo la cama, y solo cuando los niños estaban dormidos. Y desde que Felix, al que le daban miedo los fantasmas, se empeñaba en dormir todas las noches entre ellos, en su cama, tenían muy pocas oportunidades de hacer el amor.

Henrik tenía que conformarse con la esperanza de que las cosas mejoraran algún día. El mes anterior había sentido más deseo. Y Emma le había seguido la corriente. Una vez, por lo menos. Hacía exactamente un mes.

Henrik sintió un leve ardor de estómago. La próxima vez, solo comería ensalada.

Cuando entraron en la sala de reuniones los informaron de que el agente Gabriel Mellqvist se había desmayado mientras iba de puerta en puerta, en Lindö. Lo había encontrado una señora mayor que había oído llamar a su timbre varias veces. Pero como estaba confinada en una silla de ruedas, no había podido acudir a toda prisa. Cuando finalmente abrió la puerta, vio al policía tendido en el suelo.

—Por suerte Hanna Hultman fue en su ayuda, encontró una jeringuilla de glucosa en su bolsillo y le pinchó en el muslo —dijo

Gunnar—. Esa era la mala noticia. La buena es que hemos encontrado una cámara de seguridad en la fachada de la casa de la señora. Apunta hacia la calle. Está colocada aquí.

Marcó una equis en el plano de la zona residencial que colgaba junto al eje cronológico, en la pared.

El equipo al completo estaba en la sala. Todos excepto Jana, lo que alegró a Mia.

—En el mejor de los casos, lo sucedido el domingo estará todavía en algún servidor. Quiero que lo compruebes enseguida, Ola.

—¿Ahora mismo? —preguntó Ola Söderström.

—Sí, ahora mismo.

El agente se levantó.

—Espero —le dijo Henrik—. Creo que tienes que hacer algo más. Hemos confiscado el ordenador de Hans Juhlén y necesito que le eches un vistazo.

—¿La entrevista con Lena Wikström os dio alguna pista?

—Kerstin Juhlén y ella difieren en lo tocante a Hans. Según Kerstin, Hans siempre trabajaba en su ordenador. Según Lena, su secretaria, nunca lo usaba. Me parece un poco raro que tengan opiniones tan distintas.

Ola, Gunnar y Anneli Lindgren estuvieron de acuerdo.

—Lena tampoco cree que Hans Juhlén estuviera tan estresado como afirma su esposa —comentó Henrik.

—Pero eso es solo lo que dice ella. Yo creo que tenía que estar muy preocupado. Yo lo estaría, si la prensa la hubiera tomado conmigo y además me mandaran anónimos amenazantes —repuso Mia.

—Exacto —terció Ola.

—Lena nos ha dicho que siempre ha habido problemas de seguridad con los solicitantes de asilo que son rechazados. Así que hemos pedido un listado de todas las personas que han solicitado asilo en lo que va de año —añadió Henrik.

—Muy bien, ¿algo más? —preguntó Gunnar.

—No —contestó Henrik.

Los interrogatorios de puerta en puerta no habían dado resultados, aparte de la posible grabación de la cámara de seguridad.

—¿Ningún testigo? —preguntó Mia.

—No, ni uno solo —respondió Gunnar.

—Esto es de locos. ¿Es que nadie vio nada? —dijo Mia—. Joder, ¿no tenemos nada de nada?

—De momento no hay testigos. Cero. Nada. Así que tendremos que confiar en que la cámara de seguridad nos dé alguna pista. Ola, comprueba si podemos conseguir esas imágenes enseguida —ordenó Gunnar, y se volvió hacia Ola—. Luego puedes echarle un vistazo al ordenador de Hans. Veré si los registros de llamadas de la compañía telefónica están listos. Si no, llamaré para darles la lata hasta que me los den. Anneli, vuelve al lugar de los hechos, a ver si encuentras algo nuevo. Tal y como estamos, cualquier cosa me sirve.

9

Al principio, lloró histéricamente. Ahora, en cambio, estaba tranquila. Nunca se había sentido así. Todo ocurría como a cámara lenta.

Estaba sentada, con la cabeza, que le pesaba mucho, inclinada sobre las rodillas y los brazos colgando a los lados, casi entumecidos. El motor de la furgoneta en la que viajaban gruñía débilmente. Le escocían los muslos. Se había orinado cuando sus secuestradores la habían agarrado y clavado una aguja en el brazo.

Miró lentamente la marquita roja que tenía en la parte de arriba del brazo izquierdo. Era muy pequeña. Se le escapó la risa. Pequeñísima. Chiquitina, chiquitina. Y le jeringa también era diminuta.

La furgoneta se zarandeó y el asfalto se convirtió en grava. La niña echó la cabeza hacia atrás y procuró equilibrar su peso para no golpearse contra el duro interior de la furgoneta. O contra otra persona. Iban muy apretujados, los siete. Danilo, que estaba a su lado, también había llorado. La niña nunca lo había visto llorar hasta entonces, solo sonreír. Le gustaba su sonrisa y siempre se la devolvía. Pero ahora Danilo no podía sonreír. Tenía un trozo de cinta adhesiva gris pegado a la boca, y respiraba trabajosamente por los orificios dilatados de la nariz.

Enfrente de ellos había una mujer sentada. Parecía enfadada. Terriblemente enfadada. Grrrr. La niña se rio para sus adentros. Luego volvió a apoyar la cabeza en los muslos. Estaba cansada y lo que más le apetecía en el mundo era dormir en su cama, con la muñeca que encontró un día en una parada de autobús. *Solo tenía un brazo y una pierna, pero era la muñeca más bonita que la niña había visto nunca. Tenía el pelo oscuro y rizado y un vestido rosa. La echaba muchísimo de menos. Se había quedado atrás, con papá y mamá. Más tarde iría a buscarla, cuando volviera al contenedor.*

Entonces todo iría bien otra vez.

Y volverían.

Volverían a casa.

10

Las grabaciones de la cámara acababan de llegar por mensajero. Ola Söderström abrió el paquete y sin perder un instante insertó un pequeño disco duro en su ordenador. Se puso de inmediato a revisar las imágenes, que ofrecían una panorámica general de Östanvägen. Por desgracia, sin embargo, la lente de la cámara giratoria no alcanzaba la casa de Hans Juhlén. A juzgar por el enfoque, debía de estar colocada a unos dos o tres metros del suelo, de modo que registraba eficazmente lo que sucedía en la calle. La calidad de la imagen era buena, y su nitidez alegró a Ola. Adelantó la grabación hasta el domingo por la mañana. Pasó una mujer con un perro, un Lexus blanco se alejó y al poco rato volvió a pasar la mujer del perro.

Cuando el reloj de la imagen marcaba las 17:30, Ola aminoró la velocidad. La calle desierta tenía un aspecto frío y ventoso. El cielo nublado hacía difícil detectar cualquier movimiento, y el alumbrado de la calle era de mala calidad.

Ola se estaba preguntando si sería posible ajustar el brillo para ver la escena con más claridad cuando de pronto vio a un niño.

Congeló la imagen. El reloj marcaba las 18:14.

Después dejó que continuara la grabación. El niño cruzaba la calle rápidamente y luego se perdía de vista.

Ola rebobinó la imagen y volvió a observar la secuencia. El niño llevaba una sudadera oscura con capucha que le tapaba eficazmente la cara. Caminaba con la cabeza agachada y las manos metidas en el gran bolsillo de la parte delantera.

Ola suspiró. Se pasó la mano por la cara y por el pelo. Solo era un chaval que iba a alguna parte. Dejó que continuara la grabación y se recostó con las manos unidas detrás de la cabeza.

Cuando el reloj marcaba las 20:00, aún no había visto nada. Ningún movimiento. Ni una sola persona. Ni siquiera pasaba un coche en aquellas dos horas. Solo el chico. En ese momento, Ola se dio cuenta de lo que había visto. Solo el chico.

Se levantó tan deprisa que la silla cayó hacia atrás y golpeó el suelo con estrépito.

—Parece que estás de muy buen humor.

Gunnar se sobresaltó al oír la voz de Anneli Lindgren. Estaba en la puerta, con los brazos cruzados sobre el pecho. Se había recogido el pelo en una coleta que realzaba sus ojos azules claros y sus pómulos altos.

—Sí, acaban de prometerme que van a mandarme esos registros de llamadas —dijo—. Les he montado un pollo, y ha dado resultado.

—Vaya, ¿y con eso basta para ponerte de buen humor? —preguntó Anneli.

—Pues sí, si te digo la verdad. ¿No deberías haberte ido ya? —dijo Gunnar.

—Sí, pero estoy esperando refuerzos. Es una casa muy grande. No puedo revisarla yo sola.

—Creía que te gustaba trabajar sola.

—Sí, claro, a veces. Pero pasado un tiempo te cansas. Y entonces es agradable tener compañía —repuso Anneli, y ladeó la cabeza.

—Pero no hace falta que lo revises todo otra vez. Solo lo más interesante.

—Bueno, eso es evidente. ¿Por quién me tomas? ¿Eh? —Anneli enderezó la cabeza y se llevó la mano a la cintura.

—Y hablando de revisar cosas —dijo Gunnar—, he estado ordenando el trastero y he encontrado varias cosas que te pertenecen.

—¿Has estado ordenando el trastero?

—Sí. ¿Qué pasa? —dijo Gunnar, y se encogió de hombros—. Tenía que deshacerme de algunas porquerías y he encontrado una caja de cartón grande llena de adornos. A lo mejor los quieres recuperar.

—Puedo recogerlos algún día de esta semana.

—No, será mejor que traiga la caja al trabajo. Ahora, si me disculpas, voy a ver si han llegado esos listados, como me han prometido.

Anneli estaba a punto de salir de la habitación cuando casi tropezó con Ola Söderström en la puerta. Parecía muy alterado.

—¿Qué pasa? —preguntó Gunnar.

—Creo que he encontrado algo. ¡Ven a ver!

Gunnar se levantó de su mesa y siguió a su compañero hasta la sala de ordenadores.

Ola, veinte años más joven que él, era alto, delgado y tenía la nariz afilada. Vestía vaqueros, camisa roja de cuadros y una gorra, como cualquier otro día del año. Daba igual qué temperatura marcara el termómetro: ya fueran treinta grados bajo cero o por encima de cero, Ola siempre llevaba su gorra. A veces era roja. Otras, blanca. A veces tenía rayas, y a veces cuadros. Ese día era negra.

Gunnar le había dicho muchas veces que tenía que quitarse la gorra cuando estaba trabajando, pero finalmente se había dado por vencido porque la gorra, por molesta que fuera vérsela puesta, resultaba trivial comparada con la habilidad de Ola para la informática.

—Mira esto. —Ola pulsó unas teclas y la grabación se puso en marcha.

Gunnar vio al niño en la pantalla.

—Aparece a las 18:14 exactamente —dijo Ola—. Cruza la calle y parece que va calle arriba, hacia la casa de Hans Juhlén.

Gunnar observó los movimientos del chico. Rígidos. Casi mecánicos.

—Ponlo otra vez —dijo cuando dejó de verse al chico.

Ola obedeció.

—¡Páralo ahí! —ordenó Gunnar, y se pegó al monitor—. ¿Puedes acercar la imagen?

Ola pulsó unas teclas y el chico se acercó.

—Lleva las manos metidas en el bolsillo de la sudadera. Pero el bolsillo abulta demasiado. Debía de llevar algo dentro —comentó Gunnar.

—Anneli encontró huellas de la mano de un niño —dijo Ola—. ¿Podría ser este?

—¿Cuántos años calculas que tiene? —preguntó su jefe.

Ola miró la figura del monitor. Aunque llevaba una sudadera ancha, bajo ella se distinguía la silueta de su cuerpo. Pero era su altura lo que despejaba la cuestión.

—Yo diría que unos ocho años, quizá nueve —contestó Ola.

—¿Sabes quién tiene un niño de esa edad?

—No.

—El hermano de Hans Juhlén.

—Mierda.

—Acerca más la imagen.

Ola activó de nuevo el zoom.

Gunnar aproximó la cara a la pantalla para examinar de cerca el bulto del bolsillo.

—Ya sé qué lleva en el bolsillo.

—¿Qué?

—Una pistola.

Henrik Levin y Mia Bolander habían salido de Norrköping con destino a Finspång. Circulaban en silencio, ensimismados, cuando vieron un cartel que indicaba que aún faltaban cinco kilómetros.

Henrik paró en el arcén y comprobó la dirección que había introducido en el GPS. El mapa digital mostraba que quedaban ciento cincuenta metros para llegar a su destino final, y la voz del navegador le ordenaba continuar en línea recta en la siguiente rotonda. Henrik siguió las instrucciones y se aproximó a la dirección indicada, situada en el distrito de Dunderbacken.

Mia señaló un hueco de aparcamiento vacío junto a un contenedor de reciclaje rebosante de envoltorios y cartones desechados. Alguien había dejado una vieja radio delante de los cubos verdes.

—Así que aquí es donde vive el hermano —comentó Mia. Salió del coche, se estiró y bostezó haciendo ruido.

Henrik salió y cerró bruscamente la puerta de su lado.

Había varias personas hablando en la zona de hierba que separaba los chatos edificios de apartamentos. Un par de niños jugaban con un cubo y una pala en un arenero cercano, junto a unos columpios. El gélido día de abril les había puesto las mejillas coloradas. Cerca de ellos había un hombre sentado, posiblemente el padre, absorto en su teléfono móvil. Una mujer con un largo abrigo de invierno se acercaba por la acera cargada con varias bolsas de compra. Se detuvo a saludar a un hombre de cabello largo que estaba quitando el seguro a una bicicleta Monark sujeta a un aparcabicis.

Henrik y Mia cruzaron el césped y buscaron el edificio. Entraron en el número treinta y cuatro. En el portal había un hombre vestido con ropa ligera. Dio unos pasos a un lado y luego se paseó adelante y atrás, como si esperara a alguien con impaciencia.

Mia echó un vistazo al listado de residentes que había junto al ascensor y leyó el nombre correspondiente a la segunda planta. Lars Johansson. Subieron por la escalera y llamaron al timbre.

Lars abrió de inmediato. Solo llevaba unos calzoncillos y una camiseta de fútbol clara adornada con el emblema del equipo de Norrköping. Estaba sin afeitar y tenía profundas ojeras. Mientras se frotaba el cuello, pareció sorprendido al ver a los dos agentes de policía delante de él.

—¿Es usted Lars Johansson? —preguntó Henrik.

—Sí, ¿qué ocurre? —respondió Lars.

Henrik se presentó y presentó a Mia y le mostró una orden judicial.

—Y yo que creía que eran de uno de esos periodicuchos… Los periodistas llevaban varios días rondando por aquí. Pero ¡pasen, hombre, pasen! Hace tiempo que no limpio, así que no se quiten los zapatos. Siéntense en el cuarto de estar. Yo voy a ponerme unos pantalones. Y a hacer pis. ¿Les importa esperar?

Mientras retrocedía hacia el cuarto de baño, Henrik miró a Mia, que no pudo evitar menear la cabeza. Lo siguieron ambos por el pasillo del piso.

El cuarto de baño estaba justo delante y vieron a Lars dentro, sacando unos pantalones de algodón grises del cesto de la ropa sucia. Luego cerró la puerta y echó al cerrojo.

—¿Vamos? —pregunto Henrik, y le indicó amablemente a Mia que se adelantara.

Ella asintió con un gesto y dio unos pasos.

La cocina quedaba a la izquierda y estaba llena de platos sucios y cajas de pizza. Dentro del fregadero había una bolsa de basura atada. El dormitorio, frente a la cocina, era bastante pequeño y contenía una cama estrecha sin hacer. Las persianas venecianas estaban cerradas y había piezas de Lego de diversos tamaños tiradas por el suelo. El cuarto de estar quedaba a la izquierda del cuarto de baño.

Henrik dudó. No sabía si debía sentarse en el sofá de piel marrón. Comprendió, al ver el cobertor que había en un rincón, que el sofá hacía las veces de cama. Olía a cerrado.

Se oyó una cisterna y Lars entró en el cuarto de estar vestido con unos pantalones que le quedaban unos cinco centímetros demasiado cortos.

—Siéntense. Voy a… —Dejó la almohada y el cobertor en el linóleo de color melocotón del suelo—. Ya está, tomen asiento. ¿Café?

Henrik y Mia declinaron su ofrecimiento y se sentaron en el sofá, que emitió una especie de siseo al hundirse bajo su peso. El olor a sudor lo invadía todo. A Henrik se le revolvió un poco el estómago. Lars se sentó en un taburete de plástico verde y se subió los pantalones un par de centímetros más.

—Lars… —comenzó el inspector.

—No, llámenme Lasse. Es como me llama todo el mundo.

—De acuerdo, Lasse. En primer lugar, permítanos darle el pésame.

—Sí, por mi hermano, qué cosa más horrible.

—¿Le ha afectado mucho?

—No, la verdad es que no. Ya sabe, no es que fuéramos precisamente grandes amigos, Hans y yo. Solo éramos hermanos de madre. Que dos personas sean familia no significa que pasen mucho tiempo juntas. Ni que se caigan bien necesariamente, ya que estamos.

—¿No congeniaban?

—No. O bueno… Qué demonios, no lo sé.

Lasse se quedó pensando unos segundos. Levantó un poco una pierna, se rascó la entrepierna y al hacerlo dejó al descubierto un agujero del tamaño de una moneda grande. Luego empezó a hablar de su relación con su hermano. Les dijo que no era muy buena. Que de hecho no habían mantenido ningún contacto ese último año. Y que era por culpa de su afición al juego. Pero que ya no jugaba. Por el bien de su hijo.

—Siempre podía pedirle dinero prestado a mi hermano cuando las cosas se ponían feas de verdad. Hans no quería que Simon pasara hambre. Es duro vivir de los subsidios sociales y, ya saben, hay que pagar el alquiler y todo eso. —Se frotó el ojo derecho con la palma de la mano y añadió—: Pero luego sucedió algo raro. Mi hermano se volvió tacaño, decía que no tenía dinero. A mí me pareció una idiotez. Si vives en Lindö es porque tienes dinero.

—¿Descubrió usted qué pasaba? —preguntó Henrik.

—No, solo me dijo que no podía seguir prestándome dinero. Que su parienta le había dicho que cerrara el grifo. Yo prometí devolvérselo todo. Tardaría un tiempo, pero aun así se lo prometí.

El caso es que no volvió a darme dinero. Era un idiota. Un idiota y un tacaño. Podría haber pasado sin comer un buen filete una noche y haberme dado cien coronas. Es lo más lógico, ¿no? Yo lo habría hecho en su lugar. —Se clavó el pulgar en el pecho.

—¿Discutió con él por dinero?

—No, nunca.

—Entonces, ¿nunca amenazó a su hermano? ¿Nunca discutieron acaloradamente o algo así?

—Puede que alguna vez le soltara algún taco, pero yo jamás le habría amenazado.

—Tiene usted un hijo, ¿verdad? —prosiguió Mia.

—Sí, Simon. —Lasse les pasó una foto enmarcada de un niño risueño y pecoso—. Ojo, en esa foto solo tiene cinco años. Ahora tiene ocho.

—¿Tiene una foto en la que se le vea mejor? ¿Una reciente? —preguntó Henrik.

—Voy a ver.

Lasse estiró el brazo hacia un armario blanco con puertas de cristal y sacó una caja no muy grande llena de cosas: hojas de papel, pilas y cables eléctricos, todo revuelto. Había también un detector de humo, un dinosaurio de plástico sin cabeza y varios envoltorios de dulces. Y un guante.

—No sé si tengo alguna reciente en la que esté bien. Las que les hacen en el colegio cuestan un ojo de la cara. Cobran cuatrocientas coronas por veinte fotos. ¿Quién puede permitírselas? Es un atraco a mano armada.

Dejó caer las hojas de papel al suelo para ver mejor el contenido de la caja.

—No, no tengo ninguna buena. Pero, ahora que lo pienso, puede que tenga alguna en el móvil.

Desapareció en la cocina y volvió con un teléfono anticuado en la mano. Se quedó de pie y apretó varias teclas.

Henrik se fijó en que faltaba la tecla de la flecha y en que Lasse tenía que usar el dedo meñique para buscar en la galería de imágenes.

—Aquí —dijo, y le mostró el teléfono a Henrik, que lo cogió y echó una ojeada a la fotografía de la pantalla.

La imagen de baja resolución mostraba a un niño relativamente alto y todavía pecoso. Tenía las mejillas coloradas y una mirada amable.

Henrik alabó lo guapo que era su hijo y le pidió que le enviara la fotografía por MMS. Un minuto después la grabó en su archivo de imágenes.

—¿Simon está en el colegio? —preguntó el inspector al guardarse el teléfono en el bolsillo.

—Sí —contestó Lasse, y volvió a sentarse en el taburete.

—¿A qué hora vuelve?

—Esta semana está con su madre.

—¿Estuvo con usted el domingo pasado?

—Sí.

—¿Dónde estaban entre las cinco y las siete de la tarde?

Lasse se frotó las piernas con las manos.

—Simon estuvo jugando a los videojuegos.

—Entonces, ¿estuvieron los dos aquí, en casa?

Volvió a frotarse las piernas.

—No. Solo Simon.

—¿Dónde estaba usted, entonces?

—Eh... Jugando una partida de póquer, ya saben... En esta misma calle. Si tus colegas te lo piden, tienes que jugar. Pero ha sido la última vez. La última, seguro. Porque ya no juego, ¿saben? Ya no.

11

El hombre de la cicatriz se paseaba de un lado a otro. Los miraba con furia allí parados, en fila, descalzos sobre el suelo de piedra. Las ventanas estaban cubiertas, pero en uno o dos sitios brillaba una franja de luz entre los paneles de la pared.

A la niña le dolían los labios y las mejillas, por el pegamento de la cinta gris con que le habían tapado la boca. Le había costado respirar por la nariz cuando iban en la furgoneta. Luego, más tarde, cuando los metieron en el barquito, se había mareado y había tenido que tragarse el vómito. La mujer le había arrancado la cinta cuando llegaron por fin a la sala grande, o la nave, o lo que fuera aquello.

La niña miró a su alrededor sin mover la cabeza. Grandes vigas sujetaban el techo, y había muchas telarañas. ¿Era un establo? No. Era mucho más grande que un establo. No había alfombras, ni colchones para acostarse. No podía ser una casa. Por lo menos no lo parecía, menos por el suelo de piedra. En casa de la niña el suelo también era de piedra. Pero allí las piedras estaban siempre calientes. Aquí estaban heladas.

La niña se estremeció, pero enseguida volvió a enderezarse. Trataba de mantenerse lo más erguida posible. Danilo también: había sacado el pecho y tenía la barbilla levantada. Pero Ester no. Ester solo lloraba. Se tapaba la cara con las manos y no paraba.

El hombre se acercó a ella y le dijo algo en voz alta. La niña no entendió lo que decía. Los otros niños tampoco. Así que Ester lloró aún más fuerte. Entonces el hombre levantó la mano y la golpeó tan fuerte que la tiró al suelo, de espaldas. Hizo señas a los otros dos adultos, que estaban junto a la pared. Agarraron a Ester por los brazos y las piernas y se la llevaron. Fue la última vez que la vio.

El hombre se acercó lentamente a ella, se detuvo y se inclinó hacia delante hasta que su cara quedó a un par de centímetros de la de ella. Con unos ojos tan fríos como el hielo, dijo algo en sueco que ella, después, ya no olvidaría nunca.

—No llores —le dijo—. No llores nunca más. Nunca jamás.

12

Mia Bolander estaba sentada con los demás en la sala de reuniones para la última puesta en común del día. Estaban repasando una serie de incógnitas acerca del asesinato de Hans Juhlén. La más importante era la relativa al niño cuya fotografía aparecía en la pantalla grande.

Gunnar Öhrn había dado prioridad absoluta a aquel niño cuyo nombre seguían sin conocer. O estaba directamente relacionado con el asesinato, o era un testigo clave para la investigación. En todo caso, había que dar con él. Lo que significaba que habría que ir de nuevo puerta por puerta, preguntando si alguien lo conocía.

Mia se alegraba de haberse librado de esa pesadez cuando la ascendieron. Interrogar a los vecinos no era estimulante. Carecía de interés.

Fue la primera en servirse del plato de bollos de canela que había en medio de la mesa, y cogió el más grande. Era una persona muy competitiva, por culpa de sus hermanos mayores. Cuando era pequeña, todo giraba en torno a quién era el primero. Sus hermanos, que eran cinco y seis años mayores que ella, competían por ver quién hacía más flexiones, quién llegaba primero a la esquina y quién tardaba más en dormirse. Mia se esforzaba por impresionarles, pero nunca la dejaban ganar. Ni siquiera en algo tan tonto como jugar al *memory*.

Así pues, para Mia se había vuelto natural competir prácticamente por todo, y ese instinto no se había disipado con el tiempo.

Como además tenía un temperamento francamente explosivo, muchos de sus compañeros de clase dejaban que se saliera con la suya. En los primeros cursos de instituto incluso la habían mandado a casa varias veces por meterse en peleas con otros alumnos.

En el colegio, en quinto curso, pegó tan fuerte a un compañero de clase que le hizo sangre. Todavía se acordaba del chico: era de su misma edad y tenía la nariz ancha. Solía meterse con ella y tirarle chinas durante las clases de educación física. Era, además, el único alumno capaz de ganarle corriendo los cien metros lisos. Tuvo que pagar por ello. Un día, después de una clase, Mia le pegó una patada tan fuerte en la espinilla que el chico tuvo que ir a ver a la enfermera del colegio y luego al hospital porque tenía una fisura en el hueso. Estuvieron a punto de expulsarla por eso, pero ella afirmó que había sido un accidente. La directora anotó lo sucedido en su expediente, pero a Mia le trajo sin cuidado. En la siguiente clase de educación física fue la más rápida. Eso era lo único que importaba.

Engulló el resto del bollo. Cayeron granos de azúcar sobre la mesa y Mia hizo un montoncito con ellos, se lamió la yema del dedo, recogió con ella el azúcar y se la metió en la boca.

Durante sus años escolares casi no había tenido amigos. A los trece años, su hermano mayor murió en una pelea entre bandas y ella decidió ir contracorriente. Al principio le costó sobrevivir en el duro barrio de los suburbios en el que había crecido, donde se suponía que había que destacar cuanto más mejor. *Piercings*, pelo teñido, la cabeza parcialmente afeitada o rapada, tatuajes, cortes, heridas abiertas: allí todo se asimilaba, incluso en el caso de Mia, que llegó a perforarse una ceja con una aguja con el único fin de integrarse. Pero lo que de verdad la distinguía de los demás era su actitud. Ella quería llegar a ser algo en la vida. Y gracias a su soberbia y a su espíritu competitivo consiguió acabar el colegio. Estaba decidida a no ser una perdedora, como su hermano.

Cogió otro bollo de canela y le ofreció el plato a Henrik, que negó con la cabeza.

Llevaban ya casi una hora debatiendo cuál podía ser la implicación del niño en el caso. Ola les enseñó una imagen congelada del chico, procedente de la cámara de seguridad. Estaba ligeramente girado, cruzando la calle.

Con ayuda del teclado, les enseñó más, fotograma a fotograma. Aparecían uno tras otro, lentamente. El equipo siguió los pasos del chico hasta que se perdió de vista. Lo último en desaparecer fue su capucha.

Henrik cogió su móvil y comparó las imágenes de la pantalla con la fotografía de Simon, el hijo de Lars Johansson. Comentó que habían descartado por completo a Simon como sospechoso.

—El sobrino es más bajo, más musculoso. El chico de la imagen es más delgado —afirmó.

—Déjame ver. —Ola se estiró para coger el teléfono de Henrik y miró la fotografía digital.

—Además, este Simon tiene el pelo rojizo. Creo que nuestro chaval es más moreno. Eso parece, por lo menos —añadió Henrik.

—Vale, entonces podemos olvidarnos de Simon, pero aun así queda la cuestión de quién es ese niño. Tenemos que dar con él —dijo Gunnar, y pasó a los registros de llamadas.

Ola, que solía ocuparse de los pormenores técnicos, había estado muy ocupado con las grabaciones de la cámara de seguridad de modo que, para acelerar las cosas, Gunnar se había encargado en persona de revisar los listados de llamadas. Empujó las copias de los registros hasta el centro de la mesa y dejó que cada uno cogiera la suya.

Henrik tomó un trago de café y miró la primera página.

—Hans Juhlén hizo su última llamada el domingo a las 18:15, a la pizzería Miami. ¿Ola?

Ola se levantó y anotó la llamada en el eje cronológico que había en la pared.

—Los de la pizzería nos han confirmado que llamó, y también que recogió la pizza a las 18:40. En la página siguiente tenéis las otras llamadas —dijo.

Pasaron todos a la página número dos.

—No son muchas —comentó Henrik.

—No, solo unas pocas. La mayoría, de su mujer o a su mujer. También hay una llamada saliente a un taller mecánico, pero no tiene nada de particular —dijo Gunnar.

—¿Y los mensajes de texto? —preguntó Mia.

—Tampoco hay nada raro en ellos —afirmó Gunnar.

Mia dobló las hojas y las arrojó sobre la mesa.

—Entonces, ¿qué hacemos ahora?

—Tenemos que encontrar a ese niño —respondió Gunnar.

—¿Sabemos algo acerca del hermano? —inquirió Anneli.

—No mucho. Mia y yo acabamos de hablar con él. Está soltero, vive de los subsidios sociales, o eso dice, y tiene la custodia compartida del crío.

—¿Tiene antecedentes delictivos? —quiso saber Mia.

—No —contestó Gunnar.

—Mi instinto me dice que no está implicado en el asesinato —repuso Mia.

—¿Y qué me decís de la esposa de Juhlén? —preguntó Gunnar.

—No creo que lo matara ella —contestó Mia.

—Yo tampoco estoy convencida —agregó Anneli—. No tenemos testigos presenciales, ni ninguna prueba material sólida.

—Lasse dijo algo interesante cuando hablamos con él. Mencionó que Hans decía estar arruinado. De pronto no tenía dinero ni para prestarle unas coronas —dijo Henrik—. Dado que sabemos que recibía anónimos amenazadores, podemos dar por sentado que alguien le tenía en sus manos. Quizá es ahí donde iba a parar el dinero.

—Quizá Hans también tuviera deudas de juego, ¿no? —preguntó Mia.

—Cabe esa posibilidad. Eso explicaría, además, por qué parecía tan estresado últimamente, al menos en opinión de su mujer. Quizá no se debiera únicamente a las críticas que estaba recibiendo su departamento, sino a esos anónimos.

—Bien, entonces tomaremos eso como punto de partida. Quiero que echéis un vistazo a sus cuentas bancarias. Ola, es lo primero que harás mañana por la mañana —ordenó Gunnar.

—¿Y el ordenador? —preguntó el técnico.

—Primero los extractos bancarios y luego el ordenador. En fin, eso es todo —concluyó Gunnar.

Henrik miró el reloj de pared y se enfadó consigo mismo al ver que ya eran las siete y media. Otra vez se había pasado de la raya. Emma ya habría cenado y los niños se habrían ido a dormir. ¡Mierda!

Suspiró y apuró el café, que se había quedado frío.

Henrik Levin intentó abrir la puerta de la calle tan sigilosamente como pudo. La abrió rápidamente, entró en el recibidor y enseguida se metió en el cuarto de baño.

En cuanto terminó se lavó las manos y se miró al espejo. Tenía barba de tres días y le hacía más falta afeitarse de lo que creía. Se palpó la mejilla y el mentón con la mano derecha. No le apetecía afeitarse en ese momento. Darse una ducha sí, quizá.

Se pasó los dedos por el pelo castaño y vio que tenía una cana en la sien. Se la arrancó enseguida y la dejó caer al lavabo.

—Hola.

Emma se asomó al cuarto de baño. Se había recogido el pelo de cualquier manera sobre la coronilla y llevaba una especie de mono de felpa roja y calcetines negros.

—Hola —dijo Henrik.

—Casi no te oigo entrar —comentó ella.

—No quería despertar a los niños.

—¿Qué tal el día?

—Bien. ¿Y tú?

—Bien. He conseguido pintar la cajonera de la entrada.

—Eso es genial.

—Sí.

—¿De blanco?

—Sí, de blanco.

—Creo que voy a darme una ducha.

Emma apoyó la cabeza contra el quicio de la puerta. Un mechón de pelo le cayó sobre la frente y se lo colocó detrás de la oreja.

—¿Qué pasa? —preguntó Henrik.

—¿Qué?

—Tengo la impresión de que quieres decirme algo.

—No.

—¿Estás segura?

—Sí, claro.

—Vale.

—Ponen una buena peli en la tele. Voy a verla en el dormitorio.

—Enseguida voy. Solo voy a ducharme.

—¿Y a afeitarte?

—Sí, a afeitarme también.

Emma sonrió y cerró la puerta.

En fin, pensó Henrik, y sacó la maquinilla del cajón. Tendría que afeitarse, después de todo.

Quince minutos más tarde, Henrik entró en el dormitorio con la toalla alrededor de las caderas. Emma parecía absorta en un drama impresionante que había ganado más de un Oscar. Henrik temió verse obligado a ver el final de aquella película lacrimógena. Pero por suerte no había ningún niño de cinco años en la cama.

—¿Y Felix? —preguntó.

—Durmiendo en su habitación. Te ha hecho un dibujo de un fantasma.

—¿Otro?

—Sí —contestó Emma sin apartar los ojos de la enorme televisión de la pared.

Henrik se sentó al borde de la cama y miró a la pareja que se abrazaba en la pantalla. Felix estaba en su cama. Quizá fuera el momento de…

Se quitó la toalla, se metió bajo el grueso edredón y se acercó a Emma. Le puso la mano sobre la tripa desnuda, pero ella siguió con los ojos fijos en la pantalla. Henrik apoyó la cabeza en su hombro y le acarició lentamente los muslos. Sintió que ella ponía la mano encima de la suya y se pusieron a juguetear con los dedos debajo del edredón.

—Emma… —dijo.

—Mmm-hmm…

—Cariño…

—¿Sí?

—Quería preguntarte una cosa.

Ella no contestó. Observaba a la pareja de la pantalla, unida en un largo y apasionado beso.

—He estado pensando, y ya sabes que me gustaría volver a apuntarme al gimnasio. Así que he pensado que… Si no te importa que… que vaya un par de veces por semana. Después del trabajo.

Emma dio un respingo y por primera vez apartó los ojos de la película. Miró a su marido con desilusión.

Henrik se apoyó en un codo.

—Por favor, cariño…

Ella levantó las cejas. Luego le apartó enfáticamente la mano de su tripa.

—No —contestó escuetamente, y volvió a concentrarse en el desenlace de la historia de amor.

Henrik seguía apoyado en el codo. Se tumbó de espaldas, con la cabeza apoyada en la almohada, y se maldijo para sus adentros. Lo sabía, sabía que no debía exponer su petición de manera que ella pudiera decirle que no. Se quedó mirando el techo, ahuecó la almohada y dio la espalda a Emma. Y suspiró. Esa noche tampoco habría sexo. Y todo por culpa suya, maldita sea.

Acababa de empezar a nevar cuando Jana Berzelius y Per Åström decidieron salir del restaurante El Colador. Per le había propuesto que salieran a cenar para celebrar el éxito de ambos en un proceso de divorcio especialmente obsceno, y Jana había accedido por fin. Cocinar para ella sola no era su pasatiempo favorito, ni tampoco el de Per.

—Gracias por la velada —dijo Jana al levantarse de la mesa.

—Podemos repetir pronto si te apetece —repuso Per con una sonrisa.

—No, no me apetece —dijo ella, y se resistió a devolverle la sonrisa.

—Esa afirmación es poco sincera.

—En absoluto, mi muy estimado fiscal.

—¿Ah, sí?

—Sí.

—¿Debo recordarte que disfrutas de mi compañía?

—Ni por asomo.

—¿Una copa antes de irnos?

—Creo que no.

—Me apetece algo con ginebra. Tendrá que ser lo de siempre. ¿Y tú?

—No, gracias.

—Entonces pediré dos.

Jana suspiró mientras Per se alejaba hacia la barra. Volvió a sentarse de mala gana y, a través de la luna del restaurante, vio caer lentamente los copos de nieve. Puso los codos sobre la mesa, apoyó la barbilla sobre las manos unidas y miró a Per, que estaba charlando con el barman.

Sus miradas se cruzaron y él la saludó con la mano desde la barra como un niño, abriendo y cerrando la mano. Jana meneó la cabeza y volvió a fijar la mirada en la cristalera.

La primera vez que vio a Per, acababa de llegar a su nuevo despacho en la fiscalía. Su jefe, Torsten Granath, les presentó y Per le explicó amablemente los procedimientos rutinarios de la oficina. También le recomendó algunos buenos restaurantes. Y algo de música. Y le hizo todo tipo de preguntas que nada tenían que ver con el trabajo. Jana respondió con parquedad, y en ocasiones ni siquiera contestó. Pero Per no se dio por satisfecho con su bochornoso silencio y siguió haciéndole preguntas innecesarias. A Jana, la curiosidad de su colega le pareció una especie de interrogatorio y le pidió que parara. Luego le informó concisamente de que no le gustaba charlar por charlar. Él se limitó a lanzarle una sonrisa horriblemente bobalicona, y desde aquel día eran amigos.

El restaurante estaba lleno. El local resultaba un poco agobiante con todos los abrigos de invierno, y el suelo de cuadros marrones estaba mojado por la nieve que los clientes llevaban en los zapatos. Se oía un fuerte zumbido de voces y un leve tintineo de copas. Había pocas lámparas y un sinfín de velas.

Jana apartó los ojos de la cristalera y los dirigió de nuevo hacia la barra, más allá de Per, hacia el espejo de detrás del barman. Miró el surtido de licores y reconoció las etiquetas de Glenmorangie, Laphroaig y Ardberg. Sabía que se contaban entre los clásicos y que todos ellos procedían de Escocia. Su padre, que era amante del whisky, insistía en beberse uno de tipo ahumado en cada cena familiar. A Jana no le atraía especialmente, pero le habían enseñado a no decir que no cuando le ofrecían un vaso. Prefería una copa de un *sauvignon blanc* bien frío.

Per volvió y Jana miró con desconfianza la cantidad de licor que contenían los vasos que depositó sobre la mesa.

—¿Es doble? —preguntó.

—No, solo.

Jana lo miró con enojo.

—Está bien, está bien, es doble. Perdona.

Jana aceptó su disculpa. Bebió un sorbo de su copa e hizo una mueca al notar su fuerte sabor.

Un poco más tarde, después de que vaciaran el contenido de sus vasos y Per se empeñara en pedir otra ronda, la conversación derivó en una charla entre colegas acerca de la moral y la ética en el mundo del Derecho. Tras debatir diversas anécdotas acerca de casos relevantes y abogados de dudosa reputación, abordaron el problema del caduco sistema de magistratura laica.

—Lo he dicho otras veces y lo repito: el sistema de nombramiento de magistrados laicos debería cambiar radicalmente. No deberían ser cargos de designación política. Debería nombrarse a personas a las que de verdad les interesen la ley y la justicia.

—Estoy de acuerdo —dijo Jana.

—Necesitamos gente volcada en su trabajo. A fin de cuentas, sus votos son decisivos.

—Tienes toda la razón.

—Ahora, dos adolescentes de Estocolmo han conseguido ganar una apelación alegando que uno de los magistrados laicos se durmió durante la vista.

—Sí, ya me he enterado.

—Es sencillamente inaceptable que tengamos que asumir el gasto que supone la repetición de un proceso solo porque un magistrado laico echó una cabezadita durante un juicio. Deberían embargarle la paga. Es increíble —dijo Per.

Bebió otro trago de su bebida, se apoyó sobre la mesa y miró a Jana muy serio. Ella lo miró a los ojos. Seria, también.

—¿Qué pasa? —preguntó.

—¿Qué tal te va con el caso del asesinato de Hans Juhlén?

—Ya sabes que no puedo decir nada al respecto.

—Lo sé. Pero ¿qué tal va la cosa?

—No va de ninguna manera.

—¿Qué está pasando?

—Ya has oído lo que he dicho.

—¿No puedes contarme nada? ¿Extraoficialmente?

—Déjalo.

—¿Hay trapos sucios? —Per le sonrió maliciosamente y subió y bajó las cejas—. Seguro que sí, ¿verdad? Suele haberlos cuando se trata de jefes.

Ella puso cara de fastidio y meneó la cabeza.

—Interpreto tu silencio como un sí.

—No puedes hacer eso.

—¿No? ¡Chinchín, por cierto!

MIÉRCOLES, 18 DE ABRIL

13

Fue John Hermansson quien encontró al chico.

De setenta y ocho años, viudo desde hacía cinco, vivía en Viddviken, un pueblecito costero a cinco kilómetros de Arkösund. La casa era en realidad demasiado grande para una sola persona y requería demasiadas horas de mantenimiento. John, sin embargo, seguía allí debido a su amor por el paisaje. Desde el fallecimiento de su esposa le costaba dormir. Solía despertarse muy temprano y, en lugar de quedarse en la cama, se levantaba hiciera el tiempo que hiciera y salía a dar un largo paseo. Incluso en una gélida mañana como aquella. Se puso sus botas de agua, se abrochó su anorak y salió. El sol estaba empezando a salir y a extenderse sobre la hierba helada del jardín. El aire estaba cargado de humedad.

John cruzó la verja y decidió, por una vez, evitar el bosque y bajar hasta el mar. Solo le separaban unos doscientos metros de la costa y de las rocas que miraban hacia la bahía de Bråviken. Bajó por el estrecho camino de grava en dirección al mar. La grava crujía bajo sus pies.

Siguió el camino que torcía a la derecha y, tras pasar los dos grandes pinos, llegó al mar. El agua se extendía ante él como un espejo. Eso era raro. Normalmente había mucho oleaje en la bahía. John respiró hondo y vio su aliento al exhalar. Cuando estaba a punto de volver sobre sus pasos, vio algo extraño en la orilla. Algo que brillaba, plateado. Se acercó al talud y se agachó para mirar. Era una pistola y estaba manchada de sangre.

John se rascó la cabeza. Un poco más allá, la hierba estaba roja. Pero sus ojos se clavaron en lo que yacía allí al lado, bajo un abeto. Un niño. Estaba tumbado boca arriba, con los ojos abiertos de par en par. Tenía el brazo izquierdo doblado en un ángulo poco natural y la cabeza cubierta de sangre.

Lo acometió una náusea y John respiró hondo, trabajosamente. Le fallaron las piernas y tuvo que sentarse en una roca. Incapaz de levantarse, se quedó allí sentado, tapándose la boca con la mano, la vista fija en el niño muerto.

Sabía instintivamente que aquella escena pavorosa quedaría grabada en su memoria.

Para siempre.

La policía de Norrköping recibió el aviso a las 5:02.

Treinta minutos después, dos coches patrulla enfilaron el camino de grava de Viddviken. Cinco minutos más tarde llegó la ambulancia para John Hermansson, que seguía sentado en aquella roca, junto al mar. Un hombre que estaba repartiendo periódicos se había fijado en el anciano y le había preguntado si se encontraba bien. John había señalado el cuerpo y luego se había balanceado adelante y atrás y había dejado escapar un extraño gemido.

Pasadas las seis, otro coche policial bajó por el camino.

Gunnar Öhrn se acercó al talud sin perder un segundo, seguido de cerca por Henrik Levin y Mia Bolander. Anneli Lindgren iba detrás de ellos con un maletín que contenía los instrumentos necesarios para la inspección forense del lugar donde había sido hallado el cuerpo.

—Herida de bala —comentó mientras se ponía los guantes.

Los ojos sin vida del niño la miraban fijamente. Tenía los labios secos y agrietados. Su sudadera con capucha estaba sucia y descolorida por la sangre coagulada. Sin decir palabra, Anneli sacó su móvil y llamó a Björn Ahlmann, el patólogo forense.

Contestó al segundo pitido.

—¿Sí?

—Tenemos algo para ti.

Fue imposible evitarlo. El teletipo de la agencia de noticias TT informando de que un niño había sido asesinado cerca de Norrköping se difundió a velocidad increíble por todos los medios de comunicación de Suecia, y el encargado de prensa de la policía de Norrköping recibió la llamada de una docena de periodistas que querían conocer más detalles. La noticia de que un menor había sido asesinado a tiros conmocionó a todo el país, y en los programas de televisión matinales diversos expertos en criminología dieron su opinión sobre el caso. Se había encontrado un arma cerca del cuerpo. Muchos dieron por sentado que el niño procedía de un ambiente delictivo, y ello dio pie a encendidos debates acerca del nivel de violencia entre la juventud actual y sus consecuencias.

Cuando llamaron para darle la noticia, Jana Berzelius estaba durmiendo. Se levantó de la cama y decidió darse una ducha rápida para despejarse. Tenía una leve jaqueca y habría preferido quedarse en la cama. Todo por culpa de Per. Habían acabado tomando tres copas, más de lo que podía soportar. Y antes, mientras cenaban, habían compartido una botella de vino ignorando el consejo según el cual conviene beber un vaso de agua por cada vaso de algo más fuerte.

Tras la ducha refrescante se tomó una pastilla para el dolor de cabeza y se tumbó en la cama unos instantes, con el pelo todavía mojado. Contó despacio hasta veinte, luego se vistió, se lavó los dientes y buscó un paquete de chicles de menta. Después estuvo lista para la reunión en la jefatura de policía.

—Estamos aquí para recapitular lo que sabemos acerca del niño que fue encontrado muerto esta mañana en Viddviken.

—Gunnar utilizó un imán para pegar la fotografía en la pizarra blanca antes de continuar—. Anneli, que sigue en el lugar de los hechos, ha dicho que le dispararon y que murió entre las siete y las once de la noche del domingo. Según ella, la vegetación pisoteada indica que el niño se hallaba en movimiento y las heridas permiten suponer que le dispararon por la espalda.

Bebió un sorbo de agua y se aclaró la garganta.

—En estos momentos ignoramos si la víctima presenta otras lesiones o si fue agredida sexualmente. La autopsia nos lo dirá, y el forense ha dado su palabra de que tendrá listo el informe lo antes posible. Confiamos en que mañana mismo. La ropa del niño ha sido enviada al laboratorio de criminología. —Se levantó de la silla—. Seguimos peinando la zona en torno al lugar de los hechos, pero de momento no tenemos ninguna huella ni ningún indicio del asesino. De lo único de lo que estamos relativamente seguros es de que el niño hallado en Viddviken es el mismo que aparece en la grabación de la cámara de seguridad de Östanvägen.

—¿Y el arma homicida? —preguntó Henrik.

—Todavía no lo sabemos a ciencia cierta. Lo que sí sabemos es que le dispararon y que se ha encontrado un arma de fuego en las cercanías. Pero todavía ignoramos si fue esa pistola la que lo mató. Sabemos, en cambio, que el arma hallada cerca del cuerpo es una Glock, y a Hans Juhlén lo mataron...

—Con una Glock —concluyó Henrik.

—Exacto. Desconocemos, de momento, el número de serie. He mandado el arma al laboratorio nacional para que examinen las balas que aún contiene la pistola. Si coinciden con las que mataron a Hans, tendremos motivos para sospechar que ese niño estuvo involucrado de algún modo en el asesinato de Juhlén. También le hemos tomado las huellas.

—¿Y? —preguntó Mia.

—Coinciden. Las huellas de las manos y los dedos encontradas en casa de Hans Juhlén coinciden con las del niño —afirmó Gunnar.

—Entonces estuvo allí —dijo Mia.

—Sí. Y a bote pronto yo diría que es…

—El asesino —masculló Jana, y sintió que un escalofrío le recorría la espalda. Le sorprendió su propia reacción.

—El asesino, en efecto —concluyó Gunnar.

—Pero, qué demonios, los niños no van por ahí matando a la gente así como así. Y menos aquí en Norrköping, y en Lindö. Me parece sumamente improbable que pudiera hacerlo él, o que lo hiciera solo —comentó Mia.

—Puede ser. Pero de momento eso es lo único que tenemos para tirar del hilo —repuso Gunnar.

—Pero, entonces, ¿cuál es el móvil? —preguntó Henrik—. ¿Un niño mandaría cartas amenazadoras a un jefe de departamento de la Junta de Inmigración?

—Nos corresponde a nosotros averiguar si el niño es el asesino o no. Y debemos averiguar quién mató al chico —añadió Gunnar con la respiración agitada.

—Pero ¿quién es el niño?

—Eso tampoco lo sabemos todavía. Ni sabemos por qué estaba en Viddviken o cómo llegó allí. En todo caso, no estaba metido en el agua, eso al menos está claro. Estaba en la orilla, de espaldas al mar —dijo Gunnar.

—Estaba huyendo de alguien —apuntó Henrik.

—Eso parece —repuso su jefe.

—¿No hay huellas de neumáticos? —preguntó Henrik.

—No, de momento no las hemos encontrado.

—Entonces llegó en barco y el asesino debía de estar a bordo —comentó Henrik.

—Pero no podemos descartar la posibilidad de que llegara en coche o por algún otro medio —puntualizó Gunnar.

—¿Testigos? —preguntó Mia.

—No, ninguno. Pero estamos haciendo pesquisas en toda la costa, desde Viddviken a Arkösund.

—Aun así, ¿quién es el chico? —preguntó Henrik.

Gunnar respiró hondo.

—De momento no aparece en ninguna de nuestras bases de datos. Mia, quiero que revises todos los casos de niños desaparecidos. Los nuevos y también los antiguos, incluso los que hayan prescrito. Coge una foto del niño y habla con los servicios sociales, pregunta en los colegios y los clubes juveniles. Tal vez tengamos que pedir la colaboración ciudadana —añadió Gunnar.

—¿A través de los medios? —preguntó Henrik.

—Sí, pero preferiría no hacerlo. Se montaría tal... ¿Cómo decirlo? Tal circo... —Se acercó al mapa de la pared y señaló el lugar del hallazgo—. Aquí es donde encontraron al niño. De modo que estamos buscando algún tipo de embarcación o vehículo que pasara por el mar a la altura de Viddviken entre las siete y las once de la noche del sábado. —Desplazó la mano hacia arriba por el mapa—. Tenemos a una unidad preguntando puerta por puerta y hay una patrulla canina recorriendo las inmediaciones.

—¿Qué hacemos con Kerstin? —preguntó Jana—. Si no conseguís más pruebas, tendré que dejarla en libertad mañana a primera hora.

—Quizás ella sepa quién es el niño —sugirió Mia.

—También tenemos que preguntarle por la situación económica de su marido —agregó Gunnar—. Ola, no olvides revisar sus cuentas bancarias. Cuentas privadas, de ahorro, inversiones, lo que sea. Compruébalas todas.

Ola respondió asintiendo con la cabeza.

—Henrik, vuelve a interrogar a Kerstin. Todavía no hemos acabado con ella. Todavía no —remachó Gunnar.

14

Había dolido. Ella sabía que dolería. Lo había oído a través de las paredes. Pero no sabía que dolería tantísimo.

Uno de los adultos le había dicho que lo siguiera al almacén oscuro. Allí le había atado las manos a la espalda y la había obligado a agachar la cabeza. Con un trozo afilado de cristal le había grabado su nuevo nombre en la nuca. Decía KER. De allí en adelante se llamaría así: se convertiría en Ker y así seguiría para siempre. Mientras le ponía otra inyección, el hombre de la cicatriz le había dicho que no volverían a hacerle daño, que ya no le pasaría nada. Al mismo tiempo que una sensación de calma se extendía por su cuerpo, dentro de ella había surgido una especie de fortaleza. Ya no sentía ningún miedo. Se sentía poderosa. Invencible. Inmortal.

Los adultos la dejaron en el almacén con las manos atadas para que no se tocara la herida hasta que curara. Cuando por fin la dejaron salir, se sentía débil, tenía frío y había perdido el apetito.

La niña trató de ver las letras grabadas en un espejo, pero no pudo. Se llevó la mano a la nuca. Escocía. La piel todavía estaba sensible. Se formó una costra y la niña no pudo evitar tocársela, y entonces empezó a sangrar. Se enfadó consigo misma y trató de detener la hemorragia apretando la herida con la manga del jersey. Pero las manchas de la tela se hacían más grandes cada vez que se apretaba la herida.

Miró su brazo, delante de ella. Las manchas eran muy grandes. Abrió el grifo y metió el brazo debajo para intentar quitar la sangre.

Pero no sirvió de nada, solo empeoró las cosas. Ahora tenía la manga manchada de sangre y empapada. Se apoyó contra la pared y miró el techo. La lámpara redonda emitía un resplandor débil y había moscas muertas dentro del globo de cristal. ¿Cómo la castigarían ahora? No debía tocarse el cuello. Era lo que le habían dicho. La herida tenía que curar por completo. Si te la tocabas, quedaría mucho peor. Quedaría fea.

Se dejó resbalar hasta el suelo con la espalda pegada a la pared. El recreo acabaría pronto. No podría quedarse mucho más en el servicio. ¿Cuánto tiempo llevaba en la isla? ¿Un mes? Tal vez varios. Los árboles, en cualquier caso, ya habían perdido todas sus hojas. Le habían parecido tan bonitas, con aquel color marrón dorado… En casa nunca había visto un árbol que cambiara así de color. Cada vez que se ponía firme en el patio, deseaba poder lanzarse sobre los montones de hojas doradas. Pero nunca podía. Solo le permitían pelear. Constantemente. Contra Minos, aquel niño flacucho y nervioso. Y también contra Danilo. Él era más grande y fuerte que ella, así que la había podido. Intentó no darle demasiado fuerte, pero al final tuvo que hacerlo. Si no peleabas, te pegaban, te pegaban mucho, así que Danilo la había golpeado. Al principio intentó tener cuidado: un puñetazo no muy fuerte y una bofetada. Pero entonces el hombre de la cicatriz lo agarró tan bruscamente del pelo que le arrancó unos puñados.

Ella había intentado defenderse. Intentó atacar a Danilo dándole patadas y puñetazos, pero no sirvió de nada. Al final, Danilo le pegó un puñetazo tan fuerte que le partió el labio. Lo tuvo hinchado tres días. Luego llegó el momento de la siguiente pelea. Esta vez su rival era otro niño, un año más pequeño que ella. Cuando el niño le lanzó a propósito un golpe al labio herido, se puso tan furiosa que le dio un puñetazo en la oreja, tan fuerte que lo tiró al suelo. Siguió dándole patadas y puñetazos hasta que el hombre de la cicatriz la obligó a parar. Entonces sonrió. Se señaló los ojos, la garganta y la braqueta.

—Ojos, garganta, braqueta —dijo. Nada más.

La niña oyó el timbre. Había llegado la hora de la siguiente clase.

Escurrió la manga mojada lo mejor que pudo. Cayeron unas gotas de agua al suelo, formando un charquito. Estiró el brazo para arrancar un poco de papel y secó el charco. Luego se levantó y tiró el papel al váter sucio.

Se enrolló un poco la manga para esconder las manchas de sangre, abrió la puerta y salió.

15

Peter Ramstedt parecía de mal humor cuando Henrik Levin le telefoneó. Su tonillo de abogado sonó directo y enérgico. Repitió dos veces que no tenía tiempo para personarse en el nuevo interrogatorio de Kerstin Juhlén y menos aún esa tarde, a la hora que proponía el inspector jefe.

—Dado que mi clienta se empeña en que la acompañe y en estos momentos me encuentro en el juzgado, sería más conveniente que fuéramos esta tarde a última hora o mañana por la mañana —dijo Ramstedt.

—No —contestó Henrik.

—¿Cómo dice?

—No —repitió Henrik—. Ni esta tarde, ni mañana por la mañana. No sé si se da cuenta de ello, pero estamos en medio de una investigación por asesinato y necesitamos hablar con Kerstin Juhlén de inmediato.

Se hizo un silencio al otro lado de la línea. Luego volvió a oírse la voz del abogado. Habló extremadamente despacio y en tono resuelto:

—Y no sé si usted se da cuenta de ello pero, como representante legal de la señora Juhlén, he de estar presente.

—Muy bien, en ese caso será mejor que se personen aquí los dos a las once en punto de esta misma mañana.

Henrik puso fin a la llamada.

Faltaban dos minutos para las once cuando el abogado entró en la sala de interrogatorios para reunirse con Kerstin y los demás. Tenía la cara muy colorada. Dejó su maletín en el suelo con un golpe deliberado y se sentó junto a Kerstin. Dedicó a Henrik y Jana una sonrisa arrogante y se guardó el teléfono móvil en el bolsillo de su chaqueta a rayas. Entonces comenzó el interrogatorio.

Henrik empezó formulando algunas preguntas directas y sencillas acerca de la situación económica de Hans Juhlén a las que Kerstin contestó en voz baja. Pero cuando pasó a asuntos más específicos, la mujer apenas supo qué decir.

—Como le decía, yo no tenía acceso a todas las cuentas de mi marido y desconozco su saldo, así que no puedo decirle cuánto dinero había en ellas.

Dijo, en cambio, que el salario de Hans se ingresaba en una cuenta conjunta y que los pagos de la hipoteca y otros gastos cotidianos procedían de ahí.

Hans había asumido la responsabilidad de su situación económica dado que era su sueldo el que los mantenía a ambos.

—Era él quien se encargaba de todo —afirmó Kerstin.

—Tengo entendido que, como matrimonio, gozaban de una buena situación económica —comentó Henrik.

—Sí, muy buena.

—Pero ¿dice usted que su marido no era derrochador?

—En efecto.

—¿Por eso no ayudaba a su hermano prestándole dinero?

—¿Eso les ha dicho Lasse? ¿Que Hans no le daba dinero? —Le había cambiado la voz. De pronto sonaba más aguda.

Henrik no respondió. Miró fijamente la camiseta rosa de la mujer. El elástico del cuello redondo estaba un poco dado de sí, y un hilo suelto le colgaba de la manga. Sintió el impulso de alargar el brazo y arrancarlo. ¿Cómo podía dejar ella que aquel hilo le colgara de la manga?, se preguntaba.

—Hans sí que le prestaba dinero —afirmó Kerstin—. Le prestaba demasiado. Quería ayudarlo, pero Lasse se lo jugaba todo. Mi marido no quería que Simon sufriera las consecuencias, así que, intentando ayudar a su sobrinito, ingresaba directamente el dinero en una cuenta a nombre de Simon. Pero como Lasse era su tutor legal, sacaba el dinero de la cuenta del chico y lo perdía todo apostando en las carreras de caballos. Mi marido se enfadó, claro, y dejó de hacer ingresos. Puede que no fuera lo mejor para el niño, pero ¿qué podía hacer?

—Según Lasse, fue usted quien impidió que siguiera prestándole dinero —dijo Henrik.

—No, en eso se equivoca. —Kerstin se llevó el pulgar a la boca y empezó a mordisquearse una cutícula herida.

—Entonces, ¿no le prestaron dinero recientemente? —prosiguió Henrik.

—No, este último año no.

Henrik se quedó pensando. Luego miró de nuevo a Kerstin.

—Tenemos que comprobar sus cuentas bancarias —afirmó.

—¿Por qué? —La señora Juhlén lo miró a los ojos y siguió mordiéndose la cutícula.

—Para comprobar que lo que nos ha dicho es correcto.

—Necesitan autorización —intervino Ramstedt, que se había inclinado hacia la mesa.

—Ya nos hemos ocupado de eso —repuso Jana secamente, y le tendió una orden judicial firmada.

Ramstedt resopló audiblemente, se echó hacia atrás y apoyó la mano en el hombro de Kerstin. Ella lo miró y Henrik advirtió un tic nervioso en su párpado izquierdo.

—Bien, entonces —dijo—, tengo una pregunta más, una importante. Esta mañana han encontrado a un niño muerto. Tengo aquí su foto.

Puso dos imágenes de alta resolución sobre la mesa delante de ella, una de la escena del crimen y otra procedente de la cámara de seguridad.

Kerstin Juhlén les echó una ojeada.

—Debemos encontrar a la persona que asesinó a su marido y al final la encontraremos —dijo Henrik—. Pero de momento solo tenemos un sospechoso y es usted. De modo que, si quiere salir en libertad, tiene que concentrarse y decirnos si alguna vez ha visto a este niño cerca de su casa.

Kerstin permaneció callada unos instantes.

—Nunca lo he visto —dijo—. Le doy mi palabra, nunca antes lo había visto. Nunca.

—¿Está segura?

—Absolutamente.

Se le había pasado un poco el dolor de cabeza. Aun así, Jana Berzelius se tomó otra pastilla con un gran vaso de agua. Dejó correr el agua del grifo un rato, hasta que le pareció lo bastante fría.

Cuando acabó, dejó el vaso en el fregadero de la oficina y se puso a trabajar. Tenía e-mails y llamadas que responder, y seguía esperando la aprobación de dos citaciones. Y además Yvonne le había dado otras tres.

Torsten Granath entró en la cocina de la oficina, se acercó rápidamente al armario y sacó una taza.

—¿Mucho trabajo? —preguntó Jana.

—Como siempre, ¿no?

Torsten se giró para poner la taza en la bandeja de la máquina de café, pero con las prisas la sujetó mal y se le escurrió entre los dedos.

Jana alargó instantáneamente la mano derecha y cogió la taza antes de que se estrellara contra el suelo.

—Buenos reflejos.

Ella no respondió. Se limitó a devolverle la taza a su jefe.

—¿Aprendiste a hacer eso en ese internado tan pijo al que ibas?

Jana guardó silencio. Torsten, acostumbrado a su mutismo, se preparó con cuidado el café.

—Quizá deba jubilarme, si no puedo ni manejar una taza de café.

—O por lo menos tomarte las cosas con más calma —repuso ella.

—No, para eso no tengo tiempo. ¿Qué tal vas con el caso Juhlén, por cierto?

—Mañana tendré que dejar en libertad a la esposa —contestó Jana—. No hay nada concreto que la vincule con el asesinato. Ramstedt se va a llevar una alegría.

—¡Ese tipo! Para él, la ley es un simple negocio.

—Y las mujeres su recompensa.

Torsten le lanzó una amplia sonrisa.

—Confío en ti —dijo.

—Lo sé.

Jana sabía que su jefe hablaba en serio. Había confiado en ella desde el día en que llegó a la oficina. Gracias a las excelentes referencias de sus años de prácticas, Jana consiguió el codiciado puesto de fiscal de Norrköpping pese a la dura competencia de sus rivales. Puede que el hecho de que fuera hija del exfiscal general Karl Berzelius también contribuyera a su nombramiento. Su padre tenía muchos contactos en la administración pública, y en particular en el sistema judicial. Los logros universitarios de Jana, sin embargo, eran solo cosa suya: se había licenciado en Derecho por la Universidad de Upsala con las mejores notas y su padre se había sentido orgulloso cuando le dieron el título. O al menos se había sentido satisfecho. Jana no lo sabía con certeza, porque su padre no había comparecido. Su madre, Margaretha, le había dicho «Tu padre te manda recuerdos y felicitaciones» mientras le entregaba un ramo de claveles de color oporto. Después, le había dado una palmadita en el hombro y una sonrisa que parecía indicar que Jana no debía pedirle nada más.

Siempre había estado claro de manera tácita que Jana seguiría los pasos de su padre. Que eligiera otra carrera resultaba impensable. Jana lo había oído desde niña. Así que tenía la esperanza de que Karl fuera a felicitarla personalmente. Pero no.

Se rascó la nuca y luego juntó las manos sobre el pecho. Miró a Torsten, que seguía sonriendo, y se preguntó si habría recibido una llamada de su padre. Karl Berzelius se había jubilado dos años antes, pero eso no le impedía seguir interviniendo en la jurisprudencia sueca. Sobre todo, en los casos que se encargaba de instruir su hija. Llamaba a Torsten dos veces al mes para averiguar a qué se dedicaba Jana. Su jefe no podía poner objeciones a aquella costumbre. Y Jana tampoco.

Karl era así.

Enérgico.

Controlador.

A Torsten se le borró la sonrisa de la cara.

—En fin, tengo que irme. A las cuatro tengo que estar en el veterinario. Mi mujer está preocupada por Ludde. Gracias por coger la taza, así nos hemos ahorrado tener que comprar una nueva. —Le guiñó un ojo antes de salir de la cocina.

Ella permaneció de pie junto a la encimera de granito, viéndolo marchar.

—De nada —dijo en voz baja, como hablando para sí misma.

Los extractos de la cuenta bancaria de Juhlén ocupaban un total de cincuenta y seis páginas. El empleado del banco había sido muy servicial y Ola Söderström le había dado las gracias amablemente tres veces seguidas.

Ojeó rápidamente los registros de la cuenta privada de Juhlén. El día veinticinco de cada mes aparecía una transferencia de setenta y cuatro mil coronas procedente de la Junta de Inmigración. Ola silbó al ver la impresionante suma. Era mucho más de las treinta y tres mil coronas que ganaba él.

Dos días más tarde, el veintisiete, figuraba una orden de transferencia que dejaba la cuenta prácticamente vacía. Solo quedaban quinientas coronas, y esa había sido la pauta durante los diez meses anteriores.

Pero fue al empezar a revisar la cuenta conjunta del matrimonio cuando Ola se percató de que había algo que no cuadraba. Era a esa cuenta a la que Hans Juhlén transfería el dinero desde su cuenta personal, lo cual no tenía nada de raro. Lo extraño eran los reintegros de cuarenta mil coronas. Una vez al mes, siempre el mismo día y en la misma sucursal bancaria, se retiraba la misma suma de la cuenta.

Siempre el día veintiocho. Siempre en Swedbank. Y siempre en el número 8 de Lidaleden.

Ola informó a Henrik Levin acerca de las grandes sumas que Hans Juhlén retiraba periódicamente de su cuenta cuando el inspector jefe se hallaba en el ascensor de la comisaría. Allí su móvil tenía poca cobertura y Henrik tuvo que concentrarse para entender lo que le decía Ola. Apoyado contra la pared de color gris plomo del ascensor, ladeó la cabeza para que el móvil quedara lo más arriba posible. Como no sirvió de nada, se pegó todo lo que pudo a las puertas. Al final salió del ascensor y pudo escuchar el mensaje.

—Entonces, sacaba cuarenta mil coronas de la cuenta conjunta todos los meses, el mismo día, desde hacía diez meses —dijo al salir del ascensor.

—Sí, eso es —respondió Ola—. La cuestión es para qué usaba ese dinero. ¿Para pagar a la persona que lo chantajeaba?

—Tendremos que averiguarlo.

Henrik cortó la llamada y marcó el número de Mia para preguntarle si quería acompañarlo a visitar una sucursal bancaria en el distrito de Hageby.

—¿Le pagaban cuarenta mil al mes? ¡Es increíble! —exclamó ella.

—¿Te vienes a Hageby o no?

—No, todavía estoy a medias con esto —dijo Mia, y le explicó que requería tiempo revisar todas las denuncias de niños y adolescentes desaparecidos.

Se había puesto en contacto con los servicios sociales pero no había sacado nada en claro, y de momento ni los residentes en los centros de acogida de refugiados de la Junta de Inmigración ni los profesores de los colegios de secundaria habían reconocido al niño. Si nadie les aclaraba su identidad antes de que acabara el día, tendría que ampliar el campo de búsqueda y empezar a hacer pesquisas en los municipios cercanos. Con suerte, tal vez averiguara algo allí.

—Pero también cabe la posibilidad de que el niño no tuviera papeles. Que viniera de otro país y entrara en Suecia sin que la Junta de Inmigración tuviera constancia de ello —afirmó.

—Sí, pero algún contacto debió de tener con la Junta, dado que es evidente que estuvo en casa de Juhlén —repuso Henrik.

—Cierto —contestó Mia.

Henrik salió de la comisaría, abrió su coche, montó en él y arrancó sin dejar de hablar por teléfono. Se alegraba de que en Suecia no se hubiera prohibido aún el uso de teléfonos móviles mientras se estaba al volante.

—O puede que solo se trate de que sus padres no se han enterado aún de que ha desaparecido. Puede que no lean los periódicos y que crean que su hijo está en casa de un amigo o un familiar o algo así —añadió Mia.

—Claro, pero la mayoría de los padres saben dónde están sus hijos y se ponen en contacto con la policía si no vuelven a casa a tiempo. ¿No crees? —preguntó él, y se detuvo ante un paso de peatones con el semáforo en rojo.

Una madre con dos niños pequeños cruzó delante de él. Los niños daban grandes zancadas para no pisar el asfalto entre las franjas blancas del paso de cebra. Las borlas azules de sus gorros brincaban con cada paso que daban.

—Sí, supongo que sí, pero no todos los padres reaccionan de la misma manera.

—No, en eso tienes razón, claro.

—Pero al menos podemos tener esperanza de que alguien denuncie pronto la desaparición de un niño. Sería muy agradable saber quién es.

—O quizá tengamos suerte en algún colegio en el que todavía no hayamos preguntado.

Henrik puso fin a la llamada, dejó el teléfono junto a la palanca de cambios y miró por la ventanilla. La madre y los niños ya habían cruzado la calle y se habían perdido de vista detrás de una esquina.

Henrik acarició el volante y suspiró pensando en el niño muerto. *Era* raro que nadie hubiera denunciado su desaparición. Y aún más raro que hubieran encontrado las huellas de su palma y sus dedos en casa de Juhlén. ¿Sería un caso de pedofilia? ¿Un niño dispuesto a cobrarse venganza, a matar al hombre que había abusado de él? No era una idea del todo descabellada, pero sí aborrecible, y Henrik la descartó de inmediato.

Había mucho tráfico en Kungsgatan y Henrik pasó despacio por Skvallertorget y siguió en dirección al parque. Tomó la tercera salida en la rotonda y continuó por Södra Promenaden. El tráfico se aligeró un poco cuando llegó a la E22 y, pasados un par de kilómetros, tomó la salida del Mirum Galleria.

El inmenso aparcamiento del centro comercial estaba desierto y, cuando salió del coche, sus pasos resonaron sobre las planchas de cemento.

Diez minutos antes del cierre, entró en la luminosa oficina del Swedbank. Tres clientes esperaban con un numerito en la mano. Un empleado con el pelo repeinado y aspecto juvenil atendía a los clientes. Las otras ventanillas estaban cerradas.

Henrik le mostró su orden judicial y el empleado se comprometió a ayudarlo si esperaba los diez minutos que faltaban para que la oficina cerrara al público. Así pues, se sentó en una silla con forma de huevo y estuvo escuchando la sintonía publicitaria que anunciaba que todo el mundo era bien recibido en H&M, cuya tienda estaba situada en la primera planta del centro. Observó a los compradores que pasaban.

—Bueno, inspector jefe, venga conmigo, por favor.

El empleado del banco le hizo una seña y lo condujo detrás del mostrador. Se sentaron junto a una mesa alargada, en una salita de reuniones. La directora de la oficina, una mujer bajita de más de cincuenta años que lucía una blusa floreada, entró en la sala y se sentó a la mesa, a su lado.

Henrik le explicó por qué estaba allí.

—Me alegro de que haya venido en persona. Como sin duda sabe, debemos respetar la confidencialidad bancaria. Ya hablé con su compañero esta mañana —dijo la mujer.

—¿Con Ola?

—Sí, con Ola, y le facilitamos todos los datos acerca de la cuenta de Juhlén.

—Lo sé, y queda claro que Hans Juhlén retiraba cuarenta mil coronas todos los meses en esta oficina. Es sumamente importante que averigüemos por qué retiraba una suma de dinero tan elevada.

—Rara vez preguntamos a nuestros clientes para qué van a usar su dinero, pero somos muy exigentes cuando se trata de reintegros tan cuantiosos. Los clientes que quieren retirar más de quince mil coronas en metálico deben notificárnoslo con antelación.

—Entiendo, pero en ese caso Hans Juhlén debió de notificárselo por adelantado muchas veces —repuso Henrik.

—No, no era él quien nos avisaba —dijo la directora.

—¿Quién era, entonces?

—Era su mujer, Kerstin Juhlén.

16

Gunnar Öhrn escuchó en la radio del coche al locutor anunciando que, tras una noticia acerca de una asociación benéfica sueca, pondría una canción legendaria. Cuando las primeras notas salieron por el altavoz, Gunnar reconoció de inmediato la voz del cantante y se puso a tamborilear con los dedos sobre el volante al compás de la deliciosa música rock.

Bruce Springsteen.

—El *Boss*. *¡Oh, yeah!* —exclamó.

Subió el volumen y tamborileó aún más fuerte cuando llegó el estribillo.

Miró de reojo a Anneli Lindgren, sentada a su lado en el asiento del copiloto, para ver si le impresionaba su solo de volante. Pero no. Tenía los ojos cerrados y la cabeza apoyada en el reposacabezas.

Eran las tres y media de la tarde. Anneli había pasado diez horas trabajando en la escena del crimen, en Viddviken. Al llegar Gunnar, estaba allí de pie, con sus altas botas de goma, metida en el agua hasta la cintura. Se acercó a la orilla para reunirse con él.

—¿Cómo te va? —había preguntado Gunnar.

—Tengo algunas muestras de agua —contestó ella, y se desabrochó los tirantes antes de quitarse los pantalones impermeables—. Hemos peinado la zona. Ni siquiera vale la pena buscar pisadas, porque por lo visto por aquí pasa muchísima gente.

—¿Habéis dragado la cala?

—Dos veces, pero no han aparecido más armas.

—¿Y el casquillo? ¿Lo habéis encontrado?

—Sí. Y también hemos encontrado otra cosa interesante. Ven, quiero enseñártelo.

Gunnar la había seguido por el camino, de espaldas a la pequeña ensenada. Veinte metros más allá, Anneli se apartó del camino de grava compacta, pisó el borde de hierba y apartó con cuidado parte de la maleza que tenía delante. Gunnar se inclinó hacia delante para ver lo que ella quería enseñarle. Una sonrisa se extendió de inmediato por su cara.

En el suelo se veían unas marcas de neumáticos.

Y eran profundas.

Anneli se había puesto eufórica al descubrir las huellas. Ahora, sin embargo, sentada en el coche de Gunnar, no decía nada.

Él bajó el volumen de la música.

—¿Cansada? —preguntó.

—Sí.

—¿Te sientes con fuerzas para hacernos un resumen? He convocado a todo el mundo a las cuatro.

—Claro.

—Después puedo acercarte a casa.

—Eres muy amable, pero tengo que irme en mi coche. Adam tiene entrenamiento de fútbol a las ocho. ¿Te has olvidado?

—Ay, Dios, sí, claro. Hoy es miércoles. —Gunnar apoyó el codo contra la ventanilla y se puso el dedo índice bajo la nariz—. Pero también puedo llevarlo a él. Si quiere, claro. Podemos ir todos juntos —añadió.

—Sí, si quieres. Estaría bien. —Anneli se pasó las manos por debajo de los ojos.

—Ay, no —dijo Gunnar, y se llevó una mano a la frente.

—¿Qué pasa? —preguntó ella.

—Otra vez se me ha olvidado. La caja grande del desván.

—No pasa nada.

—Pero es la última caja con cosas tuyas.

—Bueno, si ha estado en el desván hasta ahora puede quedarse allí un poco más.

—Esta noche la pondré junto a la puerta de la calle. Así me acordaré de cogerla.

—Buena idea.

Hubo unos segundos de silencio.

—Me alegro de que vengas con nosotros esta tarde. Adam se va a poner muy contento —comentó Anneli.

—Lo sé —contestó él.

—Y yo también.

—Lo sé.

—¿Y tú?

—Anneli, para. No tiene sentido.

—¿Por qué?

—Por nada.

—¿Es que has conocido a alguien?

—No, no he conocido a nadie. Pero hemos decidido dejar las cosas así de momento.

—Sí, lo has decidido tú. Yo no.

—Está bien, esta vez he sido yo. Quiero que lo dejemos así, de verdad. Creo que las cosas van bien entre nosotros. Que lo estamos haciendo bien, quiero decir.

—Eso según tu criterio.

—¿Por qué dices eso?

—Por nada.

—Solo intento haceros un favor a Adam y a ti, ¿qué tiene eso de malo?

—No tienes por qué llevarnos. Podemos arreglárnoslas muy bien sin tu ayuda.

—Muy bien, entonces vamos a dejarlo.

—De acuerdo.

—Vale.

—Vale.

Gunnar masculló algo y subió el volumen de la radio a tiempo de oír cómo se apagaban los últimos acordes de la dichosa canción.

Anneli avanzó por el pasillo, unos pasos por detrás de Gunnar. Miraba su espalda con los labios fruncidos. Sabía que él lo notaba, y endureció aún más la mirada solo por fastidiarle.

Gunnar se pasó un momento por su despacho.

Anneli se fijó en un fax del SKL, el Laboratorio Nacional de Medicina Forense, que había en su bandeja de entrada. Seguramente era importante, pero aun así no dijo nada: pasó de largo. Sabía que de todos modos Gunnar leería el fax enseguida. Siguió caminando por el pasillo, enfurruñada. Pero en cuanto entró en la sala de reuniones enderezó la espalda y dejó a un lado su vida privada.

Gunnar y ella nunca hablaban con nadie de su relación personal, y tampoco mostraban públicamente sus sentimientos. Ya eran pareja antes de que ella entrara a trabajar en la unidad de investigación criminal de Norrköping que dirigía Gunnar. Cuando el puesto de técnico de criminalística apareció publicado en la intranet de la policía, Anneli presentó su currículum —en el que figuraba su experiencia en el SKL de Linköping— y, conforme se indicaba en las instrucciones, mandó la solicitud al jefe del departamento, que en este caso era su novio. En aquel entonces aún no veía ningún inconveniente en trabajar con su pareja.

Gunnar, por su parte, se encontró en un brete y al principio pensó en descartar la candidatura de Anneli debido a un posible conflicto de intereses. Pero puesto que la experiencia profesional de Anneli era muy superior a la de los demás candidatos, darle a ella el puesto era la decisión más sensata. El hecho de que hubieran mantenido su relación en secreto le facilitó las cosas, y ambos decidieron seguir siendo tan discretos como fuera posible en el terreno profesional.

Pero finalmente cundió el rumor de que eran pareja y empezaron a circular rumores malintencionados según los cuales Anneli había conseguido el trabajo porque se acostaba con el jefe. Era irrelevante que tuviera un talento único para descubrir pruebas fuera de lo corriente, tales como vegetación pisoteada o una levísima huella de neumáticos que otros habrían pasado por alto. Para ciertos compañeros de trabajo lo único que contaba era su relación amorosa con el jefe.

Lo que mucha gente no sabía o no se molestaba en averiguar era que Anneli y Gunnar tenían una relación intermitente. Habían intentando vivir juntos por el bien de su hijo, pero el mes anterior, cuando el niño cumplió diez años, habían acordado separarse. Su compromiso no era lo bastante fuerte como para que siguieran siendo pareja. Sus sentimientos eran como una montaña rusa. Se habían ido a vivir juntos siete veces, y se habían separado otras tantas. Su último conato de convivencia había durado diez meses. Últimamente, había sido Gunnar quien le había dicho a Anneli que necesitaba un respiro.

Anneli procuró olvidarse de Gunnar de momento y saludó a Mia y Ola, que ya estaban sentados a la mesa.

Mia dijo de inmediato:

—Un testigo vio una furgoneta blanca en Viddviken.

Anneli iba a responder cuando entró Gunnar a toda prisa. Llevaba en la mano el fax del SKL.

—Han identificado las huellas dactilares de los anónimos —dijo, alterado—. ¿Dónde está Henrik?

—Interrogando otra vez a Kerstin. Evidentemente, ha mentido sobre el dinero —contestó Ola rápidamente.

—No es lo único sobre lo que ha mentido. ¡Tengo que hablar con él enseguida!

Peter Ramstedt tenía el cuello muy colorado cuando entró en la sala de interrogatorios por segunda vez ese día. El abogado apoyó su maletín sobre la mesa, sacó un cuaderno y un bolígrafo y dejó el maletín en el suelo. Se desabrochó la chaqueta con las dos manos y se echó los faldones hacia atrás como si fuera una capa antes de tomar asiento. Ahora se hallaba sentado con los brazos cruzados, pulsando incesantemente el botón de su bolígrafo con el pulgar derecho.

Henrik Levin se sonreía vagamente. Tenía un as en la manga. Las declaraciones del personal del banco eran muy relevantes, pero las últimas piezas del rompecabezas solo habían encajado después de que lo llamara Gunnar.

—Quisiera preguntarle —le dijo a Kerstin Juhlén, que estaba sentada con los hombros caídos y unas sandalias de plástico amarillas asomando bajo la mesa— si normalmente paga en metálico o con tarjeta bancaria cuando hace una compra.

Kerstin levantó la mirada.

—Con tarjeta.

—¿Nunca usa dinero en efectivo?

—No.

—¿Nunca?

—Bueno, alguna que otra vez, quizá.

—¿Con qué frecuencia, diría usted?

—No sé. Una vez al mes, creo.

—¿Dónde retira el dinero que necesita?

Ramstedt siguió pulsando el botón de su bolígrafo.

A Henrik le dieron ganas de arrancárselo de las manos y verterle la tinta en la corbata roja.

Kerstin interrumpió sus cavilaciones.

—Bueno, cuando necesito sacar dinero, utilizo un cajero automático.

—¿Cuál?

—El de Ingelsta, al lado de la cafetería.

—¿Siempre va al mismo?

—Sí.

—¿Cuánto dinero suele sacar?

—Quinientas coronas, normalmente.

—¿No va a una oficina a sacar dinero?

—No, nunca.

Kerstin se llevó el dedo meñique a los labios y se mordió la uña audiblemente.

—Entonces, ¿nunca ha entrado en un banco?

—Bueno, sí, claro que he entrado.

—¿Cuándo fue la última vez que visitó una sucursal?

—Hace un año, quizá.

—¿Cuál fue el motivo de su visita?

—Puede que haga más tiempo. La verdad es que no me acuerdo.

—Entonces, ¿no ha vuelto a entrar en un banco desde entonces?

Silencio.

Henrik repitió la pregunta:

—Entonces, ¿no ha vuelto a entrar en un banco desde entonces?

—No.

—Es extraño —añadió Henrik—. Tenemos dos testigos que afirman haberla visto en la oficina bancaria de Hageby.

Ramstedt dejó de apretar el botón del bolígrafo.

Durante unos instantes reinó el silencio.

Henrik oía su propia respiración.

—Pero yo no he estado allí —contestó Kerstin ansiosamente.

Henrik se levantó y se dirigió a un rincón de la sala. Se colocó bajo una cámara adosada al techo y la señaló.

—En todas las sucursales bancarias hay cámaras como esta. Graban a todos los clientes que entran y salen.

—Espere un momento —dijo Ramstedt, levantándose—. Necesito hablar un momento con mi clienta.

Henrik fingió no oírle. Regresó a la mesa y miró fijamente a Kerstin.

—Así que voy a volver a preguntárselo. ¿Ha estado usted en el banco de Hageby?

El abogado apoyó rápidamente la mano en el hombro de Kerstin para impedir que contestara.

Pero ella contestó de todos modos.

—Quizá. Puede que sí.

Henrik volvió a sentarse.

—¿Con qué fin?

—Retirar dinero.

Ramstedt soltó el hombro de Kerstin, suspiró y tomó asiento.

—¿Cuánto dinero sacó?

—Unos miles de coronas. Dos mil, quizá.

—Deje ya de mentir. Ha retirado cuarenta mil coronas de su cuenta de ahorros conjunta todos los meses desde hace diez.

—¿Sí?

—Como le decía, tengo dos testigos, Kerstin.

—No responda —la instó Ramstedt, pero ella volvió a ignorarle.

—Bueno, entonces habrá sido así, ¿no? —dijo en voz baja y, al oírla, el abogado perdió la paciencia y arrojó el bolígrafo por encima de la mesa.

Henrik agachó instintivamente la cabeza a pesar de que el bolígrafo pasó lejos de él. Se estrelló contra la puerta y cayó al suelo. El inspector miró a Ramstedt y volvió a sonreírse. No dijo nada, a sabiendas de que eso irritaría más al abogado que cualquier respuesta verbal. Con mucha calma, retomó el hilo de la conversación.

—¿Para qué quería ese dinero?

—Para ropa.

—¿Para ropa?

—Sí.

—¿Compraba usted ropa todos los meses por valor de cuarenta mil coronas?

—Sí.

—Sin ánimo de ofenderla, por esa suma creo que podría usted comprar ropa mucho mejor que una camiseta y unas sandalias de plástico.

Kerstin metió rápidamente los pies bajo la mesa.

—Durante los últimos diez meses, o su marido o usted han estado recibiendo anónimos amenazadores —agregó Henrik.

—Yo no sé nada de eso.

—Yo creo que sí.

—No, no sé nada. Se lo juro. Me enteré de lo de esas cartas por ustedes.

—Entonces, ¿no las ha visto nunca? ¿No las ha tocado?

—¡No, no, no! No las he visto. Ni las he tocado.

—Muy bien. Pero me temo que está mintiendo otra vez. Lo cierto es que hemos analizado las cartas y hemos descubierto huellas dactilares en ellas.

—¿Ah, sí?

—Y son suyas.

Kerstin comenzó a mirar a su alrededor con nerviosismo.

—¿Me permite explicar mi versión de los hechos? —preguntó Henrik—. No creo que haya comprado ropa con ese dinero. Creo que lo ha utilizado para pagar a la persona que enviaba esos anónimos. Había diez notas amenazadoras y usted ha sacado grandes sumas de dinero en diez ocasiones.

—No, yo no...

—Me decepciona usted, Kerstin. Diga la verdad de una vez. Cuéntenos qué pasó realmente.

Ramstedt se levantó, se ajustó la chaqueta y fue a recoger su bolígrafo, junto a la puerta. A espaldas del inspector, intentó decirle a Kerstin mediante señas que no dijera una palabra más. Pero ella ya había hundido los hombros.

Tragó saliva.

Y empezó a contar su historia.

Desde el principio.

Henrik permaneció en la sala de interrogatorios, con la mirada perdida unos instantes. El interrogatorio había concluido pero él seguía pensando. Revisó mentalmente la escena: el momento en que a Kerstin empezaron a temblarle los labios; cuando se secó las lágrimas de las mejillas; cuando describió lo que había hecho su marido.

—Creo que en realidad nunca llegué a conocerlo. Siempre estaba un poco ausente en cierto sentido. Siempre ha sido… Yo sabía que algo no iba bien. Me di cuenta cuando empezó a pedirme que me pusiera una almohada o algo encima de la cara cuando hacíamos el amor. Insistía mucho. Decía que, si no, se le revolvía el estómago.

Kerstin sollozó.

—Eso fue al principio, cuando acabábamos de casarnos. Hacía unas cosas tan extrañas… Me despertaba en plena noche y allí estaba él, tumbado, mirándome fijamente los pechos. Y cuando veía que me había despertado, me gritaba que era una puta y una imbécil y me metía… me metía… —No le salían las palabras. Se limpió los mocos con la manga—. Me metía el pene en la boca tan adentro que me atragantaba y no podía respirar. Cuando acababa, decía que yo le daba asco, que tenía que ir a lavarse después de haber estado con la fea de su mujer.

Estuvo un rato llorando. Luego, por fin, se calmó. Pasó unos instantes callada. Después, continuó:

—En realidad nunca quería acostarse conmigo. Pero yo creía que las cosas mejorarían. Me decía a mí misma que algún día todo iría mejor y que debía sentir lástima por él. Pero luego empezó a acostarse con otras mujeres… y con niñas. Empezó a… Debían de estar asustadas, debían de tenerle miedo. Si no, no me explico cómo podía… —Se echó a llorar—. Una vez me contó cómo había gritado una mujer mientras la violaba en el suelo. La mirada de pánico que puso cuando la penetró. Y entonces le… Ella sangraba y él… En la boca… —Se tapó la cara con las manos y apoyó la cabeza en la mesa—. Dios mío… —sollozó.

Henrik todavía la oía llorar a pesar de que estaba solo en la sala. Miró por la ventana y contempló la luz de un gris pálido. Luego se levantó. Faltaba media hora para que se reuniera el equipo. Tenía que reponerse.

Subió lentamente el tramo de escaleras de la jefatura de policía y echó a andar por el largo y desierto pasillo del tercer piso, hacia la sala de reuniones. No miró los casilleros para el correo, ni los cuadros, ni echó una ojeada a las puertas abiertas de los despachos. Mantuvo la mirad fija en el suelo, un poco por delante de él.

Gunnar Öhrn advirtió su expresión y preguntó si prefería posponer una hora la reunión. Pero Henrik insistió en repasar con el equipo los aspectos más importantes de su reciente entrevista con Kerstin. Permaneció de pie delante de la mesa y de sus colegas.

—El destinatario de los anónimos era Hans Juhlén —comenzó—. Juhlén abusó sexualmente de varias solicitantes de asilo. A cambio, les prometía el permiso de residencia permanente. Pero nunca se lo concedían. En una ocasión maltrató gravemente a una joven, y ella decidió contárselo a su hermano. Cuando llegó la primera carta, Kerstin comprendió que era el hermano quien la había escrito. Lo sabía porque Hans Juhlén tenía por costumbre jactarse de sus presuntas conquistas. De lo ingenuas que eran las chicas. De cómo lloraban cuando las obligaba a mantener relaciones sexuales.

Anneli Lindgren se sintió tan incómoda al oír aquello que empezó a removerse en su asiento antes de que Henrik hiciera una pausa. Luego el inspector prosiguió:

—Kerstin se aseguró de que Hans no llegara a ver los anónimos. Era ella quien los abría. Pensó en acudir a la policía para poner fin a las violaciones. La única alternativa sensata habría sido divorciarse, pero no sabía cómo desenvolverse sin su marido. ¿Quién cuidaría de ella? No tenía dinero propio, ni forma de ganarse la vida. Y, si se hacía pública la noticia, la carrera de su marido se iría al traste y ella se encontraría sin ningún dinero con el que mantenerse. Además, todo el mundo la despreciaría por haber estado casada con un violador. De modo que decidió esconder las cartas y pagar. A cambio de silencio —concluyó Henrik.

—¿Cómo puede una proteger a alguien que la trata tan mal? —preguntó Mia.

—No lo sé. Hans Juhlén era un auténtico canalla. Según Kerstin, la trataba más o menos a patadas. Todo empezó hace veinte años, cuando descubrió que ella no podía tener hijos. Se lo recordaba todos los días. La machacaba.

—¿Y ella se lo permitía?

—Sí.

—Pero ¿él no se dio cuenta de que estaba retirando dinero de la cuenta? —preguntó Gunnar.

—Sí. Le preguntaba por el dinero, pero Kerstin mintió y le dijo que era para hacer compras para la casa, para pagar facturas o alguna reparación. Él se enfadaba, le montaba una bronca y le pegaba. Pero ella no cambió nunca su versión. Y, pasado un tiempo, aunque sus excusas no tenían sentido, Juhlén perdió el interés por el asunto y por su mujer. En cualquier caso, Kirsten dice que dejó de preguntarle por el dinero —explicó Henrik.

—¿Quién mandaba los anónimos? —preguntó Mia.

—Un tal Yusef Abrham, un etíope. Vive en Hageby y comparte piso con su hermana. Por eso Kerstin sacaba siempre el dinero allí. Vamos a hablar con él en cuanto acabe la reunión. ¿Os importa si…? —Henrik señaló una silla vacía.

—Claro que no, siéntate —dijo Gunnar, que estaba acostumbrado a la diplomacia de Henrik. Aun así, añadió—: No tienes que pedir permiso para sentarte, ¿sabes?

—No, puedes sentarte si te da la gana —añadió Mia.

Henrik retiró la silla y tomó asiento. Abrió enseguida una botella de agua mineral, se sirvió la mitad en un vaso y bebió. Las burbujas le hicieron cosquillas en el paladar.

Jana Berzelius había permanecido en silencio, observando la escena desde un extremo de la mesa. Cruzó las piernas y dijo:

—¿Kerstin ha confesado algo más?

Henrik meneó la cabeza.

—Seguimos sin tener pruebas concretas que la vinculen con el asesinato, lo que significa que tengo que dejarla en libertad.

—Tenía motivos de sobra para querer ver muerto a su marido, desde luego, teniendo en cuenta cómo la trataba. Es posible que discutieran y que ella sacara una pistola y le disparara —apuntó Mia.

—Pero ¿y la pistola? ¿De dónde la habría sacado? Y después de dispararle, ¿se la dio a un niño que salió por la ventana? ¿Y quién podía ser ese niño? —preguntó Henrik.

—No lo sé. ¡Piensa tú en algo! —siseó Mia.

Henrik le dirigió una mirada cansina.

—Está bien, vamos a calmarnos. Jana tiene razón: tenemos que soltar a Kerstin, al menos de momento —dijo Gunnar.

—¿Qué hay de Lasse Johansson? —preguntó Jana.

—Está libre de sospechas. Varias personas han confirmado su coartada.

—Entonces, ¿de momento solo tenemos al niño y a ese tal Yusef Abrham?

—Y lo que haya en el ordenador de Hans Juhlén —dijo Gunnar.

—Exacto —terció Ola Söderström, y cambió de postura en su silla—. Avanzo despacio, pero he echado un primer vistazo al disco duro. Lo raro, o lo relevante, mejor dicho, es que alguien intentó borrarlo.

—¿Borrarlo? —preguntó Mia—. Pero se puede recuperar la información, ¿verdad?

—Sí, claro. Se pueden recuperar los archivos de documentos y las *cookies*, eso no es problema. Siempre y cuando no los hayan bombardeado con PEM. —Ola vio las caras de desconcierto de su compañeros—. Pulso electromagnético, quiero decir. Lo borra todo. Hay empresas que se dedican a eso.

—Debía de haber algo que quería esconder —concluyó Henrik.

—Puede ser. Ya veremos qué consigo sacarle.

17

—Te dije que ese no era trigo limpio.

Per Åström dedicó una amplia sonrisa a Jana Berzelius.

Se habían encontrado por casualidad frente a la sede de la fiscalía y habían decidido pasar del café de la oficina y acercarse a la cafetería pastelería. Habían tardado cinco minutos en llegar a pie y, por suerte, no había cola delante del mostrador. Jana se preguntó si tenía hambre suficiente para comerse un bocadillito de jamón con queso chédar. Al final habían pedido un café y panecillos con mermelada y habían ido a sentarse junto al escaparate.

El local, decorado con el típico estilo escandinavo moderno, recordaba levemente al vestíbulo de un hotel: las sillas de cuero negras se apiñaban alrededor de ovaladas mesas de roble; en los rincones había sillones de respaldo alto colocados por parejas; del techo colgaban lámparas de distintos tamaños con pantallas de tela rojas y negras, y un agradable aroma a pan recién hecho impregnaba la sala.

—Me arrepiento de haberte contado algo sobre la investigación —le dijo Jana a Per.

Le había hablado confidencialmente del lado oscuro de Hans Juhlén.

—La verdad es que es fascinante. Imagina lo que pasará cuando la prensa se entere de que el jefe de la Junta de Inmigración abusaba de mujeres y niñas que pedían asilo —repuso Per, y sonrió.

—Si no bajas la voz, la prensa no tardará en enterarse.

—Perdón.

—Es una investigación complicada.

—Pero cuéntame algo más…

—Ni una palabra a nadie de lo que diga. —Jana le lanzó una mirada penetrante—. ¿De acuerdo?

—Prometido.

—Pues escucha. A Hans Juhlén le pegaron un tiro. La policía encontró en su casa huellas dactilares pertenecientes a un niño. Ese mismo niño fue hallado muerto a tiros, y la pistola que usaron para matarlo resulta ser del mismo tipo que la usada para matar a Hans Juhlén. Y luego está ese asunto de las chicas…

—El muy…

—Califícalo como quieras, pero ¿puedes explicarme cómo encaja todo eso?

—No.

—Muy bien, gracias.

—De nada.

Jana se llevó la taza de café a los labios. Miró a Per, su camisa elegante, su americana y sus pantalones ajustados. Vestía tan bien… Per no había tenido pareja desde que se conocían. Había tenido un par de relaciones largas anteriormente, pero no se sentía cómodo conviviendo con nadie.

—Es preferible estar completamente solo que estar solo teniendo pareja —le había dicho un par de años atrás.

Jana sabía que su labor como fiscal y su dedicación al trabajo con adolescentes ocupaba todo su tiempo. Y, además, a ella no le interesaba meterse en la vida de nadie. Ni siquiera en la de Per.

Aunque a veces las condiciones fueran las adecuadas, en realidad nunca se habían sentido atraídos el uno por el otro. Para Jana, Per era un amigo y un compañero de trabajo. Nada más.

—Necesito tu ayuda —dijo, y dejó la taza en la mesa.

—Pero yo no sé cómo encajan las piezas —repuso Per.

—No me refiero a la investigación. Necesito que me cambies un turno.

—¿Por qué?

—El martes uno de mayo ceno con mis padres.

Per ladeó la cabeza y silbó.

—Bueno, está bien.

—Te regalaré una botella de buen vino para compensarte. ¿Tinto o blanco?

—Ninguno de los dos. Te haré ese favor si me cuentas más detalles de ese cerdo de Hans. Estoy pensando en vender la exclusiva. ¡Sacaría una pasta!

—No tienes remedio.

Jana forzó una sonrisa y dio un mordisco a su panecillo.

Makda Abrham los vio llegar desde la ventana de la cocina. Comprendió enseguida que se trataba de aquel hombre de la Junta de Inmigración. Siempre había intuido que algún día se vería obligada a hablarles de la perversidad que había tenido que soportar.

Sintió que la preocupación se extendía por su vientre y, al abrirles la puerta, la presión sobre su diafragma era tan fuerte que tuvo que apoyarse contra la pared. No entendió el nombre de los agentes de policía y ni siquiera miró las tarjetas de identificación que le enseñaron.

—Buscamos a Yusef Abrham —dijo Henrik mientras guardaba sus credenciales. Observó a la mujer que tenía delante. Joven, de unos veinte años, ojos oscuros, rostro delgado, cabello largo, una pulsera de tela y un jersey escotado.

—¿Para qué? —preguntó la chica.

—¿Está en casa? —repuso Henrik.

—Yo… hermana. ¿Para qué?

A Makda le costaba articular las palabras. ¿Para qué buscaban a su hermano? ¿No iban a hablar con ella? ¿Por qué querían hablar con Yusef?

Se puso el pelo oscuro detrás de la oreja y dejó a descubierto la larga sarta de perlas del lóbulo de su oreja.

—Queremos hablar con él de Hans Juhlén.

El policía había pronunciado su nombre.

El nombre del cerdo.

De aquel hombre repugnante a quien odiaba sobre todas las cosas.

—¿Yusef? ¡La policía! —gritó dirigiéndose hacia el interior del piso.

Se apartó y dejó que Henrik y Mia entraran en el apartamento, situado en la planta baja. Después se dirigió hacia la izquierda y llamó con cautela a una puerta cerrada.

Henrik y Mia aguardaron en el recibidor.

Había una alfombra tradicional sueca en el suelo y un perchero amarillo, vacío, en la pared. En el suelo se veían tres pares de zapatos. Dos de ellos eran deportivas blancas que parecían recién compradas. Eran de una marca muy conocida y Henrik sabía que no eran baratas. Por lo demás, el recibidor estaba vacío: no había cajoneras, ni cuadros, ni nada que sirviera de asiento.

Makda llamó otra vez a la puerta cerrada y dijo algo en un idioma que a Mia le sonó a lengua tigriña.

La chica sonrió a los agentes a modo de disculpa y llamó otra vez.

Henrik y Mia, que seguían en el recibidor, decidieron intervenir y ayudar a Makda, que parecía cada vez más nerviosa. Entraron en el apartamento y se situaron junto a ella, frente a la puerta del dormitorio. Desde allí se veía la cocina, que tenía una puerta trasera. Había un ventilador encendido y, sobre la mesa, un cenicero rebosante de colillas. Al otro lado había un cuarto de baño, otro dormitorio y un cuarto de estar. Apenas había muebles.

—Yusef, abre la puerta. Solo queremos hablar contigo un momento. —Henrik aporreó la puerta, pero no hubo respuesta—. ¡Abre la puerta!

Golpeó más fuerte. Varias veces.

Entonces oyó un chirrido procedente de la habitación.

—¿Qué ha sido eso? —preguntó Mia, que también había oído aquel chirrido.

—Sonaba como una ventana que…

En ese instante vieron por la ventana de la cocina a un hombre de piel oscura que cruzaba rápidamente el jardín trasero, descalzo.

—¡Maldita sea! —gritó Mia.

Corrió a la puerta de atrás y salió al jardín. Henrik fue tras ella.

Mia vio que el hombre que corría delante de ella se abría paso entre unos arbustos y se perdía de vista.

—¡Alto!

Corrió tras él entre los arbustos y llegó a tiempo de verlo torcer hacia un parque infantil. El hombre cruzó el arenero en un par de zancadas y saltó la valla junto a los columpios. Mia no iba muy lejos. Le gritó de nuevo que se detuviera. Saltó la valla y lo siguió por un estrecho carril para bicis. Solo unos metros la separaban de él. Pronto lo alcanzaría. A ella nadie podía ganarla.

Nadie.

Tensó los músculos y acortó la distancia. Cuando llegaron al final del carril, se abalanzó sobre Yusef y le hizo caer con un certero placaje. Rodaron los dos por la nieve. Mia sujetó rápidamente el brazo izquierdo del hombre, que yacía boca abajo en el suelo, debajo de ella, y se lo dobló hacia la espalda. Luego intentó recuperar el aliento.

Henrik llegó corriendo, sacó un par de esposas y se las puso a Yusef, inmovilizándole los brazos por detrás de la espalda. Lo obligó a levantarse y le mostró su identificación antes de conducirlo hacia el coche.

Makda, que también había corrido tras ellos, se había parado en el parque. Al ver que su hermano volvía esposado y escoltado por los policías, se tapó la boca con las manos y meneó la cabeza. Se acercó a Yusef y le gritó en su idioma, airadamente, echándole las manos al cuello.

Mia la apartó.

—Solo vamos a hablar con él —dijo en tono tranquilizador, y la condujo hacia los columpios—. Tiene que acompañarnos a comisaría. No se preocupe. —Mia se detuvo, le puso las manos sobre los hombros y la miró a los ojos—. Ahora escúcheme. También vamos a hablar con usted sobre lo que ocurrió. Sobre lo que le hicieron. Voy a enviarle a una mujer que conoce su idioma y con la que podrá hablar en privado.

Makda no entendió lo que le había dicho la agente, pero advirtió en sus ojos que se trataba de algo bueno. Asintió con la cabeza. Mia sonrió y salió del parque. Makda no sabía dónde debía ir. Así que se quedó allí.

Nerviosa.

Y completamente desorientada.

Apenas habían tomado asiento en la comisaría cuando Yusef Abrham afirmó, en un inglés muy pobre, que no sabía ni una palabra de sueco. Henrik Levin y Mia Bolander pasaron más de cuarenta minutos intentando conseguir un intérprete. Cuando por fin llegó, Yusef aseguró que no podía hablar porque tenía una infección de garganta. Fue entonces cuando Mia perdió la paciencia. Arrojó las cartas amenazadoras sobre la mesa y soltó una larga perorata llena de improperios que el intérprete reprodujo en tigriña con más calma. Yusef se limitó a mirarla desdeñosamente.

Después de que Mia soltara un par de exabruptos más, el hombre suspiró audiblemente y por fin empezó a hablar sobre Hans Juhlén. Les contó cómo había abusado Juhlén de su hermana. Una fría tarde de enero, se presentó en el apartamento y pidió entrar para hablar con Makda acerca de su permiso de residencia.

—Ella estaba sola en casa, no quería dejarlo pasar, pero él entró por la fuerza y la violó en el recibidor —explicó Yusef—. Cuando llegué a casa, mi hermana estaba en su cuarto, llorando. Yo quería ayudarla, pero me pidió que no le contara a nadie lo que había pasado.

Puso los ojos en blanco y añadió que, ingenuamente, con la esperanza de conseguir el permiso de residencia, Makda había seguido abriendo la puerta cada vez que Hans Juhlén llamaba al timbre.

Yusef había mantenido su palabra y no le había contado a nadie lo que sucedía, pero sospechaba que Juhlén mentía a su hermana sobre el permiso de residencia y eso le reconcomía.

—Parecía un idiota, y no hay que fiarse de los idiotas.

Pasados tres meses sin que Makda recibiera una respuesta afirmativa de la Junta de Inmigración, Yusef resolvió emplear las mismas técnicas de chantaje que utilizaba Juhlén. Pero en lugar de sexo, exigió dinero. Un día se escondió y, sirviéndose de su móvil, documentó la visita de Juhlén y su degradante conducta. Después se sentó a escribir el primer anónimo y se lo envió a la esposa de Juhlén. Un par de semanas más tarde Kerstin Juhlén se puso en contacto con él. Le suplicó a Yusef que retirara sus amenazas, pero él se negó.

—Él abusaba de mi hermana, así que me sentía con derecho a abusar de él. Y si su mujer no pagaba, llevaría las fotos a la prensa.

Kerstin comprendió que hablaba en serio y al día siguiente le entregó el dinero.

—Pero no le dije nada a Makda. Me guardé el dinero. Así que Makda no sabe nada del chantaje. Si quería follarse a ese tipo gratis, por mí podía seguir haciéndolo.

—Entonces, ¿los anónimos los escribió usted mismo? —preguntó Henrik.

—Sí.

—Así pues, ¿habla sueco?

Yusef sonrió con engreimiento.

A partir de ese instante contestó a todas las preguntas en un sueco fluido.

Llevaba un año y medio viviendo en Suecia y no había tardado en aprender el idioma. Era originario de Eritrea, donde había crecido, pero había abandonado el país huyendo del conflicto con Etiopía.

—Tuvimos suerte —dijo—. Suerte por haber podido llegar hasta aquí. Por sobrevivir al viaje. Por no acabar en un contenedor fantasma.

—¿Un contenedor fantasma? ¿Qué quiere decir? —preguntó Henrik.

—Es una manera corriente de viajar a otro país hoy en día, y no es nada segura. Sobre todo para los refugiados ilegales. Ya saben, muchos mueren en el viaje. A veces mueren todos. Ha pasado en Afganistán, Irlanda, Tailandia... Incluso aquí.

—¿Aquí? —preguntó Henrik.

—Sí.

—¿En Suecia?

—Sí.

—Qué raro. ¿No tendríamos que saberlo si fuera así? —preguntó Mia.

—Ustedes no ven todo lo que pasa. El caso es que... mis padres también van a venir —añadió Yusef.

—¿Cuándo? —inquirió Henrik.

—El año que viene, creo. Es peligroso quedarse en Eritrea.

—En efecto —dijo Henrik—. Pero, volviendo a las cartas amenazadoras, ¿le ha hablado a alguien de ellas?

Yusef negó con la cabeza.

—¿Es consciente de que ha cometido un delito? —preguntó Mia.

—Solo es una nota, no una amenaza de verdad.

—Oh, sí que lo es. Y amenazar a personas es un delito muy grave en este país. Seguramente acabará en prisión —añadió Mia.

—Valía la pena hacerlo —replicó Yusef.

No protestó cuando los agentes lo condujeron a una celda. Caminaba lentamente y parecía relajado, como si sintiera alivio por haber confesado.

Ola Söderström miraba fijamente la pantalla del ordenador, la única fuente de luz de la habitación. Estaba revisando los archivos que había encontrado en el ordenador de Hans Juhlén. De vez en cuando se oía el sonido amortiguado del ascensor, yendo de piso en piso. Los ventiladores del techo siseaban y el disco duro emitía un zumbido airado mientras Ola buscaba los archivos borrados. Después quedó en silencio. Ola había acabado su inspección.

«Ahora, a ver qué pasa», pensó. Sabía que tenía que haber algo interesante en alguna parte. Siempre lo había. En todos los ordenadores. Pero había que saber dónde buscar. Los ordenadores ocultaban más cosas de las que creía la gente, y a menudo había que buscar varias veces en los archivos para descubrirlo todo, o servirse de un programa especial.

Empezó echando un vistazo a la carpeta de *cookies* de Hans Juhlén para ver qué páginas web había visitado. Aparecieron las cabeceras de los diarios nacionales, y Ola vio diversos artículos relativos a la Junta de Inmigración. Hablaban en su mayoría de contratos ilegales con arrendatarios y otros proveedores. Una serie de noticias cuestionaba que la dirección de la Junta estuviera al corriente de que los registros administrativos eran de acceso público, y un periodista había investigado los protocolos de adquisición de bienes y servicios de la Junta, de los que Juhlén era el máximo responsable. La Junta había sido duramente criticada, y la prensa había preguntado en repetidas ocasiones por qué sus responsables habían tardado tanto en mejorar el procedimiento en lo relativo a encontrar y pagar el realojo de los solicitantes de asilo. Se citaba a Hans afirmando que «comprar una fotocopiadora no es lo mismo que comprar un edificio».

Juhlén se hallaba sometido a una fuerte presión, pensó Ola mientras seguía revisando la carpeta de *cookies*. Aparecieron cuatro páginas acerca de barcos y otra relacionada con contenedores de transporte. Luego se topó con una larga lista de páginas de contenido pornográfico en las que aparecían principalmente mujeres de piel oscura.

Enderezó la espalda y dejó que el ordenador siguiera rescatando carpetas y archivos escondidos. Uno de ellos llevaba por título «Estadísticas 2012». Ola lo abrió y echó un vistazo a un gráfico comparativo que mostraba el número de refugiados de 2011 y 2012. En una tabla figuraban los quince países de los que procedían la mayoría de los refugiados. Durante los primeros meses del año, el mayor número de permisos de residencia se había concedido a personas originarias de Somalia. Después venían Afganistán y Siria.

Ola abrió una carpeta con datos e impresos. Revisó informes que hablaban de temas específicos, como Deporte e Inmigración, el Fondo Europeo para los Refugiados o la Inmigración Laboral. Revisó rápidamente las carpetas con memorandos y directrices gubernamentales relativas a las actividades de la Junta, informes y hojas de datos, reglamentos e información legislativa. El disco duro contenía, además, tres carpetas sin título. Fue en una de ellas donde encontró un documento clave.

Al parecer, la carpeta había sido borrada el domingo a las 18:35. Ola la abrió con un clic del ratón y se llevó una sorpresa al ver la página que apareció en pantalla. Estaba en blanco, salvo por un par de líneas compuestas por letras mayúsculas y números.

Eran diez líneas en total:

VPXO410009
CPCU106130
BXCU820339
TCIU450648
GVTU800041
HELU200020
CCGU205644
DNCU080592
CTXU501102
CXUO241177

Ola Söderström se preguntó qué significaban aquellas letras y aquellas cifras.

Copió la primera y la pegó en el campo de búsqueda, pero no se correspondía con ningún documento. Hizo lo mismo con cada línea, pero obtuvo el mismo resultado. Probó a escribir solo las letras, en vano. Pensó en principio que las líneas constituían una especie de clave. Un código personal, quizá. ¿Se correspondían con otra cosa? ¿Con nombres, quizá? ¿Eran las primeras cifras de un documento de identidad? ¿Año, mes y día de nacimiento, tal vez? Descartó también esa posibilidad y se sintió atascado.

Eran ya casi las doce y, aunque siguió trabajando toda la noche, siguió sin resolver el misterio.

18

Le caían gotas de sudor de la frente.

Peleaba con todas sus fuerzas.

Lanzaba un derechazo, se agachaba, golpeaba con la izquierda, lanzaba una patada, otra, y otra más. El hombre de la cicatriz se señalaba los ojos, la garganta y la entrepierna.

—¡Ojos, garganta, bragueta! —vociferaba.

Ella lo imitaba:

—¡Ojos, garganta, bragueta! —gritaba.

Puñetazo con la derecha, agacharse, puñetazo con la izquierda, patada, patada, ¡PATADA!

—¡Alarma! ¡Nos atacan!

La niña se quedó quieta. El hombre desapareció de su campo de visión.

No, pensó. ¡Un ataque sorpresa no! Los odiaba. El combate cuerpo a cuerpo no le importaba. Se le daba bien. Tenía instinto y buenos reflejos. Sobre todo con el cuchillo. Sabía qué posición adoptar para que la hoja quedara lo más cerca posible del cuello de su rival. Todo consistía en desequilibrar al contrario y tirarlo al suelo. A menudo bastaba con un par de patadas certeras a las rodillas. Si eso no era suficiente, o si su rival se resistía, le golpeaba en la cabeza con el codo o la rodilla, varias veces.

Cuando se enfrentaba con Danilo (o Hades, como ponía en su nuca), solía utilizar golpes directos y cerraba el puño justo antes de alcanzarle con la mano en la garganta. *Cuando se doblaba de dolor, lo agarraba de la cabeza y le daba un rodillazo en la cara para que se desplomara.* Pero él se le adelantaba a veces y la tiraba al suelo primero, y entonces se le sentaba encima y la agarraba del cuello con las dos manos. A veces ella se desmayaba, pero eso formaba parte del entrenamiento. Tenía que dolerle. Tenía que aprender a no darse por vencida nunca, ni siquiera cuando todo se volvía negro.

Se había vuelto físicamente más fuerte, y cada vez le resultaba más fácil zafarse y recuperar la ventaja. Con un rodillazo certero a la espalda de Hades o sus riñones, conseguía que la soltara. Y si luego conseguía darle una patada en la cara, incluso podía ganar la pelea.

Las patadas eran esenciales en el combate cuerpo a cuerpo. Había practicado el movimiento de la cadera para lanzar la pierna con más fuerza. Los giros requerían equilibrio y ella había practicado poniendo especial atención en encontrar el centro de gravedad de cada postura. Sabía que era cuestión de vida o muerte que dominara las técnicas a la perfección y por las noches, antes de quedarse dormida, a menudo las repasaba de memoria. Lanzar la pierna, levantar la rodilla, girar, golpear.

Los ejercicios de resistencia tampoco se le daban mal. Había aprendido a ignorar el dolor que le producía arrastrarse desnuda por la nieve. Correr o hacer ejercicios a intervalos cuesta arriba tampoco se le daba mal. Lo que menos le gustaba eran los simulacros de ataque, por el elemento sorpresa. Había practicado el ataque y la defensa muchas veces, claro está. Había practicado de pie, sentada y tumbada. Incluso enfrentándose a armas y a varios oponentes a oscuras, en espacios estrechos y en situaciones estresantes. Pero todavía no se había acostumbrado al asalto por sorpresa.

Fijó la mirada en un punto de la pared y aguzó el oído, atenta al menor ruido. Seguramente tendría que quedarse allí largo rato. Eso también formaba parte del entrenamiento. Una vez la habían obligado a permanecer en guardia siete horas seguidas antes de atacarla. Le habían temblado las piernas y los brazos intermitentemente, y se había sentido deshidratada. Pero para entonces ya había bloqueado todas sus emociones, ya no sentía dolor. A fin de cuentas era Ker, diosa de la muerte. La que nunca cejaba.

Entonces, de pronto, oyó un ruido de grava pisoteada, como si alguien se acercara a hurtadillas. Y así era. Alguien se le estaba acercando. Por la espalda.

Tensó los músculos y, profiriendo un violento rugido, se volvió. El hombre de la cicatriz estaba cerca y la niña vio que el cuchillo salía despedido de su mano a gran velocidad. Lo vio, levantó la mano y, con gesto veloz, lo agarró por el mango. Apretó la empuñadura con fuerza y miró al hombre a los ojos. Él se agachó y un instante después se abalanzó sobre ella. Rápida como el rayo, la niña cambió de postura y levantó el talón con todas sus fuerzas, lanzándole una patada directa. Dio de lleno en el blanco.

El hombre se desplomó y la niña se precipitó sobre él. Le puso un pie en el pecho y se inclinó, apuntándole a la frente con el cuchillo. Le ardían los ojos oscuros. Luego levantó un poco el cuchillo y lo arrojó al suelo. Cayó a dos centímetros de la cabeza del hombre.

—Bien —dijo él, y le dedicó una mirada alentadora.

Ella sabía que tenía que decirlo.

Pero aun así le costaba.

—¡Gracias, papá!

MARTES, 19 DE ABRIL

19

Sus zapatillas deportivas resonaban sobre el asfalto. Jana Berzelius torció hacia Järnbrogatan y cambió la dura calzada por el sendero de grava que discurría junto al canal. Había hecho estiramientos en casa y luego había salido a correr un rato para despejarse. No había entrado en calor todavía, y notaba cómo el frío traspasaba sus mallas. Llevaba ropa ligera, pero sabía que pasado un kilómetro empezaría a sudar.

No había dejado de salir a correr en todo el invierno. Ni la nieve, ni las heladas ni el viento gélido habían mermado su deseo de entrenarse. Hacía el mismo recorrido hiciera el tiempo que hiciese, siguiendo Sandgatan hasta el parque y de allí a Himmelstalund, y vuelta atrás. Prefería un entorno urbano a un paisaje de suaves colinas. No quería tener que salir en coche de la ciudad solo para poder correr por tal o cual camino. Coger el coche era una pérdida de tiempo. Cuando hacía ejercicio, le gustaba ponerse a ello de inmediato.

Ir al gimnasio también estaba descartado. Ni en sueños se apuntaría a una clase de aerobic. Le gustaba estar sola, y por tanto correr era el deporte ideal para ella.

Para muscularse no hacía falta ir al gimnasio. Tenía aparatos en casa, y siempre remataba su carrera de diez kilómetros con una ronda de sentadillas y flexiones. Antes de ducharse, además, solía ponerse delante de la barra adosada a la pared y hacía unas dominadas.

Le gustaba tener pleno control sobre su cuerpo cuando lo hacía, y contaba hasta veinte antes de dejarse caer al suelo, agotada.

Eran las 6:57 y todavía quedaba mucha mañana. Se tomó el pulso. Cuando recuperó su ritmo normal, se levantó y se quitó la ropa.

Pasó veinte minutos en la ducha. Después, sacó un juego de ropa interior y buscó en su armario una blusa ligera que combinara con los pantalones y la chaqueta azul marino.

Frio cuatro lonchas de beicon y dos huevos y se puso a desayunar justo a tiempo de ver las noticias de la mañana en la televisión. Tras una larga intervención de un corresponsal en el extranjero, hablaron del niño cuyo cadáver había sido hallado a las afueras de Norrköping. Su identidad seguía siendo una incógnita pese a la investigación intensiva de la policía. Mostraron una fotografía de un Hans Juhlén sonriente, y el presentador se preguntó en voz alta si existía alguna relación entre las dos víctimas y añadió que la respuesta a ese interrogante se desvelaría posiblemente en la conferencia de prensa que las autoridades de la policía del condado habían convocado para las nueve de esa mañana.

Se enteró por el parte meteorológico de que un nuevo temporal se acercaba por el mar del Norte. La chica del tiempo hablaba con claridad, acompañando sus palabras con una sonrisa afable, cuando advirtió a los espectadores de que la nevada en el centro de Suecia provocaría una situación caótica. De momento ese mes de abril había caído una cantidad inusitada de nieve, y al parecer iba a caer aún más. Jana apagó el televisor. Se puso una maquillaje ligero, se cepilló los dientes y se peinó. Al mirarse al espejo, no le satisfizo por completo lo que vio y se aplicó otra capa de rímel. Luego se colgó la chaqueta del brazo y bajó al garaje.

Debido a la niebla matinal y al hielo que cubría las calles, tardó cincuenta y cinco minutos en llegar al laboratorio forense de Linköping en vez de los cuarenta minutos que se tardaba normalmente. El tráfico se movía con parsimonia y Jana tuvo que concentrarse en mantenerse en su carril. Al llegar a las proximidades de Norsholm la niebla se disipó en parte y cuando llegó a la salida de Linköping Norte, la visibilidad volvía a ser normal.

Se dirigió a pie hacia la entrada principal y el despacho del patólogo forense, Björn Ahlmann. Faltaban aún quince minutos para la hora de la reunión, pero el inspector jefe Henrik Levin y la inspectora Mia Bolander ya estaban sentados en los sillones para visitas. Largas filas de libros de medicina ocupaban las estanterías de abedul de la pared, y de la ventana colgaban unas finas cortinas verdes adornadas con golondrinas blancas. La mesa era de madera de abedul clara, y detrás de ella colgaba un tablón de corcho con diversos números de teléfono y fotografías de viajes vacacionales.

Cuando Björn Ahlmann estudiaba Medicina en la Universidad de Linköping, pensaba especializarse en neurología, pero en algún momento empezó a interesarle la medicina forense y acabó eligiendo esa especialidad. Aunque era una labor mentalmente agotadora y pasaba gran parte del día trabajando solo, estaba satisfecho. Gozaba de buena reputación gracias a la fundamentación de sus análisis y a su criterio bien informado. Sabía que sus conclusiones podían influir enormemente sobre la vida de individuos concretos y que los resultados de las autopsias que practicaba eran de importancia crucial en la instrucción de un caso. Era, con mucho, la persona más cualificada del departamento pero no se consideraba un experto, pese a serlo.

Björn se levantó de su silla de oficina ergonómica y saludó a Jana con un firme apretón de manos cuando entró en el despacho.

La fiscal saludó a los dos policías con una inclinación de cabeza.

—Como os prometí —comenzó Björn—, el informe está listo, aunque seguimos esperando los resultado del análisis de un par de muestras. Quiero que vayamos a ver el cuerpo. Hay una cosa interesante que quiero enseñaros.

Una de las luces del techo parpadeaba cuando salieron del ascensor y enfilaron el pasillo del sótano.

Mientras avanzaban por él, Björn charlaba animadamente con Henrik acerca de sus nietos mayores, de diez y trece años, y de sus diversas actividades deportivas: fútbol y natación, y le comentó con orgullo al inspector que iba a llevarlos a las competiciones de fin de semana de Mjölby y Motala.

Ni Jana ni Mia los escuchaban. Estaban demasiado concentradas en evitar mirarse mutuamente.

Björn abrió la puerta ignífuga y encendió la luz de la sala esterilizada.

Mia, como de costumbre, se mantuvo apartada de la mesa de autopsias. Jana y Henrik, en cambio, se situaron a su lado.

Björn se lavó las manos minuciosamente, se puso unos guantes de látex y apartó la sábana blanca. El cuerpo desnudo ocupaba solo dos tercios de la mesa. El niño tenía los ojos cerrados, la cara blanca y rígida. Su nariz era fina, sus cejas oscuras. Le habían afeitado la cabeza y el orificio de salida de la bala quedaba a la vista, en la frente. Era evidente que le habían disparado por la espalda.

Jana dio un respingo al ver los moratones que cubrían sus brazos y piernas.

Henrik también.

—¿Esos hematomas son de la caída? ¿De cuando le dispararon? —preguntó Henrik.

Björn negó con la cabeza.

—Sí y no. Estos sí —respondió, señalando las grandes zonas oscuras de la parte exterior del muslo y la cadera del chico—. En esta zona también hay heridas internas, hemorragias a distinta profundidad en los músculos. —Señaló los brazos musculosos del niño—. Pero gran parte de los hematomas son anteriores, es decir, previos a su muerte. Le golpearon brutalmente con anterioridad, especialmente en la cabeza, el cuello y en torno a los genitales. Y en las piernas, debo añadir. Yo diría que estas marcas son producto de patadas y puñetazos. También cabe la posibilidad de que se las hicieran con un objeto contundente.

—¿Como cuál? —preguntó Henrik.

—Un trozo de tubería de hierro, por ejemplo, o un zapato duro. No es fácil deducirlo. Habrá que esperar a ver qué nos dicen las muestras de tejido celular.

—¿Dirías que le golpeaban con regularidad?

—Sí. Tiene algunas cicatrices antiguas y varias hemorragias internas que indican que sufrió malos tratos durante un largo periodo de tiempo.

—¿Agresiones sistemáticas, entonces?

—Sí, y muy graves, diría yo.

Henrik asintió lentamente con la cabeza.

—En cambio no hay indicios de agresión sexual, ni rastro de esperma o de zonas enrojecidas en torno al ano —prosiguió el forense—. Tampoco hay señales de que lo estrangularan. Murió de un disparo en la parte de atrás de la cabeza. Todavía estamos analizando la bala.

—¿Tipo de arma?

—Todavía está por confirmar.

—¿Cuándo tendrás los resultados de las pruebas balísticas y las muestras de tejido?

—Mañana, o pasado, quizá.

—¿Edad del niño?

—Nueve o diez años. Es difícil calcularlo con exactitud.

—Muy bien, ¿algo más? —preguntó Henrik.

Björn carraspeó y se situó en un extremo de la mesa, junto a la cabeza del niño.

—He encontrado en su sangre rastros de drogas depresoras del sistema nervioso central. Se hallaba bajo la influencia de narcóticos. Una dosis muy alta.

—¿Qué sustancia?

—Heroína. Se pinchaba con frecuencia, o le pinchaban, en las venas del brazo. Mirad esto.

Björn les mostró la piel ulcerada del brazo del niño, en la cara interna del codo. Luego le giró el brazo y les mostró una zona muy inflamada.

—Aquí, en este lado, hay una infección muy avanzada. Es de suponer que la víctima no encontró la vena al pincharse y que la droga acabó en el tejido exterior y no en el flujo sanguíneo.

La piel del brazo estaba enrojecida e hinchada y presentaba pequeñas heridas por todas partes.

—Si se presiona aquí se nota como si... ¿Cómo os lo diría? Parece arcilla, lo que significa que el brazo está lleno de pus. Es el tipo de infección que produce el uso de inyecciones intramusculares, con las que no es conveniente jugar. He visto ejemplos espantosos, partes del cuerpo directamente podridas por la infección. No es infrecuente que se abran grandes agujeros en el hueso ni que se presente una sepsis, una infección sanguínea. Algunas venas pueden quedar completamente machacadas por tantas inyecciones, sobre todo en la zona púbica. En los peores casos, el único tratamiento posible es la amputación del miembro infectado.

—Entonces, ¿quieres decir que este niño de nueve o diez años era un drogadicto? —preguntó Henrik.

—Indudablemente. Sí.

—¿Y traficante?

—Eso no lo sé. No soy la persona indicada para juzgarlo.

—¿Un correo, quizá?

—Podría ser. —Björn se encogió de hombros—. En fin, veamos... Lo que quería enseñaros es esto.

El patólogo giró la cabeza del niño para dejar al descubierto su nuca. Luego señaló una zona concreta.

Jana vio letras grabadas en la carne. Eran irregulares y parecían hechas con un objeto cortante. Vio que formaban un nombre, y el suelo empezó a temblar bajo sus pies. Se agarró al borde de la mesa con las dos manos para no caerse.

—¿Estás bien? —preguntó Henrik.

—Sí —mintió ella sin apartar los ojos de las letras.

Leyó el nombre otra vez. Y otra. Y otra.

Tánatos.

El dios de la muerte.

20

Gunnar Öhrn estaba echando un vistazo a la edición digital de los periódicos locales. Apoyó la cabeza en el respaldo mientras miraba las páginas deportivas. Siempre leía la sección de deportes antes que las noticias. La de economía antes que la de política. Y la de cultura antes que la de motor. Los blogs y las páginas dedicadas a la vida familiar, ni los tocaba.

Durante el mes que llevaba separado de Anneli, había establecido una rutina propia que le venía como anillo al dedo. Se levantaba a las seis y media, desayunaba e iba en coche a comisaría. A menudo estaba en casa a las seis de la tarde, comía algo y luego se iba al centro a hacer recados, si no estaba con su hijo. A las ocho volvía a casa y se ponía a leer o se sentaba delante del ordenador hasta las doce. Si no hacía muy mal tiempo, salía a dar un paseo de una hora, aunque no lo hacía con mucha frecuencia. Anneli siempre insistía en que tenía que hacer más ejercicio y, cuando vivían juntos, lo llevaba a rastras a caminar. Cuando iba solo, en cambio, podía decidir lo deprisa que caminaba, y prefería un ritmo más pausado.

Dejó las páginas deportivas y pasó a las noticias locales, donde leyó acerca de un trompetista de quince años al que le habían concedido una beca de dos mil coronas para que estudiara música. El chico, que llevaba aparato en los dientes, le recordó a Adam, su hijo.

Dos días en semana, Adam iba a cenar con él si se lo permitían sus actividades deportivas. Salían a comer pizza y a veces iban al cine. Gunnar había considerado la posibilidad de ofrecerse voluntario como entrenador ayudante en el equipo de su hijo, pero ya se había perdido los entrenamientos de pretemporada. Quizá la próxima vez, se dijo al ver aparecer una foto suya en el monitor. Se la habían hecho esa mañana, en la conferencia de prensa.

Después del hallazgo del cadáver del niño, una muchedumbre de periodistas de radio, televisión y prensa escrita había puesto sitio a la sala de prensa, y se habían visto obligados a habilitar un espacio más grande. Habían abierto la sala más espaciosa de la comisaría, y también se había llenado hasta arriba. El zumbido de las voces y de los equipos de radio puestos a prueba llenaba el aire. Gunnar Öhrn y la comisaria de policía del condado, Carin Radler, habían dado la bienvenida a todos los asistentes y a continuación habían concedido la palabra a Sara Ardvidsson, la encargada de prensa, que informó sobre el asesinato de Hans Juhlén, pero dejó en segundo plano el del niño. Recalcó, además, que Kerstin Juhlén había sido puesta en libertad sin cargos y que seguía colaborando en las pesquisas. Había sido una rueda de prensa infernal. Breve e intensa, pero necesaria, según Carin Radler. Siempre era preferible reunir a la prensa y ofrecerle algunas pistas que permitir que especularan alocadamente por falta de información.

Sara Ardvidsson había respondido a la mayoría de los periodistas con un enérgico «¡Sin comentarios!». No había dicho gran cosa acerca de la investigación en sí, que duraba ya cuatro días y había despertado una expectación considerable.

Gunnar abrió otra página de noticias y vio otra foto suya. De perfil. En otra, solo se veía la mitad de su cuerpo. El fotógrafo se había centrado en Sara.

—Menos mal —masculló, y apagó el ordenador.

Le desagradaba comparecer ante la prensa habiendo una investigación en curso. Siempre existía el riesgo de que alguien dejara entrever más de lo necesario. Y los periodistas de investigación tenían un talento especial para formular preguntas trampa y hacer afirmaciones engañosas que más tarde otros comentaristas con menos escrúpulos a la hora de citar fuentes fiables transformaban en verdades absolutas. Además, no era agradable tener que repetir continuamente «Sin comentarios», aunque fuera necesario. Sobre todo, en este caso.

Gunnar confiaba de todo corazón en que las letras y los números que Ola Söderström le había enseñado esa mañana llevaran a alguna parte.

El equipo tenía que reunirse de nuevo a las doce de la mañana. Consultó el reloj plateado que llevaba en la muñeca. Faltaba media hora. Decidió pasarse por la cafetería y comer algo antes de la reunión.

A Jana le temblaban las manos cuando abrió la puerta.

Una vez dentro de su piso, se quitó los zapatos y se dejó caer en el suelo, con la espalda pegada a la puerta. Pasó un rato así sentada. Intentando recuperar el aliento.

Todo lo sucedido era como una niebla. Se había disculpado alegando que tenía una cita urgente con un imputado y había salido del laboratorio lo más rápido que había podido. Apenas recordaba cómo había llegado a casa. Debía de haber conducido sin ningún cuidado porque había estado a punto de chocar con otro coche que circulaba por debajo del límite de velocidad. Ni siquiera recordaba dónde había aparcado ni cómo había subido al piso.

Se levantó despacio, tropezó con el escalón del cuarto del baño y tuvo que agarrarse al lavabo para no caerse. Le temblaba todo el cuerpo cuando buscó su espejito de mano en el armario. Irritada al no encontrarlo de inmediato, volcó todo el contenido de un cajón en el suelo. Se rompió un frasco de perfume y su dulce fragancia se extendió por las baldosas del suelo. Sacó otro cajón y hurgó en él violentamente, pero no encontró el espejo.

Se detuvo un momento para pensar. ¡Su bolso! Estaba en su bolso. Volvió al recibidor y abrió el armario. Allí, en un rincón de su bolso azul oscuro, estaba el espejito redondo.

Lo sacó y volvió a toda prisa al cuarto de baño. De pie delante del espejo de la pared, dudó un momento. El corazón le latía con violencia, el cuerpo le temblaba. Con manos trémulas, se apartó el pelo, dirigió el espejito hacia su nuca y contuvo la respiración.

No se atrevía a mirar. Cerró los ojos y contó hasta diez. Cuando volvió a abrirlos, vio las letras reflejadas.

K-E-R.

KER.

—El dios de la muerte —dijo Mia.

—¿Qué? —preguntó Henrik.

—Tánatos es el dios de la muerte.

La inspectora amplió el texto de la enciclopedia digital.

Se habían marchado de Linköping y estaban volviendo a Norrköping a toda prisa. La reunión con Björn Ahlmann había durado más de lo que esperaban y tenían poco tiempo para llegar a la reunión de mediodía.

Mia leyó en voz alta desde el asiento del copiloto.

—Escucha esto. Tánatos es un dios de la muerte de la mitología griega. Era extremadamente fuerte y rápido. Si veías a Tánatos con una antorcha apuntando hacia abajo, quería decir que alguien iba a morir. Pero si la antorcha apuntaba hacia arriba, era señal de que todavía había esperanzas.

—¿Tú crees en esas cosas? —preguntó Henrik.

—No, pero el niño tenía el nombre en la nuca. Tiene que significar algo.

—O puede que simplemente lo llamaran así.

—O no.

—No pudo grabárselo él solo, en todo caso. Eso seguro.

—Quizá sí, con ayuda de un espejo.

—No, no habría podido hacer las letras tan rectas.

—Pero ¿quién graba el nombre de un dios en la nuca de un niño?

—No lo sé.

—Algún loco hijo de puta.

—O un amigo. Quizá perteneciera a una banda.

Mia borró el nombre y escribió otra palabra en el motor de búsqueda.

Henrik puso el intermitente para cambiar de carril.

Una señal de tráfico indicaba que solo quedaban diez kilómetros para la salida de Norrköping Sur. Mientras Mia estaba enfrascada en Internet, Henrik pensó primero en el niño muerto y luego en Jana Berzelius. La fiscal se había excusado de repente durante el informe del patólogo y había abandonado precipitadamente la sala de autopsias. Siempre era la que se quedaba más tiempo y la que hacía más preguntas. Incluso se atrevía a cuestionar las conclusiones de Björn Ahlmann. Ese día, en cambio, no había hecho ni una sola pregunta durante el examen del cuerpo del niño.

Henrik arrugó la frente. Había sido espantoso ver a un niño tan pequeño sobre la mesa del patólogo, por supuesto. ¿Había sido al ver las letras grabadas en la nuca del niño cuando se había puesto un poco pálida? ¿O habían sido imaginaciones suyas? ¿Por qué de pronto le extrañaba su conducta?

Mia y él entraron en la sala de reuniones treinta segundos antes de la hora prevista para la reunión. Jana ya estaba sentada a la mesa, tan centrada como siempre. Junto a ella se hallaba Anneli, absorta en el periódico local. Ola y Gunnar hablaban en voz baja, con las cabezas muy juntas.

Mia ocupó su silla de costumbre y se estiró para alcanzar el termo de café que había sobre la mesa. Henrik se sentó junto a Jana.

Gunnar se levantó de la silla y dijo:

—Muy bien, es hora de ponerse manos a la obra. Empezamos ahora mismo con Henrik y Mia. Habéis estado en el laboratorio forense. ¿Podéis decirnos qué se sabe de las lesiones del niño?

Henrik asintió, juntó las manos sobre la mesa y se inclinó hacia delante.

—Björn ha confirmado lo que ya sabíamos. Le dispararon por la espalda y al parecer con anterioridad había sufrido agresiones brutales, aunque no sexuales, y se hallaba bajo los efectos de una droga. Heroína, para ser exactos.

—¿Qué edad tenía? —preguntó Gunnar.

—Unos nueve o diez años, y por lo visto ya era drogadicto. Tenía marcas de pinchazos e infecciones en los brazos.

—Es lamentable.

—Sí, y también poco frecuente encontrar a un drogadicto tan joven —comentó Gunnar.

—Una vez empiezas, te enganchas, al margen de la edad que tengas. La heroína es una droga extremadamente adictiva —comentó Ola.

—Pero es raro encontrar un heroinómano tan joven —insistió Gunnar.

—Entonces, ¿sospechamos que entró en casa de Hans Juhlén para robar y comprar droga? —preguntó Mia.

—Bueno, es una hipótesis —repuso Gunnar—. Tenemos que hacernos una idea más clara de quién era el niño, si formaba parte de una banda, si traficaba además de estar enganchado, a quién le compraba la droga o a quién se la vendía, etcétera. Habrá que recurrir a todos los heroinómanos y los camellos que conocemos —añadió acercándose a la ventana.

—El tráfico suele tener lugar en zonas deprimidas —observó Mia, frotando la palma de la mano sobre la mesa.

—Pero las drogas representan un problema en todas las clases sociales, ¿no? —repuso Henrik.

Mia miró a Jana y sonrió.

—Solo que en los barrios ricos se esconden mejor —respondió.

—Pero ¿por qué iba a vender drogas un niño? —preguntó Henrik.

—Por dinero, por supuesto —contestó Mia con rapidez—. Si hubiera trabajos de verano para todos los adolescentes, no tendrían que vender drogas.

—Entonces, ¿según tú empiezan a traficar porque las autoridades municipales no les proporcionan trabajos de verano? —preguntó Jana. Era la primera vez que abría la boca. Se inclinó sobre la mesa y miró a Mia con enojo—. Permíteme que me ría. El trabajo tiene que buscárselo uno, no tienen que dárselo.

Mia apretó los dientes y cruzó los brazos.

La fiscal podía irse al infierno.

—Pero estamos hablando de un niño de diez años, y los niños de diez años no tienen trabajos de verano —apuntó Henrik.

Mia lo miró con irritación.

—Pero ¿qué hacía un niño de diez años mezclado en asuntos de drogas? ¿Es posible que le obligaran? —preguntó Ola.

—¿Que le obligaran a traficar? Es muy probable —repuso Henrik.

Gunnar apartó su silla, pero no se sentó.

—Vamos a dejar las conjeturas y a concentrarnos en otra cosa. Las huellas de neumáticos halladas junto al lugar de los hechos, en Viddviken, son de la marca Goodyear, modelo Marathon 8. Ignoramos si pertenecen a la furgoneta blanca que vio un testigo. Por cierto, ¿se sabe algo más sobre ese punto?

—Sí, he hablado con Gabriel y según el testigo parece que la furgoneta era una Opel —contestó Mia.

—¿Modelo?

—El testigo no lo sabía.

—¿Y cómo sabe que era una Opel?

—Supongo que la reconoció.

—¿Y el modelo no?

—No, el modelo no.

—¿Cómo era de grande?

—Dijo que era una furgoneta pequeña.

—¿Y cómo se llama ese testigo?

—Erik Nordlund.

—¿Dónde vive?

—En Jansberg. Estaba haciendo unos trabajos forestales allí y vio pasar la furgoneta a toda velocidad por delante de su casa. Vive cerca de la calle Arkösund, un par de kilómetros antes del desvío a Viddviken.

—Pedidle que venga enseguida. Seguro que sabe qué tipo de furgoneta era. Imprimid fotografías de todos los modelos Opel y enseñádselas. Tenemos que encontrar esa furgoneta. Aunque no esté relacionada con el asesinato, puede que el conductor viera algo importante.

Gunnar comenzó a pasearse delante del mapa de la pared. Luego cogió un rotulador rojo y escribió en la pizarra blanca: *Opel*.

Seguían sin avanzar en la investigación, lo cual resultaba extremadamente frustrante. Se sentó y procuró dominarse.

—Has dicho que la furgoneta iba muy deprisa —le dijo Henrik a Mia.

—Sí, así es, según el testigo —repuso ella.

—¿No hay radares de velocidad en Arkösund? —preguntó Henrik.

—Sí.

—Puede que alguno le hiciera una foto.

—Bien pensado, Henrik. Poneos en contacto con el departamento de tráfico de Kiruna. Ellos podrán decirnos si las cámaras grabaron a algún vehículo que se saltara el límite de velocidad esa noche —dijo Gunnar.

Ola levantó un dedo.

—Yo me encargo —dijo—. Pero ¿habéis descartado la hipótesis de que el niño llegara en barco?

—No, pero nadie vio u oyó una embarcación por la zona a esas horas. Así que primero nos centraremos en la furgoneta. —Gunnar le hizo una seña a Ola con la cabeza—. Muy bien, te toca.

—Enseguida.

145

Ola pulsó un par de teclas de su ordenador y abrió el documento de las letras y los números. Encendió el proyector, pero en la pantalla no apareció nada.

—¿Y ahora qué pasa? —preguntó, y se levantó—. ¿Es la luz o qué?

Se ajustó la gorra y se subió a la mesa para echar un vistazo al aparato que colgaba del techo.

Jana lo miró, respirando agitadamente. Desde que había salido de casa, luchaba por mantener la compostura. Su serenidad era solo aparente, y no lograba controlar los nervios. Había tenido que recordarse varias veces que tenía que concentrarse. Se estiró para alcanzar el termo de café, que estaba delante de Mia. A pesar de que sentía las entrañas reducidas a un único nervio en carne viva, sus gestos no lo dejaban entrever.

Mia la miró con irritación cuando se acercó el termo.

Ola seguía atareado con el proyector y los demás guardaban silencio, absortos en sus pensamientos.

Jana bebió un sorbo de café.

Ola dijo:

—Ya está. Ya debería funcionar.

Se bajó de la mesa y despertó al ordenador de su reposo. En la pantalla apareció una extraña combinación de letras y cifras.

Jana miró la imagen ampliada. Sus ojos se abrieron de par en par mientras su corazón latía a toda velocidad. Sintió una especie de fragor en los oídos. La habitación le daba vueltas. Reconoció de inmediato la primera línea. La había visto otras veces. En sueños. En aquel sueño que se repetía una y otra vez.

VPXO410009.

—Bueno, encontré estas secuencias en el ordenador de Hans Juhlén. He revisado todas las carpetas, los archivos y los documentos del disco duro y este es el único documento que me ha llamado la atención. Hans Juhlén abrió estas series de letras y números en diversas ocasiones y guardó el documento siempre con el mismo nombre. Pero no tengo ni idea de por qué. Tampoco sé qué significan las letras y los números. ¿A alguien se le ocurre algo?

Todos negaron con la cabeza. Todos, menos Jana.

Ola continuó diciendo:

—He buscado en Internet, pero no he sacado nada en claro. —Se rascó la cabeza por fuera de la gorra—. Puede que su secretaria lo sepa. O su mujer.

—Henrik, habla con Lena. Mia, tú pregúntale a Kerstin. Y averigua también si Yusef sabe algo. Habrá que preguntar a todo el mundo. ¿No, Jana? —dijo Gunnar.

Jana se sobresaltó.

—¿Qué?

—¿Tú qué opinas?

Ella se obligó a sonreír y contestó:

—Estoy de acuerdo. Adelante.

21

Notaba el frío del acero en la mano.

Tragó saliva y miró al hombre de la cicatriz, de pie delante de ella.

Estaban en una especie de sótano. Normalmente servía como celda de aislamiento. Los llevaban allí si fallaban en algún ejercicio o desobedecían una orden, si no se acababan la comida o si no resistían lo suficiente al correr. A veces, simplemente porque a los mayores les apetecía.

A ella la habían encerrado allí dos veces. La primera porque había entendido mal las normas y había ido al baño sin permiso. La encerraron en aquella habitación sin luz tres días y tuvo que defecar en el suelo. Olía tan mal como en el contenedor. Eso parecía ser lo único que recordaba aún del viaje con sus padres. Su recuerdo se desvanecía con el paso de los días. Pero, sirviéndose de una piedra, había grabado sus caras en la pared, junto a su cama, escondidas detrás de un pequeño armario para que nadie las viera. Todas las noches apartaba un poco el armario y les decía buenas noches.

La segunda vez que la llevaron a la celda de aislamiento fue cuando se pellizcó las heridas de la nuca. El hombre de la cicatriz vio las manchas de sangre de su manga y la arrastró del pelo por el patio. Tuvo que quedarse allí cinco días. El primero lo pasó casi entero durmiendo. El segundo pensó en intentar escapar, y el tercero se entrenó para pegar patadas con fuerza y atacar con el cuchillo. Encontró un trocito de madera en el suelo y lo usó como cuchillo. Los últimos dos días exploró la habitación en toda su oscuridad. Rara vez salía de las habitaciones donde entrenaban, así que estar en el sótano era el mismo tiempo desagradable y emocionante. Llena de curiosidad, examinó cada objeto que encontró. Le gustó especialmente el viejo banco de trabajo pegado a la pared, con sus botes de pintura y sus recipientes de plástico. Los inspeccionó lo mejor que puedo en la penumbra. En otra pared había dos estanterías con cajas de cartón y periódicos. Debajo de la escalera, apoyada contra la pared, había una bicicleta oxidada y, delante, una maleta marrón. Había también una puerta vieja apoyada contra la barandilla de la escalera, y a su lado un taburete. Reparó en que nadie había movido nada desde la última vez que había estado allí.

—Ya es la hora —dijo el hombre de la cicatriz, y le dio una pistola—. Es hora de que me demuestres que mereces ser mi hija. El objetivo no es el de siempre.

Hizo una indicación con la cabeza a la mujer que estaba de pie, apoyada contra la pared, en lo alto de la escalera. Ella abrió la puerta y dejó entrar a Minos. El chico bajó lentamente los escalones e intentó que sus ojos se habituaran a la oscuridad.

—Este es tu nuevo objetivo —le dijo el hombre a la niña.

Al oír esas palabras, Minos se paró en seco en la escalera. En ese instante olvidó todo lo que había aprendido. El pánico se apoderó de él e intentó correr de nuevo hacia la puerta. Pero la mujer sacó su pistola, le apuntó a la cabeza y le obligó a bajar.

Minos suplicó piedad.

Se arrojó a los pies del hombre y gritó.

El hombre lo apartó de una patada.

—Eres un mierda. Si hubieras hecho lo que te decían, estarías tú aquí en vez de Ker. Solo sobreviven los más fuertes, como ella.

Minos puso los ojos en blanco, aterrorizado. Estaba arrodillado, con las rodillas desnudas, temblando.

El hombre se acercó a la niña, la agarró del pelo y le echó la cabeza hacia atrás. Tiró muy fuerte para demostrarle que iba en serio, y ella lo miró fijamente a los ojos.

—Dentro de poco te quedarás completamente a oscuras. Así que tendrás que recurrir a tus otros sentidos. ¿Entendido?

Ella lo entendía. El corazón le latía con violencia.

—¡Haz que me sienta orgulloso de ti! —le susurró el hombre.

Las escaleras crujieron cuando el hombre y la mujer subieron por la escalera y salieron del sótano. Al cerrarse la puerta, la niña asió con fuerza la pistola y la levantó de inmediato.

La envolvió la oscuridad. No le gustaba esa sensación y empezó a respirar agitadamente. Tenía ganas de gritar pero sabía que solo le contestaría el eco. Un eco vacío. Mientras el corazón le martilleaba en el pecho, la oscuridad comenzó a aflojar voluntariamente la presión que ejercía sobre ella.

Oyó a Minos chocar contra la bicicleta. Dedujo que se había escondido debajo de la escalera. Intentó calmarse. Respiró hondo. Podía hacerlo. Dominaría la oscuridad. Consiguió controlar su respiración inhalando despacio y profundamente y exhalando por la nariz. Se concentró, aguzó el oído. Silencio. Un silencio embrutecedor.

Dio un paso adelante, se detuvo y escuchó de nuevo. Luego dio otro paso, y otro más. Cuando había dado tres pasos más, comprendió que estaba a punto de llegar a la escalera y que tendría que desviarse para sortearla y llegar a la zona donde estaba Minos.

Estiró el brazo para palpar la barandilla y contó de cabeza sus pasos: uno, dos, tres. Notó el contacto de la barandilla resquebrajada. Dio tres pasos más, soltó la barandilla y buscó a tientas algo delante de ella. Al dar otro paso propinó un puntapié a la maleta del suelo. Se asustó al oír el ruido. Al mismo tiempo oyó a Minos arrastrándose por el suelo, cerca de ella. Apuntó con la pistola hacia delante y siguió el sonido de derecha a izquierda. Pero cesó tan súbitamente como había comenzado. El movimiento le había agitado la respiración y cerró la boca de nuevo para poder escuchar. ¿Dónde estaba él? Torció lentamente la cabeza, aguzando el oído. Se estrujó la memoria. ¿Podía estar agazapado debajo del banco de trabajo?

¿O junto a las estanterías?

Se quedó donde estaba, en silencio, inmóvil. Esperaba una señal, un ruido de respiración o la sensación de que su objetivo volvía a moverse. Pero solo oía el silencio.

Sabía que corría el riesgo de que le tendiera una emboscada.

Quizá ya estuviera de pie a su espalda.

Al pensarlo, se dio la vuelta. Empezó a sudarle la frente y sus manos húmedas calentaron el acero. Tenía que hacer algo. No podía quedarse allí parada, esperándolo.

El suelo de tierra era desigual. Adelantó un pie para mantener el equilibrio. Luego adelantó el otro.

Después volvió a quedarse completamente quieta. Dudó. Un paso más adelante, luego otro. Se volvió a derecha e izquierda sin dejar de apuntar con la pistola hacia delante. Sus sentidos se esforzaban por compensar la falta de visión.

Extendió una mano barriendo el espacio que tenía ante sí y sintió la dura superficie del banco. Sabía que medía dos metros de largo. Avanzó a tientas, tocándolo con la mano. Cuando llegó al final, se detuvo.

Entonces, por fin, lo oyó.

Una respiración.

La señal.

Reaccionó instintivamente y apuntó con la pistola hacia aquel sonido. Entonces recibió un fuerte golpe en el brazo. Perdió el equilibrio y la concentración. El segundo golpe fue más doloroso, directo a la cabeza. Levantó los brazos para protegerse. No debía soltar la pistola.

Minos estaba cerca, peligrosamente cerca. Su ira era temible. Volvió a golpearla una vez. Y otra. La niña intentó mantener el equilibrio, concentrarse. Cuando Minos se preparó para asestar un último golpe, reaccionó. Lanzó un puñetazo hacia la oscuridad y dio en el blanco. Minos gimió.

Ella le asestó otro golpe. Esta vez, con la pistola. La tercera vez le dio en la frente y oyó un golpe sordo cuando cayó al suelo.

La niña sujetó la pistola con las dos manos y apuntó hacia el suelo.

Minos estaba gimiendo. Su voz sonaba fría como el metal y cortaba la oscuridad como un cuchillo.

Una sensación de calma se apoderó de ella al instante. Se sentía fuerte, más poderosa que nunca. Ya no le daba miedo la oscuridad.

—No lo hagas —dijo Minos—. Por favor, no lo hagas. Soy tu amigo.

—Pero yo no soy tu amiga —respondió la niña, y disparó.

22

Cuando Erik Nordlund cruzó la puerta principal de la jefatura de policía, confiaba en que la reunión no durara más allá de diez minutos.

En la zona de recepción se topó con un montón de gente. La mayoría estaba allí para solicitar el pasaporte.

La agente uniformada que atendía el mostrador anotó su nombre, levantó un teléfono y llamó a Henrik Levin.

Menos de un minuto después apareció Henrik.

—Inspector jefe Henrik Levin. Hola. Gracias, por venir.

Se estrecharon la mano y subieron en ascensor al segundo piso. Recorrieron el pasillo y entraron en el despacho.

—¿Café?

—Sí, estaría bien.

—¿Leche, azúcar?

—Azúcar.

—Mientras tanto, tome asiento. Vuelvo enseguida.

Erik se sentó y paseó la mirada por la sala que se veía al otro lado de la pared de cristal. Había unos diez policías sentados a sus mesas, trabajando. Sonaban teléfonos, se oían conversaciones, las fotocopiadoras zumbaban y los teclados tableteaban. Erik carecía de instinto para el trabajo de oficina y de pronto sintió un fuerte impulso de regresar a sus tareas en el bosque.

Se preguntaba si debía colgar su gruesa chaqueta forrada, pero resolvió que no, que la visita sería corta. Contarle al policía lo que había visto y marcharse.

Vio, a lo lejos, acercarse al inspector jefe con dos tazas de café. Cuando entró en el despacho, la corriente agitó un dibujo clavado a la pared. Un fantasma verde, dibujado por un niño. Erik pensó de inmediato en sus tres nietos, que todas las semanas le mandaban dibujos embutidos en sobres demasiado pequeños. Dibujaban sobre todo soles y árboles, flores y barcos. O coches. Fantasmas, nunca.

Cogió la taza que le ofreció Henrik y bebió enseguida un sorbo de café. El líquido humeante le quemó la garganta.

El inspector se sentó y sacó un cuaderno. Le preguntó primero por su profesión y Erik le habló de la tala de árboles.

—La mayoría de los árboles tienden a caer de manera natural hacia un lado u otro. —Dejó su taza y gesticuló—. Y en la dirección de la caída influyen la inclinación del árbol, la longitud y la forma de sus ramas y la dirección del viento. La nieve y el hielo acumulados en la copa pueden pesar fácilmente una tonelada, en ese caso es difícil calcular hacia dónde caerá el árbol, y este invierno ha hecho un frío del demonio.

Henrik le dio la razón asintiendo con la cabeza. El verano había sido extremadamente frío. En muchas zonas del país, la profundidad de la nieve casi había batido récords.

Erik prosiguió en tono entusiasta:

—Para talar un árbol, lo esencial es la anchura de la madera que hace de sujeción: el trozo que queda entre la cuña frontal y el corte de atrás. Es la «bisagra», y si es demasiado ancha la caída será aparatosa y torpe. Pero si la bisagra es muy estrecha es aún peor porque puede ceder y entonces el árbol cae sin control. Se puede uno hacer mucho daño si no hace las cosas como es debido. Con la naturaleza no puedes andarte con tonterías. ¡Bum! —Erik dio una palmada—. Puedes acabar debajo del tronco de un árbol con una pierna rota o algo peor. A un compañero mío lo dejó sin sentido un abedul que se astilló. Estuvo varios minutos inconsciente, hasta que conseguimos que volviera en sí.

Erik cogió la taza y bebió otro sorbo de café.

Henrik comenzó a llevar la conversación hacia el tema que le interesaba.

—¿Vio usted una furgoneta?

—Sí.

—¿El domingo?

—Sí, en torno a las ocho de la noche.

—¿Está seguro de que la vio? ¿Y de la hora que era?

—Sí.

—Según Gabriel y Hannah, que fueron a verlo ayer, afirma usted que era una Opel. ¿Es correcto?

—Sí, claro.

—¿Y está completamente seguro de que era una Opel?

—Totalmente. Yo mismo tengo una. ¡Mire! —Desenganchó un manojo de llaves de su cinturón y le enseñó al inspector un llavero metálico con un logotipo—. Opel. Y también tengo uno de estos. —Extrajo otro llavero metálico del manojo de llaves, este con el símbolo de Volvo.

Henrik asintió.

—¿Dónde vio la Opel?

—En la carretera, enfrente de mi casa. Iba muy deprisa.

—Si le traigo un plano, ¿podrá señalar exactamente dónde vio la furgoneta y en qué dirección iba?

—Claro que sí.

Henrik Levin se ausentó unos segundos y regresó con un plano que desplegó sobre la mesa.

Erik cogió un rotulador, buscó su casa en el plano y dibujó una cruz roja y una flecha en la carretera, representada por una línea marrón.

—Aquí es donde la vi. Justo aquí. Y se dirigía hacia la costa.

—Gracias. ¿Logró ver al conductor?

—No. Me cegaron los faros. No vi nada, excepto el color de la furgoneta.

—¿Y la matrícula?

—No, tampoco la vi.

—¿Se fijó en algún otro vehículo?

—No. A esa hora del día la carretera suele estar vacía. Solo pasa un camión de vez en cuando.

Henrik se quedó callado. El hombre que tenía delante parecía de fiar. Vestía ropa de trabajo roja y, encima de la chaqueta, un chaleco fluorescente.

El inspector dobló el plano y cogió un montón de hojas impresas con fotografías de furgonetas Opel.

—Sé que no recuerda qué modelo de furgoneta era, pero quiero que eche un vistazo a estas fotografías, a ver si alguna le recuerda a la que vio.

—Pero si no vi…

—Lo sé, pero mire las fotografías sin prisas. Tómese el tiempo que necesite.

Erik suspiró. Se desabrochó la chaqueta y la colgó del respaldo de la silla.

Aquella no iba a ser una visita rápida.

Jana Berzelius sentía aún un leve mareo. Apoyó la cabeza en las manos y procuró concentrarse. Estaba trémula.

Las letras grabadas en la nuca del niño la habían turbado como ninguna cosa que hubiera experimentado anteriormente. Sabía lo que significaba aquel nombre. Pero era imposible que aquel niño tuviera ese nombre en concreto.

No podía ser.

Era imposible que sucediera.

Se sentó al borde de su cama Hästens. La habitación se le antojaba de pronto muy pequeña. Opresiva. Asfixiante.

Intentó de nuevo concentrarse pero se dio cuenta de que se

hallaba en un estado de parálisis mental. Su cerebro se resistía a funcionar. Cuando por fin consiguió llegar a la cocina, le temblaban las manos. Beber un vaso de agua no le sirvió de nada. Como tampoco le servirían de nada las cosas que había en la nevera. Las náuseas eran tan fuertes que descartó la idea de comer algo. Se acercó a la cafetera *espresso*.

Regresó al dormitorio con una taza en la mano y se sentó otra vez en la cama. Dejó la taza en la mesilla de noche, abrió el armario de debajo y sacó uno de los cuadernos negros que guardaba allí. Revisó sin prisas sus anotaciones, las imágenes y símbolos que veía en sueños. Flechas, círculos y letras del alfabeto en pulcros renglones. Aquí y allá, un dibujo. Algunas anotaciones tenían fecha. La primera, anotada bajo el boceto de una cara, correspondía al 22 de septiembre de 1991. Tenía nueve años y por motivos terapéuticos la habían animado a anotar sus sueños recurrentes. Les había hablado a sus padres de estas experiencias, de aquellas pesadillas espantosamente realistas, pero ellos, Karl y Margaretha Berzelius, opinaban que eran demasiado fantasiosas. Que su cerebro le estaba jugando una mala pasada. La llevaron a un psicólogo para que la ayudara a superar aquella «fase», como la llamaban ellos.

Pero no sirvió de nada. Los sueños continuaron atormentándola hasta tal punto que hacía todo lo posible por mantenerse despierta. La angustia continua, las dificultades para respirar y la sensación de desánimo que sentía la estaban hundiendo. Por las noches, después de que sus padres le dieran las buenas noches, volvía a abrir los ojos de inmediato y pensaba en cómo podía mantenerse despierta toda la noche. Le gustaba jugar a oscuras y a menudo pasaba el tiempo galopando con los dedos por la ropa de la cama y arrebujando el edredón, formando pequeños obstáculos sobre los que saltaban sus dedos.

También se movía por la habitación a oscuras, o se sentaba en el asiento de la ventana y miraba el jardín. Se estiraba todo lo que podía hacia el techo de tres metros de altura de la habitación y se agazapaba bajo la ancha cama, aovillándose todo lo posible. El psicólogo le dijo que debía darse tiempo y que los sueños acabarían por desaparecer.

Pero no fue así.

Solo empeoraron.

Y pasadas otras dos semanas de noches angustiosas, su padre pensó que tal vez debieran empezar a medicarla. Quería librarla de una vez por todas de aquellas ideas absurdas. El sueño era una de nuestras necesidades básicas y estaba al alcance de cualquier idiota.

Por fin la llevó al hospital y un médico le dio un frasco de pastillas para dormir.

Los somníferos dieron un resultado efímero y tuvieron efectos secundarios de consideración. Jana perdió el apetito así como la concentración y finalmente su maestra le dijo a su madre, con la que habló confidencialmente, que Jana se había quedado dormida en clase dos veces. También le dijo que era completamente inútil intentar razonar con la niña. Si le pedían que resolviera una fórmula matemática, se limitaba a mascullar en voz baja. Teniendo en cuenta las ambiciones educativas que Karl y Margaretha tenían para su hija, creyeron necesario hacer algo al respecto. Y enseguida.

A Jana, aquel aturdimiento la horrorizaba. No podía pensar con claridad y lo hacía todo a cámara lenta. Así pues, para ella fue una victoria que dejaran de darle la medicación. Como se negaba a visitar de nuevo el hospital para hablar con un psicólogo, mintió a sus padres y les dijo que los sueños habían cesado. Hasta logró engañar al psicólogo. Apretaba los dientes y todas las noches ensayaba su sonrisa delante del espejo. Aprendió a ocultar su verdadera personalidad copiando los gestos de los demás, sus ademanes y expresiones faciales. Aprendió el juego social y sus normas.

Satisfecho con el cambio, Karl Berzelius le daba palmaditas en la cabeza y creía que aún había esperanzas para ella. Dado que mentía y simulaba que todo iba bien, no tuvo que volver a preocuparse por visitar a un psicólogo.

Pero seguía soñando.

Cada noche.

Las llaves tintinearon cuando Mia Bolander abrió el buzón. Sacó el fajo de cartas y les echó un vistazo rápido. Solo facturas. Suspiró, volvió a cerrar el buzón y subió rápidamente a su piso en la primera planta. Sus pasos resonaron en la escalera. La puerta de su piso chirrió. En el recibidor, abrió un cajón y puso las cartas encima del montón de facturas sin abrir. Cerró la puerta con llave, se quitó las botas y tiró su chaqueta al suelo.

Eran las siete de la tarde. Tenían que encontrarse en el Harry's una hora después.

Fue derecha a su dormitorio y se desnudó. Escogió un vestido que había comprado en las rebajas de Navidad, hacía tres años.

Tendría que valer, pensó.

Luego entró en la cocina y abrió la nevera. Notó con una mueca de amargura que no quedaba alcohol. Echó otra ojeada a su reloj. La licorería ya había cerrado. ¡Joder!

Refrenó el impulso de bajar al supermercado a comprar una cerveza baja en alcohol. Rebuscó entre los productos de limpieza de debajo del fregadero, en el armario de las tazas y los platillos y entre los jarrones. Incluso abrió el microondas con la esperanza de encontrar algo. Al final, dio con una lata de Carlsberg en la despensa, detrás de una hogaza de pan envuelta en una bolsa de plástico. Estaba caducada pero solo por un mes, más o menos, y a falta de algo mejor tendría que conformarse con eso. Abrió la lata y bebió pegando la boca al borde para que la espuma no cayera al suelo. Estaba amarga y sabía a cartón.

Arrugó la nariz, se limpió la boca con el brazo desnudo y entró en el cuarto de baño. Se recogió el pelo en una coleta y bebió otro trago de cerveza. Luego decidió aplicarse una buena capa de maquillaje. Dos tonos de sombra de ojos azul y rímel negro. Con la brocha rígida, rebañó los pocos polvos de colorete compacto que quedaban en el estuche. Se aplicó un tono oscuro bajo los pómulos y le agradó cómo enflaquecía su cara.

Cogió la lata de cerveza y entró en el cuarto de estar, dispuesta a esperar. Aún quedaban cuarenta minutos.

De pronto pensó en el dinero. Era día diecinueve. Faltaba casi una semana para que cobrara. El día anterior quedaban setecientas coronas en su cuenta. Pero eso había sido antes de salir.

¿Cuánto dinero había gastado la noche anterior? ¿Doscientas coronas?

La entrada, un par de cervezas, un kebab.

¿Trescientas, quizá?

Se levantó resueltamente del sofá, apuró la cerveza y dejó la lata vacía. Se puso unos zapatos en el pasillo, recogió su chaqueta y bajó al portal.

El viento frío le laceró las piernas desnudas mientras caminaba a oscuras frente a los bloques de pisos. Podría haber tomado el tranvía, pero si iba a pie se ahorraba veinte coronas. Desde donde vivía, en Sandbyhov, al centro había solo quince minutos andando.

Le sonaron las tripas cuando pasó delante del Golden Grill-bar. Leyó los carteles de fuera. Hamburguesa, bocadillo de salchichas, patatas fritas...

Cruzó las vías dobles del tranvía. En la esquina de Breda Vägen y Haga Gatan encontró un cajero automático. Consultó su saldo y vio que solo le quedaban trescientas cincuenta coronas. La víspera había gastado más de lo que creía. Esa noche tendría que andarse con cuidado. Solo una cerveza más. Dos, quizá, como mucho. Así le quedaría algún dinero para el día siguiente. «Si no, tendré que pedirle prestado a alguien», pensó. «Como siempre».

Arrugó el recibo del cajero, lo tiró al suelo y siguió caminando hacia el centro.

El cuaderno tenía doscientas páginas. Y era solo el primero. En su mesilla de noche había veintiséis más. Con un año de sueños

160

cada uno. Jana volvió la última hoja y vio un dibujo que había hecho de pequeña. Mostraba un cuchillo con el filo coloreado en rojo.

Cerró el cuaderno y se quedó mirando por la ventana, pensativamente. Luego volvió a abrir el cuaderno y buscó una página en la que figuraba una combinación de letras y números. VPX0410009. La misma serie que Ola Söderström le había mostrado. Le había mostrado a todo el equipo.

Se levantó con el cuaderno en la mano, entró en su despacho y abrió una puerta que daba a un pequeño trastero. Había transformado el trastero en un lugar en el que almacenar todo cuanto pudiera ayudarla a comprender su pasado. De momento, solo contaba con la ayuda de sus sueños.

Encendió la luz del techo y se quedó allí, en medio del cuarto. Fijó la mirada en las paredes. La habitación medía unos diez metros cuadrados. Dos de las paredes estaban ocupadas por tableros de corcho completamente cubiertos de dibujos, fotografías e ilustraciones. En otra pared había una pizarra blanca llena de notas y, debajo de ella, un pequeño escritorio y una silla. Al lado había una caja fuerte. La habitación no tenía ventanas, pero la luz de diodo del techo iluminaba todas las superficies.

Nunca le había enseñado aquel cuarto a nadie. Sus padres probablemente intentarían internarla si se enteraban. Tampoco Per tenía idea de sus investigaciones. Nunca les había dicho una palabra a ninguno de ellos, ni pensaba hacerlo. Aquello era asunto suyo, y solo suyo. Todo cuanto había en aquel cuarto hacía referencia a su vida anterior, a su infancia.

Lo cierto era —de eso se había dado cuenta hacía mucho tiempo— que le gustaba escarbar en el pasado. Lo hacía desde que tenía uso de razón. Le producía una especie de arrebato de satisfacción, como un juego complicado, un juego que versaba sobre ella. Ahora, sin embargo, otro jugador se había unido a la partida. Aquello le parecía completamente absurdo e irreal.

Dejó el cuaderno sobre la mesa, se acercó a uno de los tableros de corcho y miró las hojitas de papel clavadas en él. En la parte de arriba había una ilustración de una diosa. La había encontrado en un libro que vio por casualidad en un anticuario de Upsala en sus tiempos de estudiante y que compró por poco más de cincuenta coronas.

En aquella vetusta ciudad universitaria había utilizado tanto la biblioteca pública como la biblioteca universitaria. Pero fue la sección de Derecho de esta última la que se convirtió en su refugio natural. Siempre se sentaba en el mismo sitio, en un rincón de la sala Loccenius, de espaldas a una estantería y con una alta fila de ventanas a su izquierda. Desde allí veía toda la sala de consulta y a los estudiantes que entraban y salían. El pupitre de lectura no era muy amplio y la lámpara verde emitía poca luz. Sus libros de derecho no ocupaban mucho espacio, pero los de mitología griega eran grandes y difíciles de manejar.

La biblioteca principal de la universidad había acumulado ingentes y valiosas colecciones con el paso de los siglos. Jana encontró en ella literatura dedicada a la mitología en general y a las diosas en particular. Le interesaban especialmente las diosas de la muerte y, cuando se topaba con textos relevantes en el curso de sus investigaciones, los copiaba y posteriormente los clavaba en el tablón de corcho de su piso de estudiante. Por las noches, cuando leía, siempre se decantaba por títulos como *La diosa*, *La Grecia imaginaria* o *La alegoría en la mitología helena*. Anotaba todos los pasajes que le interesaban y hacía copias de las ilustraciones relevantes. Trataba de entender todos los nexos de unión que encontraba.

El denominador común de todas aquellas horas de estudio era un solo nombre.

Ker.

Jana había dedicado todo su tiempo libre a tratar de resolver el misterio de la extraña cicatriz de su nuca, pero no había llegado a ninguna parte. La primera vez que buscó aquel nombre, descubrió que hacía referencia a la diosa de la muerte violenta.

Recordaba que había encontrado aquella explicación en una vieja enciclopedia. Ahora miró la hilera de libros pulcramente alineados con los lomos por orden de altura. Más o menos en el centro encontró el tomo de la enciclopedia, lo sacó y lo abrió por la página marcada con una nota adhesiva amarilla. Pasó el dedo índice por las líneas del texto señalado con una suave cruz. «Ker», decía. Jana siguió leyendo. «Mitología griega. Diosa de la muerte (o, más concretamente, de la muerte violenta) en la Grecia antigua. Hesíodo, no obstante, solo menciona a una Ker, hija de la Noche y hermana de la Muerte (Tánatos)…»

Dejó de leer.

¡Tánatos!

Se sentó y dejó el libro sobre el escritorio. Estiró el brazo, arrancó una hoja de papel de uno de los tablones de corcho y leyó lo que ponía. El encabezamiento decía: «Mitología griega: dioses de la muerte». Había unos treinta nombres en la lista y en el tercer renglón figuraba un nombre masculino.

Sintió de nuevo una arcada.

Se reclinó en la silla y respiró hondo.

Pasado un rato se levantó y se acercó a otro tablón. En una hoja de papel casi en blanco había una serie de letras del abecedario y cifras impresas en tamaño grande y, a su lado, una imagen de un contenedor de transporte de mercancías. Uno de sus recuerdos más remotos era una placa, asociada en su recuerdo a un contenedor azul. Ignoraba, sin embargo, qué relación había entre aquellos dos recuerdos. Daba por sentado que la serie de letras y números tenía algo que ver con el contenedor y había intentado encontrarla en los millones de páginas que había en Internet, sin ningún resultado. Entonces se convenció de que todo aquello pertenecía a un sueño sin sentido, y a partir de entonces sus esfuerzos por intentar comprender quién era llegaron a un callejón sin salida.

Hacía mucho tiempo que no entraba en la habitación secreta. Había decidido dejar las cosas como estaban, no seguir buscando respuestas. De todos modos parecía inútil. Ahora, sin embargo, se enfrentaba a una idea extraña. ¿Había llegado la hora de resolver el misterio de una vez por todas? El niño era una pieza importante del rompecabezas. Al ver el nombre escrito en su nuca se había asustado. Ahora, en cambio, se daba cuenta de que aquel nombre podía ayudarla a hallar la respuesta al acertijo que había dominado su vida entera. La combinación de números y letras también era una pieza importante del puzle. ¿Alguna de ellas la conduciría a la verdad? ¿O quizá las dos juntas?

Jana interrumpió sus cavilaciones. La idea de que la policía tuviera en su poder la misma combinación de números y letras resultaba turbadora. En realidad, no sabía cómo encararlo. ¿Debía alegrarse de tener ayuda? ¿Debía sincerarse con ellos y hablarles de sus investigaciones? ¿Enseñarles los dibujos? ¿El nombre grabado en su nuca? No. Si decía una sola palabra sobre sus motivos personales para dirigir la instrucción, la apartarían inmediatamente del caso.

Se sentó de nuevo. No sabía qué hacer. Sus pensamientos giraban en espiral. Debía dejar que la policía se hiciera cargo de la investigación, pero no podía mantenerse al margen como una observadora pasiva. Tenía que hacer algo con las piezas del rompecabezas que habían salido a la luz. Tenía que conseguir una respuesta. Era ahora o nunca.

Pero ¿cómo debía proceder? ¿Qué pista debía seguir primero? ¿El niño o la serie de cifras y letras? Tenía que decidirse.

Se levantó de la silla, cerró la habitación y volvió a su dormitorio.

Luego se desnudó, se metió en la cama y apagó la luz. La decisión se le había revelado por sí sola, y estaba contenta de que así fuera.

Muy contenta.

VIERNES, 20 DE ABRIL

23

Era primera hora de la mañana cuando Mats Nylinder apretó el paso para alcanzar a Gunnar Öhrn frente a la jefatura de policía. La noche había sido despejada y sin viento, y la helada había formado sobre los adoquines de la entrada filigranas que semejaban copos de nieve. Los cristales de hielo se acumulaban en las ventanas de los despachos y las ramas desnudas que asomaban bajo ellas eran de un blanco plateado.

Mats Nylinder era redactor del *Norrköpings Tidningar*, y Gunnar opinaba que sentía un interés malsano por las noticias. La vehemencia con que afrontaba su trabajo resultaba crispante, y la impresión que producía podía compararse con la de un roedor. Por su aspecto físico, sin embargo, se asemejaba más a un curtido miembro de una banda de motociclistas. Era bajo, llevaba coleta y vestía chaleco de cuero marrón. Una cámara de fotos colgaba de su cuello.

—¡Gunnar Öhrn! ¡Espere! Quiero hacerle unas preguntas más. ¿Cómo murió el niño exactamente?

—No puedo hablar de eso —respondió Gunnar, y apretó el paso.

—¿Qué arma usaron?

—Sin comentarios.

—¿El niño sufrió abusos sexuales?

—Sin comentarios.

—¿Hay algún testigo?

Gunnar no respondió y empujó la puerta que tenía delante.

—¿Qué opina de que Hans Juhlén estuviera abusando de solicitantes de asilo?

Gunnar se paró en seco, con la mano todavía en la puerta. Se volvió.

—¿Qué quiere decir?

—Que obligara a refugiadas a mantener relaciones sexuales con él. Que las humillara.

—No voy a hacer declaraciones sobre ese tema.

—Habrá un escándalo de enormes proporciones cuando salte la noticia. Algo tendrá que declarar.

—Mi labor consiste en investigar delitos, no en preocuparme por escándalos —replicó Gunnar en tono tajante, y desapareció en el interior del edificio.

Subió por la escalera y entró directamente en la cocina. Pulsó un botón, agarró la taza de café humeante y siguió por el pasillo, camino de su despacho.

Un montón de documentos procedentes del Laboratorio Nacional de Criminología esperaba su escrutinio.

—¿Has traído la caja?

Anneli lo pilló por sorpresa. Estaba de pie, apoyada en la pared, con las piernas cruzadas. Llevaba unos chinos de color beis, camiseta blanca y chaqueta del mismo color. Lucía en la muñeca la pulsera de oro trenzada que Gunnar le había regalado por su cumpleaños.

—No, se me ha vuelto a olvidar. ¿Puedes ir a recogerla a casa?

—¿Cuándo?

Gunnar dejó el café y empezó a hojear los documentos que había sobre su mesa.

—¿Cuándo puedo ir a buscarla? —repitió Anneli.

—¿La caja? —preguntó él sin apartar los ojos de los papeles.

—Sí. ¿Cuándo puedo ir a por ella?

—Cuando te venga bien. Cualquier día.

—¿Mañana?

—No.

—¿No? Pero si acabas de decir…

—Bueno, está bien o… No sé. Pero ¿sabes qué es esto? —Agitó los papeles delante de la cara de Anneli.

—No.

—¡Un avance en la investigación, por fin! ¡Un avance!

—Pero ¿puede decirme qué significa?

Mia Bolander lanzó una mirada implorante a Lena Wikström, la secretaria.

—No, no tengo ni idea. ¿Qué es?

—Eso es lo que quería que me dijera.

—Pero es la primera vez que veo esos números.

—¿Y las letras?

—También. ¿Es una especie de código o algo así?

Mia no respondió. Llevaba más de veinte minutos intentando que Lena le explicara las desconcertantes series de cifras y letras que habían hallado en el ordenador de Hans Juhlén. Le dio las gracias por su ayuda a pesar de que no había servido de nada y salió de la Junta de Inmigración.

En el coche, pensó en lo cansada que parecía la secretaria. Estaba pálida y tenía los ojos rodeados por un cerco de color azul purpúreo. Había rebuscado con lentitud entre los documentos extendidos sobre su mesa y, al preguntarle Mia qué tal iban las cosas, había contestado que estaba deprimida.

Qué mujer tan patética, pensó la inspectora. ¡Tan inútil que no podía decirles nada!

En el trayecto de vuelta a la comisaría se topó con un atasco en Ståthögavägen. El tráfico avanzaba despacio, y aquello la irritó aún más. Pero lo que más la enfurecía era estar sin blanca. La noche anterior había gastado más de lo que esperaba. Y encima había invitado a dos cervezas a un tipo al que no conocía de nada. Y que para colmo estaba casado.

Qué derroche. Qué derroche tan absurdo.

Su móvil emitió de pronto una especie de gorjeo.

Era Ola Söderström.

—¿Qué tal ha ido? —preguntó.

—Mal. No sabe nada sobre esas combinaciones.

—Genial.

—Sí, ¿verdad?

Mia se quedó callada. Se pellizcó el labio de arriba entre el índice y el pulgar.

—Pero, Ola —añadió—, estoy pensando que a lo mejor... ¿Has probado a darles la vuelta a los números?

—No. Pero sí a poner primero los números y luego las letras.

—Pero ¿y si les das la vuelta?

—¿Quieres decir que debería buscar 900014 en vez de 410009?

—No tengo las combinaciones delante, pero creo que me has entendido.

—Espera...

Mia le oyó teclear. Volvió la cabeza para ver si podía cambiarse al carril izquierdo. Pero allí los coches avanzaban con igual lentitud. Suspiró en voz alta al mismo tiempo que volvía a oírse la voz de Ola.

—Lo único que me sale son páginas ISO 900014, o sea, estándares internacionales. Y un informe sobre rayos equis de la universidad de Harvard.

—Pero ¿y las otras series? —preguntó Mia.

—A ver, 106130 sería 031601. No, es un código hexadecimal. 933028 también, pero no creo que a ese tipo le interesaran los colores de Internet.

—No, yo tampoco.

Mia trató de ver cuántos coches tenía delante. La fila era desesperantemente larga.

—¿Qué tal te ha ido con el departamento de tráfico y sus cámaras? —preguntó.

—Sigo esperando. Todo depende de si el conductor superó el límite de velocidad o no. Si lo superó, es probable que haya una foto que podremos comparar con fotografías de pasaportes y permisos de conducir. Si alguna concuerda, lo habremos identificado. Si no, por lo menos tendremos el nombre del titular de la furgoneta y la esperanza de que sea la misma persona que pasó por el lugar donde encontraron al niño —explicó Ola.

—Pero eso depende de que sobrepasara el límite de velocidad —repuso Mia.

Enderezó la espalda en el asiento y puso la mano en el volante. El tráfico había empezado a moverse.

—Sí, los radares solo se activan cuando se sobrepasa el límite de velocidad, y el departamento de tráfico está revisando sus datos. Tienen que decodificar la información antes de dárnosla. Si es que hay algo de interés, claro.

—Dios mío, ¿y ahora qué...?

—¿Qué pasa?

—¡El tráfico! Odio los atascos. ¡Moveos de una vez, joder! —Mia dio una palmada sobre el volante y gesticuló violentamente al conductor de delante, al que se le había calado el motor.

—Veo que hoy estás de muy buen humor —comentó Ola.

—Eso no es asunto tuyo. —Mia se arrepintió al instante de haber dicho aquello.

—Muy bien —dijo Ola—. No es asunto mío, pero quizá te interese saber que tenemos noticias del Laboratorio Nacional de Criminología.

Notó que Ola también estaba de mal humor. No dijo nada y lo dejó continuar:

—Al chico lo mataron con una Sig Sauer calibre 22. No hay constancia de que esa arma se haya utilizado con propósitos delictivos en Suecia con anterioridad. En la Glock que encontraron al lado del cuerpo, en cambio, solo están las huellas del niño. Todas las pruebas materiales indican que fue él quien efectuó el disparo que mató a Hans Juhlén.

Ola puso fin a la llamada bruscamente.

Mia le había hecho enfadar y ahora estaba allí sentada, de un humor de perros, igual que él. Qué puta mañana, pensó.

24

Al principio habían sido siete. Ahora solo quedaban ella y Hades. Ella había matado a Minos, y Hades a su rival en el sótano. Un niño había recibido un profunda cuchillada entre las costillas durante un ejercicio y había muerto unos días después, como consecuencias de sus heridas. Una niña había intentado escapar y la habían encerrado en el sótano, y cuando abrieron la puerta se había muerto de miedo.

Una debilucha, la había llamado papá.

Y luego estaba Ester, que desapareció cuando llegaron a la granja. Pero eso era culpa suya. Si hubiera hecho caso a papá y hubiera hecho lo que le decían, seguramente seguiría con ellos. Estaría viva.

La niña se acarició la cabeza con la mano. No tenía pelo. Los instructores se lo habían afeitado. Para que fortaleciera su identidad, le habían dicho. A Hades también le habían afeitado la cabeza, y se frotaba la coronilla desnuda, adelante y atrás. Estaban sentados el uno frente al otro en medio del suelo de piedra, mirándose. Ninguno de los dos hablaba, pero Hades le sonrió cuando sus ojos se encontraron.

Había llegado la primavera y los rayos de sol se abrían paso por las rendijas de los tablones de la pared. Les habían dado ropa nueva, pero a la niña eso no le interesaba. Estaba deseando coger las armas que tenían delante. La hoja afilada centelleaba de vez en cuando, reflejando la luz incisiva procedente del exterior. Junto al cuchillo había una pistola, y la niña nunca había visto una tan bien bruñida. Hades había hecho un buen trabajo. Debía de haber pasado horas sacándole brillo.

A Hades siempre le había encantado la tecnología. En el vertede-ro, siempre encontraba montones de máquinas rotas que trataba de reparar. Soñaba con encontrar un teléfono. Pero nunca lo encontró.

Ella lo sabía porque solía ayudarlo a rebuscar.

La puerta se abrió, interrumpiendo las cavilaciones de la niña. Entró papá, seguido de cerca por la instructora y otro hombre al que no conocían. Papá se detuvo delante de ellos, se inclinó y examinó sus cabezas rapadas. Con una mirada de satisfacción, se incorporó y orde-nó a la niña y al niño que hicieran lo mismo.

—Bien —les dijo—. Ha llegado la hora. Vais a ir en misión a Estocolmo.

25

Jana Berzelius permanecía sentada en su coche, en la zona del puerto, con el motor en marcha. Había pasado varias horas planificando lo que haría, había sopesado y descartado diversos métodos hasta reducir la lista a unos pocos escenarios realistas entre los que elegir.

Finalmente había llegado a la conclusión de que su investigación personal debía cumplir ciertas condiciones. No debían vincularla a las acciones que pusiera en práctica. No debía fiarse del teléfono, ni del correo electrónico. Tenía que ser cuidadosa en extremo en todo lo que hiciera. Y jamás, bajo ningún concepto, actuar impulsivamente. Si llegaba a saberse que estaba llevando a cabo una investigación paralela a la de la policía, no solo la suspenderían cautelarmente, sino que su hombre −Ker− sería objeto de una investigación posterior. Lo cual posiblemente pondría fin a su carrera.

Aun así, había resuelto seguir adelante y empezar por el niño. Las cicatrices de su nuca no eran fruto de la casualidad. Aquellas letras cumplían un propósito y el nombre tenía las mismas connotaciones que el suyo: evocaba la muerte. Durante la mañana, sin embargo, había llegado a la conclusión de que convenía empezar investigando la combinación de números y letras que Ola Söderström había encontrado en el ordenador de Hans Juhlén. No creía que fuera una coincidencia que en sus sueños apareciera aquella combinación asociada con un contenedor de mercancías. De ahí que hubiera decidido visitar los muelles.

No obstante, costaba encontrar la manera de visitar el puerto sin llamar la atención. Era probable que la vieran personas de paso, estibadores y otros empleados del puerto. Pero si alguien la reconocía, alegaría que quería ir un paso por delante en la instrucción del caso y, como fiscal responsable, tenía todo el derecho a intentar aligerar las cosas.

Sentada en el asiento tapizado en piel de su coche, repasó mentalmente la situación.

Se sacó del bolsillo el listado de combinaciones alfanuméricas. Las leyó todas y se preguntó cómo debía abordar la cuestión. Tendría que medir sus palabras con sumo cuidado. No revelar demasiado. Un minuto después, dobló la hoja de papel y volvió a guardársela en el bolsillo. Salió del coche.

La entrada a las oficinas portuarias estaba a oscuras y las puertas cerradas con llave. El letrero con el horario de atención al público anunciaba que las oficinas habían cerrado una hora antes.

Accionó el tirador, pero la puerta no se movió. Dio un paso atrás y miró hacia las ventanas de arriba, que semejaban negros agujeros abiertos en el edificio amarillo. Un viento frío la hizo estremecerse y sacó de los bolsillos sus guantes de piel.

Echó a andar hacia la terminal y comprobó que allí también habían dejado de trabajar. El agua oscura y agitada rompía contra el borde de cemento. Dos grúas inmensas se cernían sobre un carguero amarrado junto al muelle. Un poco más allá había otros dos barcos. En una zona restringida se veían varios camiones aparcados, y junto a la pared de un hangar había gran cantidad de maderos apilados. Los focos proyectaban largas sombras sobre el hangar y el asfalto.

Estaba a punto de regresar al coche cuando distinguió una luz procedente de una caseta, en un extremo de los muelles. A pesar de los guantes, seguía teniendo las manos heladas. Se las metió en los bolsillos de la gabardina mientras caminaba resueltamente hacia la caseta. Sus tacones resonaban en el suelo de cemento. El ruido de sus pasos se sumaba al del tráfico del puente, a su espalda. Miró las naves industriales, a las que no alcanzaba la luz de los focos. Seguía estando sola en los muelles.

Aminoró el paso al aproximarse a la caseta. Confiaba en que hubiera alguien allí. Cualquier persona, alguien a quien preguntar. Cuando solo le faltaban un par de pasos para llegar, oyó música. La puerta estaba entornada y una franja de luz brillaba a través de la estrecha abertura.

Levantó la mano y tocó a la puerta. El guante amortiguó el sonido, y tuvo que llamar de nuevo, esta vez con más firmeza. Nadie acudió a abrir. Se puso de puntillas y miró por la ventana, pero no vio movimiento en la caseta. Abrió la puerta y se asomó dentro.

Encima de un armario borboteaba una cafetera eléctrica. Había dos sillas plegables junto a una mesa. El suelo estaba cubierto por una alfombra vieja, y una potente bombilla colgaba del techo. Pero no había nadie allí dentro.

Se sobresaltó al oír un estrépito. Giró en redondo e intentó localizar el origen de aquel ruido. Entonces vio que los portones del hangar más próximo estaban abiertos.

—¿Hola? —llamó.

No hubo respuesta.

—¿Hola?

Cerró la puerta de la caseta y se dirigió al hangar y a la zona más desierta del puerto. Se quedó de pie ante la entrada. Hacía un frío lacerante en la enorme nave, donde había aparcadas diversas máquinas y grúas más pequeñas. Dispersas por el suelo se veían diversas herramientas, y las estanterías de las paredes estaban llenas de repuestos tales como neumáticos y baterías de camión. Colgaban cables del techo, y en un extremo de la nave se veía un mecanismo elevador para reparar vehículos. A la derecha había una especie de trastienda, casi un pasillo, que conducía a una puerta de acero gris.

Un hombre estaba agachado de espaldas a ella, reparando un camión. Jana tocó en la pared metálica, al lado de la entrada, para avisarle de su presencia, pero el hombre no reaccionó.

—¡Disculpe! —dijo alzando la voz.

El hombre perdió el equilibrio y se sujetó apoyando una mano en el suelo.

—¡Madre mía, qué susto me ha dado! —exclamó.

—Perdone, pero necesito hablar con el encargado.

—El jefe se ha ido a casa.

Jana entró en la nave y se sacó la mano del bolsillo para saludar al hombre.

—Soy Jana Berzelius.

—Thomas Rydberg. Lo siento, pero no creo que le convenga darme la mano. —Se levantó y le mostró sus manos manchadas de grasa.

Jana negó con la cabeza, volvió a ponerse el guante y miró al hombre que tenía delante. Era fornido, de ojos oscuros y mentón ancho. Se cubría la coronilla con un gorro de lana gris y debajo de su chaqueta se distinguían los tirantes que sujetaban sus pantalones. Jana calculó que debía de faltarle poco para la edad de jubilación. Un trapo sucio sobresalía de uno de los bolsillos de sus pantalones. Thomas intentó limpiarse los dedos con él.

—No sé si podrá usted ayudarme —dijo ella.

—¿Con qué?

—Estoy investigando un asesinato.

—¿Eso no debería hacerlo la policía? No tiene usted pinta de ser agente de policía.

Ella suspiró.

Su plan de revelar lo menos posible se estaba yendo a pique. Tendría que retocarlo ligeramente.

—Soy la fiscal que investiga el asesinato de Hans Juhlén.

Thomas dejó de limpiarse las manos.

Jana añadió:

—Hemos encontrado un lista de combinaciones alfanuméricas. Sabemos que son importantes, pero aún no hemos descubierto su significado. Tenemos motivos para creer que componen una especie de código utilizado en los contenedores de transporte de mercancías —dijo, y desplegó la hoja de papel con las series de números y letras.

Thomas la cogió.

—A ver qué es esto… —Su semblante cambió de repente. Volvió a doblar la hoja a toda prisa y se la devolvió—. No tengo ni idea de qué significa.

—¿Está seguro?

—Sí.

Thomas dio un paso atrás. Y luego otro.

—Necesito saber a qué corresponden esas combinaciones —insistió Jana.

—Ni idea. No puedo ayudarla.

Thomas miró la puerta metálica y luego volvió a fijar la mirada en Jana.

—¿Conoce a alguien que pueda ayudarme?

Él negó con la cabeza. Dio otro paso atrás, otro, y otro…

Jana adivinó lo que iba a hacer.

—Espere —dijo, pero Thomas ya había dado media vuelta y echado a correr hacia la puerta de acero—. ¡Espere! —gritó Jana, y corrió tras él.

Al ver que lo seguía, el mecánico fue cogiendo herramientas a su paso y arrojándoselas a manera de advertencia. Pero no le dio con ninguna y Jana continuó persiguiéndolo. Thomas llegó por fin a la puerta y tiró del picaporte, pero se dio cuenta de que estaba cerrada con llave. Asustado, tiró más fuerte y se abalanzó contra la puerta con todo su peso, sin éxito. No podía salir.

Jana se detuvo a unos tres metros de él. Se había quedado quieto y respiraba trabajosamente. Movía la cabeza de un lado a otro como si tratara de encontrar otra salida. Pero no había ninguna.

Vio una gran llave inglesa en el suelo, se agachó rápidamente y la cogió. Dando media vuelta, apuntó con ella a Jana. Ella no movió un músculo.

—¡Yo no sé nada! —vociferó el mecánico—. ¡Largo de aquí!

Alzó de nuevo la llave para demostrarle que estaba dispuesto a usarla. A hacerle daño. A herirla de gravedad.

Jana comprendió que debía hacerle caso. Que tenía que marcharse. Aquello había llegado demasiado lejos. Dio un paso atrás y vio que él sonreía. Retrocedió un poco más, tropezó y chocó con la pared.

Thomas se acercó bruscamente y se detuvo ante ella.

Estaba cerca. Muy cerca.

Ahora era ella la que estaba atrapada.

—Espere un momento —dijo.

—Demasiado tarde —replicó Thomas—. Lo siento.

Jana sintió de pronto que se transformaba. La embargó una sensación de calma. Miró directamente a los ojos al hombre. Se concentró. Estiró los dedos de la mano derecha.

Thomas soltó de pronto un bramido y blandió la pesada herramienta lanzándole un golpe. Ella agachó la cabeza y lo esquivó. Él atacó de nuevo, pero Jana saltó ágilmente a un lado. El mecánico empuñó de nuevo la llave y tensó los músculos. Entonces Jana dio un rápido paso adelante, levantó la mano y le golpeó.

Ojos, garganta, bragueta.

Bang, bang, bang.

Y luego una patada. Pierna izquierda atrás, girar, golpear. Con fuerza.

Le acertó en la frente.

El hombre se desplomó y acabó tendido a sus pies.

Muerto.

En ese mismo momento se dio cuenta de lo que había hecho. La efusión de adrenalina se convirtió de inmediato en horror. Se tapó la boca con las manos y dio un paso atrás. ¿Qué he hecho? Apartó una mano de su boca, se la puso ante los ojos y vio que estaba temblando. ¿Cómo he podido…? De pronto cobró conciencia de su entorno. ¿Y si alguien la había visto? Miró dos veces en derredor para asegurarse de que estaba a salvo. Nadie podía verla. El hangar estaba vacío. Pero ¿qué iba a hacer ahora?

Un zumbido salió de entre la ropa del hombre sin vida y se transformó en un timbrazo cada vez más fuerte.

Jana se agachó y le palpó uno de los bolsillos pero no encontró nada. Le dio la vuelta para meterle la mano en el otro y allí encontró su teléfono. «Llamada perdida», decía la pantalla. «Número oculto».

Decidió llevarse el teléfono. Echó una rápida ojeada al cuerpo sin vida, se quitó los guantes, dio media vuelta y salió del hangar.

Las sombras ocultaron su presencia cuando regresó adonde había aparcado. Los muelles estaban tan desolados como antes.

Cuando montó en el coche, activó el teléfono de Thomas Rydberg y revisó la lista de llamadas entrantes. El número oculto aparecía varias veces. Luego había un par de números completos. Jana los anotó rápidamente en un tique de aparcamiento. En la lista de llamadas salientes había números asociados a nombres. Jana también los anotó. Nada parecía sospechoso ni fuera de lo corriente.

No encontró nada raro hasta que echó un vistazo a la lista de mensajes salientes. Uno de ellos decía: Ent. Mar. 1. Nada más.

Se quedó mirando el breve mensaje y después anotó el texto y la fecha de su recepción. Dado que un teléfono activo podía localizarse con facilidad, extrajo rápidamente la tarjeta SIM y guardó el terminal en la guantera.

Respiró hondo, apoyó la cabeza en el respaldo del coche y volvió a sentir aquella calma.

«No debería ser así», se dijo. «Debería reaccionar, gritar, llorar, temblar. ¡Acabo de matar a un hombre!».

Pero no sentía nada.

Y eso le preocupaba.

SÁBADO, 21 DE ABRIL

26

Los niños solían despertarse a las seis de mañana, y ese sábado no fue una excepción.

Henrik Levin se estiró y lanzó un gran bostezo. Miró a Emma, que seguía dormida. Los niños estaban armando ruido arriba y Henrik decidió subir. Echó un vistazo a su móvil, pero no había recibido mensajes nuevos durante la noche.

Sin quitarse el agradable y cálido pijama, subió a la habitación de los niños. Felix, que había volcado toda la caja de Lego en el suelo, sonrió alegremente al ver a su padre en la puerta. Vilma estaba sentada en su cama, frotándose los ojos soñolientos.

—Bueno, ¿qué os parece si desayunamos?

Lanzando gritos de alegría, Felix y Vilma bajaron corriendo la escalera y entraron en la cocina. Henrik los siguió. Cerró la puerta para amortiguar el ruido y puso en la mesa pan, mantequilla, jamón en lonchas, zumo, leche y yogur. Vilma abrió el armario que servía de despensa y sacó la caja de cereales.

Por ser un día especial, Henrik puso a hervir dos huevos para él y mientras se cocían untó pan con mantequilla para los niños, añadiendo mermelada o jamón a cada rebanada conforme a sus deseos. Felix se las ingenió para poner del revés la caja de cereales y transformar la mesa de la cocina en un bufé repleto de aros de colores.

Henrik suspiró. No tenía sentido sacar la aspiradora. Emma se despertaría y merecía quedarse durmiendo, para variar. Pero tampoco podía permitir que la cocina pareciera un campo de batalla.

Vació el agua hirviendo del cazo y dejó que los huevos se enfriaran debajo del grifo. Luego se agachó e intentó recoger los cereales. Pisó algunos que había debajo de la mesa y las migajas se metieron por los resquicios de la jarapa. Odiaba las migas. Consideraba un pecado imperdonable dejar una mesa llena de migas. Había que limpiar la mesa. Pasarle la bayeta y, a ser posible, dejarla brillante.

Miró por la ventana. Ese día intentaría encontrar tiempo para salir a correr. Si conseguía dar de desayunar a los niños, vestirlos y lavarles los dientes, Emma sin duda lo dejaría tomarse media hora para hacer un poco de ejercicio. Además, la estaba dejando dormir. Así que estaría de buenas.

Felix tiró al suelo unos cereales que había al borde de la mesa. La risa alegre de Vilma lo animó a hacerlo de nuevo. Tiró un aro verde y luego uno naranja. Con el dedo índice, lanzó uno que fue a parar a un tiesto. Vilma se rio a carcajadas y Felix lanzó otro aro, y otro más.

—Para. Ya es suficiente —dijo Henrik.

—Vale —dijo Vilma.

—Vale —añadió Felix.

—Deja de copiarme —dijo la niña.

—Deja de copiarme —repuso el niño.

—Eres idiota.

—Idiota tú.

—Parad de una vez —ordenó Henrik.

—Ha sido él —contestó Vilma.

—Ha sido ella —añadió Felix.

—Para ya.

—Para tú.

—Muy bien, se acabó.

Henrik estaba a punto de sacar los huevos del agua fría cuando oyó sonar su móvil.

—¡Buenos días! Siento llamar tan temprano —dijo Gunnar Öhrn con voz clara.

—No importa —mintió Henrik.

—Hemos recibido una llamada de un testigo que vio a Hans Juhlén unos días antes de su muerte. Tenemos que comprobarlo. ¿Puedes venir?

—¿No puede ir Mia?

—No consigo encontrarla. No contesta.

Henrik miró a Felix y Vilma.

Suspiró.

—Ahora voy.

El pan estaba mohoso. Mia miró el hongo verde que se extendía a modo de flecos por la rebanada. Tiró toda la bolsa a la basura y pensó en otro desayuno. Había oído sonar su móvil, pero no se molestó en mirarlo. No quería hablar con nadie. Quería comer. La nevera no tenía mucho que ofrecer, y el congelador tampoco. El armario donde guardaba la comida hacía tiempo que estaba vacío, con excepción de un paquete de fusili. Sacó un cazo, midió un litro de agua y echó un par de puñados de tornillos de pasta. «Cocer por espacio de doce minutos», decía el paquete. Demasiados, pensó Mia, y marcó diez minutos en el temporizador.

Entró en el cuarto de estar y se dejó caer en el sofá. Con el mando a distancia en la mano, fue pasando canales, intentando elegir entre reposiciones de la semana anterior. *Miércoles en el jardín*, *Travesía del desierto*, *Loca alcaldía* y *Patrulla fronteriza*.

Programas aburridos.

Suspiró y dejó a un lado el mando. Lo que le hacía falta era un buen canal de cine. Pero entonces también tendría que comprarse una tele nueva. Con una buena pantalla. De plasma. O de cristal líquido. Y con 3D. Henrik se había comprado una, un modelo de cincuenta pulgadas, y ella se había puesto verde de envidia. Una amiga suya también se había comprado una enorme. Todo el mundo tenía una. Menos ella.

Más allá de la ventana, el tiempo estaba tan gris que difícilmente podía saber si era de día o no, a pesar de que hacía varias horas que había amanecido. Había llegado a casa a las cuatro de la mañana y se había quedado dormida con la ropa puesta. Al despertar, tenía el teléfono en la mano, sin batería.

Había sido una buena noche, una de las mejores desde hacía mucho tiempo. Se había puesto a hablar con un tipo que no solo era simpático, sino también desprendido. Pero aun así se había negado a irse con él. Ahora se arrepentía. Si estuviera en su casa, seguramente le habría dado un desayuno decente, con zumo de naranja recién exprimido. Y luego habrían podido tumbarse abrazados delante de su enorme televisor. Daba por sentado que tenía uno. Habría sido mucho mejor que estar allí sola, mirando su vieja tele.

Pensó en acercarse al centro comercial de Ingelsta a ver cuánto costaba una nueva.

Le quedaban dos coronas en la cuenta. Por lo menos no estaba en números rojos. Y además no tenía por qué comprarse la tele ese mismo día. Podía ir simplemente a ver qué había.

El temporizador de la cocina comenzó a pitar. Entró y apartó el cazo del hornillo. «Solo voy a ir a mirar», se dijo.

Solo a mirar.

No a comprar.

Jana Berzelius se dio una ducha extralarga y dejó que el agua caliente aflojara los últimos vestigios de tensión de la noche anterior. Aunque apenas había pegado ojo, se había levantado al amanecer y había corrido quince kilómetros. Mucha distancia y muy deprisa. Era como si tratara de huir de lo ocurrido. Pero no podía. El recuerdo del hombre muerto seguía asaltándola. Durante el último kilómetro había corrido tan rápido que había empezado a sangrarle la nariz. Y aunque la sangre le goteaba en el cortavientos, había apretado el paso en los últimos cien metros. De vuelta en su piso, se sintió fuerte de una manera muy extraña y logró hacer veintitrés dominadas en la barra. Nunca había hecho tantas.

Ahora, en la ducha, pensaba en Thomas Rydberg. ¿Por qué había perdido los nervios al ver aquellas combinaciones de números y letras? Evidentemente, algo había disparado su pánico.

Pensó en su súbito ataque al mecánico. Aún estaba perpleja por su reacción, tan fría e instintiva. Había atacado en el momento preciso. Automáticamente. Casi como si lo tuviera ensayado. Y, además, sus golpes habían dado en el blanco a la perfección y –lo que era aún más extraordinario– aquel despliegue de violencia había hecho que se sintiera bien.

«¿Quién soy?», se preguntó.

Karl Berzelius estaba de pie junto a la ventana de su despacho, teléfono en mano. Hacía rato que la pantalla se había apagado. La voz del otro lado de la línea guardaba silencio. Karl llevaba la camisa blanca abrochada hasta el cuello y remetida en los pantalones perfectamente planchados. Tenía el cabello gris, abundante y peinado hacia atrás.

Fuera, los rayos de sol traspasaban las densas nubes. Como focos de un escenario, concentraban su luz en un solo punto: un árbol cuyas yemas empezaban a despuntar.

Karl, sin embargo, no veía el sol. No veía el árbol. Tenía los ojos cerrados. Cuando los abrió, muy despacio, la luz había desaparecido. Solo quedaba grisura.

Quería moverse, pero era incapaz de hacerlo. Era como si el suelo de parqué fuera de hielo y sus pies, congelados, se hubieran pegado a él. Se hallaba prisionero de sus propios pensamientos. Pensaba en la conversación que acababa de mantener con el fiscal jefe Torsten Granath.

183

—Es una investigación difícil —había dicho Torsten mientras de fondo se oía el ruido del motor de su coche.

—Entiendo —había respondido Karl.

—Jana se las arreglará.

—¿Por qué no iba a arreglárselas?

—El caso ha dado un vuelco inesperado.

—¿Sí?

—El niño…

—Sí, ya lo he leído. Continúa.

—¿Te ha hablado Jana de él?

—Nunca me cuenta nada, ya lo sabes.

—Lo sé.

Torsten había procedido a contarle con detalle dónde habían encontrado el cadáver del niño. Le había descrito su brazo dislocado, la pistola y el resto de lo que figuraba en el atestado policial. Tras una pausa de treinta segundos, el fiscal había adoptado un tono de preocupación. El ruido de fondo empeoró y Karl tuvo que concentrarse para escuchar lo que decía.

—Lo extraño es que todo apunta al niño.

Karl se había rascado la frente y había apretado aún más fuerte el teléfono contra su oreja.

—Da la impresión de que es el asesino. De que fue él quien mató a Hans Juhlén.

—¿Y qué opinas tú?

—Nada. Pero lo más increíble de ese niño es que tenía algo grabado en la nuca. Un nombre, el nombre de un dios, un dios de la muerte.

A Karl se le aceleró el corazón. De pronto le costaba respirar. El suelo temblaba. Las palabras de Torsten resonaban como un grito en un túnel vacío.

Un nombre.

En la nuca.

Abrió la boca, pero no reconoció su propia voz. Sonaba extraña, distante y fría.

—En la nuca…

Entonces se quedó callado. Antes de que Torsten pudiera decir nada más, colgó. Era la primera vez que colgaba en medio de una conversación. Pero nunca antes había tenido aquella sensación de ahogo.

«Necesito aire», pensó, y se desabrochó el botón de arriba de la camisa. La tela parecía pegársele a la piel mientras luchaba por desabrochar el siguiente botón. Tiró tan fuerte que se desprendió y cayó al suelo. Karl respiró profundamente, como si hubiera estado conteniendo el aliento.

Las ideas formaban un torbellino dentro de su cabeza. Veía la imagen de un cuello de piel clara y vello negro. Veía letras, letras deformadas de un rojo rosáceo. Pero no veía la imagen de un niño.

Veía a una niña.

Veía a su hija.

Tenía nueve años y era un verdadero incordio. No dormía por las noches, y durante el desayuno hablaba de sueños que solo podían ser embustes o el fruto de una imaginación malsana. Él no quería saber absolutamente nada de sus arrebatos de fantasía, y una mañana se hartó. La agarró por los delgados brazos y le exigió que se callara. Ella se calló. Aun así, la agarró con firmeza por la nuca para obligarla a entrar en su habitación. Fue entonces cuando notó el tacto rugoso de la piel y le echó el pelo a un lado para ver qué era. Jamás olvidaría la visión de aquellas tres letras. Tragó saliva. Sintió una náusea.

Tan repentina como ahora.

Karl cerró los ojos.

Había insistido en que Jana se operara para quitarse las cicatrices. Había consultado a dermatólogos e incluso a tatuadores, y todos le habían dicho lo mismo: que sería difícil eliminarlas. Era imposible calcular de antemano cuántas intervenciones harían falta. Y todos querían ver primero la cicatriz. Karl no se atrevía a decirles que era un nombre grabado en la carne. Y menos aún a enseñarle la nuca de su hija a nadie. ¿Qué pensaría la gente?

Abrió los ojos.

Había llegado a la conclusión de que aquellas letras tendrían que permanecer donde estaban. Informó ásperamente a Jana de que no debía enseñárselas a nadie y ordenó a Margaretha que comprara tiritas y camisetas con cuello. Jana debía llevar el pelo largo y suelto, nunca recogido. Después de aquello, no volvieron a hablar del tema. Se había acabado. Estaba solventado. Punto y final.

Ahora, sin embargo, había un niño con un nombre grabado en la nuca.

¿Debía decirle algo a Jana? ¿Y qué podía decirle? Ya habían tratado aquel asunto hacía años. Le habían dado carpetazo. No había nada más que añadir. Ahora era asunto de Jana. No suyo.

Su corazón latía con violencia.

El teléfono le vibró en la mano y el nombre de Torsten apareció de nuevo en la pantalla. No contestó.

Se limitó a apretar el teléfono y a dejarlo sonar.

Nils Storhed estaba en la acera del puente del puerto, con su perrito en brazos. A Henrik Levin, que caminaba hacia él, le pareció un escocés con su boina de tartán, sus zapatos de cordones y su abrigo verde oscuro.

—Cualquiera diría que es escocés —comentó Gunnar, que caminaba junto a Henrik.

—Eso mismo estaba pensando —repuso Henrik con una sonrisa.

El puente del puerto era una pesada construcción de cemento que conectaba Jungfrugatan y Östra Promenaden salvando el mar. Siempre había mucho tráfico en la carretera que lo cruzaba, y ese día, por ser sábado, había atasco. El ruido del tráfico se confundía con el chillido de las gaviotas.

Nils Storhed estaba inclinado sobre la barandilla, con el panorama del club de remo y el bullicio de la ciudad a su espalda. Delante de él se extendían los muelles y, a su izquierda, la central termoeléctrica del distrito se erguía sobre el telón de fondo de un cielo gris.

El perrito que sostenía en brazos jadeaba trabajosamente y estaba mudando el pelaje de invierno. El abrigo de Nils estaba cubierto de pelos blancos.

—¿Está cansado el perro? —preguntó Gunnar después de que se presentaran con nombres y apellidos.

—No, está congelada. A sus patitas no les sienta bien el frío —contestó Nils. Ni Henrik ni Gunnar tuvieron tiempo de hacer un comentario antes de que añadiera—: Sí, bueno, lo lamento. Sé que debería haberles llamado antes.

—Sí, ya… —dijo Gunnar.

—No creía que fuera importante, pero ahora me doy cuenta de que sí. Y, además, mi mujer ha estado dándome la lata toda la semana diciéndome que debía llamar, pero he tenido varias cenas y reuniones de la logia, y hasta esta mañana no he conseguido centrarme. Además, no quiero que mi mujer siga incordiándome con este asunto, ustedes ya me comprenden —añadió Nils, y les guiñó un ojo.

—Bueno, entonces… —dijo Gunnar.

—Pues sí, llamé y les conté cómo había sido.

—¿Vio usted a Hans Juhlén? —preguntó Gunnar.

—En carne y hueso.

—¿Dónde lo vio? —inquirió Henrik.

—Allí. —Nils señaló la zona de los muelles.

—¿En los muelles? ¿Lo vio allí?

—Sí, el jueves pasado, hace más de una semana.

—¿Y está seguro de que era él? —preguntó Gunnar.

—Sí, segurísimo. Conocí a sus padres. Su padre y yo fuimos juntos a clase y siempre hablábamos de los buenos ratos que habíamos pasado en el colegio.

—Muy bien, pero ¿puede indicarnos el lugar exacto donde lo vio? —insistió Gunnar.

—Claro, vengan conmigo, chicos.

Nils dejó a su perrita y se sacudió los pelos del abrigo. Gunnar y Henrik lo siguieron por el puente, hacia el aparcamiento de los muelles.

—Todavía me cuesta creer que haya muerto —comentó—. Porque, ¿quién haría algo tan malvado?

—Estamos intentando averiguarlo —repuso Gunnar.

—Eso está muy bien. Sí, confío en poder serles de ayuda.

Los condujo lentamente a través del aparcamiento, hasta el edificio amarillo, frente a cuyas puertas cerradas se detuvieron.

—Iba caminando por aquí. Estaba solo. Y parecía enfadado.

—¿Enfadado?

—Sí, parecía muy enfadado. Pero daba la impresión de que sabía perfectamente adónde iba.

Gunnar y Henrik se miraron.

—¿No vio a nadie más por aquí?

—No.

—¿Oyó alguna voz o algún otro ruido?

—No, que yo recuerde.

—¿El señor Juhlén llevaba algo en las manos?

—No, creo que no. No.

Henrik levantó la vista hacia las ventanas a oscuras del edificio de oficinas.

—¿Qué hora era? —dijo.

—Pues era por la tarde, temprano, sobre las tres, creo. Es la hora a la que solemos salir a dar nuestro paseo. —Nils miró a su perra y sonrió—. ¿Verdad que sí, amiguita? Claro que sí. Siempre salimos a esa hora. ¿A que sí?

Gunnar se metió las manos en los bolsillos.

—¿Sabe usted si tenía su coche aparcado aquí?

—Ni idea.

—Tenemos que intentar hablar con alguien de la oficina.

Henrik telefoneó al centro de comunicaciones de la policía y pidió al operador que le pusiera en contacto de inmediato con el director gerente del puerto de Norrköping.

—Mientras tanto, vamos a dar una vuelta por aquí —dijo Gunnar, y señaló en dirección a las grandes naves que se alzaban un poco más allá.

Henrik asintió con la cabeza y Gunnar dio las gracias a Nils por su colaboración y por la información que les había proporcionado.

Nils se levantó la boina.

—Me alegra haber sido de ayuda. Imagino que no tendrán nada en contra de que los acompañe un rato. Sé mucho sobre el puerto.

Comenzó a explicarles de inmediato la historia del puerto y cómo eran los muelles antiguamente. Mientras caminaban, habló por los codos acerca de los materiales de construcción, las naves que salvaguardaban las mercancías de los elementos y la flexibilidad de las grúas. Cuando empezaba a hablarles acerca de los vagones y de cómo se unían con la línea ferroviaria principal, Gunnar le hizo callar dándole las gracias educadamente.

—¿Dice usted que Hans iba andando por aquí?

—Sí, venía de allí. —Nils señaló los hangares a los que se estaban acercando.

—Entonces, ¿puede que no pasara por las oficinas?

—No sé. Ya les digo que yo lo vi fuera, no sé si llegó a entrar.

Sonó el teléfono de Henrik. Era de la comisaría, avisándolo de que no conseguían contactar con el director del puerto. Querían saber si debían llamar al responsable de guardia. Henrik les dijo que sí.

Gunnar se adelantó mientras cruzaban la zona asfaltada y miró con curiosidad entre las naves por las que pasaban. Henrik lo seguía de cerca y después iba Nils, con su perrita jadeante sujeta a una correa muy tensa.

Gunnar vio una caseta un poco más allá y se digirió hacia allí. Abrió la puerta y se asomó dentro. Mesas, sillas plegables, una cafetera, varios armarios y una alfombra vieja en el suelo. La luz del techo estaba encendida y la radio emitía un noticiario.

Henrik, que seguía en el muelle, echó un vistazo alrededor. Fijó la mirada en unos contenedores que había a lo lejos, alineados en una terminal, junto a un par de altas grúas de las que se usaban para izarlos a los barcos.

—¿Se puede usted creer que esos armatostes de metal viajan por todo el mundo? —comentó Nils, que se había acercado a él—. Transportan de todo: hierro, grava, residuos, juguetes…

Gunnar cerró la puerta de la caseta y reparó en que el portón corredero de uno de los almacenes estaba abierto. Le hizo una seña a Henrik, tratando de captar su atención. Pero fue inútil. El inspector estaba enfrascado hablando con Nils, que seguía enumerando las mercancías que transportaban los contenedores.

—Máquinas, madera, coches, ropa…

Gunnar empujó el portón y entró. Echó una ojeada al vasto espacio del hangar. El techo estaba iluminado por fluorescentes y las paredes cubiertas de estanterías metálicas de almacenaje. Adosados a la pared del fondo se veían varios armarios puestos en fila. A un lado había camiones y grúas aparcados, y en el suelo… un hombre tendido.

Henrik seguía en el muelle, con Nils, que no paraba de hablar.

Entonces, como si sus plegarias hubieran sido atendidas, empezó a sonar su teléfono. En comisaría habían dado con un número de emergencias e iban a pasarle la llamada. Mientras esperaba a que alguien contestara, se disculpó y caminó hacia el lugar en el que había visto a Gunnar un momento antes.

Se asomó primero a la caseta, pero su jefe no estaba allí. De pronto le oyó gritar:

—¡Henrik! ¡Ven aquí!

Corrió hacia la nave de la que procedían los gritos. Encontró a su jefe inclinado sobre el cuerpo de un hombre.

Un hombre muerto.

—¡Llama al laboratorio!

Henrik marcó de inmediato el número de comisaría.

* * *

Jana Berzelius se sentía limpia otra vez.

Se preparó un café, preparó unas gachas de avena y exprimió unas naranjas. Tardó un cuarto de hora en desayunar. Hojeó el periódico de la mañana sin mucho interés antes de entrar en su despacho. Encendió el ordenador y a continuación abrió su trastero secreto. Había escondido el teléfono de Thomas Rydberg y su tarjeta SIM en una caja. Sabía que debía librarse de ambas cosas enseguida. La caja contenía también el tique de aparcamiento con todos los números que había encontrado en el móvil. Lo cogió y fue a sentarse delante del ordenador.

Marcó ágilmente el primer número en la página de inicio del buscador y descubrió que correspondía a una empresa de venta de repuestos.

El siguiente era el número de una casa de comidas. El tercero y el cuarto pertenecían a una particular y a un inspector del puerto de Norrköping, respectivamente. Revisó todos los números a los que había llamado Rydberg, pero no encontró nada sospechoso.

Toqueteó el tique de aparcamiento, preguntándose qué significaba aquel mensaje abreviado: Ent. Mar, 1.

Uno solo escribía tan crípticamente si tenía algo que ocultar.

El mensaje había sido enviado el 4 de abril y cabía suponer que significaba que cierta entrega se realizaría un martes. Pero ¿a qué correspondía el uno? ¿Se refería a una cantidad? ¿O la fecha, quizá?

Jana miró la esquina derecha de la pantalla. Era día 21 de abril. Faltaban diez días para el primero de mayo. Introdujo el número al que se había enviado el mensaje en el motor de búsqueda. En menos de un segundo tenía la respuesta. El resultado la sorprendió. ¿Sería correcto?

Volvió a leer el nombre del titular.

La Junta de Inmigración.

27

Permanecían sentados en silencio en la parte de atrás de la furgoneta. El vehículo se sacudía y dentro de su angosto interior había mucho ruido. La niña intentaba sujetarse, resistiéndose a los zarandeos.

Sentado a su lado, Hades tenía una expresión hosca. Fijaba la mirada en un punto, frente a él.

La niña se estaba quedando dormida cuando por fin se detuvo la furgoneta. El chófer les dijo que se dieran prisa en bajar. No había que perder tiempo: solo completar la misión y volver enseguida.

La mujer que iba sentada delante de ellos manoseaba su collar. Una fina cadera de oro con un nombre grabado en un adornito que colgaba de ella. La niña no podía quitarle ojo a la cadena. La mujer la hacía girar entre sus dedos, la acariciaba y toqueteaba el adorno brillante. La niña intentó leer el nombre, pero costaba ver las letras entre los dedos de la mujer. Vio M, A, M...

La furgoneta se había detenido bruscamente. En ese mismo instante, la niña vio la última letra y las juntó todas en su cabeza, formando una palabra: «mamá».

La mujer la miró con irritación. No dijo nada, pero la niña comprendió que había llegado el momento.

Enseguida bajarían de la camioneta.

Y llevarían a cabo su misión.

28

La cinta policial temblaba al viento. Habían acordonado la zona portuaria y una multitud de curiosos se había congregado allí, ansiosa por atisbar lo que sucedía al otro lado del precinto.

Anneli Lindgren trabajaba metódicamente en el gélido hangar. Gunnar Öhrn había llamado a otros dos peritos, uno de ellos procedente de Linköping. Ambos se hallaban ahora junto al cadáver. Llevaban dos horas inspeccionando el cuerpo.

Gunnar y Henrik estaban fuera, congelándose. Ni siquiera se les había ocurrido llevarse un gorro: creían que solo iban a hablar con un testigo. Pero habían descubierto un cadáver, y su misión en los muelles había dado un vuelco.

—Yo ya he terminado —gritó Anneli por fin, y les indicó que volvieran a entrar—. Hasta donde puedo ver, murió aquí. Le propinaron fuertes golpes en la garganta y la cabeza. A partir de aquí, prefiero que se haga cargo Björn Ahlmann. —Se quitó los guantes y miró fijamente a Gunnar—. Es el tercero —dijo.

—Lo sé. LO SÉ. ¿Crees que están relacionados? ¿Hay elementos comunes? —preguntó.

—Puede que estén relacionados, pero no hay elementos comunes en lo relativo a las muertes. Hans Juhlén y el niño murieron por herida de bala, disparadas por armas distintas. Este hombre ha muerto de una paliza. Un golpe fuerte en la cabeza. Hematomas alrededor del cuello.

—El niño también los tenía.

—Sí, pero aparte de eso no hay ningún parecido. Por desgracia. —Anneli sacó su cámara—. Solo tengo que tomar unas fotos de la zona —comentó.

Henrik asintió con un gesto y miró al hombre tendido en el suelo.

—Tiene unos sesenta años —le dijo a Gunnar.

—Hemos pedido al encargado que venga a identificarlo —repuso Gunnar.

—¿Ahora mismo? —preguntó el inspector.

—A las cuatro. Después nos reuniremos para evaluar la situación. Pero primero tengo que encontrar a Ola. Y a Mia. Nunca contesta.

Henrik dejó caer los hombros.

El resto del sábado acababa de irse al traste.

Costaba doce mil novecientas noventa coronas. A plazos. Sin intereses. Y sin tener que pagar hasta seis meses después. Perfecto.

Mia Bolander dobló la factura y sonrió al vendedor. Luego sacó de la tienda su televisor de cincuenta pulgadas con 3D. Hasta incluía un paquete de televisión digital que costaba noventa y nueve coronas al mes. El contrato era de dos años. Merecía la pena. Por fin tenía una pantalla plana de última generación y todos los canales de cine que quisiera. Dejando la tapa del maletero abierta, consiguió meter la caja en su Fiat Punto de color burdeos. En el camino de vuelta a su casa, se preguntó si debía invitar a un par de amigas esa noche, para celebrarlo. Si ella ponía la casa, tal vez pudiera convencerlas para que ellas pusieran el alcohol y la comida. Se palpó el bolsillo en busca del teléfono, pero lo tenía vacío. Igual que el otro.

Cuando llegó a su piso encontró el móvil sin batería, debajo de los cojines de la cama deshecha. Sacó el cargador y lo enchufó. Antes de que le diera tiempo a llamar a su amiga, el teléfono le vibró en la mano.

Era Gunnar Öhrn.

* * *

—Mia llegará enseguida —dijo Gunnar, y miró al grupito de personas sentadas alrededor de la mesa de reuniones, delante de él.

Henrik Levin tenía una expresión amarga. Saltaba a la vista que le había afectado mucho descubrir otro cadáver. Anneli Lindgren también parecía cansada.

Ola Söderström, en cambio, parecía alerta, casi excitado mientras tamborileaba con los dedos sobre la mesa suavemente.

Solo Jana Berzelius parecía la de siempre. Permanecía sentada, en guardia, con el cuaderno y el bolígrafo preparados. Se había alisado con secador el largo pelo y lo llevaba suelto, como de costumbre.

Gunnar comenzó dándoles la bienvenida a todos y disculpándose por haber tenido que movilizar a todo el equipo a esas horas, un sábado.

—Mia viene para acá, pero podemos empezar sin ella. El motivo de esta reunión es Thomas Rydberg, hallado muerto hoy a las ocho y media de la mañana, en el puerto. —Hizo una pausa. Nadie preguntó nada—. Es el tercer cadáver hallado en una semana. —Se acercó a la pizarra blanca en la que habían colocado las fotografías de las tres víctimas y señaló una de ellas—. He aquí a Hans Juhlén, muerto por arma de fuego en su casa la tarde del domingo 15 de abril. No hay indicios de que el asesino entrara por la fuerza. Tampoco hay testigos. Pero una cámara de seguridad grabó a este niño… —deslizó el dedo del retrato de Juhlén a una foto fija ampliada obtenida de la grabación de la cámara de seguridad—, cuyo cadáver fue encontrado el miércoles 18 de abril por la mañana en Viddviken, muerto también a consecuencia de un disparo, pero efectuado por otra arma. Todo parece indicar, sin embargo, que fue él quien asesinó a Hans Juhlén. Pero ¿por qué motivo? Eso seguimos sin saberlo.

Gunnar señaló la tercera fotografía.

—Y hoy hemos encontrado el cadáver de Thomas Rydberg, identificado por personal del puerto. Sesenta y un años, casado, dos hijos adultos e independizados, llevaba toda la vida trabajando en los muelles y residía en Svärtinge.

»Por lo visto de joven tenía muy mal genio y fue condenado por agresión y amenazas. Llevaba unos años sin beber. Según el equipo forense murió de una paliza y su cuerpo llevaba un tiempo en el hangar, lo que significa que el asesinato se perpetró posiblemente ayer por la tarde o por la noche.

—Pero ¿cómo sabemos que ese asesinato está relacionado con los otros dos? —preguntó Ola.

—No lo sabemos —repuso Gunnar—. En estos momentos sabemos muy poco, pero nos hemos tropezado con este crimen y el único vínculo que tenemos es que Hans Juhlén también estuvo en la zona portuaria un par de días antes de su asesinato. —Miró a su equipo con aire grave—. Tenemos mucho trabajo por delante, por decirlo suavemente. El niño sigue sin identificar y nadie ha denunciado su desaparición. Hemos pedido a la Junta de Inmigración que pregunte en los centros de acogida y en todos los colegios en los que haya solicitantes de asilo, pero de momento su identidad sigue siendo una incógnita. El siguiente paso es recurrir a la Interpol.

Anneli asintió lentamente al tomar la palabra.

—Tal y como ha dicho Gunnar, de momento no hay similitudes entre estos tres asesinatos. La causa de la muerte y los medios utilizados difieren en los tres casos —afirmó.

—¿Quieres decir que son varios homicidas? —preguntó Henrik.

—Sí.

—En caso de que el niño matara a Hans Juhlén, sigue habiendo al menos otros dos asesinos sueltos, puede que más. Y el tiempo sigue pasando —añadió Gunnar.

Jana tragó saliva y miró la mesa.

—Pero la cuestión es si el asesinato de Hans Juhlén está relacionado con los anónimos y la información que nos proporcionó Yusef Abrham —explicó Gunnar—. Qué relación puede haber entre Yusef y el chico al que, por sus cicatrices, llamamos Tánatos.

—¿Quieres decir que el chico podría haber perpetrado el asesinato por orden de Yusef? —inquirió Henrik.

—Es solo una teoría. Pero el chico y Thomas Rydberg podrían formar parte de una red de tráfico de drogas. Es una hipótesis endeble, lo sé, pero cabe esa posibilidad.

—Además, encontramos narcóticos en los muelles. Cinco bolsas de polvo blanco en un estante, debajo de una armario —añadió Anneli—. No es disparatado suponer que todo esté relacionado con el tráfico de drogas.

—¿Heroína? —preguntó Ola.

—Suponemos que sí. Hemos mandado a analizar las bolsas —contestó Gunnar.

—El chico consumía heroína —observó Ola.

—Pero ¿dónde encaja Hans Juhlén en todo esto? ¿También él traficaba con drogas? —preguntó Anneli.

Se oyó un murmullo entre los miembros del equipo.

—Bueno —terció Gunnar—, sé que todos habéis trabajado mucho estos últimos días, pero todavía hay mucho por hacer. Llevo varios años trabajando con vosotros y sé de lo que sois capaces. Quiero que encontréis cualquier posible vínculo entre estas víctimas. Por ejemplo, entre Hans Juhlén y Thomas Rydberg. ¿Nacieron en la misma localidad? ¿Fuero a la misma escuela? Cotejad su lista de parientes, de amigos… Todo. —Escribió *vínculos* en la pizarra blanca—. Tenemos que investigar a todos los heroinómanos de la ciudad. Preguntad a todos nuestros contactos. A los camellos, grandes o pequeños, a los soplones y a los yonquis.—Escribió *HEROÍNA* en la pizarra—. Ola, aquí tienes el número de móvil de Thomas Rydberg. —Empujó un trozo de papel hacia Ola—. Quiero un listado con todas las llamadas entrantes y salientes. Comprueba si tenía ordenador y, si lo tenía, requísalo para examinarlo.

A continuación, anotó *registro de llamadas* en la pizarra y subrayó las palabras. Jana se quedó paralizada. Pensó en el teléfono que tenía en casa.

197

—¿Encontrasteis algo en la escena del crimen? —preguntó enérgicamente.

—No, nada aparte de la heroína —contestó Anneli.

—¿Nada más?

—No, ni marcas de neumáticos, ni huellas.

—¿Y las cámaras de seguridad?

—No, no había ninguna.

Jana suspiró para sus adentros, aliviada.

—La unidad de narcóticos podrá analizar la heroína y seguir su rastro hasta el vendedor. Henrik, ¿te encargas tú del seguimiento de ese asunto? —preguntó Gunnar.

—Sí, claro —contestó el inspector.

—Muy bien.

La reunión duró media hora. Cuando acabó, Jana sacó su agenda y se puso a hojearla para dar tiempo al equipo de abandonar la sala de juntas. Después de que se marcharan todos, se acercó a la pizarra blanca y se detuvo delante de las fotografías de las víctimas. Las observó con detenimiento. Fijó la mirada en la del niño. Tenía la garganta azulada. Una señal de violencia extrema.

Se descubrió llevándose automáticamente la mano a la garganta. Era como si notara una presión allí. Como si hubiera algo familiar en ella.

—¿Has descubierto algo?

Se sobresaltó al oír la voz de Ola Söderström.

El informático entró por la puerta abierta y se acercó a la mesa.

—He olvidado mis notas —dijo, y alargó el brazo hacia un montón de papeles que había en el centro de la mesa. Luego se acercó a Jana—. De pronto da un poco de vértigo. —Señaló las fotografías—. Que sigamos teniendo tan pocas pistas, quiero decir. Parece un poco traído por los pelos, eso del tráfico de drogas.

Jana asintió con un gesto.

Ola miró sus notas.

—Y esas combinaciones de letras y números —dijo—. ¡No consigo entenderlas!

Jana no respondió. Se limitó a tragar saliva.

—¿Tienes idea de lo que pueden significar? —preguntó él, y levantó las notas con las series alfanuméricas, delante de ella.

La fiscal las miró, entornó los ojos y simuló pensar.

—No —mintió.

—Pero significan algo —insistió Ola.

—Sí, estoy de acuerdo.

—Deben de tener un propósito.

—Sí.

—Pero no consigo entender cuál.

—No.

—O puede que las esté interpretando mal.

—Puede ser.

—Es frustrante.

—Sí, soy consciente de ello.

Jana se acercó a la mesa, recogió su maletín y su agenda y dio un par de pasos hacia la puerta.

—Es mejor ser fiscal, ¿verdad? —comentó Ola—. Así te evitas estos acertijos.

—Nos vemos —repuso ella antes de salir de la sala.

En el pasillo, casi echó a correr. Quería salir de la comisaría lo antes posible. Se sentía sumamente incómoda mintiéndole a Ola. Pero era necesario.

Tomó el ascensor para bajar al aparcamiento y avanzó rápidamente por el suelo de cemento hasta llegar a su coche. Su teléfono comenzó a sonar cuando se sentó detrás del volante. Al ver el número de la casa de sus padres, sintió tentaciones de ignorar la llamada. Pero al sexto timbrazo se acercó el teléfono a la oreja.

—Jana —contestó.

—Jana, ¿qué tal van las cosas?

La voz de Margaretha Berzelius sonaba un poco inquieta.

—Bien, madre.

Puso en marcha el motor.

—¿Vendrás a cenar la semana que viene?

—Sí.

—Es a las siete.

—Lo sé.

Miró por los retrovisores laterales y comenzó a salir marcha atrás de la plaza de aparcamiento.

—Voy a hacer un asado.

—Qué bien.

—A tu padre le gusta.

—Sí.

—Quiere hablar contigo.

Jana se sorprendió. Aquello era poco frecuente. Detuvo el coche y oyó carraspear a su padre al otro lado de la línea telefónica.

—¿Algún progreso? —preguntó Karl Berzelius con voz grave y lúgubre.

—Es una investigación complicada —contestó ella.

Su padre se quedó callado.

Jana tampoco dijo nada. Tenía los ojos dilatados por la angustia. Había algo en aquel caso que parecía interesar particularmente a su padre.

—Pues vaya… —dijo por fin.

—Sí, pues vaya… —repitió ella lentamente.

Puso fin a la conversación y, apoyándose el teléfono contra la barbilla, se preguntó qué podía haber querido decir su padre. ¿Que no estaba haciendo un buen trabajo? ¿Que no era lo bastante lista? ¿Que iba a fracasar?

Suspiró y dejó el teléfono en el asiento de al lado. No vio el pequeño coche de color burdeos que entraba en el garaje y se acercaba al suyo por detrás hasta que de pronto oyó el chirrido de los neumáticos y un largo bocinazo. Pulsó el botón para bajar la ventanilla, miró hacia atrás y vio a Mia Bolander sentada al volante de su Fiat.

Mia bajó la ventanilla, furiosa.

—¿Es que en un coche como ese no se ve nada? —preguntó con rabia.

—Sí, tienen muy buena visibilidad —replicó Jana.

—Pero no me has visto.

—Sí —mintió Jana, y se sonrió.

Mia torció más aún el gesto.

—Es una pena que no hayas dado marcha atrás más deprisa. Podríamos haber chocado. —Jana no respondió—. Menudo cochazo tienes. Venía incluido en el puesto, ¿no?

—No, es mi coche privado.

—Ganarás mucho dinero.

—Gano lo mismo que cualquier fiscal.

—Mucho, evidentemente.

—El coche no da ninguna pista sobre mi salario. Podría ser un regalo.

Mia Bolander soltó una carcajada.

—Ah, sí, ya.

—Por cierto —añadió Jana—, llegas tarde, la reunión ya ha acabado.

Mia apretó los dientes, soltó un exabrupto, pisó con fuerza el acelerador y arrancó con un chirrido de neumáticos.

29

El hombre estaba tumbado, durmiendo, cuando entraron por la ventana. Hades primero, luego la niña. Avanzaron ágilmente, sin hacer ruido. Como sombras. Como les habían enseñado. Se acercaron a la ancha cama, cada uno por un lado. Al principio aguzaron el oído, pero el silencio de la noche resultaba evidente.

La niña sacó con cuidado el cuchillo que llevaba sujeto a la espalda y lo empuñó con firmeza. Sin temblar. Sin vacilar. Miró a Hades. El niño tenía las pupilas y los orificios de la nariz dilatados. Estaba listo. A una señal convenida, la niña dio un rápido paso adelante, se subió a la cama y le cortó limpiamente la garganta al hombre, que dio un respingo, emitió un ruido, comenzó a ahogarse y luchó por respirar.

Hades se quedó quieto, observando sus convulsiones. Dejó que el hombre sintiera un momento el pánico, el peligro mortal que corría. El hombre abrió la boca como si fuera a gritar. Tenía los ojos abiertos de par en par. Estiró una mano en un intento desesperado de conseguir ayuda.

Pero Hades se limitó a sonreír. Luego levantó la pistola y lo acribilló con todas las balas del cargador. No debió hacerlo. Esas no eran las órdenes. Él solo debía montar guardia. Protegerla. Pero disparó de todos modos.

La niña miró al hombre que yacía muerto entre ellos. Una mancha de sangre se extendía paulatinamente por la sábana blanca. Manaba del tajo de su garganta, de los agujeros de su pecho, de su tripa y su frente.

Hades respiraba agitadamente. Tenía una mirada sombría.

La niña sabía que había hecho mal, que había incumplido las normas, pero le sonrió de todos modos. Porque era agradable. Estando allí, en la habitación en penumbra, mirándose el uno al otro, sintieron ambos la euforia de formar parte de algo mayor. Ahora eran instrumentos: para eso los habían entrenado tanto tiempo.

Por fin.

Salieron juntos por la ventana y regresaron a la furgoneta. La mujer estaba esperándolos. Su semblante seguía siendo inexpresivo. No mostraba ningún orgullo. Les hizo entrar brutalmente en la trasera vacía de la furgoneta y la niña se acurrucó de inmediato en el suelo. Hades también se sentó, justo enfrente de ella, con las largas piernas estiradas y la mirada fija en el techo.

La mujer cerró las puertas y ordenó al hombre que conducía que arrancara de inmediato.

La niña se inclinó hacia delante y extrajo el cuchillo ensangrentado que llevaba a la espalda. Se acercó las piernas a la barbilla y miró de cerca la hoja. Con el dedo índice frotó las manchas rojas adelante y atrás sobre el acero reluciente. Lo había logrado, había cumplido su primera misión. Ahora regresarían. A casa.

Y les recompensarían con el polvo blanco.

30

Henrik Levin y Mia Bolander aparcaron frente a la pizzería para cenar algo rápido. Daban por sentado que pasarían toda la noche trabajando. Henrik pidió una ensalada y Mia un *calzone*.

—Entonces, ¿podría ser un ajuste de cuentas? —preguntó ella.

—Sí —contestó Henrik—. Al fin y al cabo, el año pasado hubo dos heridos de bala en una pelea entre bandas en el distrito de Klinga. Y todo indicaba que estaban disputando el control del tráfico de drogas en la ciudad.

—Pero ¿dónde encaja Hans Juhlén en todo esto? ¿Tú lo ves como el jefe de una banda o algo así? —preguntó Mia, y añadió sin darle tiempo a contestar—: Yo creo que es más bien un asesinato encargado por alguien que quería librarse de Juhlén, alguien que dejó que el niño perpetrara el asesinato. —Tomó un buen bocado de *calzone*.

—Sigo sin estar convencido de que lo matara el niño —repuso Henrik.

—¿Y qué hace falta que te convenzas? Todo apunta a que fue él quien mató a Juhlén. Absolutamente todo —afirmó Mia—. Los asesinatos podrían explicarse como ajustes de cuentas encargados por bandas y llevados a cabo por niños. —Miró a su compañero.

—Estás mal de la cabeza —dijo él—. Niños asesinos... No es... —Se quedó callado.

Mia lo miró con fijeza.

—Esas cosas ocurren. Y ahora, si me disculpas, voy a seguir comiéndome mi *calzone*.

Henrik se inclinó sobre la mesa.

—Lo que quiero decir es que... ¿*Cómo* se consigue que un niño mate a alguien? ¿Y quién convierte a un niño en asesino?

—Buena pregunta —repuso ella.

Siguieron comiendo en silencio un rato.

—Puede que sea todo una coincidencia. Quiero decir que quizá no haya ninguna relación entre los asesinatos —observó Henrik, y se limpió la boca con una servilleta de tela.

—Déjalo, ¿vale? —Mia meneó la cabeza, se comió lo que quedaba del *calzone* y empujó el plato a un lado—. ¿Nos vamos? —preguntó.

—Sí. Pero antes tenemos que pagar.

—Ay, sí, mierda. Me he dejado la cartera en casa. ¿Puedes pagar tú hoy? —dijo Mia con una gran sonrisa conciliadora.

—Claro —respondió Henrik, y se levantó.

Eran las diez de la noche del sábado y Gunnar se había quedado sin fuelle. Sentado en su despacho, cavilaba sobre los asesinatos y la dichosa investigación. Por más que sopesaba los pormenores del caso, no lograba que las piezas encajaran. Juhlén, el niño sin identificar y Thomas Rydberg. Las cartas amenazadoras, los documentos borrados y las combinaciones de números y letras. La heroína. Las letras grabadas en la piel del niño.

Suspiró.

Cuando habían ido preguntando puerta por puerta en las inmediaciones del puerto, una persona había afirmado haber visto un coche oscuro en el aparcamiento en torno a las cinco de la tarde del viernes.

Al principio había asegurado que seguramente era un BMW negro, uno de los modelos más grandes, y Gunnar se había puesto de inmediato a buscar todos los BMW modelo X de la ciudad.

Pero luego el testigo había cambiado de idea y afirmado que también podía ser un Mercedes o un Land Rover, y Gunnar había dejado de buscar. Cuando cambió de opinión por segunda vez y dijo que el coche no era oscuro en absoluto, descartó por completo su testimonio.

Luego telefoneó a Henrik, que le dijo que no habían obtenido ningún resultado tras hablar con todos los heroinómanos conocidos de la ciudad. Su conversación con la esposa de Thomas Rydberg tampoco había conducido a nada que pudiera serles de utilidad.

Ahora Gunnar tenía cuarenta y dos correos electrónicos sin responder y nueve mensajes de voz en el móvil, todos ellos de periodistas que querían preguntarle por la investigación, y que presumiblemente esperaban respuestas. Respuestas directas y sin dilación.

Pero Gunnar, que no tenía nada que decirles, se hacía el sordo. Incluso pensó en irse a casa. No estaría mal tumbarse en el sofá con una cerveza bien fría en la mano. Pero sería aún más agradable tener compañía.

Se levantó de la silla, apagó la luz del despacho y se dirigió al ascensor. Pensó en llamar a Anneli. Cuando las puertas del ascensor se abrieron en la planta baja, tenía el teléfono en la mano. Tal vez Anneli se hiciera una idea equivocada. Podía pensar que quería que empezaran otra vez. No, no, no. No iba a llamarla.

Volvió a guardarse el teléfono en el bolsillo, pulsó de nuevo el botón del segundo piso y regresó a su despacho. En realidad no tenía sentido irse a casa. Ya que estaba allí, podía seguir trabajando.

Recorrió el pasillo, encendió la luz del despacho y se puso a escribir una carta solicitando ayuda.

Iba dirigida a la Europol.

DOMINGO, 22 DE ABRIL

31

Jana Berzelius despertó tumbada boca arriba, con la mano derecha cerrada con fuerza. Empezó a aflojar los dedos, cerró los ojos e hizo un esfuerzo consciente por relajarse. Esa noche, el sueño había sido distinto. Había en el cuadro general algo que no había visto nunca antes. Pero no lograba identificar qué era.

Salió trabajosamente de la cama y fue al cuarto de baño. Una vez levantada, notó que un escalofrío repentino le recorría todo el cuerpo.

El viento bramaba fuera y la lluvia se estrellaba contra la ventana. Se preguntó qué hora era. Estaba todo tan oscuro que era imposible saber si todavía era de noche o ya había amanecido.

Entró en el dormitorio y se sentó al borde de la cama. Las mantas estaban amontonadas en el suelo, como de costumbre. Al agacharse para recogerlas, intentó de nuevo recordar qué había de nuevo en su sueño.

Se tumbó y cerró los ojos. Las imágenes regresaron de inmediato. La cara. La cicatriz y la voz que le gritaba. El hombre la sujetaba con fuerza. La golpeaba. Le daba patadas. Le gritaba otra vez. La agarraba del cuello, no podía respirar. Luchaba por desasirse, por tomar aire, por sobrevivir. El hombre se reía de ella. Pero ella no cejaba. Solo pensaba en una cosa. En no cejar. Y justo cuando todo empezaba a volverse negro, vio el detalle que había aparecido por primera vez.

Un collar.

Un collar que brillaba y relucía a su lado. Alargó la mano hacia él. Tenía algo escrito. Un nombre. *Mamá*. Luego, todo se volvió negro.

Jana se incorporó y sin perder un segundo sacó los cuadernos que guardaba en el armario de la mesilla de noche. Los desplegó sobre la cama. Luego los hojeó una y otra vez, tratando de encontrar alguna anotación o un dibujo relativo a un collar. Pero buscó en vano. Después, hizo algo que llevaba mucho tiempo sin hacer.

Buscó una página en blanco, cogió un bolígrafo y se puso a dibujar.

Henrik Levin pasó la mayor parte de la noche en vela, pensando en la investigación. Cuando el reloj dio las seis, se levantó, preparó café y comió un cuenco de yogur con un plátano cortado en rodajas. Limpió dos veces la encimera y la mesa de la cocina y se cepilló los dientes antes de despertar a Emma para decirle que, aunque era domingo, otra vez tenía que ir a trabajar. Al abrir la puerta de la calle, oyó que los niños se habían despertado y salió precipitadamente para no tener que ver su cara de desilusión.

Una de las pistas que estaba siguiendo –y que lo habían mantenido en vela toda la noche– estaba relacionada con las drogas que el equipo forense había hallado en el puerto. Estaba convencido de que era necesario que registraran más a fondo la zona portuaria y de que debían interrogar de inmediato al personal.

Notó el frío que hacía al poner las manos desnudas sobre el volante. En cuanto giró la llave de contacto, el reproductor de CD comenzó a sonar a todo volumen. La voz de Markoolio cantaba alegremente acerca de Phuket y de un verano que duraba todo el año y añadía «Thai-thai-thai». Henrik apagó enseguida el equipo de música y salió marcha atrás de la rampa que daba acceso a su casa.

En medio del silencio, pensó en la noche anterior. Después de parar en la pizzería y antes de que dieran por concluida la jornada,

Mia y él habían conseguido trabar conversación con otra pareja de conocidos heroinómanos. Incluso habían hablado con un hombre que les había sido útil en casos anteriores relacionados con el tráfico de drogas, proporcionándoles información importante que, a su debido tiempo, les sirvió para atrapar a traficantes menores de edad. Henrik confiaba en hacerle hablar de nuevo pero, al igual que la pareja de heroinómanos, se había mostrado extremadamente taciturno.

—Dinos de una puta vez si sabes algo —le había espetado Mia a tres centímetros de su cara. Después, lo había amenazado con diversas represalias si no les proporcionaba información útil.

Henrik la había agarrado del brazo y la había hecho sentarse en una silla. Mia se había calmado. Les interesaban sobre todo los nombres. Pero en el submundo del hampa irse de la lengua equivalía prácticamente a firmar tu propia sentencia de muerte.

Mientras estaba parado ante un semáforo en rojo, Henrik se descubrió pensando que debía poner más énfasis en las armas que formaban parte del caso: una Glock y una Sig Sauer calibre 22. Además, tenía que llamar al departamento de tráfico y recordarles que se dieran prisa en su búsqueda de los vehículos captados por los radares de velocidad de la zona donde había sido hallado el cadáver del niño.

Se sentía lleno de energía. Confiaba en que el día fuera productivo.

Cuando salió del coche en el aparcamiento de la comisaría eran las siete y media. Observó que había luz en el despacho de Gunnar y enseguida vio a su jefe sentado delante del ordenador, moviendo ágilmente los dedos sobre el teclado.

—¿A ti también te estaba costando pegar ojo? —preguntó Henrik.

—Qué va. Pero era un poco incómodo intentar embutirme en un sofá aquí, en la oficina —respondió Gunnar sin apartar los ojos de la pantalla.

Henrik sonrió.

—Se me ha ocurrido revisar otra vez los expedientes. No consigo verles el sentido a estos asesinatos —comentó.

Gunnar se giró en su silla y lo miró.

—Sí, revísalos. Yo estoy reenviando a la oficina de prensa unos e-mails de periodistas curiosos. Me quedan veintidós. —Volvió a girarse y siguió tecleando.

Henrik entró en la sala de reuniones, dio la luz y contempló la rotonda desierta desde la ventana. Norrköping no había despertado aún. Desplegó sobre la amplia mesa los expedientes que compendiaban los casos de Hans Juhlén, el niño desconocido llamado Tánatos por las cicatrices de su nuca y Thomas Rydberg, y se sentó a revisarlos.

El expediente relativo a Rydberg estaba formado principalmente por las cerca de treinta fotografías que Anneli había hecho la víspera en la escena del crimen. Las últimas cuatro habían sido tomadas fuera, en la zona de los muelles. Henrik las miró distraídamente y sintió que el cansancio empezaba a apoderarse de él. Cerró bruscamente el archivador y se fue a la cocina, donde bebió un vaso grande de agua. De pronto tuvo la certeza de haber visto algo en las fotografías.

Dejó precipitadamente el vaso, volvió a la sala de reuniones y abrió de nuevo el expediente de Rydberg. Revisó las fotografías hoja por hoja, una por una. Estaba a punto de darse por vencido otra vez cuando llegó a la última. Era una vista general de la escena del crimen, y daba la impresión de que Anneli había hecho la fotografía estando agachada. El enfoque mostraba al equipo forense trabajando. De fondo, a través de las puertas abiertas de la nave, se veía la terminal de contenedores y, en ella, varios contenedores de distintos colores.

Trató de ver lo que había escrito en ellos, pero era demasiado pequeño. Se levantó rápidamente y corrió al despacho de Gunnar.

—¿Tienes una lupa?

—No, mira en el despacho de Anneli.

El despacho de Anneli estaba en perfecto orden. Cada cosa tenía su sitio. Henrik abrió los cajones, uno tras otro. Encontró lo que estaba buscando al fondo de uno y regresó a toda prisa a la sala de reuniones. Ya podía ver los detalles de la fotografía. La imagen estaba tomada desde tan lejos que era imposible estar del todo seguro, pero en uno de los contenedores figuraban varias letras y números.

Acto seguido, abrió el expediente de Hans Juhlén y sacó la lista con las diez series alfanuméricas. Se puso a compararlas y de pronto dio un respingo. Tenían el mismo formato: cuatro letras y seis dígitos.

A las once menos cuarto, Henrik Levin y Gunnar Öhrn montaron en el coche, camino de los muelles. Habían quedado en reunirse con el director del puerto para que les enseñara la terminal de contenedores.

Cuando entraron en el aparcamiento, un hombre de baja estatura, cabello rojizo y gafas negras los estaba esperando. Vestía camisa de cuadros azul y vaqueros ligeros. Les dedicó una sonrisa afable y se presentó como el director gerente, Rainer Gustavsson. Les preguntó si querían un café, pero Henrik declinó amablemente y pidió que los condujera directamente a la zona de los contenedores. Rainer Gustavsson encabezó la marcha.

Las grúas elevadoras del muelle estaban cargando un gran barco, contenedor tras contenedor. Se oía el entrechocar del metal, las grúas se desplazaban y los camiones avanzaban formando una fila inacabable. Sobre la cubierta del barco se veía a varios estibadores vestidos con mono azul adornado con el logotipo de su empresa. Llevaban cascos de seguridad. Dos hombres se encargaban de revisar que todo quedara perfectamente colocado y amarrado. Comprobaban los cables de acero y de vez en cuando uno de ellos sacaba una llave para tensarlos.

Henrik observó la cubierta, en la que los contenedores se apilaban unos sobre otros, hasta un total de cinco.

—Hacen falta muchas horas de trabajo para cargar un barco —comentó Rainer—. Y hay que hacerlo rápidamente. Si algo sale mal y el barco se retrasa, enseguida empieza a perderse dinero. En el mundo del transporte de mercancías, la eficiencia es esencial.

—¿Cuántos contenedores puede cargar un barco? —preguntó Henrik.

—Los más grandes que atracan aquí pueden cargar seis mil seiscientos contenedores. Pero existen barcos que pueden llevar más de dieciocho mil. Perder un minuto por cada contenedor puede suponer un retraso de más de trescientas horas. Por eso es tan importante la estiba y en los últimos años hemos hecho grandes inversiones para mejorar la logística de los muelles. Ahora tenemos un sistema integral para gestionar todo el proceso, desde la notificación, la entrega de mercancías, la inspección, las estimaciones, las reparaciones y la expedición. Gracias a nuestras dos nuevas grúas pórtico, ahora podemos estibar cargueros cada vez más grandes —explicó Rainer.

—¿Qué clase de mercancías pasan por aquí? —preguntó Gunnar.

—Todas las que pueda imaginar. —Rainer enderezó la espalda al decir esto.

—¿Cómo inspeccionan el interior de los contenedores? —inquirió Gunnar.

—De eso se encarga Aduanas, pero a veces es difícil saber quién responde de las mercancías. —Rainer se detuvo y los miró—. Hemos tenido un par de investigaciones en los últimos años. Los inspectores del ayuntamiento y de la Agencia de Protección del Medioambiente se han plantado delante de contenedores completamente llenos, han mirado dentro y han tratado de averiguar lo que contenían. —Respiró hondo y bajó un poco la voz—. Hace poco hubo tres nigerianos que llenaron un contenedor con chatarra de coches viejos. Querían mandarla a Nigeria porque pensaban que era valiosa. Lo que aquí consideramos desechos, allí puede servir. Pero no tenían ni idea de la documentación necesaria, así que el ayuntamiento tuvo que hacerse cargo del caso y hubo que vaciar todo el contenedor para evaluar su contenido. Confiscaron algunas piezas por considerarlas desechos peligrosos. Después, no sé qué fue del contenedor.

Rainer echó a andar otra vez. Henrik y Gunnar lo siguieron, flanqueándolo.

—Pero ¿con qué frecuencia tienen que vaciar un contenedor? —preguntó Henrik.

—No muy a menudo. El transporte de mercancías se rige por la legislación aduanera. El vendedor está obligado a declarar los bienes destinados a la exportación y el comprador a declarar los que importa. Hay un montón de normas relativas al transporte marítimo. A veces una de las partes contratantes ni siquiera conoce las condiciones de entrega en el país al que van destinadas las mercancías. Y entonces pueden torcerse las cosas.

—¿Y eso por qué? —preguntó Gunnar.

—Puede haber confusiones en cuanto a quién debe pagar el seguro cuando el riesgo se transfiere del vendedor al comprador, etcétera. Hay regulaciones internacionales, pero aun así pueden darse conflictos respecto a la responsabilidad legal —contestó Rainer, y levantó las manos—. ¡Ya estamos aquí!

Los contenedores apilados semejaban enormes edificios metálicos. A la derecha había tres de color naranja, unos encima de otros. Detrás había otro tres, apilados de la misma manera. Grises, herrumbrosos y con el nombre *Hapag-Lloyd* en los flancos. Cincuenta metros más allá había otros cuarenta y seis contenedores. Azules, marrones y grises, todos mezclados.

El viento se colaba por los resquicios que quedaban entre ellos, produciendo un débil lamento. El suelo estaba mojado y los nubarrones tenían un aspecto amenazador.

—¿De dónde vienen las mercancías? —inquirió Henrik.

—Principalmente de Estocolmo y de la región de Mälardal, pero también de Finlandia, Noruega y los países bálticos. Y, naturalmente, de Hamburgo. La mayoría de las mercancías procedentes del extranjero vuelve a cargarse allí y luego se envía aquí —explicó Rainer.

—Encontramos estupefacientes en el lugar donde fue asesinado Thomas Rydberg. ¿Sabe algo de eso?

—No, nada.

—Entonces, ¿no sabe si hay tráfico de drogas en los muelles?

—No —contestó rápidamente el director del puerto, y a continuación se miró los zapatos, bien plantados en el suelo—. Como es lógico, no puedo estar completamente seguro de que no ocurra, pero creo que, si aquí se traficara con drogas a gran escala, me habría dado cuenta.

—¿Ha habido otros ejemplos de tráfico ilegal? ¿De alcohol, por ejemplo?

—No, ya no. En muchos barcos incluso está prohibido el consumo de alcohol a bordo.

—Pero ¿y antes?

Rainer tardó un momento en contestar.

—Hemos tenido problemas con buques procedentes de los estados bálticos. Vendían alcohol de contrabando y pillamos a algunos jovencitos comprando vodka directamente a los barcos.

—¿Y recientemente no han descubierto ningún indicio de tráfico ilegal?

—No, pero es difícil prevenirlo. Tenemos que vigilar los seis mil metros cuadrados de los muelles, y no podemos tener personal dedicado exclusivamente a patrullar los muelles. No tenemos recursos para tanto.

—Entonces, ¿podría haber tráfico de drogas en el puerto?

—Sí, no puede afirmarse categóricamente que no lo haya.

Henrik se acercó a un contenedor azul y lo recorrió con la mirada. Gotas de agua corrían por su flanco de metal corrugado. Dobló una esquina y se acercó a las puertas. Había cuatro cierres galvanizados colocados de arriba abajo, y en el centro una caja que cubría un grueso candado. En la puerta de la derecha se veían números y letras.

Reconoció de inmediato aquel tipo de combinación alfanumérica.

—Tenemos la certeza de que Hans Juhlén, el jefe del departamento de asilo de la Junta de Inmigración, estuvo aquí, en los muelles —dijo Gunnar.

—¿Ah, sí? —preguntó Rainer.

—¿Sabe usted qué puedo traerlo al puerto?

—No, ni idea.

—¿Sabe si conocía a alguien?

—¿Se refiere a una relación amorosa?

—No, no me refiero a nada en concreto. Solo intento averiguar qué hacía aquí. Entonces, ¿no sabe si conocía a algún empleado del puerto?

—No, pero es posible, claro.

—Encontramos en su ordenador diez combinaciones distintas de letras y dígitos. Se parecen a estas, aproximadamente. —Henrik señaló la puerta del contenedor y se sacó el listado del bolsillo—. ¿Puede decirnos qué significan?

Rainer cogió el listado y se subió las gafas hasta el arranque de la nariz.

—Sí, son números de contenedores. Así es como los identificamos.

Jana Berzelius limpió minuciosamente el móvil de Thomas Rydberg con un paño y un limpiador antigrasa y lo metió dentro de una bolsa de congelación de tres litros que colocó sobre la mesa. Le preocupaba cómo iba a desembarazarse del teléfono. Primero pensó en quemarlo. Pero ¿dónde? En el piso saltaría la alarma antiincendios, y aunque le sacara la batería seguramente el olor a humo y a plástico quemado llegaría al pasillo y la escalera. Otra posibilidad era arrojarlo al río Motala Ström para que se hundiera hasta el fondo. Esa parecía la mejor alternativa, pensó. Tendría que lanzarlo desde un lugar desde donde no la vieran. Pensó en los lugares desde donde podía acceder al río, pero ninguno de ellos estaba lo suficientemente desierto.

Decidió salir a comprobar si había algún lugar apartado cercano al río.

Guardó la bolsa con el móvil en su bolso y salió del piso.

Gunnar Öhrn y Henrik Levin estaban sentados en la oficina del puerto, observando con ansiedad a Rainer Gustavsson, que tecleaba en su ordenador. Habían abandonado a toda prisa la terminal de contenedores.

—¡Muy bien, adelante! —dijo Rainer, con el ceño fruncido y las cejas rojizas asomando por encima de las gafas.

Henrik desdobló la hoja de papel delante de él y leyó en voz alta la primera serie de la lista.

—VPXO.

—¿Y luego?

—410009.

Rainer aporreó el teclado.

Se oyó un suave zumbido mientras el ordenador buscaba en el registro internacional de contenedores de transporte marítimo. Pasó apenas un minuto, pero a Henrik se le hizo eterno.

—Ah, ya. Este contenedor ya no está en el sistema. Deben de haberlo desechado. ¿Buscamos el siguiente? —preguntó Rainer.

Henrik se retorcía en la silla.

—CPCU106130 —recitó en voz alta.

Rainer introdujo el código.

—No, ese tampoco está. ¿El siguiente?

—BXCU820339 —leyó Henrik.

—No, según el sistema no está en uso. Seguramente están todos desechados.

Henrik sintió una punzada de abatimiento. Un momento antes tenían una pista decisiva en sus manos. Ahora, en cambio, volvían a estar en el punto de partida.

Gunnar se frotó la nariz con visible irritación.

—¿Puede decirnos de dónde procedían esos contenedores? —preguntó.

—Podemos mirarlo. Este venía de Chile. Voy a ver de dónde venían los otros dos… Sí, también eran de Chile —contestó Rainer.

—¿Quién desecha los contenedores? —preguntó Gunnar.

—La empresa propietaria. En este caso, Sea and Air Logistics, SAL.

—¿Puede mirar de dónde procedían los demás? ¿Y quién es la empresa propietaria?

Henrik puso el listado sobre la mesa. Rainer introdujo la cuarta serie e hizo una anotación. Después hizo lo mismo con la quinta. Y con la sexta.

Tras buscar la décima y última combinación, el denominador común saltaba a la vista.

Todos los contenedores procedían de Chile.

32

—¡Para! —gritó la mujer.

—¿Ahora? —preguntó el hombre que conducía.

—¡Sí, ahora! ¡Para! —gritó ella de nuevo.

—Pero nos queda mucho camino. No es aquí donde… —repuso el hombre.

—Cállate —lo interrumpió ella—. Voy a hacerlo yo, y yo decido dónde. No tú, ni tampoco él.

El hombre frenó y la furgoneta se detuvo.

La niña comprendió enseguida que algo iba mal. Hades también reaccionó, irguiendo la espalda.

La mujer miró a la niña con furia.

—¡Dame el cuchillo!

La niña obedeció de inmediato y se lo entregó.

—Y la pistola. ¡Dámela!

Hades la miró al entregarle el arma. La mujer se la quitó de la mano y comprobó el cargador.

Estaba vacío.

—Se suponía que no tenías que disparar —dijo la mujer con dureza.

Hades bajó la cabeza.

La mujer abrió la caja que había en el rincón de la cabina del conductor y sacó un cargador lleno que colocó en la pistola. Después tiró del percutor hacia atrás, lo soltó y apuntó a la niña.

—Fuera —dijo.

Salieron de la furgoneta y se adentraron en el bosque. El silencio era como una tapadera. La madrugada empezaba a dar paso al día y los primeros rayos de sol se dejaban ver entre los abetos. La mujer empujaba a la niña, clavándole la pistola en la espalda. Hades iba primero. Llevaba la cabeza baja, como si hubiera hecho algo malo y estuviera avergonzado.

El sendero por el que caminaban era estrecho. De vez en cuando la niña tropezaba con las raíces que sobresalían de la tierra blanda. Las ramas le arañaban los brazos y le mojaban la fija tela de la sudadera. Cuanto más se adentraban en el bosque, más tenues se hacían los faros de la furgoneta.

Ciento cincuenta y dos pasos, contó para sus adentros la niña, y siguió contando mientras se aproximaban a una hondonada.

El denso bosque se abrió ante ellos.

—¡Seguid andando! —ordenó la mujer, y le clavó con fuerza la pistola entre las escápulas—. ¡Moveos!

Se metieron en la hondonada apartando las gruesas ramas con las manos.

—¡Parad ahí! —dijo la mujer, y la agarró con fuerza del brazo.

Empujó a la niña hacia Hades y los obligó a juntarse. Les lanzó una última mirada antes de rodearlos y desaparecer a su espalda.

—Os creíais que erais inmortales, ¿eh? —dijo con un siseo—. Pues no podíais estar más equivocados. No sois nada, para que lo sepáis. Sois insectos sin ningún valor a los que nadie quiere. ¡Nadie quiere saber nada de vosotros! ¿Me oís? Ni siquiera a papá le importáis. Os necesitaba para matar, nada más. ¿No lo sabíais?

La niña miró a Hades con ojos llenos de pánico. Por favor, sonríe, pensó. Sonríe y di que no es más que un sueño. Que ese hoyuelo que tienes en la mejilla se haga más grande. Sonríe. ¡Sonríe!

Pero Hades no sonrió. Pestañeó.

Uno, dos, tres, le indicó con los párpados. Uno, dos, tres.

Ella comprendió lo que quería decir y respondió con otro pestañeo.

—Claro, cómo ibais a saberlo. Os han lavado el cerebro por completo. Os han programado. Pero ahora se acabó —les espetó la mujer escupiendo las palabra—. ¡Se acabó, malditos monstruos!

Hades parpadeó de nuevo. Con más ímpetu, esta vez. Uno, dos, tres. Y luego otra vez. La última. Uno. Dos. TRES.

Se lanzaron hacia atrás. Hades agarró con fuerza el brazo de la mujer y se lo retorció para que soltara la pistola. La mujer, desprevenida, apretó automáticamente el gatillo. Sonó un disparo. La detonación resonó entre los árboles.

Pero no pudo seguir resistiendo la presión de Hades y gritó de dolor cuando el chico le torció el brazo hacia atrás.

La niña se apoderó del arma y apuntó de inmediato a la mujer. Entonces vio que Hades se hundía entre la hierba. Le había dado.

—Dame la pistola —gruñó la mujer.

A la niña le temblaban las manos. Miró a Hades, tendido en la hierba. Tenía la garganta al descubierto y respiraba trabajosamente.

—¡Hades!

Él giró la cabeza hacia la niña y se miraron a los ojos.

—Corre —susurró.

—¡Vamos, dame la pistola! —gritó la mujer.

—Corre, Ker —susurró Hades de nuevo, y tosió violentamente.

La niña retrocedió unos pasos.

—Hades…

No entendía nada. No podía huir sin más. No podía dejarlo allí.

—¡Corre!

Entonces la vio.

Su sonrisa.

Se extendió por su cara. Y en ese mismo momento comprendió lo que debía hacer.

Así pues, dio media vuelta y echó a correr.

33

Jana Berzelius condujo a lo largo del río Motala Ström más de media hora sin encontrar un solo lugar adecuado. En todos los sitios posibles había gente, y seguramente habría llamado la atención si se hubiera acercado a la orilla y hubiera arrojado al río un teléfono móvil.

Aparcó en Leonardsbergsvägen y apagó el motor. Volvió a pensar en cómo podía librarse del teléfono. Su sentimiento de frustración fue creciendo hasta rebosar. Golpeó el volante. Una y otra vez. Con las dos manos.

Con fuerza.

Cada vez más violentamente.

Luego echó la cabeza hacia atrás y recuperó el aliento. Apoyó el codo en la puerta del coche y se llevó el puño derecho a la boca. Estuvo largo rato así sentada, contemplando el estéril paisaje. Todo era gris. Deprimente. Los árboles no tenían hojas y la nieve sucia recién derretida había dejado el suelo marrón. El cielo era de un gris tan oscuro como el asfalto de la calle.

Entonces, una idea comenzó a cobrar forma dentro de su cabeza. Abrió su bolso y sacó la bolsa de plástico que contenía el teléfono. ¡Por qué no se le había ocurrido antes!

Se enderezó en el asiento y puso el teléfono junto a su bolso. El número al que Rydberg había enviado el mensaje de texto pertenecía a la Junta de Inmigración. Eso al menos estaba claro. Pero ella no se había molestado en llamar… todavía.

Puso en marcha el motor, convencida de que haría esa llamada. Pero primero tenía que comprar un teléfono de prepago.

Salió rápidamente de la plaza de aparcamiento y se dirigió a la gasolinera más cercana.

Mia Bolander se mecía en la silla del despacho de Henrik Levin, mordiéndose la uña del pulgar mientras leía el listado de combinaciones alfanuméricas.

Gunnar estaba parado en medio del despacho y Henrik sentado ante su mesa.

—SAL fabrica contenedores en Shangái, China —explicó Henrik, y colocó la alfombrilla del ratón para que estuviera en línea con el borde de la mesa—. Son los dueños o, mejor dicho, eran los dueños de los primeros tres contenedores de la lista de Juhlén, y los tres están desechados.

—¿Qué hay de los otros? —preguntó Mia.

—Cuatro pertenecían a SPL Freight y los demás a Onboardex. Lo raro es que están todos desechados. Así que tenemos que averiguar qué transportaban esos contenedores. Henrik, tú habla con SAL. Mia, tú con SPL. Yo me encargo de Onboardex. Sé que es domingo, pero seguramente podremos hablar con alguien. Necesitamos saber por qué Juhlén guardaba una lista de contenedores desechados en su ordenador.

Gunnar salió con paso decidido del despacho.

Mia se levantó despacio y salió arrastrando los pies. Henrik suspiró y sofocó el fuerte impulso de decirle que espabilara.

Se puso delante el teléfono fijo y marcó el número de SAL en Estocolmo. Le conectaron automáticamente con una centralita en el extranjero en la que una voz grabada digitalmente le informó en inglés de que el tiempo de espera era de cinco minutos. Finalmente, oyó a una recepcionista responder en inglés con acento alemán.

Henrik le explicó lo que quería en un inglés bastante limitado y el recepcionista transfirió su llamada a Estocolmo, donde una gerente contestó con voz cansina.

Tras presentarse sucintamente, Henrik fue al grano.

—Necesito información sobre un par de contenedores que pertenecían a su empresa.

—¿Tiene el número de identificación?

Henrik leyó lentamente las combinaciones y oyó cómo la mujer marcaba las letras y los dígitos en su teclado.

Siguió un silencio.

—¿Oiga?

—Sí, hola.

—Creía que había colgado.

—No, estoy esperando la respuesta del sistema.

—Sé que desecharon esos contenedores, pero quiero saber qué clase de mercancías transportaban.

—Bueno, según estoy viendo, no es que hayan sido desechados.

—¿No?

—No, es que no aparecen en el sistema.

—¿Qué quiere decir?

—Que se han perdido.

—¿Los tres?

—Sí, los tres. Han desaparecido.

Henrik se levantó de inmediato y miró fijamente la pared.

Sus pensamientos giraban formando un torbellino.

Dio las gracias a la mujer con voz entrecortada, salió de su despacho y en cinco rápidas zancadas llegó al de Mia.

Su compañera acababa de colgar.

—Qué raro —dijo—. Según SPL nunca recibieron esos contenedores. Se esfumaron sin dejar rastro.

Henrik entró en el despacho de Gunnar y estuvo a punto de chocar con su jefe en la puerta.

—Vaya… —comenzó a decir Gunnar.

—No digas más —lo atajó Henrik—. Los contenedores han desaparecido, ¿verdad?

—Sí, ¿cómo lo sabes?

* * *

La tarjeta SIM de prepago costaba cincuenta coronas. Jana Berzelius pagó la cantidad exacta y rechazó amablemente el recibo que le ofreció el dependiente. Al salir del pequeño kiosco, tuvo que caminar de lado para no chocar con el expositor de caramelos y chicles.

Había escogido con cuidado el lugar donde comprar la tarjeta. Primero pensó en ir a una gasolinera, pero luego cambió de idea. En las gasolineras había cámaras de seguridad y no quería arriesgarse a que la grabaran.

De vuelta en su coche, se quitó los guantes, abrió el sobre de la tarjeta SIM y la metió en el teléfono de Thomas Rydberg. Luego encendió el teléfono y permaneció un rato sentada con él en la mano antes de marcar el número al que había sido enviado el mensaje de texto. Esperó a ver si había línea. Estaba casi convencida de que la persona a la que llamaba no respondería, de que el teléfono estaría apagado o el número ya no existiría.

Al oír el primer pitido se llevó una sorpresa. Su corazón comenzó a latir más aprisa. Puso una mano sobre el volante y la cerró con fuerza. De pronto oyó una voz y un nombre.

Un nombre que la dejó atónita.

La temperatura en el despacho de Henrik Levin había subido un par de grados. Gunnar Öhrn estaba sentado, con una hoja de papel delante. Mia Bolander estaba apoyada contra la pared y Henrik sentado en una silla con las piernas cruzadas.

—Entonces, ningunas de las tres empresas recibió los contenedores. ¿Todos se han perdido? —preguntó Mia.

—Sí —contestó Henrik—. Pero no es tan raro. Los contenedores de mercancías pueden caer por la borda si hay temporal, y el riesgo aumenta si la tripulación no los amarra correctamente. O si están mal estibados.

—Evidentemente, todos los años se pierden muchos contenedores. Es difícil saber la cifra exacta, pero tengo entendido que pueden ser entre dos mil y diez mil —explicó Gunnar.

—Es un margen muy amplio —comentó Mia.

—Sí —repuso Henrik.

—Y las empresas no parecían especialmente preocupadas —dijo Gunnar.

—No, por lo visto es bastante normal —añadió Henrik.

—Tendrán un buen seguro —observó Mia.

Se hizo el silencio en el despacho durante unos segundos.

—Bueno, entonces no tiene nada de raro que esos contenedores que estamos buscando acabaran en el fondo del mar. Lo raro es que Hans Juhlén guardara sus códigos de identificación en su disco duro —comentó Henrik.

—¿Qué contenían? Porque algo debían de contener —dijo Mia.

—Eso tampoco pueden decírnoslo. Lo único que saben es que procedían todos de Chile y que llegaron vía Hamburgo, que fueron cargados en otro buque aquí, en Norrköping, y enviados de vuelta a Chile. Pero nunca llegaron. Desaparecieron por el camino, en algún punto del Atlántico —explicó Henrik.

—En otras palabras, que hay un montón de mercancías valiosas en el fondo del mar, ¿no es eso? Debería haberme hecho submarinista —dijo Mia.

—El primer contenedor de la lista se perdió, según los registros, en 1989 —añadió Henrik—. Otros dos desaparecieron en 1990 y 1992. Al último se le perdió la pista hace un año. Los otros desaparecieron entre tanto. Así que, ¿por qué tenía Hans Juhlén los códigos de esos diez contenedores, todos ellos desaparecidos, en su ordenador? —Volvió a cruzar las piernas y suspiró en silencio.

Mia Bolander se encogió de hombros con gesto de impotencia. Gunnar se estaba rascando la cabeza cuando Ola Söderström apareció en la puerta. Entró y se apoyó contra la pared de la que colgaba el dibujo del fantasma. El dibujo cayó al suelo.

—Perdón —dijo Ola.

—No importa —repuso Henrik mientras su compañero recogía la hoja y se la entregaba.

—Bonito fantasma —comentó el informático.

—Mi hijo está pasando por un momento difícil. Todo le remite a fantasmas.

Henrik dejó el dibujo sobre su mesa y siguió cavilando.

—¿Fantasmas? —preguntó Mia.

—Sí, sueña con fantasmas, dibuja fantasmas, ve películas de fantasmas —dijo Henrik.

—No, quiero decir… ¡fantasmas! Cuando interrogamos a Yusef Abrham, dijo algo sobre contenedores fantasma, ¿no? —repuso Mia.

—Sí —dijo Henrik.

—Dijo que había inmigrantes ilegales que morían en el viaje. Que a veces morían todos.

—Pero los contenedores volvían de Suecia, no venían hacia aquí.

—Sí, eso es verdad —repuso Mia.

—Pero ¿qué podían llevar dentro? —preguntó Ola.

—Es casi imposible conseguir información sobre ese tema —respondió Henrik.

—¿Puede que estuvieran vacíos? —dijo Ola.

—No parece probable. ¿Por qué iba a guardar Juhlén los números entonces, teniendo en cuenta que la mayoría desapareció hace años? —Se levantó de la silla y añadió—: El documento fue borrado el domingo por la tarde, ¿verdad, Ola?

—Sí, a las 18:35 —contestó el informático.

—Espera un momento… ¿A qué hora recogió la pizza?

—A las 18:40, si no recuerdo mal —dijo Ola.

—¿Cuánto se tarda en llegar desde la Junta de Inmigración a la pizzería de la que estamos hablando?

Mia sacó su teléfono e introdujo las direcciones en una aplicación.

—Ocho minutos en coche.

—Eso suponiendo que uno esté ya en el coche, ¿no?

—Sí…

—Entonces es imposible que Hans saliera de su despacho, montara en el coche y llegara a la pizzería en cinco minutos, ¿no?

—Sí…

—En ese caso, tuvo que ser otra persona quien borró el documento en el despacho de Juhlén —afirmó Henrik.

—No sé cómo es posible que no nos hayamos dado cuenta hasta hora, pero está claro que Hans Juhlén no pudo borrar en persona ese documento de su ordenador —dijo Henrik por teléfono.

Jana se arrepintió de haber contestado a la llamada. Henrik no paraba de hablar.

—Murió entre las siete y las ocho de la noche. El documento fue borrado a las 18:35. Así que tuvo que hacerlo otra persona.

—Sí.

—Tenemos que averiguar quién.

—Sí. —Jana se quedó callada unos segundos. Luego dijo—: Ese chico, el guardia de seguridad que estuvo trabajando el domingo en la Junta de Inmigración… ¿Por qué no vuelves a llamarlo? Pregúntale si vio a alguien más en el edificio a esa hora. Ahora vas a tener que perdonarme. Estoy ocupada.

—Vale —dijo Henrik—. Solo quería ponerte al día.

Jana Berzelius puso fin a la conversación y salió de su coche. Había aparcado en un lugar un poco apartado y veía a lo lejos la casa adosada a la que se dirigía.

Cruzó la calle con paso rápido, manteniéndose apartada de las farolas. De vez en cuando miraba hacia atrás para asegurarse de que nadie había reparado en ella.

Observó las ventanas, pero las cortinas parecían inmóviles. Se alegró de que casi hubiera oscurecido cuando cruzó la pequeña valla pintada de blanco y se acercó a la puerta. El buzón de fuera llevaba el número 21. Y un nombre. Lena Wikström.

* * *

Mia Bolander dio un ruidoso mordisco a la jugosa pera que había encontrado en el frutero de la cocina de personal.

Henrik le había pedido que telefoneara de inmediato a la empresa encargada de la seguridad en la Junta de Inmigración. Mia dio otro mordisco a la pera mientras marcaba el número. Una recepcionista contestó de inmediato.

—Mia Bolander, de la policía de Norrköping.

Pero, con un trozo de pera todavía en la boca, costaba distinguir las palabras. Mia tragó saliva y empezó otra vez:

—Hola, soy la inspectora de policía Mia Bolander. Necesito contactar con... —Se estiró para alcanzar el nombre que había garabateado a toda prisa en el cuaderno y lo leyó en voz alta—. Jens Cavenius. Es urgente.

—Un momento, por favor.

Mia esperó treinta segundos y consiguió comerse el resto de la pera.

—Lo lamento, pero Jens Cavenius libraba hoy —dijo la recepcionista.

—Necesito hablar con él enseguida. Asegúrese de que me llame. De lo contrario, buscaré yo misma su número. ¿Entendido? —dijo Mia.

—Sí, claro.

Le dio su número a la recepcionista y le agradeció su ayuda.

Cinco minutos después, llamó Jens Cavenius.

Mia fue al grano.

—Necesito que me explique con todo detalle lo que vio el domingo, así que piense detenidamente. ¿De veras vio a Hans Juhlén?

—Pasé por delante de su despacho.

—Sí, pero ¿lo vio?

—No, no exactamente, pero la luz estaba encendida.

—¿Y?

—Lo oí teclear en el ordenador.

—Pero ¿no lo vio?

—No..., yo...

228

—Entonces ¿podía ser otra persona la que estaba en el despacho?

—Pero si…

—Piénselo *bien*. ¿Vio a alguna otra persona en la oficina? ¿Se fijó en algún detalle, en alguna prenda de ropa o cualquier otra cosa?

—Estoy intentando pensar.

—Y yo intento que piense más deprisa.

—Creo que vi un brazo por la rendija de la puerta. Una manga de color lila.

—Y, si se esfuerza un poco más, ¿de quién cree que podía ser esa manga?

—No lo sé, pero… quizá…

—¿Sí?

—Quizá fuera de Lena, su secretaria.

Lena Wikström estaba nerviosa. Toqueteaba su collar de oro y se mordía el labio. Se ponía enferma cada vez que pensaba que Thomas Rydberg ya no estaba. Que lo habían matado. En el puerto. Pero ¿quién?

Se sentía aún peor cuando miraba su móvil, que reposaba aún sobre la cama, encima del cobertor. Las dos lámparas de la cómoda, encendidas, iluminaban los tres marcos que había sobre ella. Caras de niños felices con guirnaldas de verano, recuerdo del verano anterior. Pequeños cristales falsos colgaban de una lámpara de esmalte blanco, en el techo.

¿Quién había telefoneado?

Soltó su collar y abrió una de las puertas del armario, sacó una maleta y la puso sobre la cama, junto al teléfono.

Era la primera vez que la llamaban a aquel número. Siempre era ella quien telefoneaba. Nadie más. Ese era el acuerdo. A los demás solo se les permitía enviar mensajes de texto que el destinatario debía memorizar y borrar definitivamente. Nunca llamaban por teléfono. Así era como funcionaba. Y ahora alguien había roto la norma.

Pero ¿quién?

No había reconocido el número. Ya no se atrevía a tocar el teléfono. Prefería dejarlo allí, encima de la cama.

Abrió la cremallera de la maleta. El instinto le decía que huyera. La persona que había llamado podía haberse equivocado al marcar, claro. Podía haber sido un error. Pero no estaba del todo segura. Y su temor a ser descubierta era tan grande que no podía olvidarse sin más de la llamada.

Abrió la otra puerta del armario y sacó tres americanas, una blusa y cuatro camisetas. No se molestó en buscar ropa interior: cogió la primera que vio en el cajón.

Podía comprar ropa nueva allá donde fuera. Había pensado a menudo que aquel día podía llegar en cualquier momento. *Sabía* que acabaría llegando. Aun así, no tenía ni idea de dónde ir. De adónde podía escapar.

El timbre de la puerta sonó de pronto.

Sus manos se quedaron paralizadas encima de la maleta. No esperaba ninguna visita.

Miró por la ventana del dormitorio, que daba a la puerta de la calle. Pero no vio a nadie.

Cada vez más inquieta, salió de puntillas del dormitorio, atravesó el cuarto de estar, pasó por delante del baño y entró en el recibidor. Miró por la mirilla de la puerta, pero solo vio oscuridad.

Giró la llave de la cerradura con las dos manos y descorrió los dos cerrojos suplementarios. Luego miró por la rendija.

Fuera había una mujer.

—Hola, Lena —dijo, y metió el pie por la abertura de la puerta.

—¿Qué sabemos de Lena? —preguntó Gunnar Öhrn.

Estaban todos en pie, en torno a la mesa de reuniones. La tensión en la sala era palpable.

230

—Que tiene cincuenta y ocho años, está soltera, tiene dos hijos adultos, su hijo vive en Skövde y su hija en Estocolmo. Y no tiene antecedentes —leyó Ola Söderström.

—¿Y ahora qué hacemos? —preguntó Mia.

—Hay que traerla aquí para interrogarla —repuso Henrik.

—Pero de momento lo único que tenemos contra ella es el testimonio de un jovencito atolondrado que cree que quizá la viera en el despacho de Juhlén el domingo —dijo Mia.

—Lo sé, pero es la pista más sólida que tenemos hasta ahora —contestó Henrik.

—Henrik tiene razón. Es importante que sigamos esa pista. ¡Y enseguida! —Gunnar estaba muy serio. Se apuntó con el dedo—. Voy a ir a su casa. Henrik y Mia, vosotros venís conmigo.

Salió de la casa y los dos inspectores lo siguieron.

Ola se quedó solo.

Dio unos golpecitos en la mesa con el puño, asimiló la noticia de que la investigación había cobrado impulso al fin y se fue a su despacho a encender el ordenador. Luego se llevó su fiambrera a la cocina de personal y la metió en el frigorífico.

Cuando volvía, se fijó por casualidad en un fajo de papeles que había en la bandeja de entrada de Gunnar Öhrn. Los cogió para ver qué eran. Registros de conversaciones procedentes de una operadora de telefonía móvil. El número pertenecía a Thomas Rydberg.

Echó una rápida ojeada a las listas. Cuando llegó a la página de los mensajes salientes, se quedó perplejo. Luego, en un súbito arrebato de prisa, corrió al ascensor y pulsó frenéticamente el botón para alcanzar a sus colegas.

Lena Wikström no tuvo tiempo de reaccionar cuando Jana Berzelius entró de un empujón y cerró la puerta a su espalda. No había mucha luz en el recibidor, pero Jana vio algunas figurillas de porcelana y un tapete bordado encima de un aparador. Un

231

espejo con un marco adornado. Un plafón de cristal esmerilado en el techo.

Se quedó absolutamente inmóvil sobre la alfombra del recibidor. La mujer que tenía delante le sonaba de algo. Pero no sabía de qué.

—¿Quién es usted? —preguntó Lena, clavando los ojos en ella.

—Me llamo Jana Berzelius. Estoy investigando el asesinato de Hans Juhlén.

—¿Ah, sí? ¿Y qué hace en mi casa a estas horas?

—Necesito respuestas.

Lena miró atónita a la mujer de gabardina oscura y zapatos de tacón alto.

—No puedo ayudarla.

—Claro que puede —repuso Jana, y se fue derecha a la cocina.

—No puede entrar así en mi casa —protestó Lena.

—Sí que puedo y, si se opone, expediré una orden de registro. Y entonces tendré todo el derecho a estar aquí.

Lena suspiró.

—Muy bien, ¿qué quiere saber?

—Hans Juhlén fue asesinado en su casa —empezó Jana.

—Eso no es una pregunta.

—No.

Lena se acercó a la puerta de la calle y la cerró con llave. Abrió con sigilo un cajón y sacó lentamente una pistola que se guardó en la cinturilla de los pantalones. Tapó el bulto con el jersey y regresó a la cocina con una sonrisa forzada en los labios.

—Entonces ¿cuál es la pregunta? —dijo.

—Hans Juhlén murió a las siete de la tarde, aproximadamente. Al examinar su ordenador, la policía encontró los códigos de identificación de varios contenedores de mercancías. Habían sido borrados del ordenador en torno a las seis y media. De modo que no pudo borrarlos el propio Juhlén. ¿Fue usted?

Lena no supo qué decir. De pronto notaba una opresión en el pecho.

—Tengo motivos de peso para querer descubrir qué había en esos contenedores —prosiguió Jana.

—Lo siento, pero debo pedirle que se marche.

—Solo quiero saber.

—Va usted a marcharse de mi casa.

Jana permaneció de pie junto a la mesa mientras Lena acercaba lentamente la mano a la espalda, hacia la pistola.

—No pienso marcharme hasta que obtenga una respuesta —replicó Jana, que había visto cómo se movía la mano de Lena y se había preparado para lo que podía pasar a continuación.

En cuanto Lena se sacó el arma de la cinturilla del pantalón, Jana se lanzó hacia ella, le golpeó en los riñones con el canto de la mano y le propinó un rodillazo en el estómago. Lena soltó la pistola y dejó escapar un gemido de miedo y de dolor.

Jana inspeccionó la pistola, que estaba cargada, la amartilló y se agachó delante de Lena. Vio brillar algo en torno al cuello de la secretaria.

Algo dorado.

El suelo pareció temblar cuando vio lo que era. Todo comenzó a flotar ante sus ojos y notó un fragor en los oídos. Le dolían las sienes y tenía el pulso tan acelerado que le dolía.

Un collar.

Con un nombre.

Mamá.

El ascensor bajaba tremendamente despacio. Eso parecía, al menos.

Ola Söderström miraba fijamente la pantalla mientras iban pasando los pisos. Cuando se detuvo y se abrieron las puertas, salió a todo correr al garaje en busca de sus compañeros. Oyó cerrarse la puerta de un coche y se dirigió a toda prisa hacia allí. Oyó otra puerta y se estiró para ver por encima de los techos de los coches aparcados.

Entonces vio la silueta de Gunnar Öhrn desaparecer dentro de un coche y el ruido de otra puerta retumbó en el aparcamiento.

—¡Esperad! —gritó Ola.

Las luces rojas de frenado se encendieron delante de él.

Gunnar abrió la puerta y sacó la cabeza.

—¿Qué pasa?

Ola se acercó al coche, apoyó un brazo en la puerta e intentó recuperar la respiración.

—Tenemos… el… registro… de llamadas —dijo.

Le dio el listado a su jefe. Mia y Henrik se miraron.

—El móvil de Thomas Rydberg… Mira en la página ocho. Sus… mensajes. —Ola se apoyó contra la puerta y respiró hondo tres veces mientras Gunnar buscaba la página ocho. En la segunda línea había un mensaje de texto sumamente extraño. Ent. Mar. 1.

—¿Esto lo mandó Thomas? —preguntó Gunnar. Ola asintió escuetamente con la cabeza—. ¿A quién se lo mandó?

—El número pertenece a la Junta de Inmigración.

—¿Hans Juhlén?

—Sí, o puede que Lena, su secretaria —dijo Ola.

Gunnar asintió lentamente, cerró la puerta del coche y arrancó a toda prisa.

34

Lena Wikström aún parecía dolorida. Se apretaba el riñón con la mano derecha y miraba con furia a Jana Berzelius, que estaba de pie delante de ella, con la pistola cargada. Llevaba así largo rato, mirándola fijamente.

—El collar —susurró Jana.

De pronto la asaltó un recuerdo brutal. El recuerdo de una niña, un niño y una mujer. *La mujer tenía una pistola y ella y el niño se echaban hacia atrás de un salto. El niño agarraba a la mujer del brazo y se lo retorcía para obligarla a soltar la pistola. Se oía un disparo. Su eco resonaba entre los árboles.*

La mujer chillaba de dolor cuando el niño le torcía el brazo hacia atrás.

La niña agarraba la pistola y enseguida apuntaba con ella a la mujer. Entonces veía al niño desplomarse sobre la hierba. Le habían dado.

Y la niña... era yo.

¡Era yo!

Jana se sintió mareada y tuvo que agarrarse a la mesa de la cocina para no caerse.

—Hades —dijo lentamente.

Lena sofocó un gemido.

—¡Usted! ¡Usted lo mató! —exclamó Jana—. Yo lo vi. ¡Lo mató delante de mí!

Lena se quedó callada, los ojos convertidos en dos estrechas ranuras que examinaban a Jana de hito en hito.

—¿Quién es usted? —preguntó.

A Jana empezaron a temblarle las manos. La pistola vibraba. La sujetó con las dos manos y siguió apuntando a Lena.

—¿Quién es usted? —repitió la secretaria—. No puede ser quien creo que es.

—¿Quién cree que soy?

—¿Ker?

Jana hizo un gesto afirmativo con la cabeza.

—No puede ser verdad… —dijo Lena—. Es imposible.

—¡Lo mató!

—No está muerto. ¿Quién dice que esté muerto?

—Pero yo lo vi…

—No creas todo lo que ves —le espetó Lena.

—Usted sabía lo que había dentro de esos contenedores, ¿no es cierto? —preguntó Jana lentamente.

—Sí. Y tú también deberías saberlo —contestó Lena.

—¡Dígamelo! —exigió Jana.

—¿No lo sabes? ¿No te acuerdas?

—¡Dígame qué había en ellos! —insistió Jana.

Lena se levantó del suelo con cierto esfuerzo, suspiró profundamente y se sentó de espaldas a los armarios de la cocina.

—Nada de particular… —Hizo una mueca de dolor, se levantó el jersey y se miró la marca roja que le había dejado el golpe de Jana.

—¡Continúe! —gritó Jana.

—¿A qué te refieres?

—¿Qué había en los contenedores? ¿Drogas?

—¿Drogas? —repitió Lena. La miró con sorpresa y sonrió—. Sí, exacto —dijo, y asintió con la cabeza—. Eso es, drogas. Nosotros…

—¿Quiénes? ¡Dígamelo!

—Bah, no hay mucho que contar. Empezó casi por casualidad, podría decirse, pero luego nos… organizamos.

—¿Sabe por qué tengo un nombre grabado en el cuello?

Lena no respondió.

—¡Dígamelo! —Jana dio un paso adelante y le apuntó directamente a la cabeza.

Aparentando calma, la secretaria se encogió de hombros.

—Fue idea de él, no mía. Yo no tuve nada que ver con eso. Solo… ayudaba un poco.

—¿Quién es «él»? ¡Hable! —gritó Jana.

—Ni hablar —contestó Lena.

—¡Dígamelo!

—¡No! ¡No, no, eso nunca!

Jana asió con más fuerza la pistola.

—¿Y Thomas Rydberg? —preguntó—. ¿Qué hacía él?

—Sabía cuándo llegarían los contenedores. Y entonces me informaba. Primero, llamándome por teléfono. Más adelante, enviándome un mensaje. Una estupidez, en realidad. —Lena respiró hondo—. Pero pagaba bien —añadió.

—¿Quién? ¿Thomas? ¿Quién pagaba bien?

Jana oyó de pronto el frenazo de un coche.

—¿Espera a alguien?

Lena negó con la cabeza.

—Levántese. ¡Rápido! ¡Arriba! —ordenó Jana cuando oyó cerrarse las puertas del coche. Apretó la pistola contra la nuca de la secretaria y la empujó hacia la ventana—. ¿Quién es?

—¡La policía!

—¿La policía?

«¿Qué están haciendo aquí?», se preguntó Jana. «¿Qué saben?»

Se mordió el labio. Tenían que salir inmediatamente de la casa. Pero ¿qué podía hacer con Lena? Sofocó el impulso vengativo de matarla. Sería absurdo, por supuesto. Era una importante fuente de información y de momento era la única persona que podía contarle quién era el responsable de lo ocurrido y el porqué. Pero ¿qué debía hacer? ¿Atarla? ¿Soltarla? ¿Dejarla inconsciente de un golpe?

Jana maldijo para sus adentros. Se metió la mano en el bolsillo, sacó el teléfono de Thomas Rydberg y lo puso delante de Lena.

—Utilizar mensajes hoy día no es ninguna estupidez —afirmó—. De hecho, fue muy hábil. ¿Sabe qué es esto? Es el móvil de Thomas Rydberg.

—¿Por qué lo tienes tú?

—Eso no importa, pero ahora ya sé cómo librarme de él. —Jana le hizo una seña con la cabeza—. ¡Muévase!

Se oyeron pasos al otro lado de la puerta.

Sin dejar de apuntarle a la nuca, Jana la empujó hacia el dormitorio.

Al ver la maleta abierta sobre la cama, le dijo a Lena que se sentara a su lado. Limpió el móvil y luego obligó a Lena a tocarlo con los dedos.

—¿Qué haces? ¿Qué crees que estás haciendo?

Jana dejó el móvil dentro de la maleta.

—La policía está aquí. Va a confesárselo todo. Que fue usted quien encargó los asesinatos de Hans Juhlén y Thomas Rydberg.

—Estás loca. Ni hablar.

—Veo que tiene hijos. Y también nietos. Los mataré, uno por cada día que pase, hasta que confiese.

—¡No puedes hacer eso!

—Sí, claro que puedo. Y tú sabes que puedo.

—Esto no acabará aquí. No acabará nunca. ¡Nunca!

—Sí, acabará.

—¡Te cogerán por esto! ¡Me aseguraré de que te atrapen, Jana, para que lo sepas!

—¿Sabe qué? No creo que nadie vaya a sospechar de una fiscal. Y, por cierto, usted y yo volveremos a vernos las caras en el juzgado. Dentro de unas dos semanas te acusaré oficialmente de asesinato. Y en Suecia el asesinato se castiga con la pena máxima. Así que sí, esto se termina aquí. Se acabó. Para ti se acabó, *Lena*.

Cuando sonó el timbre de la puerta, Jana salió del dormitorio.

Abrió la puerta trasera sin hacer ruido. La oscuridad del jardín la envolvió en su abrazo cuando salió de la casa.

35

La boca le sabía a sangre. Estaba completamente agotada.

La niña se tiró al suelo y se arrastró hasta una roca. Las agujas de pino atravesaban sus pantalones y aquí y allá se veían pequeñas manchas de sangre. Las ramas le habían arañado las piernas al correr.

Intentó contener el aliento, atenta a cualquier sonido. Pero le costaba hacerlo. Le faltaba la respiración. El corazón le latía con violencia por el esfuerzo y la sangre le palpitaba en la cabeza.

Se apartó un mechón de pelo que se le había pegado a la frente sudorosa. Intentó estirar los dedos, que sujetaban como un cepo la pistola. Quedaban siete balas en el cargador. Dejó el arma sobre su regazo.

Estuvo dos horas allí sentada. Contra la roca.

Luego echó a correr otra vez.

LUNES, 23 DE ABRIL

36

Lena Wikström había sido detenida como presunta autora del asesinato de Thomas Rydberg. Jana Berzelius solicitó al tribunal que dictara auto de prisión y ese mismo día se celebraría una vista. Lena sería interrogada, y Gunnar esperaba con ansiedad ese momento.

Silbaba mientras aguardaba en el rellano de la escalera. El ascensor estaba ocupado y el botón con la flecha que indicaba hacia arriba encendido. Aun así, lo pulsó una segunda vez, y una tercera. Como si fuera a llegar más deprisa por eso.

Se sentía feliz y algo aliviado por haber hecho un progreso importante en la investigación. Habían ido a ver a Lena Wikström para una comprobación de rutina y se habían encontrado de sopetón con la principal sospechosa del asesinato de Thomas Rydberg. Como mínimo, Lena estaba implicada en el asesinato. Habían hallado el móvil de Rydberg en su casa, y esa era una prueba imposible de ignorar.

La noticia del hallazgo del teléfono se había filtrado a los medios de comunicación a lo largo de la mañana y hasta las dos menos cuarto de la tarde Gunnar no había podido abandonar la rueda de prensa.

La encargada de prensa de la policía había intentado responder escuetamente a las preguntas de carácter general en torno a Lena Wikström y se había desentendido de los interrogantes acerca de su participación en los asesinatos de Juhlén y del niño sin identificar. Gunnar esperaba que sus declaraciones dieran la impresión de que la investigación avanzaba de manera constante y de que, tras la detención de Lena, podía confiarse en su pronto final. Pero cuando Sara Ardvidsson, la encargada de prensa, concluyó su breve comunicado, varias manos se levantaron ansiosamente, seguidas por una lluvia de preguntas. «¿Lena Wikström es la responsable del asesinato de Hans Juhlén? ¿Fue también ella quien mató al niño? ¿Puede confirmar que traficaba con drogas?» Ardvidsson contestó con la mayor vaguedad que pudo, afirmó que la investigación se hallaba en un momento delicado, dio las gracias a los presentes y se marchó.

Gunnar cogió el ascensor para subir a las oficinas de la policía y se pasó por la cafetería para comprar algo de comer. Aún faltaba un rato para que interrogaran a Lena. Como tenía hambre, se fue derecho a las máquinas expendedoras, eligió una chocolatina y la engulló allí mismo. Del ascensor salió Peter Ramstedt con un lustroso traje, camisa naranja y corbata de topos. Su pelo, peinado hacia atrás, era sorprendentemente rubio. También debía de ser el abogado de Lena, pensó Gunnar.

—¿Comiendo a escondidas, Gunnar? ¿No te controla Anneli?

—No —contestó el policía.

—¿Seguís siendo pareja o qué? Se oyen tantos rumores…

—No deberías creer lo que oyes por ahí.

Peter sonrió ampliamente.

—No, claro que no —dijo, y se subió la manga de la camisa para ver qué hora era—. Empezamos dentro de diez minutos. ¿Quién es el fiscal?

En ese preciso momento se abrieron de nuevo las puertas del ascensor y apareció Jana Berzelius. Vestía una falda de cintura alta, larga hasta la rodilla, blusa blanca y pulseras de colores. Llevaba el pelo muy liso y los labios pintados de rosa pálido.

—Hablando del rey de Roma… —dijo Ramstedt en voz alta—. ¿Vamos?

Gunnar los precedió por el pasillo.

Peter Ramstedt, que caminaba junto a Jana Berzelius, miró a la fiscal.

—No tienes mucho en lo que apoyarte —comentó.

—¿No?

—No hay pruebas materiales.

—Tenemos el teléfono.

—Eso no vincula a mi clienta con el crimen.

—Claro que sí.

—No va a confesar.

—Claro que va a confesar —afirmó Jana, y entró en la sala de interrogatorio—. Puedes creerme.

Mia Bolander permanecía en pie, con las piernas separadas y los brazos cruzados. Desde detrás de la ventana de espejo tenía una vista de la sala de interrogatorio.

Lena Wikström estaba encorvada en la silla, los ojos fijos en la mesa y las manos cruzadas sobre el regazo. El abogado se sentó, le dijo algo en voz baja y ella respondió con un cabeceo, sin levantar la mirada.

Frente a ellos se hallaba sentado Henrik Levin. Mia lo vio saludar a Jana Berzelius, que dejó su maletín en el suelo, apartó una silla y tomó asiento. Parecía tan alerta como siempre. Elegante. Soberbia. Repulsiva.

La puerta que había a la espalda de Mia se abrió y entró Gunnar Öhrn. Comprobó que el equipo técnico funcionaba. El sistema, controlado por varios interruptores, les permitía grabar en distintos formatos al mismo tiempo. Estaba provisto de dos cámaras que grababan simultáneamente, de modo que Mia y Gunnar podían observar los movimientos de Lena y Henrik en la misma pantalla.

Gunnar se situó junto a la ventana.

A las dos en punto, Henrik puso en marcha la grabadora y comenzó a interrogar a Lena. Ella no apartó los ojos de la mesa cuando le hizo las primeras preguntas. Se limitó a mascullar las respuestas.

—Estamos informados de que borró usted un listado de dígitos y letras del disco duro de Hans Juhlén el domingo quince de abril. ¿Por qué lo hizo? —inquirió Henrik.

—Me ordenaron que lo hiciera —repuso Lena.

—¿Quién se lo ordenó?

—No puedo decírselo.

—¿Conocía a un hombre llamado Thomas Rydberg?

—No.

—Qué raro, porque le mandó un mensaje de texto.

—¿Sí?

—No se haga la tonta. Sabemos que así fue.

—Bueno, entonces supongo que me lo mandó.

—Bien, en ese caso también podrá explicarnos qué significa «Mar. 1».

—No.

—¿No lo sabe o no quiere decírnoslo?

Lena no respondió.

Henrik se removió en su asiento.

—Pero ¿confiesa usted que borró el archivo que contenía esas combinaciones? —preguntó.

—Sí.

—¿Sabe qué significan las combinaciones?

—No.

—Yo creo que sí.

—No.

—Según nuestros datos, lo que borró eran códigos de identificación. De contenedores.

La mujer se encorvó más aún.

—Necesitamos su ayuda para encontrar esos contenedores —añadió Henrik.

Lena permaneció en silencio.

—Es importante que nos diga dónde están.

—Sería imposible encontrarlos.

—¿Por qué? ¿Por qué sería...?

—Sería imposible —lo atajó ella—. Pero no sé dónde están.

—Estoy convencido de que no nos está diciendo la verdad.

—Quizá mi clienta se refiera únicamente a que no sabe nada más —sugirió Peter Ramstedt.

—Yo creo que no —repuso Henrik.

Lo mismo pienso yo, se dijo Mia detrás del espejo. Se rascó debajo de la nariz con el dedo índice y volvió a cruzar los brazos.

—Vamos a quedarnos en esta sala hasta que nos diga dónde están los contenedores —afirmó el inspector—. Así que díganoslo ya.

—Pero no puedo.

—¿Por qué no?

—Ustedes no lo entienden.

—¿Qué es lo que no entendemos?

—No es tan sencillo.

—Tenemos todo el tiempo del mundo. Díganos lo que...

—No —lo atajó ella de nuevo—. Aunque se lo dijera, no podrían llegar hasta ellos.

La sala quedó en silencio.

Mia miró a Jana, que miraba a Lena con fijeza. Henrik se recostó en su silla y suspiró.

—Muy bien, entonces vamos a hablar de otra cosa. Hablemos de usted —dijo—. ¿Puedo preguntar...?

Ahora fue Jana quien lo interrumpió. Se había inclinado ligeramente hacia delante. Sus ojos oscuros se clavaron en la terca mirada de Lena.

—¿Cuántos hijos tiene? —preguntó pausadamente.

«Vaya, ahora también va a hacer ella las preguntas», pensó Mia con irritación. Miró a Gunnar, que estaba de pie a su lado. Parecía tan enfrascado en la conversación que no reparó en que su compañera lo miraba.

—Dos —musitó Lena, y fijó de nuevo la mirada en la mesa. Tragó saliva.

—¿Y nietos? ¿Cuántos nietos tiene?

—Pero… —dijo Peter Ramstedt.

—Deje que responda —ordenó Jana.

Mia puso los ojos en blanco y soltó un gruñido. Volvió a mirar a Gunnar, pero su jefe seguía sin advertir sus gestos de fastidio. Se limitaba a mirar fijamente a la fiscal. Era muy atractiva, claro, con su bonita melena morena y todo lo demás. Si es que el pelo tan oscuro podía considerarse bonito, claro. De hecho, no lo era. Era horrible, ese pelo tan negro. Y encima largo.

Mia se tocó el cabello rubio y observó a Jana, que seguía allí sentada, esperando la respuesta de Lena.

—La fiscal le ha preguntado cuántos nietos tiene —dijo Henrik.

Pero ¿qué diablos…?, pensó Mia, y dio un paso atrás, apartándose de la ventana. Parecía que… Sí, daba la impresión de que iba a…

A Lena le temblaron los labios. Entrelazó los dedos con nerviosismo. Luego levantó la cabeza y miró a Jana, a Henrik y otra vez a Jana.

Una lágrima se deslizó lentamente por su mejilla.

—Los contenedores están en la isla de Brandö —dijo muy despacio.

Dos horas más tarde, Gunnar Öhrn y Henrik Levin mantuvieron una larga y acalorada discusión con Carin Radler, la comisaria de policía del condado, en el curso de la cual le explicaron cómo había progresado la investigación. Carin escuchó pacientemente mientras le relataban su entrevista con Lena Wikström.

—Puede afirmarse que es de vital importancia que recuperemos esos contenedores —afirmó Gunnar.

—¿Y cuántas personas conocen la implicación de la señora Wikström? —preguntó la comisaria.

—De momento, solo el equipo. Tenemos que actuar deprisa, antes de que la noticia se filtre a la prensa.

—¿Y cómo vamos a explicar la operación de rescate de los contenedores?

—La encubriremos.

—Pero en mi opinión esa operación es irrelevante. Los contenedores de los que me habláis podrían no existir.

—Yo creo que sí existen, y creo que debemos averiguar lo que contienen.

—Pero soy yo quien toma las decisiones en este caso.

—Lo sé.

—Dedicar recursos a una operación de esa magnitud sería muy costoso.

—Pero necesario —repuso Gunnar—. Han sido asesinados dos adultos y un niño. Tenemos que averiguar por qué.

Carin se quedó pensando un momento.

—¿Qué es lo que quieres? —preguntó Gunnar.

—Quiero una solución.

—Bueno, nosotros también.

Carin asintió con un breve cabeceo.

—Está bien. Voy a confiar en vuestro criterio. La operación de rescate puede empezar mañana. Ponte en contacto con el puerto.

37

Era primera hora de la mañana cuando regresó a Estocolmo.

Caminaba a trompicones por la calle adoquinada, sujetándose con una mano a las ásperas fachadas de los edificios. Los escaparates de las tiendas reflejaba su imagen, pero no le importaba. Su manita tocaba las puertas cerradas al pasar. Buscaba un sitio donde esconderse. Algún lugar donde descansar. La pistola le rozaba dolorosamente la tripa. Tenía que sujetarla con la otra mano para que no se colara por dentro de la cinturilla de su pantalón.

Delante de ella pareció un túnel para peatones. Bajó las escaleras tambaleándose y, al llegar al último peldaño, se encontró con una pareja de ancianos. Se detuvieron y la miraron con extrañeza. Pero ella siguió andando.

Estaba mareada. De pronto le cedieron las piernas y estiró los brazos para parar la caída al desplomarse sobre el duro suelo de cemento. Se levantó otra vez. Fue avanzando paso a paso, sujetándose con una mano en la pared de azulejos. Miró fijamente hacia delante mientras iba contando sus pasos. Tenía que concentrarse. Al final del túnel vio una barrera. Intentó cruzarla, pero las puertas no se movían. Así que se puso de rodillas y pasó por debajo. Entonces oyó una voz de mujer detrás de ella.

—¡Eh! ¡Tienes que pagar!

Pero la niña no hizo caso. Siguió andando.

La voz se oyó más fuerte.

—¡Eh, tú! ¡Tienes que pagar si quieres entrar!

Se detuvo, dio media vuelta y se sacó la pistola de los pantalones. La mujer uniformada que había detrás de ella levantó de inmediato las manos y dio un paso atrás. La niña sostuvo la pistola con las dos manos. Pesaba muchísimo. Apenas podía sujetarla.

La mujer parecía asustada. Igual que las otras personas que pasaban por allí. Se pararon en seco y permanecieron completamente inmóviles.

La niña movió la pistola ante sí y fue retrocediendo hacia la escalera. Al llegar al escalón de arriba, dio media vuelta y bajó corriendo todo lo deprisa que pudo. Le temblaban los brazos. Le costaba sostener la pistola. Contó treinta y dos escalones mientras avanzaba en línea recta. Luego, al llegar al último, perdió pie. Se torció el tobillo y cayó, sintiendo un intenso dolor. Pero siguió sin demostrar emoción alguna.

Se levantó de nuevo y se acercó cojeando a una papelera. Se oyó un ruido metálico cuando la pistola cayó al fondo. Siguió adelante, arrastrando los pies, aliviada por no tener que seguir llevando la pesada pistola. De pronto se sentía bien. Y se sentiría aún mejor si conseguía dormir un poco. Solo un poco.

Agotada, se escondió en un hueco, detrás de un banco, y se dejó caer con la espalda pegada a una pared de cemento. La dura pared se le clavaba en la columna. Le dolía el tobillo, pero no le importó. Se hallaba en una región fronteriza entre el sueño y la vigilia.

Entonces se quedó dormida. Sentada en la estación de metro.

MARTES, 24 DE ABRIL

38

Henrik Levin cruzó los brazos para defenderse del frío. Su chaqueta de plumón no servía de gran cosa. El implacable viento del Báltico parecía encontrar la manera de colarse por la cremallera. Había intentado abrigarse bien, pero las tres horas que llevaba expuesto al frío le habían pasado factura. Miró a su alrededor para ver si había algún sitio donde resguardarse. Delante de él se extendía el mar abierto y las olas lamían las rocas resbaladizas.

La isla de Brandö se hallaba situada en el extremo más remoto del término de Arkösund. En verano, los barcos turísticos cercaban la idílica localidad y la línea que recorría el archipiélago pasaba por allí cerca. Ahora, sin embargo, los meses veraniegos parecían muy lejanos.

El viento agitó su bufanda y Henrik volvió a enrollársela al cuello para intentar conservar el calor. Pensó en sentarse en el coche y miró hacia el cordón policial, donde había un total de quince vehículos policiales aparcados.

La zona acordonada abarcaba quinientos metros cuadrados y el personal del puerto trabajaba metódicamente para que pudiera dar comienzo el rescate de los contenedores.

Habían tardado mucho en localizarlos. Había sido necesario rastrear repetidamente el fondo marino de una zona concreta utilizando un sonar. Cada respuesta del sonar era seguida por una inmersión de los buzos. El proceso, que había llevado su tiempo, había retrasado las cosas más de dos horas.

Habían acordonado una zona de seguridad y prohibido el paso a otras embarcaciones. Disponían de una grúa flotante y de una barcaza de carga para los contenedores.

Henrik consultó su reloj. Diez minutos, habían dicho. Después, empezarían a izarlos.

Jana Berzelius estaba escuchando la radio. En toda operación compleja, siempre había alguien que revelaba más de lo necesario. ¿De dónde procedía en este caso la filtración? Las tareas de rescate de los contenedores habían despertado gran expectación y copado las noticias durante toda la mañana.

Jana bajó el volumen y miró por el parabrisas. No le apetecía bajarse del coche y sumarse a los agentes que tiritaban junto al cordón policial.

Henrik Levin estaba un poco más allá, y parecía helado. Tenía los hombros encogidos y la bufanda bien apretada en torno al cuello. De vez en cuando se rodeaba con los brazos, intentando entrar en calor.

Jana subió la calefacción del coche hasta los veintitrés grados. Después sacó su móvil y descargó los e-mails que había recibido a lo largo de esa última hora. Eran ocho, la mayoría acerca de la instrucción de uno u otro caso. En uno le preguntaban acerca de la protección que podía recibir un testigo. En otro, acerca de un juicio que tendría lugar el 2 de mayo. El imputado estaba acusado de provocar deliberadamente un incendio, y la víctima era una joven que por fortuna había escapado con vida aunque sufría graves quemaduras en la cara.

Jana dejó el teléfono sobre su regazo y lo notó vibrar. Vio el número de sus padres en el visor. Se preguntó por qué la llamaban. Otra vez. Era un hecho sin precedentes que le telefonearan tres veces en poco más de una semana.

Al mismo tiempo alguien tocó en el parabrisas.

Mia Bolander la saludó con gesto cansino. El viento gélido le había dejado la nariz y las mejillas coloradas.

—Estamos a punto de empezar —le dijo ayudándose por señas a través del cristal, y fue a reunirse con Henrik.

Jana asintió con la cabeza y silenció la llamada.

Los trabajadores del puerto se pusieron en marcha. Alguien agitó un brazo, otro se acercó apresuradamente a las rocas. Un hombre con barba hablaba por un transmisor y señalaba el mar.

Jana se estiró en el asiento, intentando ver lo que sucedía. Pero no veía nada. Tendría que salir del coche. Se guardó el móvil en el bolsillo, se desabrochó el botón de arriba de la parka, se subió el cuello y salió del coche. La gorra de cuadros y la larga bufanda a juego la mantuvieron caliente cuando avanzó con paso resuelto por la zona acordonada.

Henrik reparó en ella cuando se acercó y se situó a su lado.

El hombre de barba recibió un mensaje por radio y contestó.

—Ya podéis empezar —dijo, y se volvió hacia Henrik y Gunnar—. Aquí llega el primero.

Jana miró hacia el mar y la zona de seguridad. Entornó los párpados mientras veía trabajar a la grúa flotante. El cable de acero fue enrollándose muy despacio. Las olas se estrellaban contra la barcaza. El viento aullaba. Entonces un objeto gris oscuro salió a la superficie y pudieron ver el contenedor. El agua chorreaba por sus costados. El contenedor rotó describiendo un semicírculo y fue depositado cuidadosamente a bordo de la barcaza.

El segundo contenedor en ser izado era azul. Al verlo, Jana se puso rígida. Vio el código de identificación. Y lo reconoció. Paralizada, observó el movimiento oscilante del contenedor antes de que se posara sobre la barcaza. Cuando apareció el tercero, sintió una impaciencia acuciante. Quería ver lo que había en ellos. ¡Enseguida!

La operación de rescate duró hora y media. Uno a uno, los contenedores fueron trasladados desde la barcaza a tierra.

Jana apoyó el peso del cuerpo en la otra pierna para relajarse.

Mia Bolander daba saltitos y movía los brazos describiendo grandes círculos.

Anneli Lindgren y Gunnar Öhrn estaban junto a Ola Söderström, charlando.

Henrik ayudó a dar instrucciones a los operarios de la grúa hasta que los diez contenedores estuvieron en tierra.

—Empezaremos por este —gritó Gunnar, y señaló el contenedor de color naranja que había emergido en cuarto lugar.

Se congregaron frente a las puertas de acero de doble hoja. El operario de barba se hallaba en el centro, delante del mecanismo de cierre.

—Debemos tener mucho cuidado al abrir. Quiero que se retiren todos a una distancia prudencial. Los contenedores están llenos de agua —dijo.

—Yo creía que eran herméticos —comentó Henrik.

—No, no lo son, se lo aseguro.

El desánimo se apoderó de Henrik bruscamente. La esperanza de encontrar algo importante se había evaporado de repente. El agua era un enemigo temible que podía eliminar cualquier vestigio material relevante. A menudo muy deprisa.

—¡Apártense! —gritó el operario.

Jana dio varios pasos atrás.

Gunnar agarró a Anneli del brazo y tiró de ella como si quisiera protegerla.

Henrik y Mia los siguieron. Desde una distancia de veinte metros, Henrik miró inquisitivamente al operario.

—¡Más atrás! —gritó el hombre.

Se detuvieron a cincuenta metros del contenedor. El operario les dio su aprobación levantando el pulgar de una mano y luego estudió atentamente las puertas. Tocó las barras de cierre y revisó el mecanismo. Con ayuda de una herramienta pesada, forzó la cerradura. Dejó la herramienta y pasó unos segundos pensando cómo podía esquivar el agua que había dentro. Se afirmó en el suelo, apoyó la mano en el pomo metálico y tiró. Su mano resbaló. Era como sujetar una pastilla de jabón. Lo intentó de nuevo. Agarró el tirador con las dos manos, tensó los músculos y tiró con todas sus fuerzas. Las puertas se abrieron y el agua salió con enorme potencia. La tromba arrastró al operario, que cayó violentamente de espaldas. El agua le pasó por encima y el hombre escupió y siseó. Trató de limpiarse la cara con la chaqueta mojada pero no sirvió de nada, de modo que intentó incorporarse.

Pero del contenedor salió flotando otra cosa.

El hombre trató nuevamente de secarse los ojos para ver qué había caído a su lado. Era redondo y estaba cubierto de algas. Lo tocó ligeramente y notó que algo se le pegaba a los dedos. Lo tocó otra vez y luego lo hizo rodar hacia un lado. Se apartó de inmediato, horrorizado por lo que acababa de ver.

Era una cabeza en descomposición.

Jana estaba muy quieta. Su semblante no traslucía ninguna emoción mientras miraba el suelo mojado. Había miembros esparcidos por todas partes. Piernas y brazos putrefactos. Manojos de pelo. El hedor era insoportable.

Henrik Levin se tapó la nariz, con el estómago revuelto. Intentaba no vomitar.

Anneli Lindgren fue muy cuidadosa al fotografiar la cabeza. La cara estaba deshecha, las cuencas oculares parecían haberse agrandado y los ojos, o lo que quedaba de ellos, sobresalían en relieve.

—Un año —afirmó al incorporarse. Calculaba que hacía poco más o menos un año que los cuerpos estaban en el agua—. Podemos dar gracias al frío de nuestro clima de que estén tan bien conservados.

Henrik asintió con un gesto, mareado, y tragó saliva varias veces seguidas para contener las arcadas.

Mia Bolander se había puesto blanca. Ya había echado mano de los exabruptos de todo un año.

Jana Berzelius permanecía de pie, algo apartada. Inmóvil.

Anneli se acercó con cautela a uno de los huesos en descomposición, se agachó y tomó una serie de fotografías. La piel colgaba del hueso como un odre lleno de agua. Al tocar su superficie, se deshizo y quedó adherida a su guante de látex. El hueso había perforado la piel en varios sitios. Anneli enfocó la cámara para captar todos los detalles.

—¿Abrimos el siguiente?

Henrik dijo que sí con la cabeza, pero no pudo seguir conteniendo las ganas de vomitar.

Tardaron bastante tiempo en abrir el siguiente contenedor. Dado el macabro contenido del primero, tuvieron que tomar rigurosas medidas de seguridad. Anneli Lindgren debatió distintos métodos con Rainer Gustavsson, el gerente del puerto. Decidieron extraer el agua con una bomba antes de abrir las puertas. Pero para impedir que la bomba absorbiera también los restos que pudiera haber en el contenedor necesitaban un filtro mecánico, y el equipo necesario solo estaba disponible en Linköping. Llevarlo hasta allí retrasó aún más el procedimiento. Pasaron tres horas antes de que llegaran tres técnicos con la bomba. Montaron la máquina, encajaron los filtros y conectaron una válvula de gran tamaño para regular el flujo del agua.

Henrik Levin dejó todas estas tareas en manos de los especialistas. A pesar de que la temperatura ambiente había descendido durante la tarde, ya no tenía tanto frío. Lo único que quería era no volver a vomitar. Había vaciado el estómago tres veces, y ya eran más que suficientes. Pero no era el único. Incluso Mia Bolander se había mareado. Ahora estaba a su lado, muy pálida.

—Vamos a poner la bomba en marcha —anunció uno de los técnicos.

El agua comenzó a salir del contenedor y a verterse en un tanque de gran tamaño. Mientras se vaciaba el contenedor, todos guardaron silencio. Ver los cuerpos en descomposición los había dejado anonadados. Henrik daba gracias al cielo por que el cordón policial hubiera mantenido alejados a los periodistas. Anneli había pedido refuerzos y, siguiendo sus instrucciones, cinco agentes iban recogiendo los miembros dispersos para trasladarlos al laboratorio forense. Henrik miraba desde cierta distancia el óxido que ascendía por la pared de acero azul del contenedor.

Situada a su espalda, Jana Berzelius no veía el óxido. Veía los números. Y las letras. El código de identificación.

Eran idénticos a los de su sueño.

—Me parece que vamos a encontrar más cuerpos ahí dentro —comentó Mia.

—¿Tú crees? —preguntó Henrik.

—Sí, me juego algo a que están todos llenos de cadáveres —repuso ella.

—Espero que no —contestó su compañero, abatido.

—¡Listo! —gritó uno de los operarios que manejaban la bomba.

—¿Quién va a abrirlo? —preguntó Henrik alzando la voz.

—Mis empleados no. Al de antes le están haciendo un lavado de estómago en el hospital. Tragó demasiada agua. Y otras cosas. Ábralo usted.

—¿Yo? —dijo Henrik, sorprendido.

—Sí. Ábralo ya.

Henrik se acercó a las puertas y las palpó. Estaban pegajosas. Tiró de una de las barras, pero la puerta no se movió. Respiró hondo. Separó las piernas para afirmarse en el suelo, asió con fuerza la barra y tiró de ella bruscamente. La puerta chirrió al abrirse lentamente.

El interior del contenedor estaba a oscuras, tan negro que era imposible ver lo que había dentro. El agua que goteaba retumbaba al caer en el duro suelo. Sonaba a hueco.

—¡Luces! —gritó.

Mia Bolander corrió a un coche y sacó del maletero una linterna grande. Volvió a toda prisa junto a Henrik.

—¿Puede alguien traer más linternas? —gritó—. ¡Necesitamos ver!

Henrik cogió la linterna y la encendió. El haz de luz se deslizó por el suelo ennegrecido. Indeciso, Henrik dio un paso adelante y luego otro. La luz se desplazó por el suelo, de un lado a otro del contenedor, subió hasta el techo y lo cruzó. Luego volvió a caer sobre el suelo, alumbrando uno de los rincones del fondo.

Henrik vio que había algo allí. Levantó la linterna y la sostuvo todo lo firmemente que pudo, apuntando al rincón. Luego alumbró el rincón opuesto. También allí había algo. Un montón informe. Dos pasos más y estuvo dentro del contenedor. Avanzó despacio, palmo a palmo para no arriesgarse a pisar nada. Apuntó con la linterna el suelo por delante de sus pies para cerciorarse de que no había ningún obstáculo. Luego volvió a alumbrar el techo y los rincones. Estaba ya en medio del contenedor. Entonces vio el montón.

Eran cráneos.

En ese instante, los faros de un coche iluminaron por completo el interior del contenedor. Henrik parpadeó, deslumbrado por la luz, dio media vuelta y vio que Mia le hacía una seña levantando el pulgar. Él la imitó, pero indicando con el pulgar hacia abajo.

—Tenías razón, Mia. Aquí hay más.

Mia Bolander se acercó rápidamente a la abertura y se asomó dentro.

Jana Berzelius la siguió.

Se quedaron la una junto a la otra, mirando el rincón hacia el que señalaba Henrik Levin.

—Allí —dijo.

—Pero ¿qué es eso? —preguntó Mia, y señaló el suelo.

En medio del contenedor había un objeto herrumbroso con un marco de color rosa.

—Es un espejo —contestó Jana lentamente.

Lo reconocía. Le resultaba familiar. Como si hubiera tenido uno igual. Y, naturalmente, así había sido. Con una grieta en medio. Como aquel. *Pero… si era mío, ¿qué está haciendo aquí?*

Contuvo la respiración. Se le erizó el vello de la nuca. Y el de los brazos. Miró despacio hacia los huesos amontonados en los rincones. Sabía lo que eran. Sabía que eran lo único que quedaba.

De algunas personas a las que había conocido antaño.

—¡Maldita sea! ¡A partir de ahora quiero vigilancia en los muelles las veinticuatro horas del día!

Gunnar Öhrn dio un puñetazo en la mesa de plástico. Tenía la cara colorada y miraba al cansado grupo sentado en torno a la mesa.

Henrik tenía ojeras.

Mia tenía la mirada perdida y Ola bostezaba ostensiblemente.

Solo faltaba Anneli, que seguía fotografiando los restos del primer contenedor, ayudada por cinco forenses llegados de Linköping y Estocolmo. Un equipo de Örebro iba de camino.

Debido al avanzado estado de descomposición de los cuerpos, estaba siendo un trabajo muy arduo. Era casi imposible levantar los miembros con las manos. Utilizaban instrumental especial y soportes blandos para que la piel no se desprendiera durante el proceso. Habían abierto los diez contenedores y en todos ellos había restos humanos. Solo quedaban huesos, excepto en el primero, que llevaba en torno a un año sumergido.

Faltaba poco para que dieran las nueve de la noche. El equipo llevaba once horas en Brandö. Lo que en principio había sido una operación de rescate puramente técnica se había convertido en un hervidero de agentes de policía, forenses y personal en prácticas. Las labores se prolongarían toda la noche. Tal vez varios días.

Gunnar se puso aún más rojo al pensarlo.

—No deben vaciar ni un solo contenedor sin inspeccionarlo primero. ¿Está claro? Hay que revisar todo lo que llegue al puerto. Y me refiero a todo.

Los miembros del equipo hicieron gestos de asentimiento.

Sobre la mesa había comida para llevar bien empaquetada en recipientes de aluminio. Nadie la había tocado. El hedor de los cuerpos en descomposición sobrevolaba aún la zona y todos habían perdido el apetito.

—Los códigos de identificación de los contenedores coinciden exactamente con los que había en el ordenador de Juhlén —comentó Ola.

—O sea, con los que borró Lena Wisktröm —añadió Mia.

—¿Por qué lo haría? —preguntó Ola.

—Porque alguien se lo ordenó —contestó Henrik.

—Y vamos a averiguar quién fue. Conseguiremos que nos lo diga —afirmó Gunnar.

—Estamos hablando de montones de cadáveres. Son como diez fosas comunes —observó Mia—. ¿Quiénes son, o eran, esas personas?

—Hans Juhlén lo sabía, probablemente —repuso Henrik.

—Y Lena Wikström debía de estar al corriente de su implicación, dado que trabajaban en el mismo departamento.

Volvieron a asentir todos.

—¿Hay algún punto en común entre los contenedores? —preguntó Gunnar.

—Bueno, todos procedían de Chile —respondió Henrik.

—Sí, pero aparte de eso, ¿en qué ciudad se cargaron? ¿Quién se encargó de la estiba? —insistió Gunnar.

—Lo averiguaremos —dijo Henrik.

—Según el registro de llamadas del móvil de Thomas Rydberg, cabe suponer que está al llegar otro cargamento. En el mensaje de texto que envió a Lena escribió: «Ent. Mar. 1» —explicó Gunnar—. Lena se niega a explicarnos qué significa el mensaje, pero deduzco que se refiere a una entrega prevista para el martes día uno. El próximo martes es 1 de mayo, así que creo que debemos revisar palmo a palmo todos los cargueros que atraquen en Norrköping en torno a esa fecha —agregó.

—Pero el mensaje podría muy bien significar que la entrega va a realizarse en una casa que tiene el número uno, o que la entrega va a dirigida a una sola persona, o que el barco tiene el número uno o... —observó Mia.

—Ya nos hacemos una idea —dijo Gunnar.

—Solo digo que quizá deberíamos ampliar un poco el campo de búsqueda —añadió ella.

—¡Sí!

—¿Había algún mensaje más? Alguno parecido, quiero decir —preguntó Henrik.

—No, de Rydberg no, ni tampoco de otras personas —contestó Ola.

—Muy bien, entonces —dijo Gunnar—. Vamos a volver a interrogar a Lena. Conseguid que hable. Averiguad cómo está implicada la Junta de Inmigración. Informaos sobre todos los empleados. —Se frotó la cara y añadió—: Y revisad el móvil de Lena. Mensajes de texto, conversaciones…, ¡todo! Luego quiero que busquéis a todas las personas con las que tenga contacto. Compañeros de clase, novios, tíos, tías…, todo el mundo. Y pedidle a Rainer un listado de los barcos que está previsto que atraquen en el puerto en los próximos días. Hablad con todos los patrones y pedidles que empiecen a abrir los contenedores que lleven a bordo.

—Pero es imposible abrir los contenedores a bordo. Un solo barco puede llevar más de seis mil —objetó Henrik.

—Además, en alta mar puede haber temporales y vientos fuertes —dijo Mia.

Gunnar se pasó de nuevo la mano por la cara.

—Pues entonces tendremos que abrirlos cuando lleguen a puerto. Lo más importante es atrapar a la gente que ha hecho esto. ¡Y nadie, NADIE, va a descansar hasta que hayamos encontrado a esos cabrones!

39

Fobos sacó la pistola que llevaba a la altura de la cadera. La agarró con firmeza. Como siempre. Volvió a guardársela hábilmente en la cinturilla del pantalón y la tapó con la chaqueta. Luego la sacó otra vez. Y otra.

Era importante pasar rápidamente de la normalidad a un estado de emergencia. Sobre todo estando de guardia. Podía pasar cualquier cosa, lo sabía por experiencia. Y los hombres vestidos de negro no eran los únicos que daban problemas. Hasta una mujer vestida de colores claros podía ser un problema, y de los gordos.

Desde la azotea tenía una buena panorámica del callejón de atrás. Estaba a la altura de un primer piso, apoyado contra la medianera de cemento del edificio de al lado.

El recinto que se extendía a sus pies estaba cerrado, oculto detrás de un telón de metal. Un letrero luminoso, colocado en vertical, derramaba su luz parpadeante sobre los adoquines. La tela de un toldo rajado ondeaba al viento. Una lata vacía rodaba con estrépito por el borde de la acera. Fobos tenía la vista fija en una puerta metálica. Las ventanas de al lado tenían barrotes. Nadie podía imaginar que tras ella se estuvieran haciendo negocios. Pero así era. Desde hacía cuatro horas. Ese era el tiempo que llevaba allí apostado. En la oscuridad.

En cuanto concluyera el trato, se aseguraría de que lo que estaba protegiendo llegara a su destino sin tropiezos. Pero seguramente pasaría al menos una hora más. Con un poco de suerte, no tanto.

Fobos lo esperaba de todo corazón.

Porque estaba helado.

Así que volvió a sacar la pistola para entrar en calor.

Llevaba todo el día pensando en ella.

Karl Berzelius suspiró, apagó el televisor y se acercó a la ventana. Intentó echar una ojeada al jardín, pero allí fuera todo estaba tan oscuro como el fondo de un pozo muy profundo.

Vio su reflejo en la ventana dividida por un parteluz. Estaba de un humor melancólico y se preguntaba por qué no había contestado Jana.

La casa estaba en silencio. Margaretha se había acostado temprano. Él la había hecho callar durante la cena, no se había sentido capaz de hablar. Y menos aún de comer. Margaretha lo había mirado con perplejidad. Su cuerpo bajo y nervudo se había retorcido. Había jugueteado con sus gafas de montura metálica. Había comido pequeños bocaditos de comida.

Margaretha no tenía por qué saber nada. Absolutamente nada, se dijo Karl.

Se miró las manos y sintió un profundo remordimiento.

¿Por qué no se había encargado de inmediato de aquellas letras grabadas? ¿Por qué había dejado que la niña las conservara en la nuca? Sabía por qué: porque habría sido demasiado complicado intentar explicarle a alguien el motivo de que estuvieran allí o su origen. Si se hubiera sabido que tenía marcas grabadas en la piel de la nuca, podrían haberla considerado un bicho raro. Habría habido murmuraciones. «Berzelius ha adoptado a una tarada». Seguramente a ella la habrían tomado por una de esas personas que se autolesionan. Quizás incluso se habría hablado de internarla en una institución para individuos con conducta autodestructiva.

Karl sintió que su angustia se convertía en ira. Era como si la historia fuera a repetirse. Ella estaba poniendo de nuevo en peligro no solo la buena reputación de su padre, sino también la suya propia. Maldita mocosa, pensó. ¡Era todo culpa suya!

Enseguida se alegró de que no hubiera contestado al teléfono. Ya no quería hablar con ella. De allí en adelante no volvería a hacer ningún intento de contactar con ella.

Asintió lentamente con la cabeza, satisfecho de aquella funesta decisión.

Permaneció un rato de pie junto a la ventana. Luego apagó las lámparas de mesa del cuarto de estar, entró en el dormitorio y se tumbó a dormir junto a Margaretha. Una hora después seguía despierto. Se levantó y se puso la bata azul oscura y las anchas zapatillas. Se acercó al sofá arrastrando los pies, se sentó con dificultad y se puso otra vez a ver la televisión.

La pequeña nevera para vinos contenía doce botellas.

Jana Berzelius sacó una, accionó el sacacorchos eléctrico y llenó una copa de cristal hasta el borde. Bebió un trago y sintió como el líquido amarillo claro le corría por la garganta.

Había tenido que abandonar el lugar del rescate de los contenedores. Se había quedado un rato mirando el interior del contenedor y luego le había dicho a Henrik que tenía que irse: cruzó rápidamente la zona acordonada, montó en su coche y se fue a casa.

No podía estarse quieta, tenía que ocuparse en algo. Abrió el frigorífico y sacó unos cuantos tomates. Con un cuchillo en la mano, comenzó a cortarlos, perforando lentamente la fina piel y colocando las rodajas en un plato. Bebió otro sorbo de vino. Sacó un pepino, lo lavó y procedió a cortarlo. Pensaba en el contenedor. En su fuero interno, había sabido desde el principio que su contenido era de suma importancia para ella. El sueño le había mostrado los números, las letras, la combinación. Lo había visto y lo sabía. Pero ignoraba que también encontraría allí el espejo. Cortó rodaja tras rodaja de pepino. *¿Cómo podía saber que aquel espejito era suyo?*

El cuchillo siguió cortando el pepino, cada vez más deprisa. *¿Había estado allí dentro? Tenía que haber estado allí dentro.* Las rodajas se multiplicaban cada vez con mayor velocidad. *¡Había estado allí dentro!* Empezó a cortar el pepino con violencia. Luego levantó el cuchillo y lo clavó en la tabla de cortar. La hoja se hundió profundamente en la madera.

Pensó en ello desde distintos ángulos. Empezó por pensar en el nombre que tenía grabado en la nuca. *¿Por qué tenía un nombre grabado allí? ¿Por qué la habían marcado así?* Quería una respuesta a todos sus interrogantes. Pero no había nadie a quien preguntar. Salvo Lena. Descartó de inmediato la idea de visitarla en la cárcel. Alguien podía oír las preguntas que le hiciera, empezar a sospechar algo o incluso descubrir que estaba llevando a cabo una investigación paralela. No quería correr ningún riesgo innecesario. Respiró hondo. En realidad, no había nadie más a quien recurrir. Nadie en absoluto. A menos que… Levantó los ojos y vio el cuchillo clavado en la tabla. No… No había nadie. ¿O sí? Bueno, quizás una persona. Una sola persona, pero no estaba viva. Si hubiera estado viva, podría habérselo contado todo. Pero estaba muerto, claro. *¿Verdad? ¿Podía…? No…, ¿o…?*

Agarró la copa de vino y se acercó al ordenador. Vació la copa de un trago, se sentó delante del monitor y entró en una página en la que podían buscarse empresas y particulares de todo el país. Dudó un momento, luego escribió el nombre *Hades* y pulsó Intro.

Aparecieron multitud de nombres de empresas, pero ni un solo particular. Abrió otro buscador y escribió el mismo nombre. Obtuvo treinta y un millones de resultados.

Suspiró. Era inútil. No estaba vivo. No podía estar vivo. Era sencillamente imposible. Pero ¿por qué le había dado Lena a entender que sí lo estaba?

Buscó «Hades nombre de persona», pero volvió a obtener un torrente de resultados. Probó con todas las combinaciones del nombre que se le ocurrieron, intentando encontrar alguna pista que la condujera hasta él.

Estaba a punto de darse por vencida cuando de pronto se acordó. Si de verdad querías encontrar a alguien, el mejor sitio donde buscar eran los archivos policiales.

Tenía que entrar en sus bases de datos.

Y tenía que introducirse en ellas sin que nadie lo supiera.

40

Frederic «Freddy» Olsson tamborileaba con los dedos sobre el carrito de la basura. La música retumbaba en sus auriculares. Una voz rasposa a todo volumen.

Billy Idol.

—Hey little sister, what have you done?

Freddy meneaba la cabeza al compás de la música y cantaba la letra.

—Hey little sister, who's your only one?

Era casi medianoche y no había nadie en el andén.

Freddy aparcó el carrito delante de una papelera, como solía, abrió la tapa y sacó la bolsa de basura. Tuvo que esforzarse: pesaba mucho.

Joder, qué cantidad de basura, pensó antes de atar la bolsa y dejarla junto a las otras en el carrito.

Sacó una bolsa nueva, subió el volumen de su walkman y cantó:

—It's a nice day to start again.

Luego se detuvo, tamborileó otra vez sobre el carrito y cantó a voz en grito:

—It's a nice day for a white wedding.

Se sonrió, colocó la bolsa nueva en la papelera y cerró la tapa con un chasquido.

Al girar el carrito hacia la papelera siguiente vio asomar una pierna por un hueco, detrás de un banco. Se acercó y vio a una niña pequeña allí sentada, apoyada contra la pared. Estaba profundamente dormida.

Freddy miró a su alrededor como buscando a sus padres. Pero el andén estaba vacío. Se quitó despacio los auriculares, se acercó a la niña y la tocó.

—Eh —dijo—. ¡Eh, tú!

Ella no se movió.

—¡Eh, niña! ¡Despierta!

Le hundió un poco los dedos en la mejilla. Luego volvió a hacerlo, un poco más fuerte. Sus ojos oscuros lo miraron con fijeza. Una fracción de segundo después estaba de pie. Gritó y agitó los brazos, intentando apartarse de él lo antes posible.

—Tranquila —dijo Freddy.

Pero ella no le hizo caso. Se apartó de él.

—¡Eh, quieta ahí! —dijo él al ver hacia dónde se dirigía—. ¡Para! ¡Ay, Dios! ¡Cuidado!

La chica siguió retrocediendo.

—¡Para! ¡Cuidado! —gritó Freddy, y se lanzó hacia delante para alcanzarla.

Pero era demasiado tarde. La niña pisó el borde del andén y cayó a las vías. Lo último que vio fue el semblante horrorizado de Freddy.

Luego todo se volvió negro.

41

Anneli Lindgren se quitó los guantes. Se sentía débil. Había sido un día tremendamente agotador y no había comido nada en todas aquellas horas de trabajo. Estaba deseando llegar a su piso y dormir un poco. Pero primero tendría que pasarse por casa de su madre a recoger a su hijo. Había tenido que llamarla para que cuidara de él al darse cuenta de la cantidad de trabajo que la esperaba.

Eran las once de la noche cuando acabaron de inspeccionar la zona y los contenedores. Habían hecho más de un millar de fotografías y la batería de la cámara estaba a punto de agotarse. El equipo se había marchado, solo quedaban unos cuantos agentes uniformados y Gunnar Öhrn.

Gunnar se acercó a ella.

—¿Hora de marcharse? —preguntó.

—Sí.

—¿Puedo llevarte?

Anneli lo miró con desconfianza.

—Pareces cansada —dijo Gunnar.

—Gracias.

—No, no me refería a que...

—Ya lo sé. Estoy cansada y lo único que quiero es llegar a casa, pero primero tengo que pasarme por la comisaría para dejar la cámara y un par de cosas más.

—Pues pararemos antes de ir a tu casa.

—¿Estás seguro?

—Sí, claro. Vamos.

De pie junto a la pared, con el maletín en la mano, Jana Berzelius miraba la oficina diáfana. Solo había una mujer sentada a una de las mesas, tecleando con los ojos fijos en el monitor que tenía delante. Por lo demás, la oficina estaba desierta. Eran las once de la noche y cabía suponer que el resto de los agentes del turno de noche estarían fuera, atendiendo avisos. O quizá los hubieran enviado al lugar donde habían rescatado los contenedores.

«Perfecto», se dijo Jana.

Había sido fácil entrar en el edificio alegando que tenía que visitar las celdas de detención. Se acercó con paso decidido a la mujer, que levantó la vista al oírla acercarse. Era joven, de veintitantos años. Ojos azules, pendientes de perlas.

—Hola, soy Jana Berzelius. Fiscal.

—Hola, yo soy Matilda.

—Estoy trabajando con Gunnar y su equipo y solemos reunirnos aquí —añadió Jana, y señaló hacia la sala de reuniones.

—¿Ah, sí?

—Necesito que me haga un favor. Durante nuestra última reunión me dejé mi cuaderno en la sala de reuniones y me preguntaba si podría usted abrirme la puerta.

Matilda miró el reloj y luego a Jana, indecisa.

—Voy a la unidad de detención —explicó Jana—. Y necesito algo para tomar notas por si detienen a alguien esta noche.

Matilda picó el anzuelo, sonrió y se levantó de la silla.

—Claro que puedo abrirle la puerta.

Jana echó una ojeada a su monitor y vio que la página del registro de la policía estaba abierta. Así pues, Matilda había entrado en el sistema.

La siguió por el pasillo hasta la sala de reuniones. La agente le abrió la puerta con su llave y se la sostuvo para que entrara.

—Ya está.

—Gracias —dijo Jana—. Ya me las arreglo sola.

—Cierre la puerta al salir cuando encuentre su cuaderno.

—Sí, claro. Tiene que estar aquí, en alguna parte —dijo Jana, y entró en la sala.

Oyó que Matilda regresaba a su puesto y rodeó la mesa para que su búsqueda resultara más creíble. Luego abrió su maletín, sacó su cuaderno y cerró la puerta al salir.

—Aquí está —dijo cuando pasó junto a Matilda—. Gracias por su ayuda.

—De nada. No hay por qué darlas —contestó Matilda, y la saludó distraídamente con un gesto cuando Jana salió de la oficina.

El silencio volvió a envolver a Matilda. De pronto el disco duro hacía mucho ruido y el ventilador del techo zumbaba.

Le gustaba trabajar sola, sobre todo de noche, cuando no corrías el riesgo de que te interrumpieran los compañeros para hacerte preguntas o te molestara el ruido constante de los teléfonos.

Oyó el tintineo del ascensor y cómo volvían a cerrarse las puertas.

Cogió su móvil y estaba a punto de llamar a su novio cuando oyó algo. Parecía un ruido metálico y procedía de la cocina. Escuchó con atención por si lo oía de nuevo. ¿Se lo había imaginado? No, ahí estaba otra vez.

Se levantó para ir a ver qué era. Con el teléfono en la mano, se dirigió a la cocina, encendió la luz y echó un vistazo al fregadero y a la mesa de comedor. Hacía frío allí dentro y cruzó los brazos, estremeciéndose. Volvió a oír aquel ruido. Giró la cabeza hacia las ventanas y vio que una estaba abierta. Se relajó y fue a cerrarla. En el momento en que cerró la ventana, oyó un estruendo detrás de ella. Dio un respingo, asustada. La puerta de la cocina se había cerrado de golpe.

—Pero si es solo la puerta, por la corriente —masculló para sí al sentir lo rápido que le latía el corazón.

Giró el tirador de la ventana para cerrarla. Miró el frutero lleno que había en la encimera, pero pensó que prefería algo dulce. En una lata a rayas encontró lo que buscaba, sacó una galleta redonda y se la metió en la boca. Con otra en la mano, cerró la tapa y decidió regresar al trabajo. Agarró el picaporte de la puerta de la cocina, pero... no pasó nada. No se movía. ¡La puerta estaba atrancada! ¡Mierda!

Intentó bajar de nuevo el picaporte. ¿Cómo podía haberse cerrado por sí sola? No se lo explicaba. Tocó ligeramente a la puerta, pero enseguida se dio cuenta de que era una pérdida de tiempo.

No había nadie más en el departamento.

Jana Berzelius oyó a Matilda llamar a la puerta cuando se sentó rápidamente en la silla y se acercó el teclado.

Tenía que darse prisa.

Gunnar Öhrn le abrió la puerta a Anneli Lindgren, que bostezó aparatosamente. Se había quedado dormida durante el trayecto a la comisaría.

—¿Ya hemos llegado? —preguntó.

—Sí. ¿Quieres que lo suba yo?

—No, voy contigo.

Gunnar abrió el maletero, sacó una bolsa grande y pesada y cogió también la bolsa de la cámara, que le entregó a Anneli.

Ella se la colgó del hombro y volvió a bostezar. Luego caminaron codo con codo hasta los ascensores, pulsaron el botón y esperaron para subir a la segunda planta.

Matilda no sabía qué demonios hacer. Aporreó la puerta. Probó otra vez a bajar el picaporte y a empujar la puerta con todas sus fuerzas. Pero no sirvió de nada. Golpeó la puerta con el puño una vez, y otra, y una tercera.

—¡Hola! —gritó—. ¡Hola!

Se recordó otra vez que no había nadie en el departamento, aparte de ella. Entonces se dio cuenta de que tenía el móvil en el bolsillo. Pero ¿a quién podía llamar? Pensó primero en telefonear a su novio. Pero él no estaba autorizado a entrar en la comisaría, y casi se echó a reír al pensarlo. ¿A recepción? Podían mandar a alguien, a un operario de mantenimiento o algo así. Pero entonces se acordó de que el móvil que tenía en la mano era el suyo privado. Y no tenía grabado ningún número de la comisaría.

—Ah, Dios, qué estupidez —dijo en voz alta, y dio una patada a la puerta.

Jana oyó ponerse en marcha el ascensor. Oyó cómo Matilda aporreaba la puerta. Aunque sonaba más bien como una patada.

Había buscado el nombre, sin éxito. No había obtenido ningún resultado al buscar «Hades». ¿Qué más podía buscar? Pensó frenéticamente. «¡Piensa en algo! ¡Piensa! ¡Piensa! ¡Piensa!».

El ascensor se había detenido. Probablemente en el piso de abajo, pero justo cuando estaba suspirando de alivio oyó que se ponía en marcha otra vez. Estaba subiendo.

Siguió pensando. ¿De qué otra forma podía llamarse, aparte de Hades? ¿Cómo? Se mordió el labio, ofuscada. Entonces un nombre surgió flotando de su memoria. Empezaba por Dan…

Escribió «Dan» y aparecieron montones de referencias a personas con ese nombre. Pero aquello no acababa de encajar. Dano… Daniel… Danilo… ¡Danilo! Introdujo de inmediato el nombre.

El ascensor seguía acercándose.

«¡Vamos! ¡Dame algo!».

Miró por encima del monitor y volvió a bajar la mirada enseguida. Entonces vio el resultado. Había varios Danilos. Pero sus ojos se posaron sobre un Danilo Peña. En Södertälje.

Sacó su móvil, hizo una fotografía de la pantalla y salió enseguida de la base de datos. Cogió sus cosas, se quitó rápidamente los zapatos y corrió descalza, con los zapatos en la mano, hacia el ascensor. Pulsó el botón y las puertas se abrieron en el acto. Se acercó sin hacer ruido a la cocina de personal, quitó cuidadosamente la silla de debajo del picaporte, volvió corriendo al ascensor abierto y pulsó el botón del aparcamiento subterráneo.

Las puertas se cerraron lentamente y, mientras se cerraban, Jana oyó que el ascensor de al lado emitía un tintineo. Se abrieron las puertas y salió alguien.

La pesada bolsa le rozaba la cadera y Gunnar se la cambió de mano al entrar en el ascensor.

Anneli entró tras él.

El departamento estaba vacío y en silencio, como solía ocurrir por las noches. Se dirigieron ambos al despacho de Anneli, encendieron la luz y dejaron dentro las dos bolsas.

—¡Hola! —gritó Matilda—. ¿Hay alguien ahí? ¡Hola!

Golpeó la puerta y accionó el picaporte, que de pronto cedió. Abrió la puerta de un empujón y estuvo a punto de chocar con un asombrado Gunnar.

—¡Ay, Dios! —dijo Matilda—. Qué suerte que estés aquí. Me he quedado encerrada.

—¿Cómo que te has quedado encerrada? —preguntó Anneli, que acababa de salir de su despacho.

—¡Sí, en la cocina! Se ha cerrado la puerta. No podía salir.

Gunnar se acercó a la puerta y tocó el picaporte. Subía y bajaba sin problemas.

—Qué raro. Esta puerta no puede cerrarse por sí sola. No tiene cerradura —dijo.

—Pero… no podía salir —dijo Matilda.

—Entonces ¿cómo acabas de abrir la puerta?

—Pues… la he abierto…

—Entonces ¿no estaba atrancada?

—Sí, estaba atrancada. No podía abrirla.

—Pero ahora sí has podido.

—Sí.

Matilda se sentía como una idiota. ¿Cómo podía explicárselo? ¡Se había quedado encerrada! Sin embargo, no se sentía con ánimos para explicárselo todo.

—Bueno, no podía salir —masculló, y se fue hacia su mesa con expresión enfurruñada.

MIÉRCOLES, 25 DE ABRIL

42

Henrik Levin se despertó. No sabía dónde estaba, pero pasados unos segundos se dio cuenta de que se había quedado dormido en el sofá del cuarto de estar. La habitación estaba completamente a oscuras. Cogió su móvil. El reloj de la pantalla marcaba las 2:30 de la madrugada, de modo que solo había dormido un par de horas. La pantalla se oscureció y a su alrededor todo se volvió negro de nuevo.

A las siete lo despertó el timbre amortiguado de un teléfono. El móvil se le había caído mientras dormía y tuvo que buscarlo por el suelo. Estaba debajo del sofá. Lo cogió para apagar la alarma, se desperezó y sintió que había dormido muy poco.

Tras desayunar a toda prisa con Emma y los niños, se fue en coche a la comisaría. Gunnar Öhrn fue el primero en salir a su encuentro y juntos se dirigieron a la sala de reuniones.

—Por lo visto, los mataron a todos a tiros. Hay marcas en los esqueletos que así lo indican —le informó Gunnar.

—Entonces los mataron y luego los arrojaron al mar —comentó Henrik.

—Sí.

—Pero ¿por qué los mataron? ¿Por dinero? ¿Por drogas? ¿Eran inmigrantes que no pagaron? ¿Los traicionó alguien? ¿Eran contrabandistas?

—No lo sé, pero mis hipótesis van por el mismo camino. No me explico, sobre todo, qué pintaba Hans Juhlén en todo esto. ¿Por qué lo asesinaron?

—¿Crees que deberíamos hacer venir a su mujer para interrogarla de nuevo?

—Quizá sí, pero creo que podemos sacarle algo más a Lena. Para serte sincero, Henrik... —Gunnar se detuvo y miró a un lado y a otro. Luego miró a Henrik y suspiró—. Todo esto se está complicando mucho. Ya no sé en qué debemos centrarnos. Primero Hans Juhlén, luego el niño y por último Thomas Rydberg. Y luego esa fosa común en el mar... Cuesta mucho digerirlo. Además, no es algo que podamos hacer público así como así. Pero Carin me está apretando las tuercas.

—¿Quiere dar una rueda de prensa?

—Sí.

—Pero no tenemos nada concreto que ofrecerles.

—Lo sé, y hay que intentar que las cosas no se nos vayan de las manos. Tengo la sensación de que esto nos está superando. Quizá tenga que pedir ayuda a la Brigada Nacional de Homicidios, y ya sabes lo que opino de eso.

Una sombra cruzó su semblante. Henrik se quedó pensando un momento.

—Espera hasta que volvamos a interrogar a Lena —dijo.

Gunnar lo miró. Tenía los ojos colorados y vidriosos. Le tendió la mano.

—Está bien, esperaré hasta que sepamos algo más.

A las siete menos cuarto, Jana Berzelius circulaba por la resbaladiza E4, la autovía que llevaba a Estocolmo.

Había salido el sol y su luz la deslumbraba por el este. La música de la radio se interrumpió para dar paso a las noticias y el parte meteorológico, y el hombre del tiempo alertó de que había placas de hielo en las carreteras.

El tráfico se hizo más lento pasado Nyköping, y el sol desapareció. El cielo se volvió gris oscuro y la temperatura cayó por debajo de cero. La lluvia se estrellaba contra el asfalto. Jana miraba fijamente la calzada mojada. Escuchaba el ruido del interior del coche. Los bosques pasaban velozmente por un lado y otro. Las vallas de la carretera se desdibujaban en los márgenes de su campo de visión. Las luces traseras de los coches se convertían en manchas rojas.

En Järna empezaron los atascos. Mientras esperaba a que el tráfico volviera a fluir, abrió una aplicación en su móvil y buscó la dirección de Danilo Peña. No podía utilizar el GPS del coche: habría sido extremadamente arriesgado, dado que cualquiera podría rastrear su itinerario.

La aplicación le ofreció una ruta muy clara y Jana vio que solo estaba a diez minutos de su destino. Había cesado la lluvia, pero los densos nubarrones seguían allí. Salió de la autovía y se dirigió al centro. Torció a la derecha y se encontró en Ronna. Había bloques de pisos con balcones verdes, azules y amarillos, y en las calles abundaban los letreros de neón con textos en idiomas extranjeros.

Una pandilla de cinco chicos se había sentado en una marquesina de autobús destrozada mientras una señora mayor esperaba algo más allá, de pie, apoyándose en su bastón. Un coche con un neumático rajado, una bicicleta a la que le faltaba la rueda delantera y una papelera rebosante de desperdicios.

Buscó el número 36 y lo encontró bastante más abajo, siguiendo Smedvägen. Aparcó en la calle y fue a meter dinero en el parquímetro, que estaba cubierto de pintadas, pero no funcionaba. Camino del bloque de pisos, pasó por delante de varios coches de cuyos retrovisores interiores, junto al parabrisas, colgaban cruces o imágenes religiosas. Avanzando a pasos cortos consiguió esquivar los charcos de agua que se habían formado en el suelo.

En el portal había sentadas tres señoras con toquillas, charlando entre sí. Miraron a Jana abiertamente, con gesto de reproche, cuando entró por la puerta. En la escalera se oía retumbar el grito de un niño, voces estentóreas y ruido de puertas. Hacía frío y humedad. Olía a comida.

Según el directorio de inquilinos tendría que subir a la séptima planta, de modo que tomó el ascensor. Cuando volvieron a abrirse las puertas del ascensor, se asomó con cautela. En la puerta más próxima a la escalera se leía «D. Peña».

Salió del ascensor y levantó la mano para llamar, pero en ese instante se dio cuenta de que la puerta no estaba cerrada del todo. La empujó y se abrió.

—¿Hola? —llamó, y entró en el recibidor.

No había muebles, solo una alfombra vieja en el suelo y el papel de pared, de un marrón amarillento.

Llamó otra vez y recibió por respuesta el eco de su propia voz.

Dudó un momento, pero de pronto se sintió más osada y entró directamente en el cuarto de estar. Un sofá rajado, una mesita delante de él, un televisor, un colchón sin sábanas, una almohada y una manta de cuadros. El viento entraba aullando por la rendija de una ventana.

Cruzó el cuarto de estar en dirección a la cocina. Se detuvo, contuvo la respiración y aguzó el oído.

Estuvo así unos segundos. Luego cruzó la puerta de la cocina. En ese mismo instante vio un puño lanzado hacia ella y cayó al suelo, derribada por el golpe. Vio de nuevo aquel puño y levantó el brazo automáticamente para protegerse. Luego levantó el otro brazo, el golpe le dio en la muñeca y sintió un intenso dolor.

«Arriba», pensó. «¡Tengo que levantarme!».

Se giró hacia la izquierda, metió rápidamente la mano derecha debajo del pecho y se impulsó hacia arriba.

Entonces vio a un hombre. Tenía algo en la mano.

—No te muevas —dijo—, si no quieres morir.

43

La niña intentó tragar, pero tenía la lengua abotargada. Trató de abrir los ojos pero no pudo. Oyó que una voz le hablaba como a través de un túnel pero no pudo distinguir las palabras. Alguien la tocó y ella intentó apartar aquella mano con un golpe.

—Cálmate —dijo la voz.

Cuando levantó la mano para golpear de nuevo, notó un dolor punzante en la cabeza que la obligó a estarse quieta. Por fin abrió los ojos y vio una luz fuerte.

Parpadeó varias veces, hasta que un desconocido apareció ante ella. Un hombre vestido de blanco se inclinaba sobre la cama en la que estaba tumbada.

—¿Cómo te llamas? —preguntó.

La niña no respondió.

Entornó los ojos para acostumbrarlos a la luz. El hombre era rubio, tenía gafas y barba.

—Soy el doctor Mikael Andersson. Estás en el hospital. Has tenido un accidente. ¿Sabes cómo te llamas?

Ella tragó de nuevo, rebuscó una respuesta en su memoria.

—¿Recuerdas lo que pasó?

Giró la cabeza para mirar al doctor. El dolor le palpitaba en la cabeza vendada. Cerró los ojos unos segundos y volvió a abrirlos lentamente. No sabía qué debía contestar. Pero no se acordaba de nada.

No se acordaba de nada en absoluto.

44

Fobos jugueteaba con la pistola. Sabía que había cumplido su misión del modo más satisfactorio. Y había sido muy sencillo disparar a aquel hombre que no había pagado a tiempo.

Había bastado con un solo tiro. En la parte de atrás de la cabeza. Un agujero. Sangre en el suelo.

Era preferible acercarse a las víctimas sin hacer ruido y dispararles por la espalda, así no tenían tiempo de reaccionar y había menos riesgos de que presentaran resistencia. Simplemente, caían hacia delante. La mayoría moría en el acto. Otros temblaban. Hacían un ruido.

Las aguas rompían contra el barco, sacudiéndolo con fuerza. Aun así, se sentía relajado y satisfecho. Porque sabía que obtendría su recompensa.

Por fin le darían la dosis que merecía.

La pistola estaba a dos centímetros de la mejilla de Jana Berzelius.

El hombre que tenía delante se limpió bruscamente un hilillo de saliva de la comisura de la boca. Tenía el pelo largo y oscuro, ojos marrones y cara angulosa.

¿Quién era? ¿Era Hades?

—¿Quién cojones eres tú? —preguntó, acercándole más aún la pistola a la cara.

—Soy fiscal —contestó Jana, y empezó a pensar en posibles vías de escape.

Estaban en la cocina. El cuarto de estar quedaba a su espalda, el recibidor delante. Dos posibles salidas, pero una de ellas requeriría más tiempo. Podía noquear a aquel hombre, pero él tenía ventaja: estaba armado.

Miró la mesa de la cocina. No había cuchillos.

—Ni se te ocurra —dijo él—. Dime qué está haciendo en mi casa una fiscal.

—Necesito tu ayuda.

El hombre se echó a reír.

—¿Ah, sí? No me digas. Qué interesante. ¿Y qué puedo hacer por ti?

—Puedes ayudarme a averiguar una cosa.

—¿Una cosa? ¿*Qué* cosa?

—Algo relacionado con mi pasado.

—¿Con tu pasado? ¿Y cómo voy a ayudarte con eso si ni siquiera sé quién eres?

—Pero yo sé quién eres tú.

—¿En serio? ¿Y quién soy?

—Eres Danilo.

—Genial. ¿Y eso lo has adivinado tú solita o quizá es que has leído mi nombre en la puerta?

—Puede que también seas otra persona.

—¿Un esquizofrénico, quieres decir?

—¿Me enseñas tu cuello?

El hombre se quedó completamente callado.

—Tienes otro nombre escrito en la nuca —afirmó Jana—. Y yo sé cuál es. Si acierto, tienes que decirme cómo te lo hicieron. Si fallo, puedes soltarme.

—Vamos a cambiar un poco el trato. Si aciertas, te lo cuento, claro, no hay problema. Si fallas, o si no tengo ningún nombre en la nuca, te pego un tiro.

Amartilló la pistola, dio un par de pasos atrás y se mantuvo con las piernas separadas, listo para disparar.

—Puedo denunciarte por intento de asesinato —dijo Jana.

—Y yo puedo denunciarte por allanamiento de morada. ¡Vamos, a ver si aciertas!

Ella tragó saliva.

Estaba casi segura de que era él.

Pero ¿se atrevería a decir el nombre?

Cerró los ojos.

—Hades —susurró, y oyó un disparo.

45

La niña permanecía sentada frente a ella, en la silla dura, con los ojos fijos en el suelo. Estaba encorvada y escondía las manos debajo de los muslos.

Estaba allí sentada, sin más.

En silencio.

La trabajadora social Beatrice Alm miró por encima de sus gafas de lectura y cerró con delicadeza la carpeta que descansaba sobre su mesa.

—Bueno —dijo, y se inclinó hacia delante, cruzando las manos—. Eres una niña afortunada. Vas a tener una mamá y un papá.

46

Jana abrió los ojos.

El hombre seguía de pie ante ella, con la pistola bajada. Ella observó su propio cuerpo un instante para ver si le había dado. No. La bala había pasado de largo y había dejado un agujero en la pared de detrás.

Clavó los ojos en el hombre. Respiraba agitadamente.

—¿Cómo lo sabes? —preguntó con la mandíbula apretada—. ¿Cómo coño lo sabes? ¡Dímelo! —Se acercó y pegó su cara a la de Jana—. ¿Cómo coño lo sabías? ¡Dímelo de una vez! —La agarró por el pelo y tiró de su cabeza hacia atrás. Brutalmente. Luego le dio un golpe en la frente con la pistola y se la apretó contra la sien—. Voy a disparar. Y te aseguro que esta vez te meteré una bala en el cráneo. Así que dímelo. ¡Habla!

Jana hizo una mueca.

—Yo también tengo un nombre —dijo con voz ronca.

Él tiró de su cabeza hacia un lado. Le apartó el pelo, arañándole la piel. Jana sintió la nuca expuesta y el pánico empezó a apoderarse de ella. Se desasió bruscamente, retrocedió unos pasos y lo miró.

Él meneó la cabeza.

—No puede ser verdad. No puede ser. No puedes ser tú.

—Sí, soy yo. Y ahora vas a explicarme quién soy.

* * *

Jana Berzelius tardó diez minutos en contar la breve historia de su vida. Estaba sentada junto a Danilo, en el delgado colchón de aquel destartalado cuarto de estar. Tenían ambos las rodillas flexionadas y las cabezas agachadas.

—Entonces ¿te adoptaron? —preguntó él.

—Sí, me adoptaron. Ahora me llamo Jana. Berzelius, de apellido. Mi padre era fiscal general, pero está retirado. Lo que más deseaba en el mundo era tener un hijo varón que siguiera sus pasos. Pero tuve que hacerlo yo.

Se observaron el uno al otro. Ninguno de los dos sabía cómo reaccionar.

—No recuerdo nada del accidente. Dicen que me caí a las vías del metro y que me di un golpe tan fuerte en la cabeza que perdí la memoria. Nadie supo decirme cómo había llegado hasta allí ni quién era. Estaba sola. Nadie preguntó por mí, ni vino a buscarme después del accidente.

Se quedó callada.

—Entonces ¿no te acuerdas de nada? —preguntó Danilo.

—En sueños veo imágenes, fragmentos de cosas, pero no sé si son recuerdos de verdad o puras fantasías.

—¿Te acuerdas de tu verdaderos padres?

—¿Tenía padres?

Danilo no contestó.

El viento aulló con fuerza por la rendija de la ventana. El frío invadió de inmediato la habitación. Jana se abrazó las rodillas.

—¿No puedes contarme nada sobre mi vida? —preguntó.

—No hay nada que contar.

—Soñé que te mataban.

Danilo se removió, inquieto.

—Me escapé, ¿vale? Me pegaron un tiro en el hombro —dijo, y se bajó el jersey para enseñarle la enorme cicatriz que tenía en el hombro derecho—. Cuando te fuiste, me quedé allí tumbado, muy quieto, haciéndome el muerto. Y cuando mamá salió corriendo detrás de ti, me levanté y yo también eché a correr. Y aquí estoy. Fin de la historia.

—Pero ¿no te encontraron?

—No.

Jana se quedó pensando.

—¿Es así como se hacía llamar?

—¿Quién?

—Mamá. ¿La llamábamos así?

—Sí.

—¿Yo también?

—Sí.

Danilo encogió un poco los hombros.

—¿A qué has venido? ¿Por qué quieres remover el pasado?

—Quiero saber quién soy. —Jana se mordió el labio—. ¿Puedo fiarme de ti?

—¿Por qué?

—¿Puedo contarte secretos sin que vayas contándolos por ahí?

—Espera, espera. ¿Quién te manda?

—Nadie. He venido por mi cuenta y por razones puramente personales.

—Entonces ¿qué quieres que haga?

—He llegado a un punto en que necesito respuestas. Y necesito averiguar ciertas cosas sin recurrir a la policía.

—Pero eres fiscal. ¿No deberías hablar con la policía?

—No.

—Vale, vale. Primero, antes de decidir si voy a ayudarte o no, quiero saber qué implica esto. —Jana vaciló—. Te prometo que no diré nada de lo que me cuentes.

Sonaba convincente y, de momento, Jana no tenía nadie más a quien recurrir. Tenía que confiar en él.

Así pues, se lo dijo.

Tardó más de una hora en explicarle los complejos pormenores de la investigación. Le habló de Hans Juhlén, del niño con el nombre grabado en la nuca al que habían encontrado

285

muerto junto a la playa de Viddviken. Le habló de Thomas Rydberg, pero omitió el detalle de que era ella quien lo había matado.

Cuando le describió el rescate de los contenedores, Danilo se puso pálido.

—Ay, joder —dijo.

—En uno de los contenedores encontré un espejo. Creo que era mío. Ahora tienes que decírmelo. ¿Estuve yo allí?

—No lo sé.

—Por favor, dime si estuve allí.

—No. ¡Métetelo en la cabeza!

—Solo quiero saber quién soy. Eres la única persona que puede ayudarme. ¡Dime quién soy!

Danilo se levantó. Su semblante se había vuelto sombrío.

—No.

—¿No?

—Por mí puedes escarbar todo lo que quieras en el pasado, pero yo no pienso hacerlo.

—No suelo pedir favores, pero, por favor, ayúdame.

—No. ¡NO! —Danilo miró por la ventana.

—¡Por favor!

—¡No! —Se volvió bruscamente hacia ella—. Nunca. No voy a hacerlo. ¡Sal de aquí ahora mismo!

La levantó del colchón de un tirón. Jana trató de desasirse.

—¡No me toques!

—¡No vuelvas a venir por aquí!

—No volveré. Eso puedo prometértelo.

—Muy bien. ¡Largo!

Jana se quedó donde estaba. Miró a Danilo una última vez antes de salir del piso. Se maldecía a sí misma. Por habérselo contado todo. Por haberse sincerado. No debería haberlo hecho.

Jamás.

* * *

Henrik Levin miró el reloj. Eran las 15:55. Quedaban cinco minutos para que empezara el interrogatorio de Lena Wisktröm.

Jana Berzelius llegaba tarde. Era la primera vez.

Henrik se rascó la cabeza y se preguntó si debería seguir adelante con el interrogatorio aunque ella no estuviera presente.

Mia Bolander advirtió su preocupación.

—Seguro que aparece —afirmó.

En ese mismo momento entró Peter Ramstedt.

—Ah, ya veo —dijo—. Conque la fiscal llega tarde al interrogatorio, ¿eh? Eso es muy problemático.

Soltó una carcajada.

Henrik suspiró y miró de nuevo el reloj. Faltaba un minuto. Estaba a punto de cerrar la puerta de la salita cuando oyó pasos apresurados en el pasillo.

Jana Berzelius cruzó a toda prisa el suelo de baldosas. Llevaba un apósito en la frente.

—Llegas tarde —le dijo Mia triunfalmente cuando se acercó a ellos.

—No, yo creo que no. No se puede llegar tarde a algo que ni siquiera ha empezado —replicó la fiscal, y le cerró la puerta en las narices.

El interrogatorio duró dos horas.

Henrik Levin tocó suavemente a la puerta del despacho de Gunnar Öhrn.

—Nada —dijo.

—¿Nada? —repitió Gunnar.

—Se niega a decirnos quién le ordenó borrar el archivo con los códigos de identificación de los contenedores y qué significa el mensaje que le mandó Thomas Rydberg.

—¿Y qué ha dicho sobre los contenedores?

—Que no sabe nada sobre ellos.

—Pero eso no es verdad. Sabía dónde encontrarlos.

—Lo sé.

—Entonces ¿qué tenemos?

—No quiere admitir nada y la verdad es que no veo qué podemos probar.

Gunnar suspiró audiblemente y aspiró por la nariz.

—Es hora de que te vayas a casa —dijo.

—Sí. ¿Y tú?

—También me falta poco para acabar.

—¿Tienes planes para esta noche?

—Tengo compañía. Compañía femenina.

Henrik silbó.

—No, no de ese tipo. Es solo Anneli, que va a ir a buscar una caja llena de cosas. ¿Y tú?

—Creo que voy a dar una sorpresa a la familia invitándoles a cenar por ahí.

—Qué emocionante.

—No tanto: vamos a cenar en McDonald's.

Gunnar soltó una risita.

—Nos vemos mañana —dijo Henrik, y se dirigió con paso ligero hacia el ascensor.

Cuando Jana Berzelius se sentó a la mesa para dos del restaurante El Colador, ya estaba molesta con su colega Per Åström, que llevaba más de veinte minutos hablando sin parar sobre el resultado de un torneo de tenis celebrado la semana anterior. Su compañía nunca la había molestado. De pronto, sin embargo, tenía que hacer un esfuerzo por contenerse para no abrir la boca y decirle que cerrara la suya.

Hacía tiempo que se había dado cuenta de que no se sentía cómoda con la gente y había organizado su vida a la manera de una ermitaña. Estaba satisfecha así. Su trabajo, claro está, exigía que se relacionara con numerosas personas, pero se trataba siempre de contactos superficiales en los que sabía manejarse a la perfección. Además, tratar de conocer a fondo a otra persona exigía mucho tiempo y dedicación. Y ella odiaba que la gente se inmiscuyera en su vida privada y le hiciera preguntas a las que no quería responder. Per Åström solía atacarle los nervios con sus preguntas, pero por alguna extraña razón no se había dado por vencido, como los demás, cuando Jana declaró que quería que la dejaran en paz. Al contrario: su frialdad le había caído en gracia y con el paso de los años había aprendido a interpretar las vagas expresiones faciales de Jana.

Per toqueteó la copa de vino.

—¿Qué te ocurre?

—¿A qué te refieres?

—Sé que te pasa algo, lo noto.

—No es nada.

—¿Ha pasado algo?

—No.

—¿Estás segura?

—Sí, estoy bien.

Jana lo miró a los ojos. Le resultaba extraño mentirle. No había ninguna otra persona con la que pudiera conversar, y le habría gustado muchísimo poder contárselo todo. Pero ¿cómo reaccionaría si le decía que había matado a Thomas Rydberg? ¿Qué diría si le confesaba que había buscado a un viejo amigo al que creía muerto y que sin embargo estaba vivito y coleando? ¿Y cómo iba a entender que estuviera dispuesta a hacer cualquier cosa por esclarecer su pasado? Su pasado oculto. No tenía sentido decir nada. A nadie.

—¿Necesitas ayuda con algo?

Jana no supo qué decir. Se levantó y salió del restaurante sin decir adiós.

Caminó por Kvargatan, atajó por Holmen y cruzó la plaza del mercado de Knäppingsborg. Al llegar a su piso, se quitó el abrigo y las botas de tacón alto y entró en el dormitorio, donde se despojó de inmediato de los pantalones. Mientras se quitaba el jersey oyó sonar su móvil. Salió al recibidor cubierta únicamente con la ropa interior de seda. Miró la pantalla.

Número oculto.

Debía de ser Per. Siempre utilizaba un número oculto para que a sus clientes no se les ocurriera llamar a su número privado.

—No quiero saber lo rica que estaba la cena —contestó. Nadie respondió al otro lado—. ¿Hola?

Estaba a punto de colgar cuando oyó una voz:

—Voy a ayudarte.

Se le erizó el vello de la nuca.

Había reconocido aquella voz.

Era la de Danilo.

—Reúnete conmigo en el parque municipal de Norrköping mañana a las dos en punto —dijo.

Gunnar Öhrn se desasió del brazo de Anneli Lindgren.

Estaban sentados en el sofá de cuero marrón oscuro del cuarto de estar, cada uno con una copa de vino. La lámpara de pie del rincón iluminaba suavemente la estancia. En una pared había estanterías y un mueble bar. Apoyados contra otra pared había varios cuadros a la espera de ser colgados. Dos botellas de vino reposaban sobre una mesa de cristal. Estaban vacías.

—Esto no es buena idea —dijo Gunnar.

—¿Qué? —dijo Anneli.

—Lo que intentas hacer.

—Fuiste tú quien me pidió que viniera.

—A recoger la caja, sí. No a…

—¿Qué? —Anneli le puso una mano sobre la pierna.

—No hagas eso.

Anneli se acercó a él y le dio un suave beso en la garganta.

—Eso está mejor.

Ella se desabrochó lentamente la blusa.

—La verdad es que es bastante agradable.

—¿Y esto?

Se quitó la blusa y se sentó a horcajadas sobre él.

—Mejor todavía —contestó Gunnar, y de pronto la atrajo hacia sí.

MARTES, 26 DE ABRIL

47

Jana Berzelius siguió las instrucciones y dirigió sus pasos por el ancho camino de grava. En los bordes se erguían narcisos y crocus de color lila. Olía a tierra mojada y a humus. Cambió de dirección al llegar junto a una roca grande y siguió el camino otros cien metros. Al ver un puesto de perritos calientes aflojó el paso, consultó su reloj y vio que llegaba puntual.

Pidió un perrito caliente en el puesto, pagó veinte coronas y siguió avanzando por el camino de grava hasta llegar a un banco verde cuyos asientos miraban en direcciones opuestas. Se sentó en el lado de la derecha, junto a un símbolo anarquista grabado en el asiento.

Dio un mordisco a su perrito caliente mientras contemplaba el parque. Dos bancos más allá había cuatro chavales con una bolsa de latas de cerveza. Como si la cerveza hubiera disuelto todas sus preocupaciones, se exhibían dando voces y gritos de euforia ante las familias que se dirigían al parque infantil. Dos niñas competían por ver quién se columpiaba más alto, y un niño pequeño, sentado en lo alto del tobogán, dudaba si tirarse o no.

Jana acababa de dar otro mordisco a su perrito cuando oyó una voz a su espalda.

—No te vuelvas. Coge tu teléfono.

Jana sintió su presencia.

Estaba de espaldas a ella.

Se acercó el teléfono al oído.

—Mantén el teléfono pegado a la oreja como si estuvieras hablando.

—¿Por qué querías que nos viéramos en Norrköping? —preguntó ella.

—Tenía cosas que hacer aquí.

—¿Por qué has cambiado de idea? ¿Por qué quieres ayudarme?

—Eso da igual. ¿Sigues queriendo hacer esto?

—Sí.

—Pero el trabajo duro tendrás que hacerlo tú.

—De acuerdo.

—No puedo explicártelo todo.

—Bueno, ¿qué puedes decirme?

—Se llama Anders Paulsson. Lo encontrarás en Jonsberg. Pregúntale por los transportes.

—¿Qué transportes?

—Es lo único que puedo decirte.

—Pero ¿qué clase de transportes son esos?

—Pregúntaselo a él.

—¿Es el cerebro en la sombra?

—No. Pero casi.

—¿Cómo lo sabes?

—Lo sé y ya está. Créeme. Hasta pronto.

—Pero...

Jana se volvió.

Danilo se había marchado.

Danilo salió apresuradamente del parque. Sabía que Jana buscaría a Anders Paulsson. Se sonrió. Sabía que iría derecha a por él, y sabía también que sería lo último que haría en su vida.

Sacó su teléfono y escribió: «Vas a tener visita».

* * *

Gunnar Öhrn salió rápidamente de la ducha y se envolvió las caderas con una toalla.

En el dormitorio, Anneli acababa de abrocharse el sujetador y estaba hablando por teléfono con la canguro. Puso fin a la conversación y tiró el teléfono a la cama.

Gunnar miró el reloj. Iba a llegar tarde a la conferencia de prensa que empezaba a la una.

—¿Y ahora cómo voy a explicarlo? —le dijo a Anneli.

—Di que estabas atendiendo un aviso o algo así. ¡Venga ya, eres policía!

Gunnar se tumbó en la cama y se acercó a Anneli apoyándose en los codos.

—Si estamos separados, no deberíamos acostarnos. Y menos aún habiendo pasado solo un mes.

—Tienes razón.

—Esto no puede convertirse en costumbre.

—No.

Anneli se levantó, se puso los vaqueros y la blusa y se la abrochó.

Gunnar la siguió al recibidor. Levantó la caja de cartón que había junto a la puerta.

—No te olvides esto —dijo—. ¿Necesitas ayuda para llevarla al coche?

—Me la llevaré esta tarde —contestó ella, y cerró la puerta al salir.

Gunnar se quedó solo con la caja en brazos.

Sonrió.

Anders Paulsson volvió a casa mucho más deprisa de lo que permitía el límite de velocidad. Tomó atajos y dejó que la furgoneta invadiera a menudo el carril contrario.

Cuando llegó a la pequeña localidad de Jonsberg, salió de la 209 y vio un BMW negro aparcado en el arcén. Pisó a fondo el embrague e intentó meter tercera.

Cuatrocientos metros más allá, frenó de golpe y se detuvo derrapando frente a su casa de color rojo. Todas las persianas estaban bajadas, no para que la gente no viera lo que ocurría dentro –los vecinos más cercanos vivían a cierta distancia– sino porque no solía gustarle la luz del día. En la casa había basura por todas partes. Las cajas de cartón se apilaban en altos montones. Había cúmulos de periódicos viejos, platos de papel con restos de comida, botellas, latas de cerveza y envoltorios de diversos restaurantes de comida rápida. Olía a rancio, a cerrado y a podrido, pero eso no le molestaba. En realidad, no había nada que le importara. Ni aquella casa, ni él mismo. Antaño le había importado una mujer, pero hacía mucho tiempo que había muerto, de cáncer. Después, había sido incapaz de cuidar de la casa. Fueron pasando los años y cada vez le resultaba más difícil poner orden. Era más sencillo dejarlo estar. No preocuparse por nada.

Abrió la puerta y entró directamente en la cocina con los zapatos puestos, esquivando por poco un excremento endurecido que uno de sus gatos había depositado allí hacía cerca de una semana. Le había dado tal ataque de rabia que en lugar de recoger la mierda había decidido deshacerse del gato. No sabía cuál de ellos era el culpable, así que los castigó a todos. Los malditos bichos protestaron y lo arañaron, sisearon y bufaron, pero aun así se las arregló para meterlos a todos en el arcón congelador del sótano.

Se detuvo y miró interrogativamente la tabla de los cuchillos. Estaba vacía. Qué raro. Abrió un cajón de la cocina. Tampoco allí había ninguno. Empezó a ponerse nervioso. Abrió un armario y palpó el estante de arriba.

¡Vacío!

Se llevó bruscamente la mano a la cadera y palpó la pequeña funda sujeta a su cinturilla. «Por lo menos tengo esto», pensó.

—¿Busca algo?

Anders se asustó al oír aquella voz a su espalda. Se quedó paralizado, con los ojos como platos.

Jana Berzelius estaba en la puerta. Tenía una pistola en la mano.

—¿Es esto lo que está buscando? —Soltó el seguro de la pistola y la sujetó con firmeza entre las manos enguantadas—. ¡No se gire!

Anders empezó a reírse. Una risa hueca y afectada. Meneó la cabeza y miró la encimera de la cocina, sin apartar la mano de la cadera.

—¿Cómo ha sabido dónde estaba? —preguntó.

—He tenido tiempo de registrar la casa antes de que llegara.

—¿Cómo ha entrado?

—Me gustan las ventanas.

—¿Quién es usted?

—Las preguntas, en cambio, no me gustan.

—Así que ni siquiera puedo preguntar qué está buscando.

—He venido a preguntarle por su transporte de contenedores —dijo Jana.

—¿Qué transporte de contenedores? No sé de qué me habla.

—Yo creo que sí lo sabe.

Anders suspiró, levantó la mirada hacia el techo forrado de madera de pino y volvió a bajarla.

—¿Qué son esos transportes? —preguntó ella.

Él enderezó la espalda.

Jana advirtió la lenta tensión de los músculos de su antebrazo y tuvo el tiempo justo de inclinar la cabeza a un lado antes de notar el silbido de la afilada hoja. Anders se había girado rápido como el rayo y el cuchillo se hallaba ahora incrustado en la pared, a un par de centímetros de su cabeza.

Jana le apuntó con la pistola.

—Ha fallado —dijo.

El hombre miró a su alrededor, tratando de encontrar algún objeto con el que defenderse. Lanzó una ojeada al tostador negro.

—Por favor, no me mate.

—Voy a preguntárselo otra vez. ¿Qué transportaban?

Él miró de nuevo el tostador y de pronto lo agarró y se lo lanzó a Jana con tal fuerza que soltó la pistola. El arma cayó al suelo.

Ella miró a Anders.

Él también la miró.

Tuvieron ambos la misma idea.

¡La pistola!

Se lanzaron al suelo en el mismo momento, pero Jana fue más rápida y agarró el cargador. Él intentó arrancarle el arma. Le asestó un fuerte codazo en las costillas para que la soltara, pero Jana siguió sujetándola firmemente. Él la golpeó de nuevo, y ella apretó los dientes y concentró todas sus energías en un solo golpe. Tensando los hombros y los músculos de la espalda, golpeó con todas sus fuerzas. Logró acertarle en el costado y Anders cayó bruscamente de rodillas, jadeando.

Jana le apuntó con la pistola. Él miró el suelo. Su respiración se hizo más agitada y un momento después se convirtió en un sollozo. Un momento después Jana se dio cuenta de que estaba llorando.

—No me mate —dijo—. No me mate. Nadie tenía que enterarse... No debería haberlo hecho. —La miró—. No debería haberlo hecho. —Bajó la cabeza de nuevo y sorbió por la nariz ruidosamente—. Por favor, no me mate. No era yo quien les hacía daño. Yo solo los llevaba adonde tenían que ir. Eran portes normales y corrientes. Los llevaba a cumplir sus misiones.

Jana frunció la frente.

—¿Qué era lo que transportaba?

—Niños. —Anders se tapó la cara con las manos y sollozó estentóreamente.

Ella bajó la pistola.

—¿Qué niños?

—Los niños... Los llevaba cuando estaban... listos. Y cuando cumplían sus misiones los... los recogía. Entonces vi la tumba. Vi... Estaban allí...

Jana se quedó mirándolo, pensó que había oído mal.

—Yo no hacía nada. Solo los llevaba de un lado a otro. Al entrenamiento y luego de vuelta allí. Pero no era yo quien los mataba.

Jana se había quedado sin habla. Miró al hombre arrodillado ante ella. Se miraron mutuamente. Anders tenía los ojos colorados. La saliva que le salía por las comisuras de la boca mojaba su jersey desteñido.

—Yo no los mataba. Yo no. No era yo, yo no hacía nada. Se lo juro, yo solo conducía la furgoneta. No pasaba nada, yo solo conducía y de todos modos ellos no sabían nada.

—No entiendo —dijo ella.

—Tenían que morir. Todos. Él también.

—¿Quién? ¿Se refiere a…?

—Cada cual tenía un nombre. Tánatos… —susurró Anders—. Ese era muy especial. Era muy… —Empezó a temblar—. Se suponía que no tenía que ser así. Yo no lo sabía. Echó a correr.

—¿Fue usted quien mató al niño, quien mató a Tánatos?

—No tuve elección. Intentó escapar del barco.

—¿Del barco?

Anders se quedó callado. Miró hacia un punto lejano, frente a él. Pestañeó.

—El barco…

—¿Qué barco?

—¡El barco! ¡Intentó escapar! Tuve que detenerlo. Tenía que volver a la isla, pero se escapó.

—¿Cómo se llama esa isla?

—Él no quería morir.

—¡Dígame cómo se llama la isla!

—No tiene nombre.

—¿Dónde está? ¡Dígame dónde está!

Anders se quedó callado, como si de pronto cayera en la cuenta de la situación en la que se hallaba.

—Cerca de la isla de Gränsö.

—¿Todavía hay niños allí?

Él negó con la cabeza lentamente.

—¿Para quién trabaja?

El hombre volvió a mirarla.

—Ya le he dicho demasiado —dijo.

—¿Para quién trabaja? ¡Dígame su nombre!

Anders abrió los ojos de par en par.

Se puso tenso.

Y entonces se lanzó hacia Jana. Intentó arrancarle la pistola de las manos. La cogió por sorpresa, pero ella no soltó el arma. Anders tiró con fuerza, apoyó todo el peso de su cuerpo en los brazos de Jana y soltó un alarido.

Jana sujetó la guarda del gatillo con el dedo índice. Sintió un intenso dolor. Concentró todas sus fuerzas. No debía soltar la pistola. El brazo le temblaba. La adrenalina inundaba su cuerpo. Se resistió todo lo que pudo. Pero estaba a punto de ceder. Tenía el dedo atrapado. Daba la impresión de que iba a romperse.

Anders tiró de nuevo hacia arriba y el dedo de Jana se dobló.

Tenía que soltar.

Cuando el dedo se rompió, soltó la pistola.

Anders la agarró y le apuntó con ella mientras daba cortos pasos hacia atrás.

—Se ha acabado todo, lo sé. —Estaba sudando, le temblaban las manos y sus ojos se movían frenéticamente—. Ya estoy muerto. Se acabó. Va a venir. Sé que va a venir. Se acabó.

Levantó pistola.

Jana se dio cuenta de lo que estaba a punto de suceder.

—No se ha acabado. Espere —dijo.

—Todo ha terminado. Qué más da ya.

Anders se metió el cañón en la boca y apretó el gatillo.

Torsten Granath estaba tumbado en el sofá de piel de la antesala de su despacho de la Fiscalía. Levantó la vista cuando Jana Berzelius apareció por el pasillo.

—¿Qué te ha pasado? —preguntó, y señaló el apósito que llevaba en la frente.

—No es nada. Un arañazo. Salí a correr y me caí —mintió.

—¿Y también te torciste el dedo?

Ella hizo un gesto afirmativo con la cabeza y se miró el dedo índice. No le dolía mucho pero lo tenía muy hinchado.

—El suelo resbala mucho aún en algunos sitios. —Torsten suspiró y volvió a tumbarse.

—Sí.

—El hielo es peligroso. Uno tiene que pensar en las articulaciones de la cadera. Sobre todo a mi edad. Estoy pensando en comprarme esos tacos que se ponen en las suelas de las zapatillas. Tú también deberías comprártelos. Para cuando salgas a correr, digo.

—No.

—No, ya lo sé. La verdad es que son bastante ridículos.

—¿Qué haces aquí tumbado?

—Es la espalda, ¿sabes? Los viejos solo tenemos achaques. Va siendo hora de que me tome las cosas con más calma.

—Siempre dices lo mismo.

—Lo sé.

Torsten se incorporó hasta sentarse. Miró a Jana, muy serio.

—¿Qué tal va la investigación? Tengo la sensación de que hice mal dejando que te encargaras de este caso —comentó.

—La investigación va bien —contestó con parquedad.

—¿Hay algún imputado?

—Sí, por la muerte de Thomas Rydberg. Pero nuestras sospechas sobre Lena Wikström se basan en conjeturas y en la declaración de un par de testigos. Aún no ha confesado ser la autora de la muerte de Rydberg. Como fiscal, me corresponde a mí fundamentar la acusación y demostrarla.

—Y luego están Juhlén, el niño y los contenedores. ¿De cuántos asesinatos estamos hablando exactamente?

—No está claro. Todavía no hemos hecho el recuento de víctimas. El estado de descomposición de los cuerpos está dificultando las cosas.

—En otras palabras, que va a ser una cifra horripilante.

—Sí.

—¡Ay, Dios! Un caso de asesinato de enormes proporciones, con multitud de víctimas, quizás el mayor que se haya visto en este país... —Torsten se levantó y movió los hombros para liberar parte de su tensión—. Gunnar Öhrn no está del todo convencido de que vayáis bien encaminados en lo que se refiere a Lena.

—¿Ah, no?

—No, sospecha que se está guardando información importante, aunque no cree que sea el cerebro que se oculta detrás de este asunto tan espantoso.

—¿Eso ha dicho?

Torsten asintió.

—Y cree que estás interviniendo muy poco para ser la fiscal que instruye el caso —añadió.

—¿De veras?

—Sí, quizá sea buena idea que tomes un poco más la iniciativa.

Jana rechinó los dientes.

—Muy bien.

—No lo tomes como algo personal.

—No, no pasa nada.

—Bien.

Torsten le dio unas palmaditas en el hombro y entró en su despacho con paso rígido.

Ella desapareció de inmediato en el suyo y cerró la puerta. Tendría que mantener una pequeña charla con Gunnar.

Gunnar Öhrn se recostó en la silla de su despacho y se frotó los ojos. La rueda de prensa había terminado y los periodistas habían hecho multitud de preguntas acerca de las labores de salvamento de los contenedores. Pese a todo, la jefa de prensa, Sara Ardvisson, se había limitado a contestar que la policía no quería dar detalles sobre la investigación. Solo era cuestión de tiempo que los medios de comunicación descubrieran la magnitud del crimen y consiguieran fotografías de los cadáveres hallados en los contenedores. Entonces ya no sería posible responder con evasivas.

Gunnar tuvo la extraña sensación de estar siendo observado y giró su silla.

Jana Berzelius estaba en la puerta.

—Me has asustado —dijo Gunnar.

—Me han informado de que en tu opinión no cumplo como es debido mi labor como fiscal instructor —le espetó ella.

—Yo…

Jana lo atajó levantando la mano.

—Habría sido más apropiado que esas críticas constructivas me las hubieras hecho a mí directamente, en lugar de hablar con mi jefe —dijo.

—Torsten y yo nos conocemos desde hace mucho tiempo.

—Lo sé, pero, tratándose de mí, deberías hablar primero conmigo, no con él. Entonces ¿crees que estoy haciendo mal mi trabajo en este caso?

—No. No eres mala fiscal. Solo considero que deberías tener un papel más activo. Pareces distraída y… No sé… No muy implicada, quizá.

—Gracias por tu opinión. ¿Eso es todo?

—Sí.

—En ese caso voy a decirte lo que en realidad me ha traído aquí.

—¿Qué?

—Quiero que registremos una isla.

—¿Por qué?

—Me han informado de que allí está pasando algo que tiene que ver con la investigación.

—¿Como qué?

—Eso es lo que tenemos que averiguar.

—¿Cómo se llama la isla?

—No lo sé exactamente. Está cerca de la isla de Gränsö.

—¿Cómo sabes que hay algo sospechoso en esa isla?

—He recibido un chivatazo.

—Espera un momento. Te han dado un chivatazo acerca de una isla cuyo nombre desconoces. ¿Quién te ha dado ese chivatazo?

—Es anónimo.

—Entonces ¿es una pista anónima sobre una isla?

—Exacto.

—¿Cuándo la has recibido?

—Hace una hora.

—¿Cómo?

Jana tragó saliva.

—Eso no importa, lo que importa es que tengo una pista —repuso rápidamente.

—¿Fue cuando te hiciste esa herida en la frente?

—No, eso fue cuando estaba corriendo —contestó, y escondió el dedo hinchado detrás de la espalda.

—¿Y no tienes ni idea de dónde procede ese chivatazo?

—No, como te decía, no ha dicho su nombre.

Gunnar se quedó callado un momento. Luego miró a Jana.

—¿Era un hombre o una mujer?

—La voz era grave, así que deduzco que se trataba de un hombre.

—¿Y cómo es que ese hombre se ha puesto en contacto contigo y no directamente con la policía? ¿Cómo sabía que estabas implicada en la investigación y cómo ha conseguido tu número?

—Ni idea, lo único que sé es que deberíamos echarle un vistazo a esa isla.

—Pero yo quiero saber por qué razón. Además, ¿qué podemos encontrarnos allí? Puede que sea una trampa. Una banda criminal que quiere sabotear una investigación. Estamos tras la pista de algo tremendamente feo, Jana.

—Escúchame —dijo ella—, es la primera vez que recibo un chivatazo anónimo y me lo tomo muy en serio, y tú también deberías hacerlo.

Gunnar asintió lentamente y suspiró.

—Está bien —dijo—. Mandaré a Henrik y a Mia.

—Iré con ellos. Así seré una fiscal más activa —replicó Jana, y se marchó.

VIERNES, 27 DE ABRIL

48

Henrik Levin, Mia Bolander y Jana Berzelius hicieron en silencio el trayecto hasta el archipiélago. Jana observaba el yermo paisaje. Cuanto más se acercaban a la costa, más rocoso se hacía el panorama que se divisaba desde las ventanillas del coche. Cuando llegaron a su destino y salieron, pudo respirar el aire fresco del mar.

Arkösund era una pequeña localidad costera que atraía a turistas llegados tanto en coche como en barco. Había un centro municipal, un supermercado, una gasolinera y varias empresas dedicadas a la construcción de embarcaciones. Hacía poco que se había inaugurado un hotel, y había un par de bares y restaurantes entre los que elegir. Un tablón de anuncios del ayuntamiento anunciaba las festividades que se celebrarían el 1 de mayo. Iba a haber una hoguera, además de la tradicional procesión con antorchas desde uno de los embarcaderos para barcos provenientes de otros lugares. La velada acabaría con fuegos artificiales y un discurso, evidentemente de un político local. En el tablón de anuncios había también un cartel con la fotografía de un músico y la fecha de su actuación en el teatro al aire libre del municipio. Las cuerdas de los mástiles de las banderas parloteaban al viento. Aunque la temporada náutica aún no estaba en su apogeo, había ya tres barcas de plástico rígido junto al embarcadero.

Jana recorrió el puerto con la mirada y vio a un hombre bajo que caminaba hacia ellos sujetándose la gorra con la mano para impedir que se la llevara el viento. Se presentó como Ove Lundgren y les dijo que era el encargado del puerto. Era él quien se encargaba de supervisar los amarres y de las labores de mantenimiento de los cuatro pequeños embarcaderos. Llevaba botas de goma y un cortavientos. Tenía la tez morena y curtida por la intemperie. Los ayudó a subir a bordo de un barco Nimbus que había pedido prestado para ese día y les habló afablemente de las líneas náuticas que circulaban por el archipiélago mientras pilotaba el barco entre el alto oleaje.

—Por aquí hay un montón de islas —dijo—. No estoy seguro, pero creo que Gränsö está a un par de millas náuticas de las islas Kopparholm. Durante cincuenta años estuvo prohibido visitar las islas, era zona restringida y allí solo entraba el ejército. Pero nosotros vamos todavía más allá.

—¿Sí? —chilló Mia, y se agarró con fuerza a la barandilla para no zarandearse en el asiento, empujada por las olas.

El barco iba bastante deprisa. Pasaron por varias islas, algunas con gigantescas casas de veraneo pertenecientes a conocidos empresarios y ricos herederos. Ove conocía los nombres de todos los propietarios.

Las islas fueron espaciándose y las grandes mansiones quedaron muy atrás.

Mia, mareada, hacía lo posible por contener las náuseas. Su piel se volvió pálida y pegajosa. Aspiraba a grandes bocanadas el aire marino y miraba fijamente hacia el horizonte por encima de la barandilla. Pasaron junto a varias islas más, grandes y pequeñas. Algunas estaban desiertas y yermas. Otras, habitadas y llenas de pájaros.

Mia sintió arcadas y procuró no vomitar. Cerró los ojos un momento y, al abrirlos, vio a Jana ante ella. El mar turbulento no parecía molestarla lo más mínimo. Mia masculló algo para sí y desvió la mirada. No iba a dejar que Jana viera lo mal que se encontraba. Ni hablar.

* * *

Tras seguir las cartas náuticas durante un par de horas llegaron a mar abierto. Por fin divisaron una isla relativamente grande y cubierta de árboles. Ove dijo que era Gränsö y viró hacia allí. Al acercarse a las rocas, redujo la velocidad.

Mia levantó la cabeza para ver mejor la isla, pero la vegetación y, sobre todo, los abetos impedían ver si había alguna edificación.

Ove vio un muelle de piedra y se mostró sorprendido porque alguien se hubiera molestado en construir un embarcadero en aquel extremo del archipiélago. Dirigió el barco hacia un lado del muelle y ayudó a apearse a Henrik y luego a Jana y a Mia.

Mia, que seguía tapándose la boca con la mano, vomitó en cuanto se bajó del barco.

—Vamos —dijo Henrik.

Mia les indicó por señas que siguieran adelante.

—Sigan ustedes, yo me quedo con ella —propuso Ove.

—¿Vamos? —preguntó Henrik, y Jana asintió con la cabeza. Treparon por las rocas.

—Entonces ¿recibiste un chivatazo? —dijo el inspector pasado un rato.

—Sí —contestó Jana.

—¿Totalmente anónimo?

—Sí.

—Qué raro.

—Umm.

—¿Y no tienes ni idea de quién era?

—Ni idea.

Henrik se adelantó por un estrecho sendero y atravesaron en silencio un bosquecillo de árboles y espesos matorrales. El sendero se ensanchaba un poco y a continuación se dividía en dos. Escogieron el camino que parecía más transitado y torcieron a la derecha.

Con la mano apoyada en la funda de la pistola, Henrik miró varias veces alrededor y aguzó el oído. Los árboles fueron haciéndose más escasos a medida que avanzaban por el sendero y, al rodear un peñasco, vieron una casa.

Jana se detuvo y dio bruscamente un paso atrás. Estaba aterrorizada.

Henrik también se detuvo, sorprendido. La miró, luego miró la casa y volvió a fijar la mirada en ella.

—¿Qué ocurre? —preguntó.

—Nada —contestó Jana, y su semblante volvió a ser el de siempre.

Rebasó a Henrik con paso decidido. Vio que el inspector levantaba las cejas y notó cómo la observaba mientras caminaba hacia la casa.

Tenía una sensación extraña, como si estuviera encerrada detrás de un cristal muy grueso, como si se hubiera quedado inmóvil y se estuviera observando caminar por el sendero de grava en dirección a la casa. Como si su cuerpo reaccionara, pero su ser estuviera paralizado.

Sus piernas la conducían hacia la casa.

Mecánicamente.

Luego, de pronto, sintió el impulso de echar a correr y abrir la puerta de un tirón. Había algo en aquella casa que le resultaba muy familiar. Era... ¿Qué era?

Se detuvo.

Henrik se detuvo también, justo detrás de ella.

Jana observó la casa y sintió un impulso igual de fuerte de dar media vuelta y regresar corriendo al barco. Pero no podía hacerlo. Tenía que dominarse. Miró la grava y recogió un par de piedrecitas. A su memoria afloró una serie de imágenes difusas y vio que, de niña, sus piececitos habían avanzado con esfuerzo por aquella grava. Se acordó del dolor que sentía cuando se caía. Sostuvo las piedrecitas en la palma de la mano, las miró y las apretó entre los dedos. Cerró la mano tan fuerte que se le pusieron blancos los nudillos.

Henrik carraspeó.

—Iré yo delante —dijo, y pasó a su lado—. Tú quédate aquí. Primero voy a asegurarme de que no hay peligro.

Cruzó rápidamente la zona de hierba y se detuvo a escasos metros de los escalones de entrada. No vio movimiento dentro de la casa. Se acercó despacio a los escalones de madera podrida, sacó su pistola y llamó a la puerta descascarillada. Esperó, pero no hubo respuesta.

A un lado de la casa, un canalón torcido y oxidado dejaba caer gotas de lluvia dentro de un barril lleno hasta rebosar.

Henrik rodeó la casa por completo y fue parándose en todas las ventanas, pero no vio a nadie. Descubrió, sin embargo, un granero algo más allá.

Le hizo una seña a Jana y desapareció detrás de la esquina, en dirección al granero rojo.

Ella se quedó un momento donde estaba, con las piedrecitas en la mano. El silencio la rodeaba por completo. Sus músculos se relajaron, la sangre volvió a afluir a su mano y dejó caer las piedrecitas. Caminó despacio hacia la casa y se detuvo delante de los escalones de entrada. Entonces se colocó a un lado de ellos, junto a la fachada de madera agrietada, y se agachó para mirar por la sucia y estrecha ventana del sótano. Vio un cuartito. El techo era bajo. Había un banco de trabajo a un lado, dos estanterías con cajas de cartón y periódicos. Unas escaleras, una barandilla y un pequeño taburete.

Otro recuerdo la embargó como una oleada. Comprendió al instante que había estado allí dentro. A oscuras. Y que había alguien con ella.

¿Quién era?

Minos…

—¿Habéis encontrado algo?

Mia Bolander había recorrido trabajosamente el camino de grava. Su cara, antes pálida, era ahora de un rojo brillante. Debía de haber corrido para alcanzarlos.

Jana se apartó de la ventana del sótano.

—¿Dónde está Henrik? ¿Ha inspeccionado ya la zona? ¿Ha entrado en la casa? —preguntó la inspectora.

Jana no tenía ganas de hablar con ella. Y desde luego tampoco tenía ganas de inspeccionar la zona con ella, ni con cualquier otra persona. Otro sentimiento inquietante brotó en su interior. Sentía una inmensa necesidad, en cierto modo inexplicable, de proteger aquel lugar. De alejar a Mia y Henrik. No tenían derecho a estar allí. Aquella era su casa. Nadie más debía entrar. Nadie debía husmear por allí. Nadie. Solo ella.

Mia se acercó.

Jana tensó los músculos y agachó la cabeza. Se preparó para defenderse.

Para pelear.

Entonces llegó Henrik corriendo. Parecía aterrorizado, tenía los ojos dilatados y la boca medio abierta.

Al ver a Mia gritó con todas sus fuerzas:

—¡Pide refuerzos! ¡Que venga todo el mundo! ¡Todo el mundo!

Fobos tenía solo nueve años, pero aun así era perro viejo.

Se lavó el pliegue del brazo con agua y jabón. Luego se sirvió de la gravedad para que la sangre afluyera al lugar correcto. Balanceó el brazo y apretó el puño. Se sentó en el suelo y se ató la goma con fuerza.

La aguja penetró en la vena con el borde anguloso hacia arriba. Era la misma de siempre, la misma rutina en la misma habitación y el mismo edificio. Como siempre. Todo era como de costumbre.

Tiró del émbolo hacia atrás y vio cómo la sangre roja y espesa entraba en la jeringa. Soltó enseguida la goma que le rodeaba el brazo e inyectó lentamente el resto de la droga.

Cuando solo quedaba una rayita de la jeringa, empezó a sentir sus efectos. No era la misma sensación. Se sacó al instante la jeringa del brazo. Dos gotas de sangre mancharon sus pantalones.

Lo último que recordaba era que había gritado con una voz irreconocible. El corazón le latía a toda prisa. La cabeza le daba vueltas. De pronto no veía, no oía, no sentía. Sentía una enorme presión en el pecho. Boqueaba intentando respirar. Trató ansiosamente de mantenerse despierto.

Poco a poco fue volviendo.

Y cuando recobró la vista, vio a papá delante de él.

—¿Se puede saber qué haces? —le espetó, y le dio una fuerte bofetada.

—Yo…

—¿Qué?

Otra bofetada.

—Solo quería dormir —farfulló Fobos—. Perdón…, papá.

La tumba era alargada y parecía una zanja. Los niños habían sido arrojados a ella como animales. Yacían en varias capas, apretujados y cubiertos con lo que presumiblemente era su ropa.

—Hay unos treinta esqueletos —dijo Anneli—. Pero también hay cuerpos que llevan enterrados cerca de un año.

Allí parada, en el fondo de la zanja, parecía más una arqueóloga que una técnico forense. Había llegado en helicóptero, como la mayoría de los agentes de policía y los técnicos que ocupaban la isla en ese momento.

La casa estaba siendo examinada con gran detalle.

—¿Qué hacemos? —preguntó Gunnar desde el borde de la zanja, abrumado por la resignación.

—Hay que sacar los esqueletos uno por uno, examinarlos, fotografiarlos, pesarlos y describirlos —dijo Anneli—. Y hay que trasladar los restos al laboratorio forense.

—¿Y cuánto tiempo llevará eso?

—Cuatro días como mínimo.

—Tienes uno.

—Pero eso es imposible.

—Nada de peros. Procura conseguir ayuda y hazlo. Hay que actuar deprisa.

—Gunnar, ¿puedes venir? —Henrik Levin había salido del granero y le hizo una seña a su jefe con ambas manos.

—Y llama a Björn Ahlmann enseguida. Asegúrate de que prepare el laboratorio inmediatamente —ordenó Gunnar torciendo la cabeza hacia Anneli mientras se dirigía a la entrada del granero.

Lo que vio lo dejó perplejo.

Un gimnasio. De unos cien metros cuadrados.

Recorrió el lugar con la mirada. Una colchoneta de goma en el suelo, un pasamanos a un lado y un saco de boxeo colgado del techo. En un rincón había amontonadas varias pesas de diez kilos y, a su lado, una soga gruesa. A la izquierda había un trastero sucio y desordenado, lleno de trastos viejos, y al lado una puerta que parecía dar a un aseo. Al otro lado del granero había otra puerta con una cerradura de bombillo. El agua de lluvia se había filtrado en varios sitios y, en combinación con el polvo del suelo, formaba charcos marrones. Olía a hongos.

—¿Qué demonios es este lugar? —preguntó Gunnar.

Jana Berzelius había llegado a la escalera interior de la casa. Se detuvo allí un momento. Se sentía mareada, indecisa. ¿Debía subir a mirar o no?

—Pero no toque nada —le advirtió el agente Gabriel Mellqvist, que estaba de pie junto a la entrada.

Había algo en su semblante que parecía cuestionar la actitud de la fiscal, pero Jana fingió no darse cuenta.

La casa estaba desierta y pronto sería examinada a fondo por un equipo forense. Lo sabía, y sabía también que en realidad no debería estar allí. Aun así, subió a toda prisa. Mientras subía, se fijó en que en la barandilla apenas había polvo o telarañas y tuvo la impresión de que alguien había visitado la casa recientemente. Se estremeció al torcer a la izquierda en lo alto de la escalera y entró en una habitación espaciosa. Las planchas de madera del suelo estaban húmedas y combadas. Había cuatro camas individuales con el bastidor de hierro, colocadas muy juntas. Los colchones tenían agujeros por los que se les salía la espuma, y había excrementos de ratón por todas partes. Una lámpara rota colgaba del techo. Las paredes eran de un triste color gris.

Jana fijó la mirada en una cajonera que había junto a una de las camas. Se acercó y abrió el cajón de arriba, que estaba vacío. Luego abrió los demás. También estaban vacíos. Sirviéndose de ambas manos, retiró la cómoda de la pared con todo el sigilo que pudo. Se agachó y miró la pared. Había dos caras grabadas en el papel pintado. Representaban a un hombre y una mujer. A un papá y una mamá. Dibujados por la mano de una niña.

Dibujados por ella.

SÁBADO, 28 DE ABRIL

49

Ahora lo recordaba todo tan claramente que lo veía delante de ella cada vez que cerraba los ojos unos segundos. Era como si alguien la hubiera zarandeado con fuerza. Se acordaba del contenedor, de cómo la sacaron de él a rastras, de que se la llevaron en una furgoneta, de que la entrenaron sin piedad y de cómo huyó de todo aquello.

De papá.

Al mismo tiempo, cobró conciencia de que todos los detalles, las anotaciones y las imágenes que contenían sus cuadernos procedían de una misma y única realidad. Así pues, no eran sueños, sino recuerdos. Pero nadie la había creído, y sus padres habían intentado hacerla callar con fármacos y psicólogos.

Sentada en su coche, Jana golpeó el volante.

Cerró los ojos y gritó con todas sus fuerzas. Luego se quedó callada. Respiró hondo. Y de pronto, con los ojos cerrados, vio a papá delante de ella.

Se cernía sobre ella, vigilando cómo se tensaba. El terror inundaba los ojos de la niña. El odio inundaba los de él.

Y cuando le dio el cuchillo, ella comprendió lo que estaba obligada a hacer. Tenía que matar para que no la mataran. De modo que dio media vuelta y dejó que el cuchillo que empuñaba se hundiera lentamente entre las costillas del niño tendido a su lado.

Él, con la boca tapada con cinta aislante, también tenía pánico en los ojos.

Había sido precioso de un modo atroz.

Cuando Jana volvió a abrir los ojos, experimento por un instante la sensación de haber cumplido una tarea encomendada por papá. Luego, poco a poco, regresó a la espantosa realidad.

Puso en marcha el motor y salió a la autovía. Al pasar por la señal que le daba la bienvenida a Linköping, aumentó la velocidad y notó cómo la adrenalina circulaba por su cuerpo. Frente al laboratorio de patología forense, se ajustó la chaqueta y se pasó los dedos por el pelo.

Volvía a asumir su papel de fiscal.

El patólogo Björn Ahlmann estaba inclinado sobre la niña que yacía en la mesa. Su cuerpo estaba parcialmente descompuesto por su larga permanencia en la fosa. Las cuencas de sus ojos eran agujeros.

Con la mano de la niña sujeta, Björn estaba tomándole las huellas dactilares. Al oír a alguien en la puerta, levantó los ojos y vio a Jana Berzelius.

—¿Podrás identificarlos? —preguntó.

—Esperemos que sí. Por el bien de los padres —repuso Björn.

—Están muertos —afirmó Jana escuetamente.

—¿Los padres?

—Sí, ellos también están muertos —contestó Jana.

—¿Cómo lo sabes?

—Lo doy por hecho.

—Eso no es más que una conjetura. Como fiscal, debes estar segura.

—Lo estoy.

—¿Estás segura?

—Sí, creo que los padres de los niños estaban en esos contenedores que sacamos del mar.

—Creer eso también es una conjetura.

—Coteja su ADN con el de los niños y lo verás.

—Tú sabes que eso supone mucho trabajo.

—Sí, y también permitiría identificarlos.

Björn Ahlmann estaba a punto de abrir la boca para decir algo cuando entraron Henrik Levin y Mia Bolander. Mia arrugó la frente al ver el cadáver sobre la mesa y se detuvo a unos metros de distancia.

—No es muy mayor, ¿no?

—Unos ocho años —respondió Björn.

—¿Qué sabemos? —preguntó Henrik.

—Que la mataron a tiros —afirmó Björn—. Como a todos los demás.

—¿A todos? —insistió Henrik.

—Sí, pero los orificios de entrada son distintos —contestó el forense.

—¿Murieron donde los hemos encontrado? —preguntó Henrik.

—En la fosa, sí. Eso parece. Cabe suponer que estaban desnudos al borde de la fosa cuando les dispararon.

—Suponer equivale a conjeturar —comentó Jana, y le guiñó un ojo.

Björn carraspeó.

—Y hay motivos fundados para creer que los niños eran familia de las personas que encontramos en los contenedores —añadió Henrik.

—Sí, y la fiscal ya ha solicitado que se coteje su ADN —repuso Björn.

Henrik se pasó los dedos por el pelo y apoyó la mano sobre su cuello unos segundos.

—Muy bien. A ver si puedes cotejarlo, cuanto antes mejor —dijo.

El forense respondió con una inclinación de cabeza.

—¿Algo más? —preguntó Henrik.

—Sí, he encontrado algo interesante en la nuca de la niña —dijo Björn.

Tenía las letras E-R-I-S grabadas en la piel, por debajo del arranque del pelo. Eris.

Mia se sacó el móvil del bolsillo y buscó el nombre en Internet.

—Debió de ser la misma persona quien le grabó el nombre en la nuca al niño que encontramos en Viddviken —comentó Henrik.

—Sí —dijo Mia sin apartar los ojos del teléfono.

—De modo que el asesino es el mismo —aventuró Henrik.

—La diosa del odio —dijo Mia—. Eris es la diosa de la discordia y también pertenece a la mitología griega, igual que Tánatos.

La sala quedó en silencio. Solo se oía el ruido de los ventiladores.

—Una cosa más —dijo Björn finalmente—. La niña tenía la cabeza afeitada, pero he encontrado en el cuerpo varios mechones de pelo largo. Es cabello oscuro y grueso y no pertenece a la niña, eso seguro.

—Mándalos directamente al Laboratorio Nacional de Criminología —ordenó Henrik.

—Ya lo he hecho —respondió Björn.

Estaban sentados en la sala de reuniones, esperando a que empezara la sesión informativa. Gunnar Öhrn hojeaba un montón de papeles. Anneli Lindgren jugueteaba con su pelo. Henrik Levin estaba recostado en la silla, con los brazos cruzados sobre el pecho. Mia Bolander también se había reclinado y se columpiaba sobre las patas traseras de la silla. Jana Berzelius estaba inclinada sobre la mesa, con el cuaderno delante de ella.

—En primer lugar —dijo Gunnar—, acabo de hablar con Björn Ahlmann y me ha confirmado que varios de los niños asesinados tienen el mismo ADN que algunos de los adultos hallados en los contenedores. Lo que significa que eran familia.

—Es de suponer que eran sus padres —comentó Henrik.

—Sí, eso parece —repuso Gunnar—. Podemos dar por sentado que los niños llegaron en los contenedores, fueron sacados de allí y llevados a la isla. A los padres los mataron y los arrojaron al mar.

—Los contenedores venían de Chile, ¿verdad? ¿Podría tratarse de tráfico de personas? —preguntó Henrik.

—Sí. Yo diría que se trata de inmigrantes ilegales procedentes de Chile —afirmó su jefe.

Un silencio opresivo descendió sobre la mesa.

Gunnar añadió:

—Todo los niños a los que Björn Ahlmann ha podido hacerles la autopsia tenían un nombre grabado en la nuca. Nombres de la mitología griega. Marcar a los niños equivale a darles una identidad. Grabarles el nombre en la piel es una salvajada.

—Ese tipo de marcas son muy frecuentes entre las bandas. Pensad en los tatuajes, los emblemas… —dijo Mia.

—Pero en este caso se trata de algo sistemático. Un secuestro premeditado.

—Pero eso es una locura —observó Anneli.

—Los análisis toxicológicos demuestran que un par de niños habían consumido drogas —explicó Gunnar—. El nuestro, Tánatos, también estaba drogado. Opino que los niños vendían drogas o eran utilizados como correos en el tráfico de estupefacientes.

—Entonces deberíamos buscar a un traficante —dijo Henrik.

—O varios, a los que les interese la mitología griega —comentó Mia.

—Estoy de acuerdo, pero si queremos averiguar cómo encaja todo esto… —prosiguió Gunnar—. Lena todavía no nos ha dicho cómo sabía lo de los contenedores ni quién le dio la orden de borrar el archivo del disco duro de Juhlén. Lo cual me lleva a preguntarme por qué querían borrar ese archivo. Un archivo se borra para ocultar algo. Pero no fue Hans Juhlén quien lo borró. Debe de ser Lena quien tiene algo que esconder.

—Pero ¿sabía Juhlén lo de los contenedores? —preguntó Henrik.

—Sí. Lo que no sabemos es qué sabía sobre ello. Tal vez no supiera la verdad.

—¿Te refieres al tráfico de drogas y a la participación de los niños?

—Exactamente.

—Entonces ¿puede que los contenedores también transportaran drogas? —dijo Henrik.

—No creo que trasladaran drogas además de inmigrantes. Pero es una posibilidad, naturalmente.

—Muy bien, pero si se deshacían de los adultos, ¿por qué se quedaban con los niños?

—Porque eran menores y no tenían responsabilidad criminal —contestó Mia en tono triunfal—. Y porque suelen ser muy leales a sus jefes.

—Tenían montado en la isla una especie de centro de entrenamiento con un montón de armas —observó Henrik—. ¿Creéis que entrenaban a los niños para...? —La sala quedó en silencio. Henrik añadió—: Opino que Hans Juhlén averiguó algo sobre este asunto. Y que por eso estuvo en el puerto con Thomas Rydberg. Rydberg se asustó creyendo que podían descubrirle y se lo contó a Lena, que se encargó de borrar el archivo del ordenador. Y ordenó a alguien que matara a Juhlén y a continuación a Rydberg.

—Tenemos otro nombre interesante que añadir a la investigación —anunció Gunnar—. Según Björn Ahlmann, había varios mechones de pelo en el cadáver de uno de los niños, y las pruebas de ADN demuestran que pertenecen a este hombre.

Alargó el brazo para coger el mando a distancia y encendió el proyector, que mostró una fotografía de un hombre de cabello oscuro. Tenía la nariz ancha y una gran cicatriz le cruzaba la mitad de la cara.

—¡Santo cielo, miradlo! —exclamó Mia.

Jana estaba a punto de abrir la boca para gritar «¡Es él!», pero se contuvo a tiempo y se removió incómoda en la silla.

—Gavril Bolanaki. Evidentemente, lo llaman «Papá» —informó Gunnar—. Ola, quiero que investigues posibles vínculos entre este hombre, Thomas Rydberg y Lena Wikström. Comprueba si tienen algo en común. Compañeros de clase o de trabajo, lo que sea.

—¿Qué sabemos de ese tal Gavril? —preguntó Henrik.

—No mucho. Nació en 1953 en la isla de Tilos, en Grecia. Naturalizado sueco desde 1960. Cumplió el servicio militar en Södertälje. A mediados de los años setenta hubo un robo de material militar y, por múltiples motivos, el principal sospechoso era él, pero fue exonerado de todos los cargos por falta de pruebas —explicó Gunnar.

—¿Sabemos qué armas desaparecieron? —preguntó Henrik.

—No —contestó su jefe.

—¿Dónde está ahora? —inquirió Jana con voz exageradamente suave.

—Lo hemos metido en la lista de los más buscados y hemos informado a todos los cuerpos de policía. Confiemos en detenerlo rápidamente —contestó Gunnar—. Creo que ahora sí vamos por buen camino.

«Yo también», pensó Jana.

—En el primer registro de la isla encontraron algo de comida, lo que indica que había habido alguien allí recientemente. Ignoramos si fue Gavril u otra persona. Voy a ordenar que un perro rastree la zona y quiero que Henrik, Mia y Anneli vuelvan conmigo a la isla. Nos vamos dentro de diez minutos.

Mia Bolander estaba otra vez mareada.

Trató de fijar la mirada en un punto, a lo lejos, mientras la lancha de la guardia costera subía y bajaba, sacudida por las grandes olas. Hacía solo media hora que había desayunado, antes de salir de comisaría. Había conseguido persuadir a un agente en prácticas de que la invitara a un sándwich.

Ese día era veintiocho. Hacía solo tres días que había cobrado y ya estaba sin blanca. Quedaba un mes entero para que volviera a cobrar. Y además era sábado y tendría que salir. Se preguntó cómo iba a pagarse una cerveza.

Se llevó la mano a la boca, se inclinó sobre la barandilla y vomitó.

El rastreo dio resultados. El perro de la policía encontró un búnker subterráneo de cemento muy cerca del establo. La entrada estaba bien escondida detrás de unos matorrales.

Gunnar entró primero. El búnker no era muy grande y tuvo que detenerse cuando había avanzado unos tres metros. El techo era tan bajo que tuvo que mantener la cabeza agachada al echar un vistazo alrededor. Había dos bolsas vacías en el suelo. De las paredes colgaban multitud de armas. Gunnar reconoció de inmediato las AK-47, las Sig Sauer y las Glocks. Había varios cajones de plástico llenos de munición, cinco cuchillos pequeños y varios silenciadores.

Gunner se volvió y salió. Lo recibieron las miradas inquisitivas de Henrik Levin y Mia Bolander.

—Es un arsenal. El mayor que he visto en mi vida —dijo.

—¿Las armas podrían ser de Södertälje? —preguntó Henrik.

—Es muy probable. Las hay más viejas y más nuevas.

—De modo que es posible que ese tal Gavril se las ingeniara para sacar armas del cuartel de Södertälje y construyera un arsenal aquí —comentó Henrik.

—Ahí dentro hay varias Glock. Son las pistolas más corrientes en el ejército —dijo Gunnar.

—Y a Hans Juhlén lo mataron con una Glock —concluyó Henrik.

A Gabriel Mellqvist solo le quedaba una hora de guardia junto al embarcadero. Dio varios zapatazos en el suelo alternando los pies para intentar mantenerlos calientes. Escudriñó de nuevo el horizonte. De pronto, divisó un barco que se dirigía hacia la isla. Miró

319

por los prismáticos para ver si reconocía a algún compañero en la barandilla.

El barco aminoró la marcha, pareció casi detenerse y de pronto viró en redondo y se alejó.

Gabriel agarró su radio.

No había tiempo que perder.

Henrik Levin estaba bajando al búnker cuando llegó corriendo la agente Hanna Hultman.

—Han avistado un barco desconocido. Se aleja a toda velocidad de la isla.

Henrik Levin corrió al embarcadero y se subió de un salto a la lancha de la guardia costera.

Mia Bolander iba tras él.

—¡Vamos! —gritó Henrik—. No esperamos a Gunnar. ¡Adelante!

Hizo una señal al guardacostas Rolf Vikman, que maniobró rápidamente para sacar la lancha del embarcadero y siguió al barco que había divisado Gabriel Mellqvist. El barco se había perdido de vista y Rolf aceleró hacia el lugar por donde lo habían visto por última vez mientras llamaba por radio al centro de comunicaciones del condado.

Henrik también miraba a lo lejos. Habían alcanzado los treinta nudos de velocidad y la lancha levantaba cascadas de agua a su alrededor. Aflojaron la marcha al acercarse a un islote, pero siguieron sin ver el barco. Henrik miró en todas direcciones.

Mia también. Aguzaron el oído, intentando captar el sonido de un motor, pero solo oyeron el ruido de la lancha en la que iban montados.

Cuando llegaron a la siguiente isla, Rolf frenó un poco y Henrik recorrió con la mirada las rocas dentadas. El viento le silbaba en los oídos. Dos gaviotas volaban en círculos por encima de ellos, lanzando graznidos.

Mia se puso de puntillas para mirar por encima de la barandilla. Aminoraron la marcha un poco más y Rolf zigzagueó entre las olas para evitar que la resaca los arrojara a la orilla.

—Sigue adelante —dijo Henrik, y rodearon la isla.

Rolf aceleró nuevamente y el viento agitó la chaqueta de Henrik. Empezaban a asaltarlo las dudas. No había ninguna embarcación a la vista.

—¡Allí! —gritó Mia de repente, y señaló ansiosamente con la mano—. ¡Allí! ¡Allí! ¡Ya lo veo!

Rolf viró de inmediato hacia donde indicaba.

—Una Chaparral —gritó—. Una lancha muy rápida, me temo.

La Chaparral se alejaba a toda velocidad, como si el piloto hubiera visto la lancha del guardacostas. Henrik sacó su pistola y Mia hizo lo mismo. Rolf aceleró y poco a poco fueron acercándose al barco.

—¡Policía! —gritó Henrik enseñando su arma—. ¡Alto!

El ruido de los motores ahogó su voz. La Chaparral se alejó como un rayo, dejándolos atrás.

—Intenta escapar —gritó Rolf, y siguió a la misma velocidad.

La persecución continuó a velocidad máxima. La chaqueta de Henrik ondeaba violentamente, sacudida por la corriente de aire. El frío le laceraba las mejillas y le echaba el pelo hacia atrás.

—¡Policía! —gritó aún más fuerte cuando se acercaron a la embarcación.

Logró vislumbrar al piloto antes de que virara justo delante de ellos. Era moreno, de edad madura y tenía el cabello oscuro bajo una tosca gorra.

—Mierda —gritó Rolf, y también viró.

Hendían las olas a gran velocidad. Las cascadas que se alzaban a los lados eran cada vez más altas.

La Chaparral aflojó la marcha inesperadamente.

Henrik levantó la pistola sin soltar la barandilla.

—¡Alto! —le gritó al piloto.

Pero la lancha viró de nuevo y aceleró.

—¡A por él, Rolf! ¡A por él!

Rolf aceleró y siguió a la Chaparral a corta distancia. La embarcación frenó de nuevo. Luego viró y se alejó a toda velocidad.

Jana Berzelius sabía que no debía hacerlo. Aun así, se quedó allí sentada, con el teléfono en la mano, y le escribió un mensaje de texto a Danilo. Intentó que fuera lo más críptico posible. Había comprado un teléfono nuevo y una tarjeta de prepago y sabía que de ese modo no podían localizarla, pero aun así no las tenía todas consigo.

Así que escribió: *A. me dijo dónde era. Pronto llegará papá.*

Estaba a punto de mandar el mensaje cuando dentro de su bolsillo empezó a sonar su teléfono privado. Lo cogió y vio que era un número oculto. Confiaba sinceramente en que fuera Danilo y contestó enseguida.

Era Henrik Levin.

—Lo tenemos —anunció con voz serena y comedida. Jana contuvo la respiración—. Lo hemos cogido después de hora y media de persecución en lancha —añadió el inspector.

—Por fin —susurró Jana.

—Hay que fijar una vista. Enseguida.

—Yo me encargo. ¿Y el interrogatorio?

—Empezará mañana por la mañana.

Jana se despidió con un enérgico «¡Hasta mañana!». Estaba temblando. Con manos trémulas, cogió de nuevo el teléfono recién comprado y borró la última parte del mensaje. Después escribió: *A. me dijo dónde era. Papá está en casa.*

Pulsó la tecla y mandó el mensaje.

Danilo miró fijamente su móvil.

—¡Mierda! —gritó—. ¡Qué puta mierda! —Dio un puñetazo a la pared con todas sus fuerzas—. ¡Joder, joder, joder, JODER!

Estaba rabioso. Absolutamente enfurecido. ¿Cómo podían haberse torcido tanto las cosas? ¡Anders debería haberla matado! Pero era un idiota, un puto idiota, un fracasado que no hacía ni una puta cosa bien. Primero la caga cuando tenía que llevar al niño a la isla, y luego la caga cuando tenía que ocuparse de Jana.

Danilo suspiró. Tendría que encargarse del asunto personalmente. Como siempre. Siempre le tocaba a él arreglarlo todo. Y ahora mismo estaba todo patas arriba.

—¡Joder! —gritó otra vez.

Pensó en distintas maneras de encargarse de Jana. De una vez por todas. ¿O tal vez cabía la posibilidad de utilizarla de alguna manera? ¿Podría servirse de ella?

Una sonrisa se extendió por su rostro.

Cuanto más pensaba en la posibilidad de utilizar a Jana, más claramente se perfilaba su plan.

Al cabo de diez minutos, sabía perfectamente qué hacer. La culpa sería solo de ella. Era ella quien había empezado a remover la mierda y, si lo hacías, tenías que apechugar con las consecuencias.

Fueran cuales fuesen.

DOMINGO, 29 DE ABRIL

50

Con una taza de café en la mano, Gunnar Öhrn veía el avance informativo acerca de la detención de Gavril Bolanaki.

La comisaría de policía del condado había exigido que la jefa de prensa emitiera un comunicado y la noticia se había difundido cuando apenas hacía una hora de la detención.

—¿Estás bien?

Anneli Lindgren estaba tumbada a un lado de la cama, desnuda y envuelta en una sábana.

También ella había escuchado el boletín informativo.

—Sí, es una satisfacción haberlo atrapado. El interrogatorio es mañana. ¿Dará tiempo a inspeccionar toda la isla antes?

Tumbada de espaldas, Anneli se estiró sobre el colchón.

—Sí, hay varios técnicos trabajando y tiene que haber montones de sitios a los que llevar las muestras para las pruebas de ADN. Por lo menos eso espero.

—Yo también —repuso Gunnar, y bebió otro sorbo de café.

En ese momento sonó el teléfono.

Era Ola Söderström.

—Escucha esto, por fin tenemos respuesta —dijo—. El departamento de tráfico ha conseguido identificar al conductor de la furgoneta que el testigo Erik Nordluynd creyó ver en la carretera de Arkösund. La furgoneta pertenece a un tal Anders Paulsson, de cincuenta y cinco años. Trabajó veinte años como cargador para

DHL. Ahora tiene su propia empresa, también en el sector de los transportes. Pero lo más interesante de todo es que estaba casado con la hermana de Thomas Rydberg. Ella murió de cáncer hace diez años y por lo visto él no ha vuelto a casarse.

—Entonces, hay un vínculo entre Rydberg y Anders —comentó Gunnar—. ¿Dónde vive?

—En Jonsberg, Arkösund —dijo Ola.

—Eso suena de lo más interesante. Voy a mandar enseguida a Henrik y Mia —repuso Gunnar, y colgó.

Mia Bolander se estaba tomando un café, pero estaba tan caliente que bebía muy despacio, a sorbitos, mientras se miraba en el espejo del coche. Durante la noche, el rímel había formado minúsculas motas negras en torno a sus ojos.

—Joder —dijo en voz alta.

—¿Una noche de desparrame? —preguntó Henrik.

—Como si tú supieras lo que es eso.

—Yo sé mucho de fiestas.

—De fiestas infantiles, querrás decir.

—No.

—¿Cuándo fue la última vez que bebiste tanto que notaste que iba a estallarte la cabeza?

—¿Eso has hecho?

—Sí, eso he hecho. Además de follar. Y ha sido muy agradable.

—Vaya, gracias, pero no hacía falta que me dieras tanta información.

—¡Pues no preguntes tanto!

Henrik suspiró y miró el velocímetro para asegurarse de que no sobrepasaba el límite de velocidad.

Mia intentó de nuevo quitarse rímel reseco.

Quedaban unos diez kilómetros para que llegaran a Jonsberg, donde vivía Anders Paulsson. Quince minutos más tarde se hallaban frente a la casa de color rojo. En el jardín había una furgoneta blanca, una Opel. El jardín estaba muy descuidado y las persianas bajadas. Las esquinas de la casa, que en otro tiempo habían sido blancas, estaban grises y descoloridas.

Henrik pasó de largo lentamente, aparcó a cierta distancia, apagó el motor y salió. Mia apuró las últimas gotas de café. Al dejar el vaso en el soporte, entre los asientos, vio allí la cartera de Henrik. Movida por un impulso, la cogió rápidamente, la abrió, sacó un billete de cien coronas y se lo guardó en el bolsillo de los pantalones antes de dejar la cartera en su sitio. Luego compuso una sonrisa, abrió la puerta del coche y salió.

Henrik se había acercado a la casa y estaba agachado junto a la rueda trasera de la furgoneta aparcada. Le brillaban los ojos de entusiasmo cuando se acercó Mia.

Se aproximaron juntos a la casa y se situaron uno a cada lado de la puerta. Mia apoyó un pie contra la puerta para impedir que la abrieran de golpe hacia fuera.

Luego llamaron al timbre. El sonido retumbó dentro. Esperaron treinta segundos. Luego llamaron otra vez. Nada. Cruzaron una mirada y llamaron de nuevo. Nadie respondió.

Mia se acercó al lateral de la casa y vio que todas las persianas estaban bajadas. Reinaba un silencio absoluto. Al otro lado de la casa descubrió una ventana abierta. Llamó a Henrik, se agarró al marco de la ventana y se encaramó a ella levantando una pierna y luego la otra. Con un salto no muy ágil, desapareció dentro de la casa.

El hedor a excrementos la asaltó nada más entrar. Agarró un lado de su chaqueta y se tapó la nariz con la tela. Miró el suelo y descubrió montones de mierda y manchas resecas de orín.

Había basura por todas partes. Cajas de cartón apiladas. Montones de periódicos viejos, restos mohosos de comida en platos de papel, botellas vacías, latas de cerveza y recipientes de comida rápida. Encima de un sofá había un viejo radiador. La alfombra abombada. La mesa tenía una enorme grieta y el papel pintado de la pared estaba hecho trizas.

Henrik miró por la ventana abierta y el acre olor a heces le dio ganas de vomitar. Echó la cabeza hacia atrás notando una arcada.

Mia avanzó unos pasos cautelosamente, con la pistola en alto, sorteando los montones de mierda y la basura.

—¡Policía! —gritó, pero una sensación de mareo ahogó su voz.

Al llegar al recibidor, vio la puerta de la cocina. También en el recibidor reinaba el caos. Había tanta basura acumulada contra las paredes que apenas se distinguía el dibujo del papel pintado. Al entrar en la cocina, la asaltó un olor aún más espantoso. Emanaba de un hombre que yacía en el suelo, en una extraña postura. Tenía la boca abierta de par en par y los ojos fijos, y Mia comprendió al primer vistazo que estaba muerto.

LUNES, 30 DE ABRIL

51

Jana Berzelius quería retrasar la vista de esa mañana, pero no había forma legal de hacerlo. Por primera vez en su trayectoria como fiscal esperaba que una de las partes implicadas justificara su imposibilidad de comparecer ante el tribunal. Si uno de los testigos enfermaba repentinamente, o si surgía algún imprevisto grave en el transporte público que le impidiera desplazarse, o si por algún otro motivo no podía personarse ante el tribunal, tendrían que posponer la vista. Pero por desgracia todas las partes estaban presentes, al igual que los magistrados laicos y el juez, y Jana se desanimó un poco. El juicio empezaría a la hora señalada.

Suspiró al abrir su carpeta roja con las pruebas que iba a presentar ante el juez. El cargo era incendio intencionado. Miró el reloj. Faltaban cinco minutos para que empezara el juicio, los mismos que faltaban para que diera comienzo el interrogatorio de Gavril Bolanaki en la jefatura de policía. Jana se había puesto en contacto con Henrik Levin por teléfono y le había dicho que empezaran sin ella. Confiaba en que el juicio durara menos de una hora. Después, iría corriendo a enfrentarse con él, a encararse con «Papá».

Se atusó el pelo. Posó un momento la mano en su nuca. Sintió las letras grabadas en la piel.

«Ha llegado la hora», se dijo.

Al fin.

Henrik Levin miró al hombre sentado ante él. Camisa negra con las mangas enrolladas. Cabello oscuro, más bien largo y peinado hacia atrás. Nariz ancha y ojos oscuros, enmarcados por cejas pobladas. La cicatriz le cruzaba la cara desde la frente a la barbilla. Costaba trabajo dejar de mirarla. Henrik clavó la mirada en la otra mitad del rostro de aquel hombre y empezó a hablar:

—¿Qué estaba haciendo en el mar?

Silencio.

—¿Por qué huyó de nosotros?

Silencio.

—¿Ha visto alguna vez a este niño? —El inspector le mostró una fotografía de Tánatos.

Gavril Bolanaki esbozó lo que parecía una sonrisa arrogante levantando una comisura de la boca.

—Quiero un abogado —dijo lentamente.

Henrik suspiró.

No tenía más remedio que obedecer.

Dos horas después, el juicio aún estaba a medias. Jana se sentía frustrada. Habían interrogado a la damnificada y al acusado para esclarecer los hechos y, tras el descanso, se ocuparían de los testigos y de las pruebas documentales. Se levantó del banquillo del fiscal y abandonó la sala. Tras una rápida visita al aseo, sacó el móvil del bolsillo y vio que tenía una llamada perdida de un número oculto. Un mensaje grabado la informó de que Henrik Levin había intentado ponerse en contacto con ella. Jana lo llamó de inmediato.

—¿Cómo van las cosas? —preguntó cuando el inspector contestó.

—Nada todavía —dijo Henrik.

—¿Nada de nada? —insistió ella.

—No. Se niega a hablar y ha exigido un abogado.

—Pues lo tendrá. Pero primero quiero hablar con él.

—Es inútil.

—De todos modos quiero intentarlo. —Consultó su reloj y añadió—: El juicio debería acabar en menos de tres horas. Entonces empezaremos a interrogarlo otra vez.

—Está bien. En la sala de interrogatorios, a las dos —repuso Henrik.

—Sin abogado.

—No podemos hacer eso.

—Sí que podemos. Yo soy la fiscal y él es el imputado y quiero hablar con él.

Jana saboreó las palabras: *el imputado*.

—Veré qué puedo hacer.

—Solo cinco minutos. Es lo único que pido.

—De acuerdo.

Cuando pusieron fin a la conversación, Jana se quedó allí parada un rato, con el teléfono apretado contra el pecho. Se sentía en cierto modo eufórica.

Casi feliz.

Mia estaba recostada en la silla con los brazos cruzados. Henrik había salido precipitadamente de la sala de interrogatorios para contestar a una llamada de Jana Berzelius y entre tanto allí estaba ella, vigilando al sospechoso. El hombre sentado frente a ella tenía una perpetua media sonrisa en la cara. Había agachado la cabeza y la lámpara proyectaba sombras sobre la cicatriz de su rostro.

—¿Usted cree en Dios? —preguntó Mia.

Él no contestó.

—Su nombre, Gavril. Significa «Dios es...».

—«Mi fortaleza» —concluyó él—. Gracias, sé lo que significa.

—Entonces ¿cree en Dios?

—No, yo soy Dios.

—¿Ah, sí? Qué bonito.

Él le sonrió. Mia se sintió incómoda. Cambió de postura. Gavril hizo lo mismo. La imitó.

—Un dios no mata —replicó ella.

—Dios da y quita.

—Pero no mata a niños.

—Claro que sí.

—Entonces ¿usted ha matado a niños? —Gavril sonrió otra vez—. ¿De qué cojones se ríe? —Ella se recostó en la silla. Gavril hizo lo mismo.

—No he matado a ningún niño. Tengo un hijo. ¿Por qué iba a querer matar a una criatura tan pequeña?

—Pues hemos encontrado cabellos suyos en el cadáver de una niña pequeña enterrada en una fosca común, en una isla a la que usted se dirigía.

—Pero eso no significa que la haya matado yo, ¿verdad que no?

Mia lo miró con furia. Él le devolvió la mirada. Ella se resistió a desviar los ojos.

—Pero estaba pensando… —dijo él lentamente sin dejar de mirarla—. Si supiera quién mató a esos niños y se lo dijera, ¿qué harían por mí?

—Sí, ¿qué haríamos por usted?

Gavril notó su sarcasmo. Apretó los dientes y siseó:

—No creo que entienda usted a qué me refiero. Si les dijera quién lo hizo, ¿qué obtendría a cambio?

—Esto no es una puta negociación. No se…

—Quiero que me escuche con atención. —Gavril se inclinó hacia ella. Se acercó. Hasta incomodarla. Mia no apartó la mirada. No podía dejarse vencer—. Si me encierran, quiero que recuerde mi cara para el día que salga de la cárcel. ¿Entiende lo que quiero decir? —siseó Gavril. Luego se calmó, se echó hacia atrás y añadió—: Cometerán un grave error si me encierran. De ahí mi ofrecimiento. Puedo darles los nombres de varias personas clave en el tráfico de drogas en Suecia. Puedo indicarles lugares y personas.

Pero creo que a ustedes les interesa más el papel que juegan los niños en todo esto. ¿Estoy en lo cierto?

Mia se negó a responder.

—Así que, si les digo cómo encaja todo esto, ¿qué harán por mí? No voy a confesar nada sobre mí mismo, pero puedo contarles todo lo que sé sobre los demás. Si es que les interesa, claro. Aunque yo creo que sí.

Mia se mordió el labio.

—Tengo una propuesta —añadió Gavril—. Si se lo cuento todo, tienen que protegerme a mí y a mi hijo. Si me encierran ahora, no averiguarán nada y les garantizo que seguirán muriendo niños. Yo soy el único que puede ponerle fin a esto. Quiero tener la mejor protección posible. Del nivel más alto. Si no, no diré nada. Así que… ¿qué me dice?

Mia se rindió. Desvió los ojos. Miró la mesa y luego el espejo de la ventana. Sabía que Gunnar estaba allí detrás, y sabía que estaba tan indeciso como ella.

¿Qué coño debían hacer ahora?

Eran las 13:42. El juicio había acabado y Jana Berzelius recogió sus papeles y abandonó la sala sin perder un instante. Como de costumbre, se dirigió a la salida de emergencia y empujó la puerta blanca con la cadera. Bajó a paso ligero los escalones hasta el aparcamiento climatizado de más abajo. Y mientras sacaba su coche de la plaza de garaje, llamó a Henrik Levin para persuadirlo de que preparara el segundo interrogatorio de Gavril. Pero estaba comunicando.

Salió rápidamente del aparcamiento y probó de nuevo a llamar a Henrik, pero aunque oyó el sonido de la línea el inspector no contestó. Le dio la impresión de que todos los semáforos se ponían en rojo en cuanto ella se acercaba. Los peatones tardaban un tiempo exageradamente largo en cruzar los pasos de cebra y los demás vehículos circulaban con extraña lentitud delante de ella. Cuando por fin llegó a la jefatura de policía, todas las plazas del aparcamiento estaban ocupadas y tuvo que dar tres vueltas hasta encontrar un pequeño hueco en el que aparcar.

Apenas pudo abrir la puerta sin tocar el coche de al lado, y tuvo que encoger el estómago y contener la respiración para salir. Se dirigió casi corriendo hacia el rellano de la escalera y pulsó el botón para llamar al ascensor. Esperó y esperó, pero según el visor el ascensor solo subía y bajaba entre los pisos superiores del edificio. Al final, optó por la escalera.

Estaba casi sin aliento cuando llegó al departamento y trató de recobrar la compostura antes de abrir la puerta que conducía a las salas de interrogatorio. Allí dentro reinaba una actividad frenética y la primera persona con la que se encontró fue el agente Gabriel Mellqvist, que de inmediato le dio el alto.

—Esta es una zona restringida.

—Tengo una reunión con mi cliente y llego un poco tarde —explicó Jana.

—¿Cómo se llama su cliente?

—Gavril Bolanaki.

—Lo siento, pero no puede entrar.

—¿Por qué no?

—El caso está cerrado.

—¿Cerrado? ¿Cómo puede estar cerrado?

—Lo siento, Jana, pero va a tener que marcharse.

Gabriel la hizo salir y le cerró la puerta. Jana se quedó parada en el pasillo, sorprendida y furiosa.

Sacó su teléfono y llamó de nuevo a Henrik. No hubo respuesta. Telefoneó a Gunnar. Tampoco contestó.

Soltó un exabrupto y luego bajó corriendo las escaleras, camino del aparcamiento subterráneo.

Sentada en su celda, Lena Wikström se daba cabezazos contra la pared de cemento. La única superficie blanda que había en la celda era un colchón con funda de plástico y sábanas de un amarillo descolorido. Se hallaba acurrucada casi a los pies del colchón, con las piernas abrazadas. En la pared había una lámpara ovalada de color blanco y, a su lado, alguien había utilizado un objeto negro para escribir *gilipollas*, pero lo había escrito mal y ponía «gilipoyas». Por entre los barrotes de la ventana entraba una luz tenue. La celda tenía ocho metros cuadrados y, además de la cama, contenía una especie de escritorio de madera con una silla muy robusta, también de madera, atornillada al suelo.

Lena llevaba siete días detenida. No le había costado demasiado asumir su situación porque en el fondo confiaba en salir en libertad. Ese día, sin embargo, sus esperanzas se habían venido abajo. Mientras hacía cola para comer, había oído que Gavril también estaba detenido y se hallaba en el centro de internamiento. Había dejado la comida intacta en la bandeja. Ni siquiera había podido beberse la leche que le habían puesto. Era *él* quien tenía que ayudarla a salir de allí. Y ahora también estaba encerrado, en una celda próxima a la suya.

«Se acabó», pensó, y se golpeó aún más fuerte la cabeza contra la pared. «Se ha acabado todo y yo también estoy acabada. Tengo que aceptarlo. No puedo hacer nada más. Solo queda una cosa. Tengo que salir de aquí.

De este mundo».

Torsten Granath estaba de pie junto a su mesa con la americana beis puesta, guardando una carpeta en su maletín cuando Jana Berzelius irrumpió en su despacho. Se detuvo en medio de la estancia apoyando el peso del cuerpo en una pierna y cruzó los brazos.

—¿Qué está pasando? —preguntó.

Torsten la miró con un signo de interrogación dibujado en el semblante.

—Tengo que irme a casa. Ha llamado mi mujer y hay problemas con Ludde. Lleva veinticuatro horas comiéndose sus propios excrementos y tenemos que llevarlo al veterinario.

—Me refiero a Gavril Bolanaki. ¿Qué está pasando?

—Ah, sí, eso. Íbamos a informarte.

—¿Por qué se ha dado por cerrado el caso? Es mi imputado.

—El caso está cerrado. El Servicio de Seguridad ha tomado las riendas. Nadie puede hablar con él. Ni siquiera tú.

—¿Por qué?

—Va a proporcionarnos información.

—¿Información? ¿Qué quieres decir?

—Va a ayudar a la policía a completar el mapa del tráfico de drogas en Suecia. Dado que se halla en situación de peligro, tanto él como su hijo han pasado a disposición del Servicio de Seguridad y mañana a las nueve serán trasladados desde el centro de detención.

—¿Tiene un hijo?

—Evidentemente, sí.

—¿Adónde van a trasladarlo?

—Eso es confidencial, Jana. Ya lo sabes.

—Pero…

—Déjalo ya.

—Pero tenemos a…

—La labor de un fiscal no consiste en condenar a los reos, sino en descubrir la verdad.

—Lo sé.

—Y ahora la policía dispone de una fuente de información excepcional acerca del tráfico de estupefacientes. Es lo único bueno que va a salir de esto.

No, no era cierto, pensó Jana y, girando sobre sus talones, salió de nuevo hecha una furia.

Estaba decidida. Había entornado los ojos. Tenía ganas de matar a alguien. Sobre todo, a la persona que había decidido que Gavril Bolanaki recibiera protección institucional. Gavril había manipulado a la policía, estaba segura de ello. Les había hecho creer que era un simple peón bien situado e iba a librarse de todo: de la vista, del juicio y de la condena. ¡Iba a salir indemne!

Apretó con fuerza el volante, aminoró la marcha y bajó la ventanilla. Introdujo rápidamente la tarjeta de aparcamiento en el lector y entró en el garaje haciendo rechinar los neumáticos. Subió los escalones de dos en dos hasta llegar a su apartamento. Metió enérgicamente la llave en la cerradura, abrió la puerta y entró. Estaba a punto de cerrar la puerta cuando vio que una mano la agarraba desde fuera. No tuvo tiempo de reaccionar antes de que una figura ataviada de negro entrara tras ella de un empujón.

Llevaba la cara bien escondida debajo de una capucha. Levantó las dos manos para mostrarle que las tenía vacías.

—Nada de peleas, Jana —dijo, y ella reconoció de inmediato su voz.

Era la de Danilo. Se bajó la capucha y dejó su cara a la vista.

—Deberías tener más cuidado —dijo.

Ella contestó con un resoplido y encendió la luz.

—Mandarme un mensaje de texto no ha sido muy prudente —comentó Danilo.

—¿Por qué? ¿Es que te escondes de alguien? —preguntó ella.

—No, pero tú sí.

—La policía no puede rastrear una tarjeta de prepago.

—Nunca se sabe.

Se quedaron callados, mirándose de hito en hito. Danilo rompió el silencio al cabo de unos segundos.

—Entonces ¿lo han cogido?

—Sí. O quizá no.

—¿Qué quieres decir?

—Pasa y te lo cuento.

52

Henrik Levin despertó de repente. Se había quedado traspuesto. Y no era de extrañar. Los acontecimientos del día habían exigido una concentración total y no solo estaba agotado mentalmente, sino que le dolía todo el cuerpo de cansancio.

Levantó la vista, con la cabeza apoyada en la almohada. Tenía sobre la tripa un libro acerca de un osito de peluche. Vilma descansaba sobre su brazo. Su cuerpecillo estaba casi inmóvil. Acurrucado al otro lado de su padre, Felix respiraba profundamente. Con mucho cuidado, Henrik trató de sacar el brazo de debajo de Vilma, pero la niña se movió, acercándose más a él. Henrik miró su cara dormida. Pegó un momento la nariz a la suya y luego liberó su brazo. Felix no movió un músculo cuando su padre apartó también el otro brazo. Abrió la boca, dormido, como una cría de pájaro en su nido. Henrik le acarició la mejilla. Luego empezó a levantarse lentamente de la estrecha cama y, tras un par de intentos, tuvo que pasar por encima del alto bastidor. El calor del cuerpo de los niños le había hecho sudar. Se despegó la camiseta sudada de la piel y resolvió que los niños podían dormir esa noche en la misma cama.

Apagó la lámpara en forma de media luna y cerró con sigilo la puerta del cuarto de Felix.

Tardó un cuarto de hora en cepillarse los dientes, pasarse el hilo dental y aclararse con la cantidad recomendada de enjuague bucal. Observó su cara en el espejo y notó que le habían salido un par de canas más en la sien izquierda, pero no se molestó en arrancarlas. Estaba demasiado cansado. Así que salió del cuarto de baño y entró en el dormitorio.

La televisión estaba apagada. Echada en la cama, con una camiseta rosa y tapada con el edredón hasta la cintura, Emma parecía enfrascada en un libro. Henrik se desvistió, dobló su ropa y la dejó en la silla que había junto a su lado de la cama. Dando un bostezo, hundió la cabeza en la almohada, metió debajo el brazo y se quedó mirando el techo. El otro brazo lo tenía bajo las mantas. Se metió la mano en los calzoncillos y tocó sus partes íntimas. Como si quisiera acomodarlas.

Emma dejó su libro y lo miró. Henrik sintió su mirada. Se le clavó como una pica eléctrica.

—¿Qué pasa? —preguntó.

Ella no respondió. Henrik se sacó la mano de los calzoncillos y se tumbó de lado junto a ella.

—Pues que no hemos… —comenzó a decir Emma.

—¿Qué?

—Que no hemos hecho mucho el amor últimamente.

—No.

—Y no es por tu culpa.

—¿Y?

—Es por la mía.

—Pero eso no importa —dijo Henrik, y de inmediato se preguntó por qué narices había dicho eso. Claro que importaba. Importaba muchísimo. De hecho, era decisivo.

Emma se inclinó y le dio un largo beso. Él respondió del mismo modo. Se besaron otra vez. Todo un poco previsible, podría decirse: la mano de él sobre su pecho, las de ella sobre su espalda. Emma lo arañó ligeramente. Luego con algo más de fuerza, y Henrik tuvo la sensación de que era una invitación. Por fin, pensó, y la atrajo hacia sí. Pero entonces se acordó de lo que ella acababa de decir. De que había algo que hacía que su mujer no lo deseara tanto como antes. La apartó suavemente. Emma lo miró con sus grandes ojos azules. Su mirada estaba cargada de deseo.

—Me estaba preguntando cuál es el motivo —dijo Henrik—. Has dicho que era culpa tuya.

Ella sonrió y las arrugas de la risa que circundaban sus ojos aparecieron de inmediato. A Henrik le encantaban, todas y cada una de ellas.

Entonces se mordió el labio sin dejar de sonreír. Tenía una mirada traviesa. Sus dedos juguetearon sobre la cama dibujando un corazón invisible.

Más adelante, Henrik lamentaría no haber podido congelar aquel instante. Habría dado cualquier cosa por que el tiempo se detuviera. Ella parecía tan feliz…

Entonces dijo:

—Estoy embarazada.

Henrik lamentó de inmediato haberlo preguntado. ¿Por qué no se había limitado a dar rienda suelta al deseo, haber seguido adelante sin más? ¿Por qué había cometido la estupidez de preguntar?

Emma se echó sobre él.

—¿A que es maravilloso?

—Sí.

—Sí, ¿verdad?

—Sí, en serio.

—¿Estás contento?

—Pues sí. Estoy contento.

—No he querido decirte nada. Tenías tanto lío en el trabajo, y no he encontrado el momento de decírtelo. Hasta ahora.

Henrik no se movió. Se quedó allí tumbado, debajo de Emma, como petrificado. Ella se movió lentamente, frotándose contra él. Sus pensamientos daban vueltas como un torbellino. ¿Embarazada? ¡Embarazada! Ahora ya no habría sexo. En nueve meses. Así había sido durante los embarazos de Felix y Vilma. Entonces, a él no le había apetecido lo más mínimo. No le parecía bien hacerlo con Emma mientras ella llevaba un bebé en su vientre. Y ahora estaba otra vez embarazada.

Un bebé.

En su vientre.

Volvió a apartarla.

—¿Qué pasa? —preguntó ella—. ¿Es que no te apetece?

—No —contestó, cortante, y estiró el brazo—. Ven, túmbate aquí.

Emma lo miró con sorpresa.

—Vamos —dijo Henrik—. Solo quiero abrazarte un rato.

Ella apoyó la cabeza en su pecho. Henrik sintió la presión de sus hombros en el brazo.

—Así que estás embarazada. —Miró el techo—. Genial. Es realmente genial.

Emma no contestó.

Henrik sabía que estaba decepcionada por que no hubieran hecho el amor. Seguramente sentía lo mismo que había sentido él cada vez que ella se había negado. Los papeles se habían invertido, pensó Henrik antes de cerrar los ojos. Sabía que no iba a quedarse dormido. Y tenía razón.

No pegó ojo en toda la noche.

—Así que van a trasladarlo mañana —repitió Danilo.

Estaba de pie en medio del cuarto de estar de Jana, con los brazos cruzados y los ojos fijos en un punto a lo lejos, más allá de la ventana.

Sentada en el sofá, ella sostenía un vaso de agua. Había tardado veinte minutos en contarle a Danilo lo ocurrido. Él, mientras tanto, había permanecido en la misma postura.

—¿Adónde van a trasladarlo? —preguntó—. ¿Lo sabes?

—No, no tengo ni idea.

Danilo comenzó a pasearse de un lado a otro de la habitación.

—Joder, qué lío —dijo.

—¿Qué hacemos?

Él se quedó callado y siguió paseándose más aprisa. Luego, de pronto, se detuvo y miró a Jana.

—Entonces ¿no tienes ni idea de dónde van a llevarlo? —preguntó.

—No, ya te lo he dicho. Es confidencial —contestó Jana.

—Entonces solo hay un modo de averiguarlo.

—¿Cuál?

—Con un dispositivo de seguimiento.

—Qué idea tan estupenda. En serio.

—Hablo en serio. Un rastreador GPS es la única opción.

—¿Y por qué no seguir a los coches de la policía? ¿Qué te parece? Sería más sencillo, quizá.

—¿Y arriesgarnos a que nos vean? No. Con un rastreador podemos seguirlos desde lejos.

—Pero aun así nos arriesgamos a que nos descubran.

—No si lo hacemos bien.

—¿Y dónde conseguimos un dispositivo de seguimiento?

—De eso me encargo yo.

—¿Cómo?

—Confía en mí.

—Pero ¿no olvidas un detalle importante? Que Gavril está encerrado en el centro de detención. ¿Cómo vas a ponerle un rastreador?

Danilo se sentó a su lado.

—No voy a hacerlo yo —dijo.

—¿No?

—Solo hay una persona que puede ponérselo. Una persona que puede entrar en cualquier momento en el centro de detención. Una persona de la que la policía nunca sospecharía.

—¿Y quién es?

—Tú.

MARTES, 1 DE MAYO

53

El pasillo parecía no acabarse nunca. El eco de sus tacones resonaba a su alrededor. Para mantenerse concentrada, fue contando sus pasos. Había empezado a contarlos al salir del ascensor en la planta donde se encontraba el centro de detención y ya iba por cincuenta y siete. Miró su Rolex.

Las 08:40.

Fijó la mirada en la puerta y agarró con más fuerza el asa de su maletín. Setenta y dos en total, pensó al dejar el maletín en el suelo. Llamó al timbre para que la dejaran entrar y oyó una voz diciéndole que se identificara dirigiéndose al micrófono de la pared.

—Jana Berzelius, de la oficina del fiscal. Voy a hablar con la imputada Lena Wikström —dijo.

Se abrió la puerta y Jana recogió su maletín y entró. Un guardia en cuya chapa identificativa ponía Bengt Dansson, con un cuello apenas visible y los lóbulos de las orejas tan grandes como alas, le dedicó una sonrisa bobalicona cuando se acercó a él.

Bengt echó un vistazo a su documentación y sonrió aún más al devolvérsela, de tal modo que la papada se le salió del cuello de la camisa.

—También tengo que cachearla —dijo.

Ella extendió los brazos y sintió las manos de Bengt deslizándose desde sus axilas, hasta sus costillas y sus caderas.

—¿Qué prefiere, el detector de metales o el registro corporal? —preguntó el guardia con una mirada libidinosa.

—¿A qué se refiere? —preguntó Jana.

—A que puede elegir. O se desnuda o usamos el detector.

—Será una broma, ¿no?

—En cuestiones de seguridad, toda precaución es poca.

Jana se quedó sin habla.

Bengt soltó de pronto una carcajada tan fuerte que le temblaron las mejillas. Se incorporó apoyando una mano en la rodilla pero no paró de reír.

—¡Ja, ja, ja, ja, ja! ¡Debería haber visto la cara que ha puesto!

—Muy gracioso —dijo Jana, y agarró su maletín.

—Es que... Uf... —repuso él, e hizo una mueca que recordaba a una foca bizca.

Jana sintió un fuerte deseo de darle un puñetazo en la cara pero se recordó que el centro de detención era un lugar poco apropiado para dar rienda suelta a sus impulsos violentos.

Bengt se secó las lágrimas. Meneó la cabeza y siguió riéndose.

—Si me disculpa, tengo un poco de prisa. Verá, tengo que trabajar. No puedo dedicarme a jueguitos estúpidos —dijo.

El guardia se quedó callado, carraspeó y le abrió la puerta.

—Puede entrar —dijo.

Jana penetró en el pasillo del centro de detención y saludó al agente que montaba guardia con una inclinación de cabeza. Él correspondió a su saludo y volvió a fijar la mirada en uno de los tres monitores que tenía delante. Dos guardias de prisiones hablaban en voz baja junto a la oficina. Jana no pudo evitar preguntarse si serían los encargados del traslado de Gavril. Miró de nuevo su reloj.

Las 08:45.

Faltaban quince minutos para el traslado. El corazón empezó a latirle más aprisa.

Bengt cerró la puerta y la precedió por el pasillo iluminado por potentes fluorescentes. El manojo de llaves que llevaba tintineaba ruidosamente con cada paso que daba. Las paredes estaban pintadas de un naranja suave y el suelo de linóleo era de un verde menta muy pálido. Pasaron delante de varias celdas con las puertas blancas reforzadas por una ancha banda de acero en la parte de abajo. Todas estaban numeradas.

Al llegar a la número ocho, Bengt se detuvo y levantó el manojo de llaves que le colgaba del cinturón. Buscó la llave correcta, miró de nuevo a Jana, se rio por lo bajo y meneó de nuevo la cabeza. Luego abrió la puerta y la dejó pasar. Antes de entrar, Jana vio que los dos guardias saludaban a dos policías vestidos de oscuro y al instante se dio cuenta de que el traslado iba a efectuarse enseguida.

—Quédese en la puerta —le ordenó a Bengt—. Voy a terminar enseguida.

Entró en la celda y oyó que la puerta se cerraba tras ella.

—¿Qué haces tú aquí?

Jana se sobresaltó al oír la voz rasposa de Lena Wikström. Estaba sentada en el catre, con las pierna recogidas bajo la barbilla. La sábana colgaba del borde de la cama, arrastrando por el suelo. Iba vestida con pantalones verde oscuro y camisa del mismo color. Estaba descalza. Sus ojos parecían cansados. Tenía unas ojeras anchas y oscuras y el pelo enredado.

—¿Qué haces tú aquí? —siseó de nuevo—. ¿Has venido a amenazarme otra vez?

—No —contestó Jana—. No he venido a amenazarte. He venido por un motivo completamente distinto y necesito tu ayuda.

—No voy a ayudarte a nada.

—Ya me has ayudado. Solo con estar aquí.

Lena no respondió. Tampoco se molestó en intentar entenderla.

—¿Cuánto tiempo más va a pasar?

—¿A qué te refieres? —Jana dejó su maletín en el suelo.

—¿Cuánto vais a tardar en encerrarme?

—Quizá deba recordarte que ya estás encerrada.

—Pero esto no es lo de verdad. Esto solo es una fase. Una parada en el camino.

—Faltan dos días para la vista —respondió Jana, y consultó de nuevo su reloj.

Las 08:52.

Se agachó delante de su maletín, lo abrió y metió las manos dentro para esconderlas. Se quitó su Rolex y abrió la tapa de atrás del reloj. Sirviéndose de sus largas uñas, aflojó el pequeño dispositivo de seguimiento inserto en el mecanismo y volvió a colocar la tapa. Se puso el reloj y, con el dispositivo en una mano, cerró el maletín con la otra.

—Entonces, faltan dos días para que se acabe todo esto —comentó Lena con voz casi inaudible.

Pero Jana la oyó. Se detuvo cuando estaba a punto de incorporarse. Lena había capitulado, se dijo. Se había dado por vencida.

—Sí, entonces acabará todo.

La otra mujer se puso pálida.

—Todo habrá terminado —remachó Jana.

—Quiero que acabe —dijo Lena, y se miró las manos. De pronto parecía muy pequeña, encorvada y gris—. Creo que no puedo soportarlo más. Quiero salir de aquí.

—Pues vas a tener que quedarte.

—No quiero que me encierren en prisión. Prefiero morirme. ¡Mátame, por favor! Sé que puedes. ¡Mátame!

—¡Cállate!

—No puedo vivir así. Tengo que escapar.

Jana se levantó y miró su reloj.

Las 08:59.

Era la hora. Tenía que hacerlo. Levantó la mano para llamar a la puerta pero se detuvo al oír la voz de Lena.

—Por favor —chilló—. Ayúdame…

Jana suspiró. Pensó unos segundos. Luego se acercó adonde la otra mujer estaba sentada. Agarró al sábana, le abrió un agujero y rasgó una larga tira. La puso en la mano de Lena.

—Ayúdate tu misma —dijo.

Llamó a la puerta enérgicamente y Bengt abrió de inmediato. Se quedó parada en la puerta unos instante, esperando la ocasión oportuna.

Por el rabillo del ojo, los vio acercarse: los guardias, los policías y, entre ellos, Gavril. Justo cuando pasaban, dio un paso adelante y fingió resbalar. Balanceó el maletín, estiró una pierna y dejó escapar un grito. Al caer al suelo se agarró a la pierna de Gavril y, rauda como una centella, deslizó el dispositivo en el bolsillo de su pantalón.

Bengt corrió a ayudarla.

—Lo siento —masculló ella—. Ha sido por los tacones. Son nuevos.

Los guardias la miraron con sorpresa. Los agentes de policía casi con reproche. Gavril se limitó a sonreír.

Jana no pudo evitar mirarlo. Por más que intentó convencerse de que no debía hacerlo, no pudo refrenarse. El corazón le latía con violencia. Estaba tan cerca de él y sin embargo tan lejos... Su odio crecía cada vez que respiraba. Le habría gustado más que nada en el mundo matarlo allí mismo. Clavar un cuchillo en su cuerpo una y otra vez. Debía morir.

Morir.

Morir.

Morir.

—Debería tener más cuidado, señorita —dijo él con una sonrisa burlona antes de alejarse por el pasillo escoltado por los dos guardias de prisiones y los policías.

«Tú también», pensó Jana.

«Deberías tener mucho, mucho cuidado».

—¿Sabes en lo que te estás metiendo? —preguntó Danilo desde el asiento del copiloto.

Sostenía en la mano un teléfono que mostraba la posición de Gavril en un mapa. En el suelo del coche, entre sus piernas, descansaba una mochila.

Jana tenía los ojos fijos en la carretera. Manejaba con una mano el volante y apoyaba la otra en el saliente de la puerta. El asiento tapizado del Volvo S60 era blando y mullido. Danilo le había pedido el coche prestado a un amigo o lo había alquilado en una empresa local. A Jana no le importaba cuál de las dos cosas hubiera hecho. Lo principal era que no había tenido que buscar ella misma el coche y que por tanto no se arriesgaba a que siguieran su rastro hasta ella más adelante.

Dentro del coche olía fuertemente a desinfectante. Se hallaban a las afueras de la pequeña localidad de Trosa. No había mucho tráfico y circulaban bastante deprisa.

—Sé perfectamente en qué me estoy metiendo —contestó ella resueltamente.

Nunca, en toda su vida, había estado tan segura de nada como lo estaba en ese momento. Ardía en deseos de acorralar a Gavril, de enfrentarse con él. De hacerle pagar por lo que le había hecho. De vengar la muerte de sus padres. Y la de otros padres. Y sus hijos. Vengaría sus muertes aunque fuera lo último que hiciera. No había forma de excusar el mal cometido por Gavril, de seguir adelante y dejarlo marchar.

—Lo estás arriesgando todo. ¿Y si te pillan?

Jana no contestó.

Sabía muy bien que era ella quien más arriesgaba. Se estaba jugando su vida entera para vengarse. Pero, a pesar de todo, nada podía detenerla ya.

—¿Tienes miedo?

—Dejé de tenerlo cuando tenía siete años —respondió ella secamente.

Danilo no preguntó más y el silencio los envolvió. Solo se oía el sonido de las ruedas sobre el asfalto.

Permanecieron sentados el uno junto al otro sin decir nada el resto del trayecto. El dispositivo de seguimiento los condujo a Järna pasando por Nykbarn. Cuando llevaban veinte minutos de viaje, Danilo se enderezó.

—Se han parado —dijo.

Jana aminoró la marcha. Había bosque por todas partes.

—¿A qué distancia están de aquí?

—A doscientos o trescientos metros —respondió él—. Habrá que hacer a pie el último tramo para que no nos oigan.

—¿Dónde lo han llevado?

—Tendremos que averiguarlo.

Cuando habían avanzado cincuenta metros por un camino de grava encontraron un lugar discreto en el que dejar el coche. Jana apagó el motor y miró a Danilo, que cogió la mochila.

—Tal vez debería darte las gracias —dijo ella—. Por ayudarme.

—Dámelas después —contestó él antes de salir del coche.

La alta verja se abrió lentamente.

Un agente uniformado hizo señas con el brazo y un coche de policía entró despacio en la avenida de grava. Detrás de él iba un minibús negro con los cristales tintados y, por último, otro coche de policía.

Fobos notaba un cosquilleo en la tripa. Iba a tener una casa nueva. Miró rápidamente a papá, sentado a su lado, y volvió luego la cabeza hacia la gran casa blanca que se alzaba frente a ellos. Un muro bordeado de arbustos la rodeaba. Había varios árboles raquíticos y una fuente en forma de sirena en cuya superficie cerámica las ondas del agua habían dejado cercos parduscos. La fuente estaba apagada. Y era muy fea.

La casa parecía una mansión campestre de dos plantas, con grandes ventanales. La puerta delantera era roja y la fachada estaba iluminada por potentes focos, así como por faroles que emitían una luz más débil. Y también había postes. Con cámaras.

¡Hala, menudo sitio!

Fobos estrujó el osito de peluche marrón que tenía en el regazo. Le gustaba. Era la primera vez que papá le hacía un regalo. Pero tenía absolutamente prohibido demostrar que estaba contento. Se lo había dicho papá. No podía sonreír ni hacer ninguna bobada. Tampoco tenía permitido hablar del osito, solo podía abrazarlo. Y quererlo. Como cualquier niño normal.

La casa estaba ya cerca y el coche llegó hasta la puerta y se detuvo. Dos policías de uniforme se acercaron y abrieron las puertas. Fobos salió por un lado. Papá, por el otro.

—¿Registramos también al niño? —le preguntó un policía al que estaba cacheando a papá.

—No, no es más que un crío —fue la respuesta.

—Ven por aquí —le dijo el policía a Fobos, y lo condujo hacia la puerta.

El aire helado le irritó las mejillas. Caminó a pasos cortos junto al policía, sin dejar de mirar con expectación su nuevo hogar.

Volvía a notar aquel cosquilleo en el estómago. Apretó con fuerza su oso de peluche y, aunque estaba bien relleno, notó el duro acero dentro de él.

Jana estaba apoyada de espaldas contra el alto muro que rodeaba la casa. La hierba estaba mojada. Notaba cómo el frío traspasaba su ceñido jersey negro. Se cubría las piernas con unas mallas negras, también muy ajustadas, y en los pies llevaba unas ligeras zapatillas de correr.

Danilo también vestía de negro, con una gran capucha. Se agachó y sacó de la mochila una Sig Sauer. La inspeccionó con cuidado, extrajo un silenciador y lo ajustó al cañón con mano experta.

—Todavía controlas la técnica —comentó Jana.

Danilo no contestó. Le pasó la pistola.

—No necesito una pistola —dijo ella.

—¿Y con qué vas a matarlos? ¿Con las manos?

—Prefiero un cuchillo.

—Te aseguro que vas a necesitarla. Aunque solo sea para entrar en la casa.

—¿De dónde la has sacado?

—Contactos —respondió él sucintamente.

Volvió a meter la mano en la mochila y sacó otra pistola. Esta, con silenciador. Una Glock.

Luego se incorporó y se puso la capucha.

—Esperaremos a que se alejen los coches de la policía. Luego habrá que actuar deprisa. Cuanto más rápido, mejor. Entrar, disparar, salir. ¿Te acuerdas?

Era la primera vez desde hacía siglos que Jana veía esa sonrisa.

Los coches de la policía arrancaron y avanzaron lentamente por el camino de grava, hacia la verja. Junto a la casa quedaron cuatro agentes de paisano, bien equipados. En cuanto la verja se hubo cerrado, ocuparon sus puestos.

—Vosotros dos a los lados, tú delante de la casa y yo detrás —ordenó uno de ellos a sus compañeros—. ¿Entendido?

—Sí —contestaron a coro.

—Muy bien, a vuestros puestos. Informad dentro de dos horas.

Pasaron exactamente dos horas antes de que los guardias la descubrieran. Las tiras de tela trenzadas se habían tensado alrededor de su cuello, cortando el paso del aire. Al principio sintió alivio. Luego llegó el pánico, pero ya era demasiado tarde. No podía cambiar de idea.

Había tomado su última decisión y no había vuelta atrás. Era imposible desprenderse del nudo. Lo sabía. Aun así, forcejeó. Pataleó, estiró los dedos desnudos, se agarró al trozo de sábana y tiró de ella. Luchó hasta el final.

Cuando los guardias abrieron la puerta se quedaron allí parados, mirándola, colgada de los barrotes de la ventana.

Lena Wikström no se movía. Los miraba fijamente. Estaba muerta.

54

—Muy bien —dijo Danilo, y se soltó de lo alto de la pared.

Los coches se habían alejado.

Aterrizó delante de Jana y metió la mochila debajo de un arbusto.

—Tú primera. Espera. —Hizo un estribo con las manos—. Te aúpo.

Ella se guardó la pistola en la cinturilla de los pantalones, a la espalda. Apoyó el pie derecho en las manos de Danilo y las manos sobre los hombros.

—¿Lista? —preguntó él. Ella asintió con la cabeza—. Muy bien. Un, dos, TRES.

Danilo la impulsó hacia arriba y Jana se agarró al reborde de la pared con las dos manos y se encaramó a él. Había mucha altura y la caída fue dura. Se agachó junto a un par de arbustos casi desnudos de hojas, se escondió lo mejor que pudo y trató de hacerse una idea general de la zona, aguzando el oído, atenta a cualquier movimiento.

Danilo aterrizó a su lado con un golpe sordo. Enseguida se agachó a su lado y sacó su pistola.

—¿Ves la cámara? —susurró, y señaló la cámara de vigilancia colocada sobre un poste, frente a la entrada de la casa—. Es una cámara IP de largo alcance, capaz de grabar rasgos faciales y detalles muy pequeños a más de cien metros de distancia. Así que primero hay que quitarlas de en medio. Antes no teníamos que preocuparnos por eso, pero ahora los tiempos han cambiado —comentó. Entonces señaló a los policías que custodiaban la casa—. Hay uno delante, uno detrás y dos a los lados. Cuidado con ellos. Si te ven, estás perdida, ¿entendido?

Ella asintió con la cabeza.

—Cuando dispare a la cámara —continuó Danilo—, corre hacia la casa. Mantente en la sombra.

—Sé lo que tengo que hacer.

—Vale, vale.

Danilo se levantó y se bajó aún más la capucha. Respiró hondo, salió al césped apuntando con la pistola a la cámara de seguridad y disparó.

Al oír el disparo, Jana echó a correr a toda prisa por la hierba, en dirección a la casa. Casi sin aliento, se pegó a la fachada y en un par de zancadas desapareció entre las sombras. Entonces oyó otro disparo amortiguado, seguido por otros dos. Después se hizo el silencio. Jana escuchó su propia respiración unos instantes, miró a derecha e izquierda. Miró hacia la parte delantera de la casa y hacia la trasera. Escuchó otra vez. Se agachó, avanzó unos pasos, se detuvo en la esquina y miró.

En ese mismo momento llegaba corriendo un policía. Evidentemente, había oído el disparo y corría hacia la parte delantera de la casa con la pistola en alto. Cuando se perdió de vista, Jana oyó otra detonación. Y otra. Después volvió a hacerse el silencio.

Se asomó de nuevo a la esquina y enseguida vio una cámara de seguridad rotatoria en la parte de atrás. Contó para sus adentros cuántos segundos pasaba la cámara apuntando hacia el lugar donde se encontraba. Demasiados. No podría entrar desde allí sin que la viera.

Quitó el seguro de su pistola y se tumbó en la hierba. Cuando estaba a punto de disparar, otro disparo rompió el cristal de la cámara. Procedía de detrás de ella y acertó de lleno a la cámara. Jana se puso de rodillas rápidamente y en ese mismo momento Danilo apareció a su lado. Por debajo de la capucha, tenía una expresión resuelta, los labios apretados y la mirada fría.

—¿Todo despejado? —preguntó secamente.

—Sí —contestó Jana, y se levantó—. ¿Has matado a los policías?

—No he tenido elección.

Danilo observó la parte de atrás y luego echó a correr hacia la puerta trasera. Fue agachándose debajo de cada ventana. Con mano firme, probó a abrir la puerta de cristal, pero estaba cerrada. Luego le hizo una seña con la mano.

—Ahora escucha —le dijo cuando Jana se acercó—. Actúa deprisa. No pienses. Solo completa tu misión. ¿De acuerdo?

—De acuerdo —dijo Jana.

—Yo me quedo aquí. Si dentro de diez minutos no has salido, entraré. —Sacó una ganzúa y forzó la cerradura. Diez segundos después se oyó un *clic*—. ¿Estás segura de que quieres seguir adelante?

—Sí —respondió Jana—. Nunca he estado más segura de nada.

Levantó la pistola y la sujetó con una mano. Luego respiró hondo y abrió la puerta.

Estaba dentro.

La habitación tenía un tamaño de unos diez metros por cinco. Parecía un espacioso cuarto de estar con un sofá, un sillón y una mesa de cristal. En las paredes, cuadros de paisajes. Un pedestal blanco a un lado. Al lado, una lámpara de pie con pantalla de flores. Ni plantas, ni alfombras. Jana avanzó agachada y se detuvo delante de una puerta en forma de arco. Se asomó lentamente a la habitación contigua, que estaba iluminada por una lámpara redonda, y observó que era un comedor. Había diez sillas colocadas alrededor de la mesa ovalada. Recorrió rápidamente la estancia con la mirada y pasó a la siguiente habitación, cuya puerta estaba entornada. Miró por la rendija. Era un recibidor. Lo primero que vio fue un banco y un perchero. La escalera era ancha y estaba cubierta por una alfombra de color burdeos. Arriba había luces encendidas.

Jana no pudo resistirse a la tentación de subir. Abrió la puerta con el pie. En ese mismo momento, oyó un chasquido a su espalda. Le dio un vuelco el corazón. Giró lentamente la cabeza y vio a un niño en la penumbra. Tenía los ojos en llamas. Sostenía una pistola y le apuntaba con ella.

Jana no movió un músculo. El niño estaba cerca, muy cerca. A esa distancia no podía fallar. Se fue acercando lentamente.

—Tranquilo —dijo Jana.

—Tira el arma —respondió el niño—. Si no, te mato.

—Ya lo sé —repuso ella, y bajó la pistola. Alargó la otra mano en señal de rendición—. ¿Cómo te llamas?

—A ti qué te importa.

—Solo quiero saber cómo te llaman.

El niño vaciló un momento. Luego dijo:

—Fobos.

—¿Es lo que pone en tu nuca? ¿Pone Fobos?

El niño pareció atónito. Se llevó automáticamente una mano a la nuca. Jana añadió:

—Si eres lo que creo que eres, quiero que me escuches con atención. Yo también he sido como tú —dijo, intentando ganarse su confianza.

—Tira la pistola —repitió el niño.

—Lo que tienes en el cuello, ese nombre grabado. Yo también tengo uno —continuó ella—. ¿Quieres que te lo enseñe?

Él pareció desconcertado un momento.

—No —contestó hoscamente.

—¿No puedo enseñártelo? —insistió Jana—. Por favor, deja que te lo enseñe. Quiero ayudarte. Puedo ayudarte a salir de aquí, no tienes por qué seguir en este sitio.

Pero el niño no la escuchaba.

—¡Tira la pistola!

—Como quieras.

Tiró el arma, que pasó por encima de Fobos. Él la siguió con la mirada. Cuando estaba justo sobre su cabeza, Jana dio un rápido paso adelante, agarró la pistola del niño con la mano izquierda, le asió el brazo con la derecha y lo obligó a girarse acercándole la pistola a la sien.

—Lo siento, pero he tenido que hacerlo —susurró—. Sé de lo que eres capaz y es el único modo de protegernos a los dos.

Fobos forcejeó, intentando desasirse.

Jana lo agarró con fuerza por el cuello y apretó tan fuerte que al niño empezó a faltarle el aire.

—Cálmate —le dijo—. Voy a ayudarte, pero debes hacer lo que te diga. Si no, voy a hacerte daño.

Se quedó quieto. Se oía un gorgoteo en su garganta cuando trataba de llenarse de aire los pulmones. Jana aflojó un poco el brazo.

—Haz lo que te diga —dijo—. ¿Me lo prometes?

Fobos trató de asentir con la cabeza. Ella aflojó un poco más el brazo y miró a su alrededor, buscando la pistola que había tirado. Vio el reflejo de metal mate en medio del suelo. Pero no fue eso lo único que vio. Había también un hombre mirándola fijamente. A pesar de la penumbra, vio quién era.

Era él.

Gavril.

—¡Bravo! —exclamó, y dio unas palmadas—. No es fácil desarmarlo, te lo aseguro. ¡Lo has hecho muy bien! —Hablaba con voz serena, casi afable, desde la oscuridad—. Te he visto entrar.

—Dame tu arma —ordenó ella.

—No tengo ninguna.

—Tu hijo tenía una, así que tú también debes de tener alguna.

355

—Sí, él tenía una, pero yo no. ¿Crees que la policía me habría dejado meter un arma en la casa?

—Si tu hijo lo ha conseguido, deduzco que tú también.

—No, no ha sido tan fácil.

—¿Cómo lo ha conseguido él?

—Por arte de magia —siseó Gavril, y estiró la mano hacia la luz de la lámpara.

Un gesto rápido y la mano volvió a zambullirse en la oscuridad.

—Entonces ¿no vas armado?

—No, señorita. No voy armado.

Jana intentó escudriñar su ropa para ver si le mentía.

—Enséñame las manos —dijo.

Gavril levantó las manos acercándolas a la luz y se encogió de hombros.

—Mantenlas en alto para que yo las vea. Si intentas algo, le vuelo la tapa de los sesos a tu hijo.

—Claro, claro —repuso él, y esbozó una sonrisa poco convincente—. Pero, si me permites que te lo pregunte, ¿qué haces aquí?

—Tenía que venir. Tengo muchas preguntas que hacerte.

—¿No me digas? ¿Es que eres periodista?

—No. Solo quiero saber por qué.

—¿Por qué qué?

—Por qué haces esto. —Señaló enérgicamente con la cabeza hacia Fobos, que dejaba oír un gorgoteo cada vez que tomaba aire.

Seguía agarrando con fuerza el brazo de Jana.

—Porqué es una palabra interesante. ¿Por qué, por ejemplo, tendría que decírtelo?

—Porque me lo debes.

—Yo le debo cosas a mucha gente.

—A mí más que a nadie.

—¿Y se puede saber qué te he hecho?

Jana sintió que la furia crecía dentro de ella, pero procuró dominarse.

—Antes me llamabas Ker —dijo lentamente.

—¿Qué has dicho?

—Que me pusiste el nombre de Ker.

Gavril dio un paso adelante. La luz de la lámpara iluminó su cara, dejando al descubierto la cicatriz.

La miró boquiabierto. Ella le sostuvo la mirada. Al ver la expresión, se tranquilizó. Bajó los hombros.

—Vaya, vaya, Ker. Así que sobreviviste, después de todo. ¿No vas a darme un abrazo?

—Vete al infierno.

—¡Ay, pero si estás enfadada! ¿Verdad que sí?

—Me robaste mi infancia, asesinaste a mis padres y me grabaste ese puto nombre en la piel. ¿Por qué? Quiero saber por qué. ¡Contesta! ¿Por qué haces esto?

Gavril sonrió. Echó la cabeza hacia atrás, enseñó los dientes y siseó:

—Porque es muy fácil. A fin de cuentas, nadie echa de menos a la gente como tú. Niños ilegales, eso es lo que sois. Sin papeles, no existís.

—Y por eso es más aceptable secuestrar y torturar a niños...

—¡Yo no los torturo! —la interrumpió Gavril levantando la voz—. Los entreno. Les doy una segunda oportunidad. La oportunidad de llegar a ser algo en la vida. De formar parte de algo superior.

—¿Superior a qué?

—Creo que no entiendes lo maravilloso que es tener el dominio sobre la vida y la muerte de una persona.

—Estamos hablando de niños —replicó Jana con dureza.

—Exacto. Niños insignificantes. Perfectos como asesinos.

Fobos se estiró un poco y Jana le apretó más fuerte el cuello. El niño reaccionó clavándole las uñas en el brazo.

—¿Por qué los entrenas para matar?

—¿Tú qué crees? Tengo que defenderme. Y eso es muy complicado, tal y como están las cosas hoy en día. Tengo los mejores proveedores, intermediarios y camellos. Hay un montón de proveedores y se trata de asegurarme los ingresos. El dinero lo es todo. Diga lo que diga la gente, es lo que persigue todo el mundo. Lo que todo el mundo quiere. Y, cuando hay dinero de por medio, también hay mucho trabajo sucio. Y si hay drogas, más aún. Así que tengo que asegurarme de estar siempre rodeado de personas que comparten mi punto de vista. Que quieren protegerme a mí y proteger lo que he creado: mi mercado. Que quieren eliminar a personas que estorban, a soplones, a gente que no puede pagar, que no cumple con sus obligaciones, por así decirlo. Verás, reclutar adultos es difícil. Cuestan mucho y, cuando se aficionan a la buena vida, se vuelven muy avariciosos. Te engañan. O están tan colocados que no sirven para nada. Se descuidan. En cambio —prosiguió—, a un niño maltratado puedes convertirlo en un arma mortal. Y un soldado sin sentimientos, sin nada que perder, es lo más peligroso que hay.

—¿Por eso matas a…?

—A los padres, sí. Los niños son más fáciles de manejar. Son más fieles. ¿Verdad que sí? Es cierto, ¿no? ¿Estás de acuerdo conmigo?

Jana no respondió. Apretó los dientes.

Gavril levantó las manos de nuevo.

—He hecho de Suecia un país mejor. Puede que la gente opine que actúo mal, pero en realidad contribuyo a mejorar el mundo segando a los débiles. En parte, le hago un servicio a la sociedad reduciendo el número de niños ilegales. Y en parte dejo que los niños inmigrantes eliminen a los más débiles. Es como decía Darwin: solo sobreviven los más fuertes.

—Pero tú los matas a todos.

—Siempre se ha asesinado a niños. En todas las épocas. Hasta la Biblia habla de matar a niños. ¿No te acuerdas del Evangelio según Mateo, cuando tras el nacimiento de Jesús el rey Herodes ordena matar a todos los niños judíos menores de dos años porque ha oído decir que ha nacido el futuro rey y no quiere tener un rival?

—Entonces ¿te consideras un Herodes de nuestro tiempo?

—No, lo que quiero decir es que la muerte es un arma en sí misma. Para convencer a los demás de tu poder. Utilizo niños para no arriesgarme a tener rivales.

Gavril miró a la derecha y su cicatriz se arrugó y se plegó por encima de su ojo.

—¡Quieto, he dicho! —gritó Jana.

Él volvió a fijar la mirada en ella. Su piel rosada volvió a alisarse.

—Estoy quieto —dijo lentamente.

—¿Y las drogas? ¿Por qué tantas drogas?

—Hay que recompensar a la gente con algo. ¿Y qué puede haber mejor que convertirlos en adictos? No solo de drogas, sino adictos a mí. Así es menos probable que escapen. Verás, los niños hacen lo que les dices. Te admiran. Si les das una dosis de algo bueno, puedes convertirte en un padre para ellos.

—¿O en un dios?

—No, qué va, más bien lo contrario. Un dios demoníaco, podría decirse.

—¿Por qué les grabas nombres en la piel?

—Para que tengan la sensación de formar parte de algo. De una comunidad. De una familia. Cada cual con un nombre único. Pero con el mismo contenido.

—Dioses de la muerte.

—Exacto. Y os grabo el nombre para que no olvidéis quiénes sois. A ti te di tu verdadero nombre.

—Yo me llamo Jana. Ese es mi verdadero nombre.

—Pero eres Ker.

—No.

—¡Claro que sí! En el fondo, eres lo que te enseñé a ser, para lo que te entrené.

Jana no contestó.

—Lo que yo hago no es nada nuevo. En muchos países se recluta a gente joven, se la entrena y se la utiliza en la milicia. Yo hago lo mismo aquí, pero he ido un paso más allá. Cualquiera puede disparar un arma, pero no todo el mundo puede ser un sicario.

—¿Cuántos?

—¿A cuántos hemos entrenado?

—Si quieres llamarlo así…

—A setenta.

La respuesta de Gavril la golpeó como un mazazo. Aflojó ligeramente el brazo con el que sujetaba a Fobos. ¡Setenta! Los dedos del niño dejaron de clavarse tan fuerte en su brazo.

—Pero solo elegimos a los más fuertes de cada remesa.

—Es decir, de los contenedores.

—Sí.

—Entonces ¿os llevasteis a siete niños de cada contenedor?

—A veces más, a veces menos. Luego seleccionábamos a los mejores. O solo a uno. A los demás los eliminábamos. Seguro que te acuerdas de nuestros métodos. —Simuló una pistola con la mano y apuntó a Jana.

—¡Quieto! —gritó ella.

El niño también se movió. Ella le apretó con más fuerza y lo levantó un par de centímetros del suelo. Fobos pataleó antes de que volviera a depositarlo en el suelo.

—Puede que te interese saber que hasta hace poco tenía un pupilo en la isla.

—¿Tánatos?

—Exacto. Era único.

—Mató a Hans Juhlén. ¿Por qué?

—Santo cielo, qué bien informada estás. ¿Qué quieres que te diga? Hans Juhlén nos estorbaba demasiado. Se convirtió en un problema para nosotros.

—¿Al decir «nosotros» te refieres a ti, a su secretaria, a Thomas Rydberg y a Anders Paulsson?

—¡Exactamente!

Gavril extendió la mano y Jana reaccionó levantando la pistola. Él sonrió y extendió la mano un poco más. Como si quisiera asustarla.

—¡No te muevas! —gritó Jana. Tenía la boca seca y tragó saliva—. ¡Sigue explicándote!

—Pero si ya lo sabes todo.

—¡Sigue!

Gavril se puso serio. Sus dientes inferiores quedaron al descubierto cuando compuso una extraña mueca.

—Hans Juhlén se hizo con una lista de los contenedores y empezó a presionar a Thomas Rydberg para que le diera información. Amenazó con sacarlo todo a la luz y tuvimos que deshacernos de él. Tánatos llevó a cabo la misión a nuestra entera satisfacción. Pero Anders lo estropeó todo. Cuando llevaba a Tánatos de vuelta a la isla, algo salió mal. Tánatos intentó escapar y Anders le pegó un tiro, un error que nos ha costado muy caro.

—El contenedor en el que llegué yo...

—Fue el primero que elegimos. Exigió mucha planificación. Igual que ahora.

—¿Esperas uno nuevo?

Gavril hizo otra mueca. Levantó el mentón y siseó entre dientes:

—Conviene renovarlos continuamente. Así no tienen oportunidad de llegar a entender nada. Cuando han cumplido su labor, ya no nos hacen falta y los hacemos desaparecer. Llegan niños nuevos constantemente. Como sabes, esto lleva sucediendo más de veinte años. Miles de menores inmigrantes cruzan la frontera sueca cada año. Y nadie los echa de menos. Nadie los busca. Porque así es, ¿verdad? A ti no te buscó nadie. ¿Verdad que no?

—¡Cállate!

—No había... nadie... que te buscara... —Levantó las manos hacia ella y las movió mientras siseaba con una serpiente—: ¡Sssssssssssss!

—¡Estate quieto o disparo! —gritó ella, y lo apuntó con la pistola.
Gavril se calmó. Bajó un poco la cabeza.

Ella sintió cómo le martilleaba el corazón en el pecho.

—Sé que eres capaz de hacerlo. Sé perfectamente cómo piensas. A fin de cuentas, te entrené yo —dijo Gavril.

—No solo tú...

—No, no solo yo —repuso él en voz alta, y dio un paso hacia la pistola que descansaba en el suelo—. Pero los otros murieron hace tiempo. Como te decía, uno tiene que rodearse de gente en la que pueda confiar. Y conviene tener solo a un par de personas alrededor. Así hay menos bocas que alimentar.

Jana tragó saliva. Asió con fuerza la pistola.

—Todo eso se ha acabado —dijo en tono resuelto.

—Nunca se acabará. Los niños son nuestro futuro. —Gavril dio otro paso adelante.

Ella se dio cuenta.

—¡Quieto! ¡Quieto!

Él no le hizo caso. Dio otro paso adelante.

—¡Quieto! ¡No te muevas o...!

—¿O qué? —Dio un paso más.

—¡O le pego un tiro! —gritó ella, y apuntó a Fobos con la pistola. Le clavó el cañón en la frente y le obligó a torcer la cabeza hacia la izquierda.

Gavril se detuvo y sonrió.

—Hazlo. De todos modos no me sirve para nada.

—Es tu hijo —replicó Jana, y clavó aún más fuerte la pistola en la frente del niño.

Fobos tenía el rostro crispado. Gemía.

—No es mi hijo, es uno de esos niños insignificante. Igual de insignificante que todos los demás. Un donnadie.

Jana lo miró, incapaz de entender por completo lo que decía. Luego miró a Fobos, que seguía gimiendo. Aflojó de inmediato la presión de la pistola y vio la marca roja que el cañón le había dejado en la piel.

—Por mí puedes matarlo. Si no, lo haré yo más adelante. Él ya lo sabe. Y aun así hace todo lo que le digo. ¿Verdad que sí, Fobos? ¿A que haces todo lo que te digo?

Gavril pestañeó mirando al niño, que comprendió al instante la señal y empezó a patalear con sus piernas delgadas, intentando golpear a Jana. Le acertó en la parte baja de la espinilla y ella, sobresaltada por el dolor, no vio que Gavril aprovechaba ese instante para coger la pistola del suelo.

Agarró a Fobos con más firmeza del cuello y lo obligó a ponerse de puntillas para que se estuviera quieto. Cuando volvió a mirar a Gavril, vio la pistola en su mano. Se giró bruscamente. Y Gavril apretó el gatillo. Pero el arma solo emitió un chasquido.

Apretó el gatillo otra vez, y otra. *Clic. Clic.* ¡El cargador estaba vacío!

Gavril se echó a reír. A carcajadas.

Jana se quedó mirando la pistola que sostenía. «Esa es mi pistola», pensó. ¿Por qué estaba vacío el cargador?

De pronto se oyó una voz desde el otro lado de la habitación.

—Hoy te ha fallado la suerte.

Danilo salió de entre las sombras y se detuvo a un par de metros de Gavril, apuntándole con un arma.

—¿Qué cojones haces tú aquí? —preguntó Gavril.

Hubo algo en su forma de dirigirse a Danilo que dejó atónita a Jana. Y Danilo estaba allí parado, como si fueran amigos. Entonces se dio cuenta de que, en efecto, eran amigos.

—Deja que me encargue yo —contestó Danilo, y la apuntó con la Glock.

—¿Lo ves? —dijo Gavril—. Uno tiene que rodearse de personas en las que pueda confiar.

—Sí, en eso tienes razón —repuso Danilo—. Pero yo no soy una de esas personas.

Entonces, de pronto, le apuntó de nuevo con la pistola.

—¿Qué cojones estás haciendo? —preguntó Gavril.

Después, ya no dijo nada más.

Cuando cayó hacia delante y se estrelló contra el suelo de baldosas, ya estaba muerto.

Danilo se movió. Rodeó a Gavril y le disparó de nuevo. En la nuca.

Fobos se había quedado paralizado. Respiraba entrecortadamente. Tenía los ojos como platos. Jana apartó lentamente el cañón de la pistola de la cabeza del niño y apuntó a Danilo, que se quitó la capucha y la miró. Tenía los ojos negros. La mirada fría como el hielo.

—Jana —dijo—. La pequeña, la dulce, la encantadora Jana. ¿Por qué tenías que ponerte a hurgar en el pasado? Te dije que lo dejaras estar. —Caminó hacia ella con la pistola colgándole del dedo—. Sé lo que estás pensando. ¿Cómo me ha reconocido papá? ¿Verdad que es eso lo que estás pensando?

Ella hizo un gesto afirmativo.

—¿Recuerdas cuando te dije que fingí estar muerto en el bosque, cuando mamá salió corriendo detrás de mí? ¿Y que te dije que hui? ¿Lo recuerdas?

Jana asintió de nuevo.

—¿Me mentiste?

—No, era cierto. Todo. Eché a correr, pero no pude llegar muy lejos. Anders me encontró después, en una zanja. Volvió a llevarme a la furgoneta. Pensé que iba a morir. Pero gracias a él estoy vivo. Cuidó de mí. Siempre ha sido una abuelita, de lo más tierno. Pero conocía su oficio. Por eso pensé que no podrías con él. Pensaba, esperaba, que te metiera un tiro cuando fueras a su casa.

Danilo describió un semicírculo en torno a Jana. Ella siguió su trayectoria con la pistola.

—Por eso me diste su nombre —afirmó en voz baja.

—Exactamente —repuso él.

—Formas parte de todo esto —añadió Jana.

—Otra vez has dado en el clavo.

Danilo se hallaba ahora a su espalda.

—Pero ¿cómo…?

—¿Cómo he podido sobrevivir? Crecí en la isla. Lo aprendí todo allí. Era listo y me fueron dando más misiones. No como a los demás. —Caminando muy despacio, volvió a situarse frente a ella—. A los diecisiete años me convertí en entrenador. Papá se libró de los demás. Eran todos idiotas.

—No puedo creer que lo llames así.

—¿Cómo? ¿Papá? Tú también lo llamabas así.

—Pero ya no.

Danilo estaba ahora a su izquierda. Siguió recorriendo el mismo camino a su alrededor.

—Es mi papá. Ah, no, te pido perdón: era mi papá, claro. Y éramos él, Lena, Thomas, Anders y yo quienes nos encargábamos de todo. Ahora están todos muertos. Menos yo. Así que ha funcionado. Reconozco que un poco antes de lo que yo creía, pero ha funcionado a las mil maravillas.

Los pensamientos de Jana formaban un torbellino dentro de su cabeza. Oía las palabras de Danilo, pero no entendía su significado.

—¿Qué quieres decir? ¿Esto lo planeaste tú?

—Más o menos. No tenía pensado matar a Thomas Rydberg. De eso se encargó otra persona.

Ella bajó la mirada. Danilo se quedó callado un momento antes de añadir:

—Cuando Thomas desapareció del mapa, me lo tomé como una señal. Había llegado la hora.

—¿La hora de qué?

—De dar un paso adelante.

Ella lo comprendió de pronto.

—Me has utilizado para matar a Gavril —dijo lentamente.

—Y tú has picado.

—Confiaba en ti.

—Lo sé. Y por eso ha sido tan fácil. Te ayudé a que me ayudaras.

Jana enderezó la espalda. Le pesaba la pistola que sostenía en la mano.

Miró a Danilo. Él la observó con frialdad. Luego dio tres pasos y asestó varias patadas al cadáver de Gavril.

—Quería matarte. Eso no se te ocurrió, ¿eh? ¡No pensaste que quería matarte! —Le dio una patada con todas sus fuerzas.

Los vasos capilares de su frente se hicieron visibles. Tenía las aletas de la nariz hinchadas, los tendones del cuello tensos como las cuerdas de un violín. Enseñaba los dientes.

Pasados unos segundos, se calmó.

Jana no dijo nada.

Tampoco Fobos.

Danilo se sentó en una silla, se apartó el pelo de la frente y la miró.

—Lo siento —dijo despacio—. Pero supongo que entiendes que vas a morir aquí.

Ella, sin saber qué debía responder, se limitó a hacer un gesto afirmativo. Le temblaba la mano y se esforzó para que no se notara.

—Y pensar que no sospechaste nada…

—Debería haber sospechado —dijo mirándolo a los ojos—. Debería haberme dado cuenta hace mucho tiempo. Pero hasta ahora no he comprendido cómo encaja todo. Me has dado una Sig Sauer. A Tánatos lo mataron con una de esas pistolas, y acabo de caer en la cuenta de que la que me has dado era el arma del crimen. Pero vaciaste el cargador para que muriera aquí de la manera más sencilla.

Danilo contestó echándose a reír.

—Querías dejarme aquí para que nadie sospechara de ti —añadió ella lentamente.

La risa se volvió estentórea y desagradable.

—¡Exactamente! —Él se levantó de un salto de la silla y se detuvo a unos pasos de Jana—. Cuando llegue la policía, te encontrará aquí y comprenderán que fuiste tú, mi preciosa fiscal, quien mató a todos mis allegados, y de paso acabó muerta a tiros. ¡Imagínate el escándalo que habrá!

Jana se mordió el labio. ¿Cómo iba a salir de aquello? La mano le tembló aún más. La pistola era cada vez más pesada.

—Y cuando te hagan la autopsia descubrirán el nombre que tienes en la nuca. Y lo entenderán todo. Que eras uno de esos niños de la isla. Pensarán que querías vengarte de la gente que te sacó del contenedor. Que mató a tus padres. Sencillo, ¿verdad? —Dio dos pasos atrás—. ¿Sabes qué es lo mejor de todo? Que no has sospechado nada. Te dije que debías tener cuidado. Te lo dije. Pero no me escuchaste.

Le apuntó con la pistola y le ordenó que soltara a Fobos.

Ella se negó.

—Muy bien —dijo Danilo—. Entonces os mataré a los dos.

Apuntó.

Y disparó.

En ese preciso instante, Jana se lanzó a un lado, arrastrando a Fobos consigo. Cayeron al suelo, ella rodó, apuntó a Danilo con la Glock y disparó, pero erró el tiro.

Danilo tropezó con el cuerpo de Gavril y perdió la pistola. Se lanzó rápidamente hacia la puerta. Jana seguía tumbada de espaldas, respirando trabajosamente, con la mirada y la pistola fijas en la puerta. Entonces se levantó y buscó a Fobos a su alrededor. Vio horrorizada que se había escabullido.

Salió al recibidor sin dejar de mirar hacia todos lados. Aguzó el oído. Se pegó a la pared, apuntó hacia las escaleras y luego hacia un lado. Luego, de nuevo hacia las escaleras. Cuando llegó al primer peldaño, oyó un ruido. Procedía de una puerta, a su espalda. Se acercó sigilosamente y esperó un momento antes de abrir. La puerta conducía a un sótano. Una lámpara colgaba encima de las escaleras. Dudó un momento. Si bajaba aquellos escalones con la luz encendida, sería un blanco perfecto. Entonces oyó un chasquido a su lado y se giró. Detrás de una portezuela vio una caja de fusibles.

Se sonrió.

«Ahora vamos a jugar a un juego», pensó. «A un juego divertido».

Jana Berzelius apagó el interruptor principal y respiró hondo. Dio un paso adelante y se encontró entrando en otro mundo. En un recuerdo. Se transformó de inmediato en la niña del sótano. La niña que quería sobrevivir. Estaba sucediendo todo de nuevo. Pero esta vez no se resistió a la oscuridad. La hizo suya. Ahora mandaba ella.

Estiró la cabeza y aguzó el oído. Todo seguía en silencio.

Un silencio embrutecedor.

Dio un paso adelante, se detuvo y escuchó de nuevo. Otro paso, y otro más. Tres pasos más y estaría junto a la escalera.

Estiró la mano para palpar la barandilla. Fue contando de cabeza. Uno, dos, tres. Tocó la barandilla. En su recuerdo, era áspera y estaba agrietada. Aquella, en cambio, era pulida y suave. Bajó lentamente los peldaños. Al llegar al último soltó la barandilla y palpó con la mano delante de ella. Entonces oyó un sonido. Alguien se movía. Había alguien a su lado.

¿Quién? ¿Danilo o Fobos?

Giró lentamente la cabeza, escuchando. Pero solo había silencio. Demasiado silencio. Tal ve Danilo estuviera esperando, apostado tras ella. Al pensarlo, le dieron ganas de salir. De huir de allí.

Entonces lo oyó.

La respiración.

La señal.

Reaccionó instintivamente. Apuntó hacia el ruido. Sintió un fuerte golpe en el brazo, perdió el equilibrio y cayó hacia atrás. Acabó tendida en el suelo, completamente inmóvil. Danilo estaba cerca.

Intentó levantar el brazo y apuntar hacia las escaleras, pero el dolor se lo impidió.

De pronto, él le arrancó la pistola de la mano de una patada y Jana la oyó resbalar por el suelo, a su espalda.

—No eres la única a la que le gusta jugar en la oscuridad —dijo él, y le asestó una fuerte patada en el costado.

Jana gruñó.

—Es divertido, ¿verdad? ¿Verdad que sí?

La golpeó de nuevo, tan fuerte que algo se rompió en su antebrazo. Chilló de dolor.

—Es hora de acabar con esto —dijo Danilo, y al instante se sentó a horcajadas sobre ella y la agarró del cuello.

Jana consiguió levantar un brazo y arañarle las manos para que la soltara. Pero no la soltó. Apretó aún más fuerte. Ella boqueó intentando respirar. En medio de aquella compacta oscuridad, era difícil saber si todo se estaba volviendo negro, pero Jane notó que la invadía una sensación desagradable y conocida. Comprendió que estaba a punto de perder el conocimiento.

Tenía la otra mano atrapada bajo las piernas de Danilo y sus dedos se esforzaban, desesperados, por agarrar el cuchillo que llevaba en la cadera. Haciendo un último esfuerzo, cogió la empuñadura con el dedo índice y el corazón, sacó rápidamente el cuchillo y lo clavó en el muslo de Danilo. Él soltó un grito y aflojó de inmediato la presión sobre su cuello. Jana tomó aliento con un estertor y levantó rápidamente una pierna. Danilo cayó de lado y ella se levantó de un salto. Le sacó el cuchillo del muslo y le puso la punta de la hoja en la barbilla.

—Ya te dije que prefiero los cuchillos —siseó.

Pero su ventaja no duró mucho tiempo. Él le propinó un rodillazo en la espalda y Jana cayó hacia un lado, cayó sobre algo duro y enseguida se dio cuenta de lo que era. ¡La pistola! La cogió rápidamente con una mano y apuntó hacia la oscuridad. Oyó sus pasos en la escalera y lo siguió. Un peldaño cada vez, hasta arriba.

Lo oía respirar desde el otro lado de la habitación. Aunque todo estaba oscuro, cerró los ojos para concentrarse. Luego disparó.

Se quedó inmóvil un instante.

Después, oyó gemir a alguien.

El brazo le temblaba de dolor, pero no le prestó atención. Llegó a tientas hasta la caja de los fusibles, escuchando atentamente aquel gemido. Con gesto rápido, volvió a dar la luz. Se giró para ver a la víctima tendida en el suelo.

No era Danilo.

Era Fobos.

55

Gavril Bolanaki había sido puesto a disposición de los Servicios de Seguridad a las nueve de esa mañana. A esa misma hora, celebraron una rueda de prensa conjunta en la jefatura de policía.

Gunnar Öhrn se había puesto nervioso al ver el gentío, pero con ayuda de la jefa de prensa logró explicar a la prensa el excelente trabajo que habían hecho él y su equipo. Cuando salió del auditorio, sentía una especie de vacío.

Había pasado el resto de la mañana informando sucesivamente del caso a distintos agentes del Servicios de Seguridad. Dejarles los papeles en la mesa y largarse no era su estilo. Al darse cuenta de que el caso había terminado en lo que respectaba a su equipo, aquella sensación de vacío se agudizó. Ya no podían hacer nada más.

A las cuatro de la tarde, reunió al equipo en la sala de reuniones. Sentado muy erguido en su silla, Henrik miraba distraídamente delante de sí. Anneli Lindgren tenía los brazos apoyados en la mesa. Ola Söderström mordisqueaba su bolígrafo. Mia se columpiaba sobre las patas traseras de su silla. Se había recogido el pelo en un moño descuidado. Parecía satisfecha. Para ella era un triunfo que el caso hubiera terminado, y se sonreía al pensar que ya no tendría que seguir viendo a su oponente, la fiscal Jana Berzelius.

—Es una lástima —dijo Gunnar paseando la mirada por la sala.

Las paredes estaban vacías. Los mapas y las fotografías de las víctimas habían desaparecido. La pizarra blanca estaba limpia y el proyector apagado.

—Hay un montón de interrogantes que siguen sin respuesta. Y además la Interpol nos ha dicho que no: en sus bases de datos no hay información sobre ciudadanos chilenos desaparecidos.

Gunnar parecía decepcionado. La posibilidad de identificar a las víctimas de los contenedores parecía haberse esfumado. Pero cuando informó del suicidio de Anders Paulsson, se percibió en él cierto alivio: no quería tener que dejar otro asesinato en manos de los Servicios de Seguridad.

—¿Por qué se pegó un tiro? —preguntó Ola.

—Escrúpulos morales, seguramente —respondió Gunnar—. Mala conciencia. Lo mismo que le pasó a Lena Wikström. Nadie puede vivir con esos crímenes sobre la conciencia.

El silencio cayó sobre ellos como una tapa.

—Bueno, entonces… —prosiguió Gunnar—. Solo queda una cosa por hacer.

—Gracias por todo —dijo Mia, y se levantó de la mesa.

—¿Adónde vas?

—¿No hemos acabado?

—No. Todavía queda una cosa por hacer.

Lo miraron extrañados.

—Tenemos que ir al puerto.

Cinco minutos después, Henrik Levin estaba sentado en su despacho, jugueteando con el dibujo de fantasmas que le había hecho Felix. Era uno nuevo, con tras fantasmas pequeños. Pero Henrik no estaba pensando en eso. No sabía cómo tomarse la noticia de que iba a ser padre por tercera vez. En el fondo estaba contento, pero la preocupación por los detalles prácticos empañaba su felicidad. No había podido dormir en toda la noche. Y durante la reunión de la mañana le había costado concentrarse.

Apartó los ojos del dibujo de los fantasmas y miró por la ventana. Aunque el caso estaba cerrado, su cerebro seguía procesando los acontecimientos. Se acordaba de los niños muertos y sentía horror al pensar que sus hijos pudieran ser secuestrados y entrenados como soldados.

Le dio un escalofrío.

Al pensar en Anders Paulsson, reflexionó acerca de lo que conducía a una persona a quitarse la vida. Él había creado vida. Dos veces. Y ahora una tercera.

Dejó el dibujo a un lado.

—¿Qué pasa?

Henrik se sobresaltó al oír la voz de Mia. Estaba en la puerta, muy abrigada.

—Tienes un aspecto horrible —dijo.

—Voy a ser padre —dijo él lentamente.

—¿Otra vez?

—Sí, afortunado por partida triple.

—¡Así que al final sí que has follado! ¡Enhorabuena!

Henrik no contestó.

—De todos modos —añadió ella—, antes de que se me olvide… —Rebuscó en su bolsillo y sacó un billete de cien coronas arrugado—. Ten.

—Quédatelo.

—No, quiero pagar mis deudas. Te lo debo, por la comida y el café. ¡Cógelo!

—Vale, gracias —dijo Henrik, y se levantó para coger el billete.

—Es lo menos que puedo hacer —repuso ella.

Se dio tres vueltas al cuello con la bufanda. Henrik sacó la cartera del bolsillo de su chaqueta, que colgaba de un perchero, detrás de la puerta.

Metió el billete de cien coronas junto a los otros dos que ya contenía la cartera.

¿Dos?

Estaba seguro de que antes había tres.

Mia advirtió su mirada de sorpresa e interrumpió sus cavilaciones.

—Bueno, vámonos ya. En marcha —dijo.

Fobos estaba tumbado contra la pared. Su pecho subía y bajaba velozmente. Jadeaba. Tenía los ojos oscuros muy abiertos y miraba a Jana con terror. Se había llevado la mano a la garganta. La sangre manaba rápidamente, colándose entre sus dedos y formando una mancha cada vez mayor en su jersey. La Glock descansaba a su lado.

Por el rabillo del ojo, Jana vio de pronto una silueta. Danilo pasó a tres metros de ella, salió corriendo de la habitación y entró en la siguiente. Ella reaccionó de inmediato. Echó a correr tras él. Había olvidado el dolor del brazo. Tenía que atraparlo. No debía permitir que escapara. Danilo desapareció en el comedor y, al entrar, Jana lo vio entrar en la habitación contigua. Corrió tras él. Pero era muy rápido y, de un paz de zancadas, salió del cuarto y Jana lo vio cruzar de un salto la puerta trasera. Cuando llegó a la puerta, se había perdido de vista. Jana se quedó perfectamente quieta y en silencio.

Lista para disparar.

Su corazón palpitaba con violencia, su sangre latía.

Danilo se había escapado.

¡El muy cabrón se había escapado!

Bajó la pistola de mala gana y se la metió en la cinturilla, a la altura de los riñones. El dolor del brazo retornó lentamente. Furiosa y desesperada, se obligó a entrar de nuevo en la casa.

Tenía que volver con Fobos.

*　*　*

Henrik Levin estaba en el puerto, golpeándose el cuerpo con los brazos para conservar el calor. Pronto descubrió que era innecesario, sin embargo. Su chaqueta de plumas lo mantenía caliente, y además llevaba puesta la ropa interior térmica y unas gruesas botas de invierno. Se detuvo en pleno gesto y miró hacia el muelle. Se aproximaba un barco de gran tamaño, dejando escapar de vez en cuando un bocinazo amortiguado. Los grandes copos de nieve que caían del cielo formaban una capa blanca sobre el suelo. La zona de los contenedores estaba acordonada y la cinta policial se agitaba al viento.

—¿Nos acercamos? —preguntó Mia.

Estaba de pie al lado de Henrik. Tenía las manos metidas en los bolsillos, los hombros encogidos y la cara oculta detrás de una bufanda de lana. Solo se le veían la nariz y los ojos.

—Vamos a esperar a que atraque —contestó él, e hizo una seña con la cabeza a Gunnar y Anneli, que estaban al otro lado del muelle, rodeados de personal del puerto y agentes de policía uniformados.

Le respondieron con otra inclinación de cabeza y contemplaron el buque que avanzaba por el canal. Las olas rompían contra su casco. Una docena de gaviotas chillaba y sobrevolaba en círculos su popa. Varios marineros vestidos con mono verde aguardaban en diversas partes de la cubierta, con las amarras en las manos.

Cuando el barco estuvo junto al muelle, arrojaron las primeras amarras a las que siguieron otras, describiendo un arco sobre la barandilla del buque. El personal del puerto recogió las largas maromas y las ató alrededor de cortos postes de hierro. Todos los trabajadores llevaban cascos de seguridad y lucían grandes emblemas en la espalda.

La descarga comenzó enseguida.

Henrik miró el casco, sobre el que los contenedores se alzaban de tres en tres, uno sobre otro.

Azul, marrón y gris.

—Te vas a poner bien —dijo Jana.

Estaba agachada junto a Fobos. El niño se había hundido aún más contra la pared y tenía la cabeza apoyada en el hombro. Estaba completamente callado. Solo se oía su respiración agitada. La mancha roja había cubierto su jersey. La sangre goteaba hasta el suelo, formando un charco. Seguía teniendo una mirada aterrorizada, pero sus ojos parecían empañados.

—Ya se va aclarando —susurró con voz sibilante.

Tosió y un hilillo de sangre le salió por la comisura de la boca.

—Te vas a poner bien —repitió Jana, aunque se daba cuenta de que era absurdo mentirle.

Él la miró a los ojos.

—Ahora es todo blanco… Todo es… blanco… —musitó.

Y su mano cayó al suelo.

Cerró los ojos y exhaló su último aliento.

Jana se levantó de inmediato. Agarró la Glock y la limpió cuidadosamente antes de ponerla en su mano sin vida. Luego se acercó a la caja de fusibles y limpió todos los interruptores. A continuación, se agachó junto al cadáver de Gavril y le arrancó el dispositivo de seguimiento que llevaba en el bolsillo del pantalón. Recogió del suelo la otra pistola y la limpió con esmero antes de dejarla a su lado. Se quedó allí sentada unos segundos, mirándolo. Y entonces hizo algo que no había hecho desde hacía siglos.

Sonrió.

Una sonrisa auténtica distendió su cara.

Después se levantó y se dio cuenta de que había otra pistola de la que debía deshacerse. Rápidamente, haciendo una mueca de dolor por culpa del brazo herido, se sacó la Glock de la cinturilla. Tenía que dejarla allí. Con mano experta, limpió las huellas y se la colocó con cuidado a Gavril en la mano.

Aun así, no estaba satisfecha. Faltaba un detalle importante.

El cuchillo.

Volvió a bajar al sótano, se agachó y lo buscó. Debajo de una estantería distinguió la hoja ensangrentada. Logró sacarlo y se lo guardó en la funda que llevaba en la cinturilla. Luego subió de nuevo la escalera y miró una última vez a Fobos.

—Lo siento mucho —le dijo en voz baja.

Y salió de la casa.

56

Fue en el decimocuarto contenedor donde hicieron el milagroso descubrimiento. Era un contenedor azul y oxidado. Los copos de nieve se posaban suavemente sobre el metal corrugado y se convertían de inmediato en gotas de agua que resbalaban lentamente hacia el suelo.

El equipo se hallaba a cuatro metros de las puertas. Cuatro barras galvanizadas recorrían la puerta del contenedor de arriba abajo, y un estibador luchaba por abrir el grueso candado del medio. Al final, el candado cedió y el estibador abrió enseguida las puertas. Esperaban ver piezas de motores, bicicletas, cajas, juguetes o alguna otra cosa de las que habían encontrado en los contenedores anteriores. Pero en este solo vieron oscuridad.

Henrik Levin se acercó a echar un vistazo dentro. Entornó los ojos para ver mejor. Dio otra paso y apoyó los dos pies en el borde.

Entonces la vio. A la niña. Lo miraba con los ojos muy abiertos. Abrazada a las piernas de su madre.

Jana Berzelius conducía velozmente por la autovía en el Volvo. Había tenido que esperar unos minutos antes de correr hacia el coche. Pero no había ni rastro de Danilo.

Puso la calefacción a tope. Los limpiaparabrisas limpiaban la nieve derretida del cristal. La radio estaba apagada. La adrenalina se había disipado y Jana echó la cabeza hacia atrás, con una mano sobre el volante y el brazo herido apoyado en el muslo.

De pronto sonó su teléfono. Miró con desconfianza la pantalla, que anunciaba una llamada de un número oculto. Dudó un momento antes de decidir que debía contestar. Henrik Levin le dijo educadamente quién era y añadió:

—Gavril Bolanaki ha muerto. —Como ella no dijo nada, añadió—: El Servicio de Seguridad no conseguía ponerse en contacto con los policías que custodiaban la casa, así que enviaron una unidad especial y lo encontraron muerto. Según los primeros informes que hemos recibido, se mataron el uno al otro, su hijo y él. Pero los policías también han muerto, así que en realidad no sabemos qué ha pasado. Evidentemente, ha sido un baño de sangre. La unidad ha encontrado tres pistolas en la casa. También han encontrado un oso de peluche rajado, de modo que debió de ser así como introdujeron las pistolas en la casa.

—De acuerdo —dijo Jana.

Henrik se quedó callado un momento.

—Ahora mismo estoy en el puerto —añadió.

—¿Sí?

—Los hemos encontrado. Diez familias con niños. Están todos a salvo.

—Bien.

—Espero que haya sido el último.

—Yo también.

—El caso está cerrado.

—Sí, claro —contestó ella, y puso fin a la llamada.

Eran las 18:59 cuando levantó la mano para llamar a la puerta de caoba de la casa de tres plantas de sus padres en el barrio de Lindö, en Norrköping. Luego cambió de idea y llamó al timbre, dejando que el agudo campanillazo anunciara su visita. Dio un paso atrás y se pasó los dedos por el pelo, mojado todavía después de una ducha rápida. Las pantallas de tela de las lámparas proyectaban largas sombras en el suelo, delante de ella, a través de las ventanas.

Abrió la puerta despacio un hombre de cabello gris.

—Hola, padre —dijo Jana, y siguió de pie en el porche unos segundos. Para que él pudiera mirarla.

Luego compuso su sonrisa ensayada.

Inclinó un instante la cabeza.

Y entró en la casa.